J'AI ÉPOUSÉ AMRETH

Agence Prime

RÉGINE ABEL

TABLE DES MATIÈRES

J'AI ÉPOUSÉ AMRETH

Il est l'ange noir de ses rêves.

Lorsque Ciara assiste au Symposium Intergalactique de Médecine, la dernière chose à laquelle elle s'attend est de tomber sur Kayog, un entremetteur empathique infaillible, qui déclare savoir qui est son âme sœur. Son enthousiasme à l'idée de rencontrer Amreth, un puissant et magnifique Seigneur de l'Enfer obosien, est anéanti lorsqu'une attaque de pirates lui fait frôler la mort et aboutit à son enlèvement.

Après des années de solitude en tant que Directeur sur la planète prison Molvi, Amreth est ravi lorsque Kayog l'informe qu'il a trouvé son âme sœur. Dévasté d'apprendre qu'elle a été enlevée, et même s'il ne l'a jamais rencontrée, il n'hésite pas à partir secourir sa Ciara. Kayog ne se trompe jamais. Mais une fois qu'il a retrouvé les ravisseurs et rejoint sa conjointe, Amreth se rend compte que les apparences sont trompeuses.

Alors que des événements tragiques se déroulent, les efforts d'Amreth et de Ciara permettront-ils de sauver une espèce entière de l'extinction, ou tomberont-ils également victimes des forces extérieures maléfiques qui les menacent ?

DÉDICACE

Aux professionnels de la santé qui se mettent quotidiennement en danger pour sauver la vie d'innombrables inconnus, réduire la souffrance et apporter de l'espoir là où il n'y en avait pas.

Aux scientifiques et aux spécialistes qui travaillent sans relâche dans l'ombre pour vaincre les ennemis invisibles qui attaquent notre corps et notre esprit, pour contrer les épidémies qui déciment trop de communautés et pour développer de nouveaux médicaments et de nouvelles technologies afin d'aider à prévenir les tragédies.

Vous êtes les héros méconnus de générations entières. Certains peuvent nier ou remettre en question les miracles que vous accomplissez, mais sachez qu'une majorité silencieuse vous voit et vous remercie.

CHAPITRE 1
CIARA

J e portai un autre hors-d'œuvre raffiné à mes lèvres tout en observant la foule hétéroclite qui m'entourait. Je ne saurais dire si c'était l'amusement ou le dégoût qui dominait en moi en les observant se lécher mutuellement les bottes. Bien que leur comportement fût prévisible, je n'en restais pas moins perplexe à l'idée qu'après avoir atteint un tel niveau d'expertise dans leurs domaines respectifs, ils devaient malgré tout se rabaisser à ce point.

Mais là encore, je ne pouvais pas leur en vouloir. Recevoir une invitation au Symposium Intergalactique de Médecine était en soi tout un exploit. Les plus grands noms des domaines médical et pharmaceutique de notre secteur de la galaxie y assistaient toujours. C'était l'occasion idéale de faire du lobbying, de jouer des coudes pour décrocher un poste prestigieux, d'obtenir les fonds indispensables à un nouveau projet ou à une nouvelle recherche, ou encore de convaincre de potentiels donateurs de devenir mécènes.

Personnellement, je n'avais pas de temps à consacrer à cet aspect administratif honteux mais nécessaire du domaine médical. J'étais juste heureuse d'avoir mérité un billet pour pouvoir rencontrer mon héros. En tant qu'épidémiologiste au sein de l'Organisation des médecins interstellaires – une entité galactique similaire aux Médecins sans frontières sur Terre – j'avais toujours rêvé de participer au type de découverte qui transforme une vie, comme celle réalisée par le Dr Élias Jacobs dix ans plus tôt.

Au cours d'une mission de recherche de routine, son équipe avait été attaquée par une bête sauvage dont il avait extrait le révolutionnaire Sérum Simien 12, communément appelé SS12. Ce merveilleux transmetteur chimique avait non seulement stoppé, mais aussi inversé les maladies dégénératives de multiples espèces intelligentes. Des pathologies telles que la démence, la maladie de Parkinson et la maladie d'Alzheimer appartenaient désormais au passé. Et cela incluait leur équivalent chez la plupart des espèces non humaines.

J'espérais simplement avoir l'occasion d'avoir un tête-à-tête de cinq minutes avec le Dr Jacobs. Mais cela allait m'obliger à être un peu plus entreprenante. La plupart de mes collègues, actuels et antérieurs, abordaient hardiment toutes les personnes avec lesquelles ils voulaient interagir. Même si je n'étais pas du genre frileuse ou facilement intimidée, je n'aimais pas particulièrement devoir me frayer un chemin à coups de coudes dans la foule pour attirer un peu l'attention. Pourtant, il aurait été idiot de ma part de laisser passer cette occasion unique, simplement parce que je n'avais pas envie de sortir de ma zone de confort.

Poussant un soupir, j'engloutis un autre de ces amuse-bouches extravagants – mais incroyablement délicieux – avalai les deux dernières gorgées de mon vin mousseux, posai le verre vide au coin de la table et me dirigeai vers l'autre bout de la salle où la foule entourait Jacobs.

C'était un cheminement lent, avec tant de personnes d'espèces diverses formant des groupes de tailles variables. J'échangeai poliment des sourires, des hochements de tête et même quelques mots avec des connaissances au passage. Mais ce ne fut qu'à mi-chemin que mes pas hésitèrent. Les plumes dorées et marron d'un grand mâle ressemblant à un oiseau attirèrent mon attention. Je le regardai à deux fois en réalisant que c'était le célèbre Kayog Voln.

Il dirigeait la très réputée Agence Prime. Ils étaient spécialisés dans la recherche de partenaires de vie pour des aliens primitifs. Contrairement à la plupart des autres agences matrimoniales, ils avaient un taux de réussite de 100 % pour tous les mariages qu'ils organisaient. Le défi consistait en fait à trouver le bon partenaire. Au fil des ans, ils avaient été inondés de demandes. Mais ce n'était pas comme s'ils pouvaient – ou je devrais plutôt dire s'il pouvait – simplement agiter une baguette pour faire apparaître le nom de votre âme sœur. Kayog devait rencontrer les deux partenaires pour pouvoir les reconnaître comme le couple parfait. D'après ce que j'en savais, en tant qu'Édal – un trait rare chez les membres de son espèce – il pouvait entendre le chant de deux âmes et les reconnaître comme étant en harmonie.

Mais que diable fait-il dans un symposium médical ?

À peine cette question surgit-elle dans mon esprit que la réponse se révéla d'elle-même. L'une des nombreuses personnes qui l'entouraient se déplaça sur le côté, dévoilant ainsi la silhouette époustouflante de sa conjointe, Linséa Voln. Alors qu'il était entièrement marron avec du duvet doré sur la poitrine et le visage, et doté d'une longue queue blanche et pelucheuse, elle ressemblait à un harfang des neiges, avec ses plumes d'un blanc immaculé et quelques taches sombres sur la poitrine.

Linséa travaillait comme ambassadrice pour l'Organisation des Planètes Unies. À ce titre, parmi les nombreuses affaires très médiatisées dans lesquelles elle était impliquée, la femelle Témerne facilitait souvent les collaborations entre espèces lorsqu'il s'agissait, entre autres, d'accéder à des ressources médicales rares.

Je ne pus m'empêcher de m'arrêter net pour admirer le

couple. Ils se tenaient par la main comme deux jeunes tourte-reaux. Chaque fois qu'il la regardait avec ses yeux argentés, la tendresse, voire l'adoration, qui y brillait me faisait fondre de l'intérieur... sans parler d'éveiller une pointe d'envie. D'après ce dont je me souvenais, ils s'étaient rencontrés à l'université et étaient mariés depuis un peu plus de trente ans.

Que n'aurais-je pas donné pour que quelqu'un me regarde comme il la regardait même après avoir passé autant d'années ensemble...

Malgré la raideur de son bec, il souriait chaleureusement à Démétra Stamos. Je n'avais pas besoin d'être à portée de voix pour savoir qu'elle lui racontait ses déboires amoureux. La pauvre femme avait été mariée et divorcée plus de fois que je ne pouvais en compter. Malheureusement, elle faisait partie de celles qui avaient tendance à être plus amoureuses de l'idée de l'amour que de leur partenaire réel. Pour elle, être célibataire ne serait-ce qu'un jour signifiait qu'elle avait échoué en tant que femme. Cela m'attristait car Démétra était par ailleurs une personne belle, extrêmement intelligente et charmante. Elle avait juste tendance à se contenter du mauvais gars. Un compliment et un sourire séduisant lui suffisaient pour être conquise.

J'espère que Kayog pourra lui offrir le bonheur éternel qu'elle recherche désespérément.

Alors que j'allais me détourner et reprendre mon pénible périple vers le Dr Jacobs, Kayog fronça soudain les sourcils. Son sourire s'estompa et il tourna la tête pour scruter quelque chose au fond de la pièce, sur sa droite. Son froncement de sourcils s'accentua alors qu'il fixait intensément quelque chose dans la même direction. Intriguée par cette étrange réaction, je suivis son regard.

Il me fallut un moment pour découvrir ce qui avait attiré son attention parmi tous ces corps en mouvement. Une femme que je ne connaissais pas s'appuyait contre le mur, le front plissé. Elle prit quelques respirations profondes, puis se redressa, jetant des regards discrets autour d'elle comme pour s'assurer qu'elle n'avait pas attiré l'attention sur elle. Je plissai les yeux, cherchant des signes indiquant qu'elle avait besoin d'aide. Bien qu'elle semblât aller bien maintenant, un coup d'œil à Kayog indiqua que son inquiétude avait augmenté.

Comme en réponse à cette pensée, le Témerne s'excusa auprès de sa conjointe et de Démétra et fila droit vers la femme. Sans réfléchir, je le suivis. L'essaim de personnes rendait ma progression difficile. Mais je ne me concentrais plus sur Kayog. Des perles de sueur commençaient à apparaître sur le front de la femme alors qu'elle grimaçait une fois de plus. Comprenant qu'elle avait quelque chose de trop sérieux pour attendre, la femme se dirigea vers la sortie.

Pour avoir assisté à de nombreux événements de ce type où l'on servait toutes sortes de plats exotiques, j'avais fini par m'habituer à voir au moins une poignée de personnes tomber malades et en être gênées après avoir mangé quelque chose qu'elles n'auraient pas dû. Mais en quel autre lieu pourrait-on avoir l'occasion de goûter à une sélection aussi variée de cuisines aliens ?

La femme quitta la pièce une bonne minute avant que Kayog ou moi ne parvenions à atteindre la porte de l'immense salle de réception utilisée pour l'événement. Alors qu'il s'apprêtait à sortir, le Témerne tourna soudain la tête vers la gauche pour me regarder par-dessus son épaule. Pour une raison stupide, mon estomac se noua, comme si j'avais été prise en flagrant délit de crime ou de filature. Il croisa mon regard, la tension visible dans le sien.

— Êtes-vous médecin ? me demanda-t-il en guise de salutation.

— Oui, répondis-je.

— Bien. Suivez-moi. Cette femme ne se sent pas bien.

Sans attendre ma réponse, il se retourna et se précipita hors de la pièce. Il ne courait pas, mais ses longues enjambées me firent presque trotter pour suivre son rythme. Ses ailes massives me bloquaient partiellement la vue alors que nous débouchions sur la grande promenade de l'énorme navire où se déroulait l'événement. De là, nous pouvions voir les quatre étages au-dessus de nous et entrevoir les trois autres en dessous. Chaque niveau avait son propre balcon qui se rétrécissait à mesure que l'on montait, donnant presque l'illusion que la promenade était un amphithéâtre. Plusieurs ascenseurs à chaque extrémité et au milieu de chaque côté permettaient de se rendre rapidement aux autres étages. Cependant, de majestueux escaliers offraient également un accès plus décontracté.

J'aperçus enfin la femme un peu plus loin. Elle semblait chancelante. J'ignorais si elle voulait se rendre dans l'une des salles d'hygiène, retourner dans ses quartiers ou aller à l'infirmerie. Quel que fût son objectif, elle n'allait manifestement pas y parvenir.

Tout le monde était occupé à l'intérieur et aucune des quelques personnes qui traînaient sur la promenade ne sembla remarquer sa détresse. Un léger halètement m'échappa lorsque, d'un battement d'ailes puissant, Kayog se précipita soudaine-ment vers elle. À peine quelques secondes plus tard, la femme s'effondra. Plongeant vers elle, le Témerne l'attrapa juste avant qu'elle ne touche le sol. Je courus vers eux, mes mouvements étant entravés par la robe de soirée moulante que je portais ainsi que par mes talons hauts.

Cela ne m'empêcha pas de taper quelques instructions sur mon brassard pour activer mon scanner médical. Le Témerne se retourna pour me faire face au moment où je les atteignais. Il ne dit pas un mot, se contentant de la tenir comme une jeune mariée pendant que je passais mon scanner sur elle. La femme gémissait de douleur, de nouvelles gouttes de sueur perlant sur son front.

— On dirait qu'elle fait une réaction anaphylactique, dis-je en lisant les résultats du scanner qui s'affichaient sur l'écran holographique projeté par mon brassard. Nous devons l'em-mener immédiatement a l'infirmerie.

6

Je jetai un coup d'œil aux ascenseurs situés à une cinquantaine de mètres de là pendant que je parlais.

— Je vais voler. Ce sera beaucoup plus rapide que d'attendre l'ascenseur, dit Kayog.

— Bonne idée. Je vous rejoins là-haut, répondis-je en hochant la tête.

D'un battement d'ailes puissant, le Témerne s'éleva et vola rapidement jusqu'au dernier balcon, quatre étages plus haut. Alors que je courais vers les ascenseurs, je ne pus m'empêcher d'admirer sa force et la grâce de ses mouvements. Apparemment, Kayog était au début de la soixantaine. Et pourtant, il ne paraissait pas plus âgé qu'une personne entre le début et le milieu de la quarantaine. Cela était dû en grande partie à son incroyable forme physique.

Ce mâle était musclé, bien qu'il ait le corps élancé d'un nageur plutôt que le physique massif d'un culturiste. Cela n'aurait pas dû me surprendre, car il avait été athlète à l'adolescence.

Comme prévu, l'ascenseur mit beaucoup trop de temps à arriver et à me conduire à destination. On aurait pu penser qu'un tel vaisseau de croisière de luxe aurait des ascenseurs beaucoup plus rapides. Cependant, ils avaient été délibérément conçus pour être plus lents afin que les passagers puissent profiter de la vue sur la promenade et de la musique orchestrale relaxante à l'intérieur. Les passagers de ces vaisseaux étaient censés être décontractés, et non se presser comme dans un centre commercial. Mais cela rendait aussi l'expérience frustrante lorsqu'on était pressé.

Heureusement, les ascenseurs du personnel n'avaient pas de telles restrictions de vitesse.

Bien que cela durât seulement quelques minutes, j'atteignis enfin le dernier étage après ce qui me sembla être une éternité. Je courus à l'infirmerie et trouvai Kayog debout, seul dans la salle d'attente près de la réception.

— Elle est à l'intérieur avec le Dr Alicent, répondit Kayog à ma question tacite.

— Oh, parfait ! dis-je avec soulagement. Alicent est un excellent médecin. Cette pauvre femme est entre de bonnes mains. Merci d'avoir été si rapide. Ça doit être incroyable de pouvoir ressentir les choses comme vous le faites. En tant que médecin, ce serait pour moi le plus beau des talents.

Il rit et m'adressa un sourire indulgent.

— C'est en effet très pratique. Les gens se convainquent si souvent qu'ils vont bien alors que ce n'est pas le cas. Mais si j'ai ce don, vous n'êtes pas en reste non plus. Vous avez été très sensible à la situation également.

Je fis un geste dédaigneux de la main.

— Je suis simplement observatrice. Et même dans ce cas, si vous n'aviez pas attiré mon attention sur elle, je ne l'aurais probablement pas remarquée.

— C'est vrai, concéda-t-il. Cependant, beaucoup d'autres personnes ont remarqué ma réaction, mais seules vous et ma conjointe avez voulu apporter votre aide. Cela en dit long sur votre personnalité. Vous êtes attentionnée, ce qui est une qualité merveilleuse dans votre profession. Mais cela ne me surprend pas. Votre âme est très belle.

Mes joues se réchauffèrent alors que ses mots me touchaient profondément. Bien que passés maîtres dans l'art de la diploma-tie, les Témernes n'étaient pas connus pour être des flatteurs. Il n'aurait pas dit quelque chose d'aussi gentil s'il ne l'avait pas vraiment pensé, ce qui le rendait encore plus spécial.

Je luttais pour trouver une réponse appropriée sans me ridi-culiser lorsque la porte des salles d'examen s'ouvrit.

— Ciara ! Quelle agréable surprise ! dit Alicent, ses yeux bleus pétillants alors que les rides du sourire plissaient leurs coins. Dois-je comprendre que tu es le médecin qui a rapidement évalué une réaction allergique potentielle ?

Je hochai la tête.

— Eh bien, tu avais raison. Les fruits de mer exotiques des hors-d'œuvre ne lui ont pas convenu, dit la dame plus âgée avec un air de découragement excessivement exagéré.

Je m'ébrouai.

— Un classique. As-tu besoin d'aide ?

Alicent secoua la tête, ses boucles noires striées de gris rebondissant autour de son visage ridé.

— Ça va. Amuse-toi bien. Et merci de l'avoir amenée si vite. Elle aurait eu beaucoup de mal à venir ici toute seule, dit Alicent en souriant tour à tour au Témerne et à moi.

— Tout le plaisir était pour nous, répondit Kayog.

Nous la saluâmes d'un signe de la main et quittâmes l'infirmerie en hochant la tête à l'infirmière qui faisait également office de réceptionniste.

— Le Symposium Intergalactique de Médecine semble être un sacré changement de décor pour vous, dis-je d'un ton taquin alors que nous nous dirigions vers les ascenseurs.

Il haussa un sourcil plumeux en me lançant un regard oblique avec un soupçon d'amusement.

— Qu'est-ce qui vous fait dire ça ?

— N'êtes-vous pas le célèbre Kayog Voln, le Dieu des Entremetteurs de la galaxie ?

Il rejeta la tête en arrière et éclata de rire. C'était un rire franc, guttural et puissant, d'une manière incroyablement contagieuse. Je me surpris à rire moi aussi.

— Dieu des Entremetteurs... Ça sonne très bien. Ma bien-aimée Linséa n'appréciera pas que vous flattiez mon ego considérable à ce sujet, dit-il en plaisantant. Mais vous avez un avantage injuste sur moi.

— Ah bon ? Et quel est-il ? demandai-je alors qu'il appuyait sur le bouton de l'ascenseur pour nous ramener au rez-de-chaussée où se déroulait le symposium.

— Vous savez qui je suis, mais je n'ai entendu votre prénom

que lorsque le médecin vous a saluée, dit-il avec un air blessé dramatique.

Je ne pus m'empêcher de rire à nouveau tout en secouant la tête. J'avais entendu parler de sa personnalité enjouée et espiègle, mais je ne m'attendais pas à ce qu'il soit aussi charmant en personne.

— Toutes mes excuses, répondis-je de la même manière exagérément théâtrale tout en pressant une paume contre ma poitrine. Pardonnez mon impolitesse épique, Maître Voln. Je m'appelle Ciara Stark, je suis médecin avec une spécialisation en épidémiologie et je suis fière d'être membre de l'Organisation des Médecins Interstellaires depuis quatorze ans.

— Fantastique ! Je suis impressionné. Eh bien, Dr Stark, serait-ce trop audacieux de ma part de vous appeler par votre prénom ?

Je souris.

— Pas du tout, Kayog. Ces événements sont peut-être un peu guindés, mais je suis bien plus décontractée.

— Le Créateur soit loué ! répondit-il avec un soulagement excessif qui me fit sourire davantage. Ma Linséa me toise constamment à cause de mon manque de décorum dans ce genre de situations.

Je lui lançai un regard compatissant, même si je savais qu'il exagérait outrageusement son mauvais comportement. Bien que brève, la période pendant laquelle je l'avais observé avec sa conjointe avait montré qu'il se conduisait parfaitement dans ces environnements guindés.

— Je ne peux qu'imaginer. Ce que j'ai plus de mal à concevoir, c'est comment un entremetteur et une ambassadrice ont fini par se marier. Je n'aurais jamais pensé qu'un tel couple puisse fonctionner, et pourtant vous êtes absolument parfaits ensemble, songeai-je à voix haute.

Son visage se fondit dans la même tendresse qu'il avait affichée les quelques fois où je l'avais surpris en train d'observer sa femme.

— Nous sommes vraiment faits l'un pour l'autre. Elle est mon âme sœur. Et notre union est très utile. Chaque fois que j'accompagne ma bien-aimée dans ce genre d'événements, je rencontre d'innombrables personnes, ce qui m'aide à trouver le bon partenaire pour mes clients. Et cela se produit généralement dans les endroits les plus inattendus.

Je hochai la tête tandis que l'ascenseur s'arrêtait.

— C'est logique, dis-je en sortant de la cabine.

— Et toi, Ciara ? me demanda-t-il alors que nous retournions nonchalamment vers la salle de réception. Je ne vois pas de bague à ton doigt. Mais tu peux me dire de me mêler de mes affaires.

Je haussai les épaules.

— C'est bon. Ma vie n'a rien à voir avec le genre d'histoires d'amour que tu as probablement entendues un milliard de fois. Il n'y a pas de bague parce que je la lui ai jetée au visage avant de le mettre à la porte une fois que j'ai découvert qu'il volait mes recherches.

— Oh non ! s'exclama Kayog avec une véritable expression de sympathie.

Pour une raison idiote, cela me toucha. Je lui adressai un sourire résigné.

— Malheureusement, oui. Collin travaillait également avec l'Organisation des Médecins Interstellaires. Comme moi, il était spécialisé en épidémiologie. Nous avons travaillé ensemble sur quelques projets et avons commencé à nous fréquenter. Je me targe d'être une femme intelligente, mais j'étais tellement aveugle. Il ne m'a jamais aimée. Pendant tout ce temps, il m'utilisait pour préparer le type d'article qui lui ouvrirait de nombreuses portes.

— L'ambition peut être un cancer dans de nombreuses relations, répondit Kayog avec une expression désolée.

— Exact, sauf que c'était complètement stupide dans notre cas puisque je n'ai jamais été du genre ambitieux. Tout ce que cet idiot avait à faire était de me demander de l'aide, et je la lui aurais accordée sans hésiter. Je n'avais aucun désir de gloire. Il aurait pu entièrement se l'attribuer avec ma bénédiction, dis-je, ma vieille colère refaisant surface.

— Je suis désolé. Tu méritais certainement mieux. C'est récent ? demanda-t-il d'une voix douce, presque paternelle.

Je lui souris de manière rassurante et secouai la tête.

— Non. Tout cela s'est terminé il y a quelques années.

Il hésita et sembla choisir ses mots avec soin avant de s'arrêter près de la balustrade au bord de la promenade qui donnait une vue imprenable des étages inférieurs. Je m'arrêtai également et le dévisageai avec curiosité.

— As-tu encore des sentiments pour lui ?

Je m'ébrouai et le regardai comme s'il avait perdu la tête.

— Bon Dieu, non ! Je ne me languis absolument pas de ce connard. Les sentiments que j'éprouve encore pour lui sont une forte envie de lui mettre un coup de poing dans la gorge. Mais non, je suis complètement guérie de lui. Sur le coup, cela m'avait anéantie, mais je suis contente que ce soit arrivé. J'ai échappé à une catastrophe majeure. La prochaine fois, je me tiendrai à l'écart de toute personne qui travaille également dans le domaine médical et qui a de grandes ambitions.

Il pencha la tête de cette drôle de façon que les oiseaux faisaient souvent en me regardant avec une grande intensité.

— Pas de domaine médical… Hmm. Et qu'est-ce que tu aimerais ou n'aimerais pas d'autre chez un potentiel conjoint ?

Je gloussai, réalisant soudain qu'il faisait son truc consistant à évaluer chaque personne qu'il rencontrait comme un candidat éventuel pour son agence matrimoniale. Bien que je sois célibataire depuis un certain temps, je n'étais pas activement à la recherche d'un conjoint. Cela dit, maintenant que j'avais toute l'attention du Dieu des Entremetteurs, je me trouvai soudainement prise au jeu et me demandai s'il pouvait réellement trouver mon âme sœur.

— Eh bien, puisque tu me le demandes, je voudrais quelqu'un qui soit l'opposé de Collin en matière de valeurs. Il devrait être honnête, avoir une bonne moralité, être généreux, altruiste et s'engager dans cette relation pour moi, et non pour ce qu'il peut obtenir de moi.

Le Témerne hocha la tête, son bec s'étirant en un sourire aussi large que sa rigidité le permettait.

— Quelqu'un de digne de confiance et ayant des principes comme un Obosien ?

— Oh, mon Dieu ! dis-je en m'éventant de manière dramatique. Tu devrais savoir qu'il ne faut pas taquiner une femme avec la perspective de se marier avec l'un de ces beaux spécimens, ajoutai-je en lançant un regard peu subtil à l'un des deux gardes obosiens qui patrouillaient sur la promenade. Dommage qu'ils ne nous prêtent pas attention.

Ce fut à son tour de rire.

— Je reçois un nombre insensé de demandes de femmes humaines qui souhaitent être jumelées à l'un de ces impressionnants mâles. Cela signifie-t-il que tu aimerais être appariée à un Obosien ?

— Bien sûr ! Quelle drôle de question à poser, dis-je en lui lançant un regard gentiment réprobateur.

— Excellent ! Parce que ton âme sœur en est un ! s'exclama Kayog avec enthousiasme.

Mon cerveau se figea et je le dévisageai bouche bée, me demandant s'il se moquait de moi.

— Tu es sérieux ?

Il hocha la tête.

— Pendant que tu m'aidais avec cette pauvre femme, j'ai réalisé que ton âme me semblait familière. Je voulais te parler pour confirmer mes soupçons. Et il ne fait aucun doute dans mon esprit que tu es l'âme sœur de Lord Amreth Vahna. C'est un Directeur de prison sur Molvi, et un mâle des plus merveilleux.

— Tu es sérieux ?! insistai-je, l'esprit chamboulé par une telle perspective.

— Oui, Ciara. Je suis sérieux. Je peux être très espiègle quand je m'y mets. Mais quand il s'agit de réunir des âmes sœurs, je ne plaisante pas et je ne me trompe jamais. Toi et Lord Amreth êtes faits l'un pour l'autre. J'en suis certain.

— Oh, mon Dieu ! murmurai-je en pressant mes paumes contre mes joues.

Un Obosien… Mon âme sœur était l'un de ces incroyablement sexy Seigneurs de l'Enfer !

Kayog sourit.

— Dois-je comprendre que tu approuves ?

— Bien sûr que oui ! répondis-je, comme s'il avait dit quelque chose de bête.

Il éclata de rire.

— Je suis content de l'entendre. Malheureusement, ce n'est pas le moment d'en discuter. Ma bien-aimée m'attend. Mais demain matin, avant notre départ, nous pourrons en parler davantage.

Je hochai la tête avec enthousiasme.

— Absolument !

— Parfait. Pourquoi ne viendrais-tu pas avec moi ? Je te présenterai ma Linséa.

— J'en serais ravie, dis-je alors que nous nous dirigions vers les grandes portes de la salle de réunion.

Je ne pus m'empêcher de tendre le cou pour jeter un autre coup d'œil à l'un des gardes obosiens, mon imagination fertile multipliant les spéculations à savoir à quoi ressemblait le mien. J'étais particulièrement curieuse au sujet des piercings dont leur peuple était si friand. Je réprimai immédiatement ces pensées coquines de peur que les capacités empathiques du Témerne ne me trahissent.

— Au fait, sache que l'Agence Prime ne s'occupera pas de votre union, expliqua-t-il prudemment. Comme aucun de vous n'appartient à une espèce primitive, nous ne pouvons pas nous impliquer officiellement. Cependant, je vous présenterai l'un à l'autre en tant qu'ami.

— Merci, dis-je avec une sincère gratitude alors que nous nous dirigions vers sa splendide conjointe.

— Te voilà ! dit Linséa d'un ton légèrement désapprobateur, même si je remarquai la note d'espièglerie sous-jacente. Je commençais à me sentir délaissée.

— Jamais, mon amour. Jamais ! dit Kayog en la serrant dans ses bras avant de frotter doucement son bec contre le sien.

L'amour qui rayonnait entre eux semblait être une entité vivante. Cette fois, la vague d'envie qui voulait jaillir en moi fut rapidement étouffée par un sentiment d'anticipation irrépressible. Aurais-je, moi aussi, quelque chose d'aussi puissant avec mon Amreth ?

— Ma Linséa, j'amène une nouvelle amie. Je te présente Ciara Stark, dit Kayog après avoir relâché sa conjointe. Ciara, je te présente l'amour de ma vie, Linséa Voln.

— Enchantée de faire ta connaissance, Ciara, dit Linséa d'une voix amicale qui donnait l'impression d'être enveloppée dans une couverture chaude.

— Tout le plaisir est pour moi, à plus d'un titre, dis-je sur le même ton.

— Cela devrait-il me rassurer sur le fait que mon conjoint n'a pas fait de coup pendable ? demanda-t-elle d'un ton taquin.

Kayog émit un son dédaigneux comme si elle avait dit quelque chose d'offensant.

— Je suis toujours à l'affût de faire des mauvais coups... et de jouer les entremetteurs.

— Les entremetteurs ? répéta Linséa, les yeux écarquillés.

Il hocha la tête avec un air suffisant tandis que je lui adressais un sourire timide, me sentant soudainement gênée sans raison valable.

— Tout à fait. J'ai oublié de préciser que Ciara est aussi l'âme sœur de Lord Amreth.

— Non ! s'exclama Linséa en pressant ses deux paumes contre sa poitrine avec un air de bonheur incrédule. Quelle merveilleuse nouvelle ! Amreth est un mâle formidable et tellement altruiste. Sans mentionner qu'il est un régal pour les yeux !

— Hé ! s'exclama Kayog avec une fausse indignation.

Linséa et moi éclatâmes de rire. Elle lui donna un petit coup de coude en lui lançant un regard dédaigneux.

— Oh, tais-toi, mon époux. N'importe qui peut voir à quel point il est beau. Même toi, tu l'as dit.

— C'est vrai, mais je suis un mâle, qui plus est pathétiquement peu sûr de lui, dit-il d'un ton boudeur.

Elle s'ébroua.

— Ton ego est trop immense pour que tu puisses seulement concevoir ce que c'est que de manquer d'assurance. Et pourtant, je t'aime quand même.

— Parce que je suis aimable, câlinable et incroyablement adorable, dit-il d'un air suffisant, en passant une aile autour d'elle pour la rapprocher de lui.

Sa conjointe se couvrit le visage de la paume tandis que je riais. Ils étaient tous les deux ridiculement adorables. J'ouvrais la bouche pour le dire quand une forte explosion secoua le vaisseau.

Des cris effrayés remplirent la pièce lorsque l'alarme se déclencha et que des lumières jaunes se mirent à clignoter sur les bords du haut plafond.

— Le vaisseau subit une attaque, dit la voix apaisante de l'intelligence artificielle du vaisseau par le biais du com. Verrouillage d'urgence activé. Tous les civils sont priés de se mettre à l'abri, sur place.

CHAPITRE 2

CIARA

Deux des cinq gardes obosiens présents dans la pièce se précipitèrent vers Élias Jacobs. Deux autres se dirigèrent vers l'extérieur, tandis que le dernier ouvrait un compartiment caché dans le mur, révélant un impressionnant arsenal d'armes, principalement des boucliers, des épées et des bâtons. Bien que je comprenne leur réticence à avoir des armes de tir à portée de main, je fus troublée de constater qu'ils n'avaient qu'une poignée de blasters, tous semblant être des pistolets paralysants de base.

À ma grande consternation, les deux premiers gardes escortèrent le Dr Jacobs hors de la pièce par un passage secret. À en juger par son expression, cela ne le surprit pas.

— Jacobs s'y attendait, dit Kayog d'une voix glaciale, comme s'il avait lu dans mes pensées.

L'éclat dur dans ses yeux me prit de court. Disparu était le mâle âgé jovial et espiègle qu'il incarnait souvent.

— Reste avec ma Linséa, ordonna-t-il.

Je hochai la tête fermement, tout en essayant de réprimer la panique qui voulait s'enraciner profondément en moi. Il caressa la joue de son épouse puis se dirigea vivement vers le compartiment caché contenant les armes. Linséa me serra l'épaule d'un geste rassurant, tout en gardant les yeux rivés sur son mari, le dos tendu.

Je jetai un coup d'œil en direction de Jacobs qui s'enfuyait. Les panneaux ornés des murs qui s'étaient ouverts pour le laisser passer étaient maintenant refermés. Si je ne les avais pas vus s'ouvrir pour lui permettre de fuir, je n'aurais jamais soupçonné leur existence. Il avait prévu cette éventualité.

Mais que se passe-t-il donc ?

Kayog s'empara d'un impressionnant bâton de combat avant de revenir vers nous. Quelques instants avant qu'il ne puisse nous rejoindre, une autre série d'explosions secoua le vaisseau. Cette fois, les gens cédèrent à la panique. Les lumières jaunes virant à l'orange ne firent rien pour calmer les choses. Quelques personnes se précipitant vers les portes suffirent à déclencher une bousculade.

Le seul Obosien restant dans le hall s'envola vers l'entrée, ses yeux bleu argenté brillants. Il me fallut un moment pour comprendre ce qu'il faisait lorsqu'il commença à tourner au-dessus de la foule. La poussée frénétique menaçait d'écraser les personnes à l'avant contre les portes scellées. Elle s'estompa brusquement. L'Obosien utilisait son aura apaisante appelée *bakaan* sur les invités. Mais ils étaient trop nombreux. Avec les explosions incessantes, cela n'aurait été qu'une question de temps avant que leur peur ne l'emporte sur sa capacité à les apaiser.

Je sursautai lorsque Kayog passa un bras protecteur autour de mes épaules. Linséa s'agrippa à son autre bras dont la main tenait fermement le bâton. Avec une expression déterminée, il nous guida prudemment vers les portes, mais hors de la cohue principale.

Le son de l'alarme devint plus strident quelques instants avant que la voix de l'I.A. ne résonne à nouveau.

— Le vaisseau a été infiltré. Tous les passagers sont priés de rester calmes et de se diriger de manière ordonnée vers les vaisseaux de sauvetage les plus proches. Je répète, le vaisseau a été infiltré. Tous les passagers sont priés de rester calmes et de se diriger de manière ordonnée vers les vaisseaux de sauvetage les plus proches.

Ses paroles ouvrirent les vannes que même les pouvoirs apaisants de l'Obosien ne purent endiguer. Pendant un terrible instant, je craignis que les personnes les plus proches des portes ne soient écrasées contre celles-ci. Heureusement, les serrures automatiques se désactivèrent et les portes massives s'ouvrirent, permettant aux gens de se précipiter à l'extérieur. Cela n'empêcha pas certains de ceux qui se trouvaient devant d'être projetés au sol.

Avant qu'ils ne soient piétinés, l'Obosien, grâce à son aura apaisante et aux capacités étonnantes de son Lumiak, éloigna la foule en fuite des personnes tombées par terre avant de se précipiter pour les ramasser et les remettre sur pied afin qu'elles puissent s'échapper. Dans d'autres circonstances, j'aurais été émerveillée d'assister en direct à la démonstration d'un Obosien utilisant ses pouvoirs de manière non létale.

Entre autres choses, ils pouvaient invoquer leur Lumiak, qui était en fait de la foudre. Ses vrilles lumineuses s'enroulaient autour de ses mains et jaillissaient du bout de ses doigts. À faible intensité, elles ne faisaient que nous donner une petite décharge. À moyenne intensité, elles agissaient comme un Taser. Mais à intensité maximale, elles pouvaient littéralement réduire leur cible en cendres.

Un cri étouffé m'échappa lorsque le bras de Kayog se glissa autour de ma taille et qu'il me souleva sans effort. J'eus à peine le temps de m'accrocher à ses épaules avant qu'il ne batte des ailes et ne s'envole au-dessus de la foule paniquée qui se déversait sur la promenade. Par-dessus son épaule, j'observai Linséa soulever une frêle vieille femme de la même manière et s'envoler avec elle, dans notre sillage. Nous débouchâmes sur la promenade où régnait un chaos total.

Une marée de gens envahit l'espace. Ils se bousculaient sans vergogne, la majorité tentant d'atteindre les ascenseurs tandis que d'autres se précipitaient dans les escaliers. Malheureusement, les personnes arrivant en sens inverse rendaient la circulation encore plus difficile. Les seuls endroits raisonnablement contrôlés étaient les étages supérieurs, car la plupart des invités étaient avec nous à l'étage principal.

Bien que des vaisseaux de sauvetage soient disponibles à chaque niveau, tout le monde tentait d'atteindre les plus grands, créant des embouteillages qui attisaient encore plus la panique. Les ascenseurs étant lents, les gens jouaient des coudes pour essayer d'y entrer à chaque fois qu'ils revenaient. L'I.A. aurait probablement dû en bloquer l'accès.

Une demi-douzaine d'Obosiens volaient dans l'énorme espace vide au centre de la promenade, diffusant leur *bakaan* et intervenant là où des gens semblaient sur le point de se faire écraser contre la balustrade ou de tomber.

J'observai cette scène apocalyptique pendant les quelques secondes qu'il fallut à Kayog pour m'emmener au dernier étage où la plus petite foule s'était rassemblée pour accéder à l'un des vaisseaux de sauvetage. Il me posa sur mes pieds, le visage tendu, tandis que sa conjointe atterrissait quelques instants plus tard avec la femme âgée.

— Monte à bord du vaisseau et pars immédiatement, ordonna Kayog.

— Et vous ? demandai-je, l'inquiétude audible dans ma voix alors que je jetais un coup d'œil tour à tour à lui et à sa femme.

— Nous devons aider les plus vulnérables à sortir de cette pagaille. Nous te suivrons bientôt. Vas-y, dit-il d'un ton qui ne souffrait aucune discussion.

La gorge serrée, je hochai la tête.

— Merci !

Il sourit, se retourna et s'envola avec sa conjointe. Une partie de moi se sentait coupable de m'échapper au lieu de rester pour aider. Mais par expérience, je savais très bien que les gens remplis de bonnes intentions finissaient souvent par créer beaucoup plus de problèmes aux premiers intervenants en se mettant en travers de leur chemin au lieu de suivre les instructions d'évacuation lorsqu'on le leur demandait. Je n'allais pas être l'une de ces personnes.

La vieille dame que Linséa avait amenée se tenait déjà avec la foule qui se frayait un chemin à travers les portes voûtées vers le vaisseau de sauvetage nord-est du quatrième étage. Je les rejoignis, reconnaissante que les gens ici soient encore pour la plupart civilisés, en grande partie grâce à la file qui avançait régulièrement.

Alors qu'il ne me restait plus que cinq mètres à parcourir avant de pouvoir entrer dans le couloir menant au vaisseau de sauvetage, une nouvelle explosion violente secoua le vaisseau. Je trouvai fugacement étrange l'absence de nuages de fumée dans la promenade ou de tout signe d'incendie apparent.

Ma mâchoire tomba lorsque les Obosiens cessèrent soudainement leurs efforts de contrôle de la foule et convergèrent tous vers le coin nord-ouest de la promenade au niveau principal, trois en dessous de celui où je me trouvais. Alors qu'ils avaient auparavant lancé de faibles décharges de Lumiak sur les passagers paniqués pour interrompre leurs comportements problématiques, cette fois-ci, ils lançaient des décharges qui semblaient mortelles sur des cibles que je ne pouvais pas voir de là où je me trouvais.

Cela ne pouvait que signifier que les pirates nous avaient abordés.

Comment était-ce possible alors que ce vaisseau possédait la technologie de défense la plus avancée de ce Secteur de la galaxie ?

Mais ce fut la suite des événements qui me coupa le souffle.

Quelques secondes après être passés à l'offensive, les Obosiens cessèrent soudainement de lancer leurs éclairs, la moitié d'entre eux clignant des yeux tandis que les autres se tenaient carrément la tête à deux mains, comme en réaction à un énorme mal de tête ou en secouant la tête pour s'éclaircir les idées. Leurs trajectoires de vol devinrent erratiques, obligeant la plupart d'entre eux à effectuer un atterrissage d'urgence sur le niveau le plus proche de la promenade.

Les envahisseurs devaient utiliser une sorte d'attaque psionique contre eux.

À ma grande surprise, Kayog fonça soudainement vers eux, la paume de sa main droite levée dans la direction où les Obosiens avaient lancé leur foudre, ses yeux argentés brillant. En quelques secondes, les Obosiens les plus proches de lui semblèrent se remettre de ce qui les affectait, et ils chargèrent à nouveau pour repousser les envahisseurs. Trop de questions fusèrent dans mon esprit. Utilisait-il une sorte de pouvoir cinétique ou avait-il un don de perturbation psychique ?

Je savais que Kayog possédait des pouvoirs spéciaux extrêmement rares chez son peuple, mais cela défiait tout ce que j'avais entendu sur les capacités d'un Témerne.

Un autre passager me rentra dedans avec un peu trop de force, ce qui me rappela que je devais me magner. Détournant les yeux de ce spectacle, je fis quelques pas de plus en avant, mais un cri strident retentit à ma droite, quelques instants avant que je n'entre dans le couloir menant au vaisseau.

Mon sang se glaça en voyant une Darwandir suspendue à la balustrade. Quelqu'un avait dû la heurter accidentellement en se précipitant vers la sortie, la faisant tomber par-dessus la balustrade. À ma grande consternation, une demi-douzaine de personnes passèrent devant elle en courant, ignorant ses cris à l'aide alors qu'elle se débattait pour s'accrocher.

Jurant entre mes dents, je poussai les gens derrière moi, dont beaucoup me fusillèrent du regard ou me crièrent dessus parce que j'entravais leur voie de sortie. Faisant fi de leurs protestations, je me frayai un chemin jusqu'à la femelle. Je tentai de saisir ses bras trop longs et trop maigres. Dès que j'eus refermé mes mains autour de ses poignets et commencé à tirer, quelque chose sembla se briser en elle. Elle hurla comme une banshee, émettant un son douloureux à mes oreilles alors qu'elle essayait frénétiquement de grimper sur moi.

Dans un moment de pure terreur, je réalisai qu'elle était devenue trop terrifiée, son instinct de survie éclipsant toute pensée rationnelle dans ses efforts désespérés pour se sauver. Je criai alors qu'elle enfonçait ses griffes en moi.

— ARRÊTE ! criai-je. J'essaie de t'aider. Tu me fais mal !

Mais elle était trop affolée. Elle continua de hurler et de me griffer, et le sang commença à couler le long de mes bras. J'essayai de m'éloigner de la balustrade, espérant que si je tombais en arrière, cela l'entraînerait avec moi sur la promenade. Une fois en sécurité, elle arrêterait de me lacérer. Mais mon mouvement ne fit que l'effrayer davantage. Elle essaya de sauter, se propulsant vers le haut avec ses pattes sur le bord inférieur de la balustrade, et enfonçant ses griffes dans mes épaules.

Comme elle n'avait pas donné un élan assez puissant, elle retomba en arrière, me tirant vers l'avant avec une telle force que je me retrouvai pliée en deux sur la balustrade. Je hurlai de douleur et de terreur en tendant aveuglément la main vers la balustrade pour m'y accrocher et éviter de tomber dans le vide, vers ma mort et la sienne. Mais plus terrifiée que jamais, la Darwandir se déchaîna dans ses tentatives désespérées de m'utiliser comme échelle pour atteindre la sécurité.

Ma tête tournait alors que la pression sur ma poitrine empêchait mes poumons de se dilater et ainsi me permettre de respirer. Mes cris alors qu'elle continuait à me mettre en lambeaux n'aidaient pas. Je pouvais sentir mes mains picoter et s'engourdir alors que ses griffes s'enfonçaient dans ma chair de chaque côté de ma colonne vertébrale. Un son étouffé m'échappa lorsqu'elle posa son genou sur l'arrière de ma tête alors qu'elle continuait à grimper sur moi.

Je me souviens vaguement d'avoir pensé que j'allais probablement mourir d'une fracture du cou ou de la colonne vertébrale d'une minute à l'autre. Puis quelque chose – probablement quelqu'un qui passait devant nous en courant – heurta violemment ma hanche gauche. Cela déstabilisa la femelle affolée, la faisant tomber en arrière. Elle poussa un cri de terreur, enfonçant encore davantage ses griffes à l'arrière de mes cuisses pour se propulser vers l'avant, mais ne réussit qu'à nous faire basculer toutes les deux par-dessus la rambarde.

Mon cri se mêla au sien alors que nous chutions dans le vide vers une mort certaine.

Pendant les quelques secondes que dura la chute, un million de pensées et de regrets me traversèrent l'esprit. J'aurais dû monter dans ce vaisseau de sauvetage. Ou du moins, j'aurais dû respecter les mesures de sécurité pour secourir une personne prise de panique. J'aurais dû demander de l'aide. J'aurais dû...

J'aurais dû avoir l'occasion de rencontrer Amreth.

Juste au moment où cette pensée me traversait l'esprit, et malgré la douleur lancinante causée par mes innombrables blessures et lacérations, je réalisai que ma descente avait ralenti, comme si un champ de force l'amortissait. Ma chute s'arrêta complètement en l'air, puis je commençai à glisser latéralement vers la sécurité de l'un des étages inférieurs de la promenade. Je n'aurais su dire lequel alors que je luttais pour demeurer consciente.

— Silence, dit une femelle d'une voix douce, bien qu'affectée par la vibration la plus étrange.

Pendant une fraction de seconde, je crus qu'elle s'adressait à moi. Je ne croyais pas émettre le moindre son, à part peut-être des gémissements de douleur. Mais le bruit affreux qui assaillait mes oreilles et qui s'arrêta soudainement me fit comprendre que c'était la femelle Darwandir qui était encore en train d'hurler.

La vue brouillée, je fixai un mâle d'une espèce que je n'avais jamais vue auparavant. Il avait une fourrure brun clair et des traits simiesques, bien que semblant se tenir debout comme un humain. À côté de lui, une femelle, également d'une espèce que je n'avais jamais vue auparavant mais différente de la sienne, m'observait avec une expression indéchiffrable. Sa peau pâle, gris blanchâtre, était ornée de stries veinées sombres.

Malgré la douleur atroce qui menaçait de me submerger, ce fut la peur qui m'arracha un gémissement lorsque le mâle se pencha pour passer un étrange appareil sur mon visage. Je réalisai soudain qu'il s'agissait d'une sorte de scanner.

— Elle est l'une des leurs, dit-il à la femelle.

— Mais pas Élias. Le lâche s'est enfui, répondit-elle d'un ton coupant.

— Nous nous y attendions, dit le mâle d'un ton dédaigneux, bien que la colère persistât dans sa voix. Peu importe. Cette femelle fera l'affaire.

— Je... je ferai l'affaire ? balbutiai-je, une nouvelle vague de peur me traversant.

Il me montra ses crocs et siffla avec colère. Simultanément, une puissante explosion d'énergie émana de lui. Elle ne me frappa pas physiquement, et pourtant j'eus l'impression que mon cerveau avait reçu une gifle. Un voile d'obscurité descendit devant mes yeux, et le néant me réclama.

CHAPITRE 3
AMRETH

J e me délectai de l'intense sensation de puissance que me procurait toujours mon Lumiak. Mes doigts picotaient alors que l'électricité pure s'écoulait de mes mains pendant que je remplissais les cristaux de mon Quadrant Léger. Les cristaux fournissaient de l'énergie aux détenus purgeant leur peine dans la zone la moins sauvage des quatre Quadrants de mon Secteur. Ces Quadrants étaient classés de Léger à Obscur, le premier accueillant les criminels les moins dangereux, les Quadrants Gris Q2 et Q3 des individus de plus en plus dangereux, et le dernier contenant les pires d'entre eux, principalement jugés non réhabilitables.

Les chances de survie des détenus diminuaient de façon exponentielle en fonction du Quadrant dans lequel ils étaient incarcérés, tout comme leur qualité de vie. Conformément à la loi, en tant que Directeur de mon Secteur, je devais fournir à mes prisonniers le minimum nécessaire à leur survie. Cela signifiait une certaine quantité de nourriture, de l'énergie pour répondre à leurs besoins électriques de base, un endroit où s'abriter et les moyens d'améliorer leur sort.

La nourriture et les ressources énergétiques étaient fournies chaque mois dans une quantité fixe. Cependant, s'ils le souhaitaient, les prisonniers pouvaient travailler à la récolte et à la transformation de certaines des ressources naturelles situées dans leur Quadrant. C'était entièrement sur une base volontaire. Mais j'achetais au prix du marché tout ce qu'ils produisaient. En retour, ils pouvaient utiliser ces crédits soit pour améliorer leurs conditions de vie, soit pour acquérir des cristaux supplémentaires afin de disposer de plus grandes réserves d'énergie à dépenser au cours de ce mois, soit pour les mettre sur un compte d'épargne qui leur donnerait un bon coup de pouce une fois libérés.

Comme c'était souvent le cas dans la plupart des Secteurs gérés par d'autres Directeurs, mon Quadrant Léger s'en sortait beaucoup mieux sur ce plan. Les détenus faisaient un effort coordonné pour être productifs plutôt que de passer tout leur temps à se protéger des autres prisonniers – ou à comploter contre eux – ce qui avait tendance à être la norme dans les Quadrants Q2 à Q4.

Et pourtant, pour la première fois en neuf ans, les cristaux supplémentaires que les détenus avaient acquis dans mon Quadrant Léger ne seraient pas remplis, et il n'y aurait pas d'excédents qui leur seraient dus. Grâce à Gaelec, ils avaient bénéficié de ce confort supplémentaire pendant un certain temps. Au cours de ses douze années de prison, il avait effectué un travail impressionnant d'entretien et d'optimisation. Il avait sagement consacré la majeure partie de son temps ici à acquérir de nouvelles compétences qui lui avaient permis d'améliorer la vie de tous.

Les premiers signes de déclin étaient apparus après le septième mois. Les idiots n'arrêtaient pas de se plaindre de la détérioration de leurs conditions de vie. Mais c'était leur problème. Ils savaient depuis le début que le temps de Gaelec parmi nous touchait à sa fin. Quelqu'un d'autre aurait dû prendre le relais et apprendre de lui pour pouvoir poursuivre son travail après son départ. Mais ils avaient été trop paresseux.

C'était leur perte.

Néanmoins, cela me faisait chaud au cœur de savoir que, neuf mois après sa libération, non seulement Gaelec prospérait, mais qu'il avait été apparié avec son âme sœur qui attendait maintenant leur premier enfant. Malgré les innombrables programmes de réinsertion que je mettais à la disposition de mes détenus, bien trop peu de personnes en profitaient, et surtout ceux de son espèce. Je ne pouvais qu'espérer que son succès soit une source d'inspiration pour d'autres Nazhrals comme lui.

D'une manière idiote, penser à Gaelec me donnait l'impression d'être un père fier. Enfin, d'accord, plutôt un grand frère fier. Après tout, je n'étais pas si vieux.

Mais je vieillis et je me sens seul.

Le visage de Malaya défila devant mes yeux et me remplit immédiatement de honte. Trop souvent, ces dernières années, la pensée fugace qu'elle aurait pu être ma conjointe refaisait surface. Cela me faisait d'autant plus honte qu'elle était l'âme sœur de mon meilleur ami. Certes, je n'étais pas amoureux de Malaya, mais je l'aimais. Alors que mon cœur débordait de bonheur pour mon ami Kronos, je ne pouvais réprimer l'envie que je ressentais toujours au plus profond de moi en les voyant ensemble.

J'aspirais au même type de connexion merveilleuse qu'ils partageaient. Leur amour était comme une entité vivante dont on voulait simplement s'emparer et la garder pour toujours.

Cela signifie que tes stupides fesses doivent socialiser davantage pour trouver l'élue de ton cœur.

Malheureusement, c'était plus facile à dire qu'à faire. Il n'y avait pas beaucoup de femelles désireuses de s'installer sur une planète prison. Le pire, c'était que Kayog ne pouvait même pas m'aider dans cette entreprise. Nous, les Obosiens, étions bien trop avancés pour jouir des services de l'Agence Prime. Et les probabilités qu'une autre conjointe accusée à tort atterrisse sur Molvi et ait besoin de la protection d'un Seigneur de l'Enfer –

comme cela avait été le cas avec Malaya – étaient infimes, voire nulles.

Alors que je commençais à remplir les cristaux de Q2, mon com retentit. J'eus un choc en voyant le nom de l'émetteur. Kayog demandait à m'appeler dans quarante-cinq minutes.

— Au nom de Tharmok, de quoi s'agit-il ? me murmurai-je.

Mon esprit se mit immédiatement à spéculer. Étaient-ce des nouvelles de Gaelec ? Le Témerne avait-il trouvé une partenaire pour un autre détenu ? La conjointe hautement improbable accusée à tort à laquelle je pensais quelques instants auparavant s'était-elle réellement manifestée ?

Je me forçai à me concentrer sur mes tâches plutôt que de me perdre dans des conjectures inutiles. Je remplis rapidement les cristaux de mes autres Quadrants. Bien que je sois un fervent partisan du respect des lois et de l'application de sanctions justes mais sévères à l'encontre de ceux qui les enfreignaient, je n'étais pas sans cœur. La faible production des prisonniers du Q4 au cours du mois dernier me décourageait. Leurs gains suffiraient à peine à compléter leurs réserves d'énergie de base. Comme ils n'avaient absolument pas réussi à rationner leur utilisation, ils allaient bientôt en manquer et souffrir ce mois-ci... encore.

Mais c'était leur problème. Ma tâche accomplie, je m'envolai de la petite île sur laquelle reposaient les cristaux. Elle était entourée d'une petite étendue d'eau remplie de créatures diaboliques qui anéantiraient quiconque serait assez fou pour tenter de la traverser afin de trafiquer le réseau électrique du Secteur.

Je survolai la forêt qui divisait mon secteur en quatre Quadrants. Aucun garde n'était nécessaire pour empêcher les prisonniers de s'échapper, car les créatures encore plus redoutables qui habitaient la forêt s'assuraient que quiconque serait assez fou pour s'aventurer trop profondément y trouverait une fin horrible. Distraitement, je suivis les Faernych qui peuplaient ma forêt. Ces créatures géantes dotées de cinq têtes draconiques en étaient les principaux gardiens. Leur venin acide et mortel pouvait tuer en quelques minutes. Leur vitesse de vol démente les rendait également presque impossibles à distancer.

Tout étant en ordre, je volai le long de la montagne bordant mon Secteur et au sommet de laquelle ma demeure avait été taillée directement dans la roche. Avant même d'atterrir sur l'une des innombrables terrasses offrant une vue imprenable sur le paysage, je transmis télépathiquement mes émotions à mes Nundars. Ayant senti mon arrivée, ils allaient s'empresser de préparer le dîner. Mais je voulais attendre que mon appel avec Kayog soit terminé.

Comme tous les Obosiens, j'hébergeais un clan de Nundars, que nous appelions généralement nos familiers. Cette espèce très intelligente vivait en reclus et se nourrissait de l'énergie que nous émettions. En échange, ils s'occupaient de toutes les tâches domestiques, y compris le ménage, la cuisine et même les réparations ou la construction. Mieux encore, ils possédaient également une magie impressionnante, qui leur permettait de défendre nos demeures en notre absence contre d'éventuels envahisseurs, ainsi que de formidables pouvoirs de guérison. Ces talents avaient permis aux Nundars de Kronos de sauver Malaya lorsque des Faernychs rebelles avaient attaqué leur foyer.

Alors que j'entrais dans mon bureau en retirant mon plastron, une pensée me frappa soudain. Malaya attendait son premier enfant. Était-ce la raison pour laquelle Kayog me contactait ? Il avait montré une affection presque paternelle envers elle. Lui et Linséa prévoyaient-ils une sorte de cadeau de naissance pour eux et voulaient-ils mon avis ?

Quelques minutes plus tard, mon com se remit à sonner. Je m'installai devant mon ordinateur pour l'accepter en le projetant sur l'écran. Mon sourire chaleureux en voyant son visage se figea immédiatement. Bien que je ne puisse pas lire les auras à travers la technologie, son visage manquait de l'enthousiasme joyeux habituel que j'associais toujours au Témerne.

— Salutations, Kayog, dis-je prudemment. C'est un plaisir de te voir, comme toujours.

— De même que de te voir, répondit Kayog d'une voix étrangement lasse.

— Qu'y a-t-il ? demandai-je, cette fois avec une inquiétude perceptible dans ma voix.

Il poussa un soupir et se frotta le côté du bec avec une expression troublée qui mit tous mes sens en alerte. Je ne l'avais jamais vu ainsi.

— Ces deux derniers jours ont été assez stressants et perturbants, dit Kayog, comme s'il choisissait ses mots.

— Comment ça ? insistai-je, surpris par sa réponse quelque peu évasive.

D'après mon expérience avec lui, Kayog préférait généralement l'approche directe. Qu'est-ce qui pouvait bien le faire se comporter de manière aussi étrange ?

— Tu ne le sais peut-être pas, mais ma conjointe et moi étions à bord du Gladius, répondit-il avec une expression dépitée.

Mes yeux s'écarquillèrent de surprise.

— Pour le Symposium ?! m'exclamai-je.

Il hocha la tête d'un air sombre.

— Oui.

— Tharmok m'emporte ! Ça va ? Est-ce que Linséa va bien ?!

Il hocha de nouveau la tête et m'adressa un sourire triste mais rassurant.

— Oui. Nous allons bien tous les deux. Merci de t'inquiéter.

Je poussai un soupir de soulagement.

— Je suis heureux de l'apprendre. D'après ce que j'ai vu aux nouvelles, de nombreuses personnes ont été blessées, mais heureusement, aucun décès n'a été signalé.

— C'est exact. Certaines personnes ont subi des blessures graves dont elles se remettront heureusement entièrement. Mais elles sont toutes dues à la bousculade de personnes paniquées et non à l'attaque elle-même. Ce que les autorités n'ont pas rendu public, c'est que douze personnes ont été enlevées pendant l'attaque.

— Quoi ? Qui ? Et pourquoi ? m'exclamai-je, stupéfait qu'ils gardent une telle chose secrète après plus de quarante-huit heures.

— Toutes les personnes enlevées travaillaient pour l'Organisation des Médecins Interstellaires, répondit-il calmement.

— Le Dr Jacobs ? demandai-je, l'esprit chamboulé par la révélation.

Le Témerne secoua la tête.

— Jacobs a été évacué dès le début de l'attaque. Il s'en est sorti sain et sauf.

Je plissai les yeux, me sentant immédiatement méfiant.

— C'est étrange. Pourquoi auraient-ils ressenti le besoin de le mettre en sécurité ? Beaucoup de hauts fonctionnaires ont assisté au Symposium. Ont-ils également été évacués plus tôt ?

Kayog secoua une fois de plus la tête. La lueur dure dans ses yeux – quelque chose que je n'avais jamais vue auparavant – fit germer davantage le soupçon.

— Les médecins disparus avaient tous des spécialités différentes. Cependant, hier, neuf de ces médecins ont été restitués, poursuivit-il.

— Restitués ? répétai-je, complètement déconcerté. En échange de quoi ?

— En échange de rien. Ils ont été placés dans des capsules de sauvetage qui ont été lancées sur la lune Delta 5. Une balise a été activée une heure après leur atterrissage pour nous informer de leur localisation afin que nous puissions les secourir.

— Les ravisseurs voulaient suffisamment de temps pour partir, dis-je avec une compréhension immédiate, tandis que Kayog hochait la tête. C'est une très bonne nouvelle, bien qu'étrange. On aurait pu s'attendre à ce que les ravisseurs demandent une rançon ou tuent les prisonniers jugés inutiles. Cela dit, pourquoi me dis-tu cela ?

— À cause des trois personnes qui manquent encore à l'appel, dont l'une est très importante pour toi, répondit le Témerne, l'expression la plus étrange de culpabilité, de tristesse et de compassion sur son visage me laissant perplexe.

— Pour moi ? répétai-je, confus. Comment ça ? Qui est-ce ?

— Elle s'appelle Ciara Stark. C'est une humaine de quarante et un ans. Comme les autres, elle travaille pour l'Organisation des Médecins Interstellaires et est spécialisée en épidémiologie. Elle est avec eux depuis plus de quatorze ans maintenant, expliqua Kayog avant d'afficher une image d'elle.

Mon cœur rata un battement en voyant cette femme magnifique. Pendant une demi-seconde, je crus presque qu'elle était une Obosienne. Elle avait la peau brun foncé et les cheveux d'un blanc pur. Une tache blanche en forme de V sur son front ressemblait presque à un diadème elfique en argent. Cependant, je soupçonnais que c'était le résultat d'un piébaldisme, ce qui aurait expliqué la couleur inhabituelle de ses cheveux pour quelqu'un de son ethnie. Évidemment, elle n'avait pas les cornes, les oreilles pointues et les ailes de chauve-souris de mon peuple, mais cela n'enlevait rien à sa beauté à couper le souffle.

— Elle est magnifique, lâchai-je.

— Je ne suis pas surpris que tu dises ça, répondit-il avec la même expression sympathique, ce qui me fit froncer les sourcils.

— Qu'est-ce que ça veut dire ? Et pourquoi cette mine triste ? demandai-je, mon estomac noué par la tension alors qu'un autre soupçon encore plus puissant faisait surface.

— Tu sais pourquoi, Amreth, dit-il d'un air abattu.

Je le fixai pendant qu'il terminait sa phrase, incapable de me résoudre à accepter ce qu'il venait de dire.

— Impossible. Tu ne peux pas insinuer ce que je crois que tu insinues, dis-je en secouant inconsciemment la tête.

— Si, Amreth. J'insinue bien ce que tu crois. Ciara est ton âme sœur.

— C'est impossible ! m'écriai-je.

— C'est indéniable. Je l'ai rencontrée la nuit de l'attaque du Gladius. J'ai immédiatement reconnu que son âme était faite pour toi. En fait, elle et moi avons eu une longue conversation où je lui ai parlé de toi. Nous étions censés poursuivre cette conversation au matin afin que je puisse vous mettre en contact. Mais le raid a eu lieu.

— C'était il y a deux putains de jours ! m'écriai-je, soudain en colère, la poitrine oppressée à l'idée d'avoir peut-être perdu mon âme sœur avant même d'avoir eu l'occasion de la rencontrer. Pourquoi me le dis-tu seulement maintenant ?

Visiblement offensé par ma réaction, il fit pourtant preuve de stoïcisme et répondit d'une voix calme et posée.

— Parce qu'il y avait plus de deux mille six cents passagers et membres d'équipage à bord. Il a fallu du temps pour mettre toutes ces personnes en sécurité et les recenser. Je ne voulais pas t'envoyer un message avec une terrible nouvelle avant de savoir avec certitude ce qu'il était advenu d'elle.

— Où était-elle lorsque l'attaque a eu lieu ? demandai-je, encore sous le choc.

— Ciara était avec ma conjointe et moi.

— Et tu l'as laissée derrière ? criai-je, scandalisé, en colère et incrédule.

Cette fois, le Témerne serra les mandibules, ses yeux argentés s'assombrissant d'indignation, bien que leur contour semblât légèrement briller comme s'il tentait de retenir une sorte de pouvoir psychique. En possédait-il ?

— Absolument pas ! s'exclama-t-il. Dès qu'ils ont ouvert les portes de la salle de réception, je l'ai emmenée en volant vers la sortie la plus sûre pour qu'elle puisse monter à bord d'un des vaisseaux de sauvetage. Elle aurait dû être en sécurité pendant que j'allais combattre et aider d'autres personnes en détresse.

Mais pendant que je luttais, elle est allée secourir quelqu'un qui s'accrochait à l'une des balustrades de la promenade pour lui sauver la vie. Et malheureusement, toutes les deux sont tombées.

— ELLE EST MORTE ! criai-je en me levant d'un bond, l'horreur me serrant le cœur.

— Non ! s'exclama Kayog en levant les mains en signe d'apaisement. Elle n'est pas morte de sa chute. Les agresseurs l'ont attrapée, ainsi que la Darwandir qu'elle tentait de sauver. Ils ont relâché la Darwandir, mais ont gardé Ciara.

Je passai une main tremblante et nerveuse dans mes longs cheveux blanc argenté tout en me laissant retomber sur ma chaise. Le soulagement et l'inquiétude me tordaient les entrailles.

— Mais pourquoi ? Que lui veulent-ils ?

— Je l'ignore, Amreth, dit Kayog d'un ton découragé. Les vidéos de sécurité montrent qu'elle a été emportée comme les neuf autres qui ont été ramenées.

— Il y a donc une possibilité qu'ils la relâchent aussi ? demandai-je avec une lueur d'espoir, aussitôt anéantie par son expression défaite.

— Tout est possible, mon ami, mais c'est très improbable. S'ils avaient l'intention de la libérer, pourquoi ne l'ont-ils pas fait en même temps que les neuf autres ?

Évidemment, cette pensée m'avait traversé l'esprit. Je voulais simplement m'accrocher à la possibilité qu'elle me soit rendue saine et sauve. J'examinai le Témerne avec confusion tout en essayant de mettre de l'ordre dans mes émotions contradictoires face à cette situation.

— Pourquoi m'en parler à moi plutôt qu'aux Défenseurs ? Ne préparent-ils pas une mission de sauvetage ? demandai-je.

Ses épaules s'affaissèrent et il remua nerveusement ses énormes ailes marron.

— Parce qu'il n'est actuellement pas prévu que les Défenseurs se chargent de cette mission. Ils ne s'occupent pas des affaires où « seulement » trois civils sont impliqués. Ce genre de cas est laissé aux Gardiens de la paix locaux.

— Nous savons tous les deux qu'ils seront inutiles dans cette affaire ! m'écriai-je avec colère. Qu'est-il advenu des nouvelles règles strictes de l'OPU contre la piraterie ? Ces ravisseurs ont attaqué un vaisseau haut de gamme à bord duquel d'innombrables hauts fonctionnaires étaient présents. Et ils s'en tirent comme ça ?

— Ils ne se lavent pas les mains de tout cet incident, amenda Kayog d'une voix apaisante. Mais leur priorité est d'identifier les pirates et de comprendre le type de technologie utilisé pour désactiver le vaisseau sans l'endommager. Ils veulent également savoir pourquoi ils sont partis après qu'Élias l'ait fait.

— Donc, ce que tu dis, c'est que les personnes disparues ne sont pas assez importantes pour mériter l'attention des Défenseurs, sifflai-je.

C'était injuste de ma part de diriger ma colère contre le Témerne. Rien de ce qu'il avait dit ne me surprenait. Non seulement ces procédures étaient standard, mais elles étaient également logiques. Il serait absurde d'envoyer l'équipe d'élite des forces de l'ordre enquêter sur chaque petite disparition. Leurs compétences seraient plus utiles pour s'attaquer spécifiquement aux problèmes qu'ils traitaient actuellement. Cela ne me rassurait simplement pas de savoir que les personnes chargées de secourir mon âme sœur disposaient de bien moins de ressources et de talent.

Heureusement, Kayog sembla lire mes remords de m'être montré agressif grâce à l'expression de mon visage. Il m'adressa un autre sourire désolé empreint de compréhension.

— Et Maeve ? demandai-je, soudain frappé par une pensée. Hélio et elle ont été d'un très grand secours pour Malaya et Kronos. Techniquement, ils ne sont plus des Défenseurs.

Le sourire approbateur qui étira son bec indiquait qu'il avait toujours voulu que nous en arrivions là. Je faillis lui demander

36

pourquoi il ne l'avait pas dit dès le début, mais je soupçonnais qu'il était sur la corde raide quant à ce qu'il pouvait dire ou aux suggestions qu'il pouvait faire.

Bien qu'il ne soit techniquement qu'un entremetteur, Kayog Voln possédait une habilitation de sécurité extrêmement élevée. En théorie, cela était dû à son mariage avec l'une des ambassadrices les plus haut placées de l'Organisation des Planètes Unies. Mais comme Maeve et Hélio, qui étaient officiellement des chasseurs de primes mais officieusement des agents secrets des Défenseurs, je soupçonnais de plus en plus que le Témerne effectuait également des missions secrètes pour l'OPU.

— Techniquement, tu as raison, répondit-il sans s'engager. La principale raison pour laquelle Maeve a démissionné de son poste au sein des Défenseurs était afin de pouvoir s'occuper du type d'affaires jugées trop mineures. Cela dit, même si je ne doute pas qu'elle serait ravie de t'aider, elle et son conjoint sont déjà en mission. Mais cela ne devrait pas t'empêcher de les contacter. Ils t'aideront dans la mesure de leurs moyens.

Il n'avait pas eu besoin d'entrer dans les détails pour que je comprenne le message sous-jacent.

— Je vais m'assurer de les contacter immédiatement, marmonnai-je. J'ai besoin de voir tous les dossiers disponibles sur l'attaque, et surtout l'enregistrement. Savons-nous seulement qui étaient les assaillants ?

L'expression la plus étrange traversa son visage. Il hésita une seconde avant de sembler se décider quelle réponse me donner.

— Je n'ai pas les fichiers. Après tout, je ne suis qu'un entremetteur. Toi, par contre, tu es un Seigneur de l'Enfer. Tu as accès à bien plus de choses que moi, non ?

Je m'ébrouai et souris.

— C'est vrai, concédai-je.

En tant que Directeur de haut rang, j'avais en effet accès à beaucoup de choses. Mais dans ce cas précis, j'allais devoir étirer les limites de mon autorisation et faire preuve de créativité pour les repousser encore plus loin afin d'obtenir les réponses que je cherchais.

— Trouve-la, Amreth. Ciara avait vraiment hâte de te rencontrer. Elle a une belle âme.

— Je vais la trouver et la ramener à la maison. Merci, Kayog.

Il sourit puis mit fin à la communication. Je contactai immédiatement Maeve. Grâce au travail fantastique qu'elle avait accompli pour prouver l'innocence de Malaya, j'avais également collaboré avec elle, en partageant mon propre témoignage et des informations sur les condamnations illégales prononcées par le juge corrompu.

La rapidité avec laquelle Maeve répondit suggéra qu'elle attendait mon appel.

— Bonjour, Amreth, dit Maeve d'une voix douce. Il est regrettable que nous devions nous reparler dans de telles circonstances.

— Bonjour, Maeve. Je suis heureux de voir que tu sembles aller bien. Les circonstances sont en effet malheureuses, mais j'ose espérer que tu pourras apporter un peu d'aide.

Elle plissa les lèvres d'une manière qui indiquait qu'elle choisissait soigneusement ses mots avant de répondre.

— Comme tu le sais peut-être, mon conjoint et moi travaillons actuellement sur une mission très sensible à laquelle nous ne pouvons pas nous soustraire. Cependant, je te prêterai main-forte dans la mesure de mes capacités.

— Je prendrai tout ce que tu me donneras. Pour l'instant, je n'ai rien, pas même l'espèce des assaillants.

Elle hocha la tête, un léger sourcillement plissant son front.

— C'est une situation très inhabituelle. Notre plus grand atout est le fait que tous les membres de l'Organisation des Médecins Interstellaires qui partent en mission sur le terrain doivent recevoir un implant de repérage organique. Cela facilite les efforts de sauvetage si quelque chose leur arrive sur une planète isolée.

Je me redressai aussitôt, le cœur plein d'espoir. Mais un seul regard sur son visage refroidit mon excitation naissante. Bien sûr, ça n'allait pas être si facile.

— La bonne nouvelle, c'est que nous avons pu la suivre jusqu'à la limite du Quadrant Nord avant de perdre le signal, dit-elle en s'excusant.

— Perdre le signal ? répétai-je. Ont-ils détecté le traceur et l'ont bloqué ?

Elle secoua la tête.

— Nous n'avons pas de satellites de communication ni de relais dans cette zone. C'est la Zone Morte avant d'entrer dans le Quadrant Est.

Mes yeux s'écarquillèrent de surprise et d'incrédulité.

— Tu veux dire que les pirates sont des Sectaires ? m'écriai-je.

Elle fronça davantage les sourcils et haussa les épaules d'un air incertain.

— En vérité, nous n'en savons rien. Certains faits semblent aller dans ce sens, mais nous n'avons pas assez de preuves concrètes pour le confirmer. Et c'est pourquoi les Défenseurs tiennent tellement à découvrir leur identité.

— Exactement ! dis-je comme si cela allait de soi. Quel meilleur moyen de les identifier que de la retrouver ?

— Parce que l'endroit où ils l'ont déposée n'est pas celui où ils se sont ensuite dirigés, expliqua Maeve. Tu vois, le vaisseau que nous avons réussi à filmer avec les caméras de surveillance du Gladius n'appartient à aucune espèce de notre Quadrant, du moins à notre connaissance. Les caméras à bord continuaient également de dysfonctionner, nous empêchant d'effectuer tout type de reconnaissance faciale ou d'espèce. Même les bio-scanners ont échoué.

— Ils ont donc délibérément saboté notre technologie, répondis-je.

Elle hocha la tête.

— Mais ils n'ont rien endommagé. Ils les ont seulement perturbés pendant la durée du raid, ce qui confirme qu'ils voulaient cacher leur identité.

— Mais qu'en est-il des gardes ? Je crois savoir qu'ils ont combattu les pirates. Ils les ont sûrement vus et pourraient nous en donner une description, protestai-je.

— Tous les gardes étaient des Obosiens. Chacun d'entre eux a déclaré avoir subi une sorte d'attaque psychique qui a complètement perturbé leur esprit et même leur capacité à voler, répondit Maeve. Les ennemis qu'ils pouvaient voir portaient une sorte de déguisement holographique qui les rendait flous et incohérents. Il était impossible de dire ce qu'ils étaient, si ce n'est qu'ils semblaient humanoïdes. Sans Kayog, ils n'auraient pas pu riposter.

— Kayog ? Qu'a-t-il fait ? demandai-je, surpris.

— C'est un Édal. Il possède un large éventail de pouvoirs uniques que les autres membres de son espèce n'ont pas. Sa capacité à reconnaître les âmes sœurs n'est que celle qu'il rend publique. Les Témernes ont plus d'un tour dans leur sac, ajouta-t-elle d'un ton mystérieux. Ils peuvent déjouer les attaques psychiques, ce qui a permis aux gardes de repousser les ennemis. Mais leur technologie était bien trop puissante, et je soupçonne qu'elle ne se limitait pas à cela. Honnêtement, nous n'avons aucune idée de ce à quoi nous avons affaire.

— S'agit-il d'une invasion potentielle ? demandai-je, encore sous le choc de ces révélations.

Je fus soulagé lorsque Maeve secoua la tête avec conviction.

— C'était un acte ciblé. Ils voulaient quelque chose, même si nous pensons qu'il s'agissait plutôt de quelqu'un.

— Ciara ? demandai-je, interloqué.

Elle secoua de nouveau la tête.

— Nous pensons qu'ils en avaient après Élias Jacobs.

— Pourquoi ? demandai-je, les soupçons qui avaient pris racine en parlant à Kayog refaisant surface.

— Nous ne sommes pas sûrs. Il prétend qu'il ne sait pas non plus, mais il ment. Son évacuation précoce semble un peu trop commode. Il soupçonnait qu'une attaque était imminente et avait planifié en conséquence. Sois assuré que nous enquêtons.

— Mais pourquoi prendre Ciara et les deux autres médecins ? Que pourraient-ils bien avoir que les ravisseurs pourraient vouloir ? insistai-je.

— C'est la question principale. Ciara est épidémiologiste. Mehreen est immunologiste et Ernst est biologiste moléculaire, dit-elle pensivement. À eux trois, ils forment une équipe idéale pour enquêter sur une épidémie.

— Tu penses qu'ils sont malades ? Ou qu'ils essaient de développer une sorte d'arme biologique ? demandai-je, mon sentiment de malaise s'accentuant.

— Nous penchons pour la première hypothèse, répondit Maeve. Leur attaque était chirurgicale. Toutes les blessures subies par les passagers provenaient de leur propre panique, et non des actions des ravisseurs. Comme pour la Darwandir qui est tombée avec ta conjointe, les assaillants ont protégé toutes les personnes qui tombaient ou auraient subi de graves blessures. Quoi qu'ils veuillent, nous ne pensons pas qu'ils soient malveillants. Mais leur technologie constitue une menace indéniable que nous devons évaluer.

— Ils ont quand même enlevé trois personnes après avoir attaqué un vaisseau, causant des blessures, malgré tous leurs efforts pour les limiter. S'ils avaient juste besoin d'aide, ils auraient pu demander. Pourquoi faire ça ? Pourquoi venir du Quadrant Est pour ça ? Où les ont-ils emmenés ?

— À vrai dire, nous commençons à soupçonner que les ravisseurs pourraient avoir été des hommes de main engagés par un tiers, dit Maeve prudemment. Comme je l'ai mentionné plus tôt, nous avons perdu le signal de Ciara à la limite de la Zone Morte. Mais après avoir déposé les neuf personnes qu'ils ont relâchées, le vaisseau a quitté notre Quadrant par une autre direction. Ce vaisseau est de retour dans le Quadrant Est, mais l'implant de Ciara n'a jamais quitté la Zone Morte.

— Qu'y a-t-il là-bas ? demandai-je, dérouté.

— Juste une poignée de planètes extrêmement primitives soumises aux règles les plus strictes de la Directive Première. Les Sangoths sont la seule espèce avec laquelle des interactions rigoureusement contrôlées sont autorisées. Ils possèdent un certain niveau de technologie et nous interagissons avec eux dans une mesure comparable à celle que nous avons avec les Ordosiens.

— Tu penses qu'ils la détiennent ?

— C'est peu probable et ce n'est que pure spéculation, admit-elle avec un air désolé. Les Sangoths n'ont pas la capacité de voyager dans l'espace. C'est nous qui devons aller vers eux. Mais ils ont des moyens de nous contacter par des relais très lents.

— Même en supposant qu'un Sectarien soit venu dans notre Quadrant pour les aider, pourquoi ne feraient-ils pas simplement appel à nos médecins si nous avons déjà une relation avec eux ? protestai-je.

— Je ne sais pas, Amreth. Mais c'est peut-être parce que leur confiance a été trahie. Le sérum qui a rendu Élias célèbre est le résultat d'un événement aléatoire survenu sur Kestria, la planète natale des Sangoths.

— Pourquoi, au nom de Tharmok, n'as-tu pas mentionné cela plus tôt ? m'exclamai-je. C'est le lien évident !

— Peut-être, mais peut-être pas. Nous devons gérer toute cette affaire avec une extrême prudence. Si Jacobs leur a causé du tort d'une manière ou d'une autre, révéler notre jeu trop tôt pourrait mettre en danger le bien-être des prisonniers. Il y a aussi la question des restrictions sévères pour se rendre sur cette planète. Même les Gardiens de la paix ne seront pas autorisés à atterrir sans une cause probable suffisamment solide.

— Vous avez les implants des trois médecins ! répliquai-je d'un ton évident.

— Oui, mais les Gardiens de la paix ne disposent pas d'une technologie suffisamment puissante pour les suivre sans entrer dans l'atmosphère de Kestria, ce qu'ils ne peuvent pas faire sans raison.

— Alors donnez-leur cette fichue technologie !

— Nous ne pouvons pas. Elle est trop puissante et pourrait être utilisée à mauvais escient. C'est pourquoi les Défenseurs contrôlent étroitement qui y a accès.

— Alors on est censés rester les bras croisés ? m'exclamai-je, la colère se faisant entendre dans ma voix.

— Non, Amreth. J'explique simplement que les Défenseurs sont mobilisés ailleurs. Et que les Gardiens de la paix ne disposent pas des outils nécessaires pour aller sur Kestria sans raison valable. Mais si un vaisseau civil traversant cette région subissait un dysfonctionnement inattendu, personne ne pourrait leur reprocher de faire un atterrissage d'urgence.

Je la dévisageai, bouche bée. Elle sourit sans vergogne.

— Les Gardiens de la paix – tout comme les Défenseurs d'ailleurs – n'ont besoin que du plus petit indice de cause probable. Une image ou une vidéo de l'une des trois personnes disparues suffirait à justifier leur entrée dans l'atmosphère de Kestria.

Je remuai nerveusement sur mon siège.

— Ce serait une violation délibérée des lois, dis-je.

Le regard signifiant « Tu te fous de moi ? » que me lança Maeve fit brûler mes joues de honte.

— Sérieusement, Amreth... Je sais que ton espèce est élevée en étant endoctrinée sur l'importance de respecter la loi. Mais avec tout le respect que je te dois, décoince un peu et concentre-toi sur ce qui compte. Qu'est-ce qui est le plus important pour toi ? Sauver ton âme sœur ou observer une loi quelconque ?

— C'est une question injuste ! Aussi bonnes que soient les

intentions de quelqu'un qui enfreint les lois, elles ont été créées pour une bonne raison. Les humains n'ont-ils pas un dicton qui dit que l'enfer est pavé de bonnes intentions ? Et si le fait que j'y aille avec un accident opportun finissait par créer encore plus de problèmes diplomatiques ?

Elle haussa les épaules.

— Alors n'y va pas et espère que tout se passera bien.

Je lui montrai mes crocs, son regard indifférent me piquant encore plus. Évidemment, je n'allais pas rester les bras croisés alors que ma moitié était potentiellement en danger quelque part et retenue contre son gré. Mais enfreindre la loi... ?

— Tu as mentionné des interactions occasionnelles avec les Sangoths. Je crois me souvenir qu'ils proposaient des contrats pour des travailleurs saisonniers. Si je rejoignais l'une de ces équipes, j'entrerais légalement dans leur espace aérien, proposai-je.

Maeve hocha lentement la tête.

— Tu as bien entendu. Malheureusement, il n'y aura pas de telles missions de travail avant cinq mois. Es-tu prêt à attendre aussi longtemps ?

Je n'avais pas à répondre. Mon visage parla à ma place. Elle m'adressa à nouveau un sourire compatissant, tandis que ses yeux marron foncé pétillaient d'espièglerie.

— Écoute, je sais à quel point cela doit être difficile pour toi, ne serait-ce qu'à envisager. Parfois, il est nécessaire de contourner les règles. Que crois-tu que je fais en ce moment même en partageant tout cela avec toi ? Le plus souvent, les Défenseurs – et le vaste réseau dont je fais partie – n'ont d'autre choix que de pousser les limites des règles, et parfois même de les piétiner. Que crois-tu qu'il serait arrivé à Malaya et Kronos si nous n'avions pas fléchi ces règles ? Combien d'autres vies innocentes le juge Wuras et son père auraient-ils détruites ?

Je lui adressai un signe de tête rigide.

— Je te dis tout cela parce que nous te taisons implicitement confiance. Tu es un Directeur très respecté et un Guerrier d'élite. Kayog et Linséa se sont portés garants de tes valeurs morales irréprochables et de tes compétences diplomatiques. Tu es le meilleur candidat que les Défenseurs auraient pu souhaiter pour enquêter sur la situation dans cette région sans faire de vagues.

Ma mâchoire tomba sous le choc d'une soudaine compréhension. Les Défenseurs ne se lavaient pas les mains du sort de ces trois personnes disparues. Ils me recrutaient comme leur agent silencieux pour protéger leur déni plausible.

— Je comprends ce que tu dis, dis-je enfin.

Elle sourit avec approbation.

— Je vais transférer toutes les informations de pistage dont tu as besoin sur ton com. Vas-y furtivement. Dans la mesure du possible, évite tout contact avec les habitants, sauf en cas d'absolue nécessité. Obtiens les preuves dont nous avons besoin, puis pars. N'essaie pas de jouer les héros. Les communications seront lentes, car tout message que tu enverras devra passer par le relais le plus proche avant d'être capté. Mais tiens-nous au courant autant que possible de tout développement. Nous t'aiderons de toutes les manières possibles.

— Merci, je le ferai.

— Bonne chance, Amreth. Et ramène ta femme à la maison. Tu mérites d'être heureux.

Dès que nous mîmes fin à la communication, j'entamai les préparatifs pour mon départ immédiat.

CHAPITRE 4
CIARA

J e me réveillai en sursaut. Les lumières vives de la pièce me firent cligner des yeux plusieurs fois avant que ma vision ne s'adapte. Un coup d'œil sur mon environnement révéla que c'était l'infirmerie la plus sophistiquée dans laquelle j'avais jamais mis les pieds. Au cours de ma vie, j'avais visité les infirmeries et les laboratoires d'innombrables vaisseaux et espèces. Aucun d'entre eux ne rivalisait avec celui-ci.

Je me demandai brièvement si cela appartenait aux Xurgens. Après tout, ils étaient l'espèce la plus avancée de notre secteur de la galaxie. Ayant salivé sur leur technologie plus de fois que je ne pourrais le compter, je pouvais affirmer avec une grande certitude que cela ne faisait pas partie de leur gamme de produits.

J'essayai de me redresser mais une sorte de champ d'énergie me maintint immobile. Ma confusion initiale fit rapidement place à un soupçon de panique lorsque le souvenir des événements récents me revint en mémoire. La douleur d'avoir été lacérée par la femelle darwandir terrifiée me traversa l'esprit. Cependant, une rapide auto-évaluation ne révéla aucun véritable inconfort, à part une petite raideur et une légère douleur. Compte tenu des blessures graves qu'elle m'avait infligées, j'aurais dû être en pleine agonie sans une forte sédation. Comme mon esprit était clair, cela signifiait que celui qui avait attaqué le vaisseau et arrêté ma chute mortelle m'avait apparemment aussi guérie.

Je voulais croire que c'était un bon signe, que peut-être leurs intentions n'étaient pas aussi mauvaises que mon imagination fertile le suggérait. Mon cœur bondit lorsque je tournai la tête sur le côté. À travers une paroi de verre, j'observai avec stupéfaction une étrange femelle avec le mâle à l'allure simiesque dont je me souvenais vaguement sur le vaisseau. Ils parlaient avec Brett Dunham, une autre de mes connaissances de l'Organisation des Médecins Interstellaires.

Que veulent-ils de nous ?

Quelle que soient les questions qu'elle lui posait, ses réponses ne semblaient guère l'impressionner. Son compagnon se tenait là stoïquement, intervenant de temps en temps. J'aurais donné n'importe quoi pour pouvoir entendre leur échange. Au moins, j'étais un peu rassurée de voir que Brett n'avait pas l'air effrayé, juste confus.

Un coup d'œil de l'autre côté de ma pièce révéla une deuxième paroi de verre me séparant d'un autre membre du personnel de l'IDO. Découvrir Mehreen Aziz inconsciente me paniqua. Certes, de nombreux médecins et professionnels de la santé étaient à bord du Gladius. Mais d'innombrables politiciens, investisseurs, magnats des affaires, militants sociaux et éthiques, et personnes de divers autres domaines étaient également présents. Pourquoi avais-je l'impression que seuls les membres de l'Organisation des Médecins Interstellaires avaient été ciblés ?

Ils ont mentionné quelque chose à propos d'Élias Jacobs...

Le fait qu'il soit l'une des figures les plus éminentes de notre organisation semblait confirmer qu'ils en avaient effectivement après nos membres.

Je sentis mon estomac se nouer en jetant un coup d'œil à

Brett et à nos ravisseurs. Il semblait se disputer avec la femelle, qui agita soudain la main avec un air agacé. Je hoquetai lorsque la tête de Brett retomba sur l'oreiller et qu'il sembla perdre connaissance.

A-t-elle des pouvoirs psioniques ?

Alors même que cette pensée me traversait l'esprit, je me souvins comment le simien semblait m'avoir assommée sur le vaisseau. Mais il n'avait pas bougé ni même semblé réagir lorsque la femelle avait fait ce geste.

Le matelas, qui avait été incliné vers le haut pour que Brett soit en position semi-assise, s'abaissa à nouveau à l'horizontale. Pendant ce temps, les deux aliens se dirigèrent vers la paroi de verre qui séparait ma pièce de celle de Brett.

La vitre entière s'ouvrit en glissant avec un léger bruissement. Le cœur battant, je les examinai alors qu'ils avançaient en silence, me jaugeant du regard. Malgré l'absence d'agressivité apparente de la part de l'un ou l'autre, la peur me tordit les entrailles.

À mesure qu'ils s'approchaient, et maintenant sans la douleur débilitante qui avait brouillé ma vision sur le vaisseau, je pus mieux les observer. Il ne faisait aucun doute que je n'avais jamais vu aucune de ces espèces auparavant. La peau blanc grisâtre de la femelle était ornée de motifs noirs des plus étranges. Pendant un bref instant, cela me rappela la maladie qui avait précédemment affecté les Xélixiens, une espèce située dans le Quadrant Ouest. Mais au-delà du fait que leur maladie avait été guérie plus de dix ans auparavant, ses marques étaient beaucoup plus organisées, sans le chaos aléatoire de la maladie qui avait répandu des vrilles noires et veinées sur tout le corps des Xélixiens. Cela ressemblait davantage aux motifs d'un tigre, mais limités à des zones spécifiques de son corps.

Elle avait de longs cheveux noirs et des yeux très pâles, avec une apparence par ailleurs très humaine. Son compagnon avait également le corps d'un humain, mais était recouvert de la même fourrure brune qu'un singe. Son visage avait indéniablement des traits simiesques, en particulier le nez et les yeux. Mais sa bouche aurait pu appartenir à l'un d'entre nous. La fourrure plus épaisse autour de sa tête faisait office de crinière duveteuse et lustrée. Lui aussi m'observait avec des yeux brun jaunâtre débordant d'intelligence. Heureusement, ils étaient dépourvus de la colère qu'il avait affichée sur le vaisseau avant de m'assommer.

Alors même qu'ils terminaient leur approche, la moitié supérieure de mon matelas commença à se soulever, me plaçant dans la même position semi-assise que Brett. Je n'avais vu aucun d'eux activer d'interrupteur ou émettre une commande quelconque qui aurait pu mettre mon lit en mouvement.

— Salutations, Ciara Stark. Je suis Svira, et voici Kald Aku Ébaki, dit la femelle d'une voix polie en désignant son compagnon de la main. Nous avons quelques questions à te poser.

Pour une raison inconnue, mon cerveau se focalisa sur son accent indéfinissable. Je ne saurais dire pourquoi le sud-africain me vint à l'esprit. Bien qu'elle parlât en Universel, ce qui était un grand soulagement, mon implant de traduction se déclencha lorsqu'elle prononça le mot Kald. Je pensai d'abord que cela faisait partie de son nom, mais le mot « chef » ne cessait de vouloir s'immiscer dans mon esprit. Je ne pouvais que supposer que mon implant tentait de traduire ce qu'il percevait comme une langue étrangère.

Je voulu lui rendre son salut, mais ma bouche en décida autrement.

— Où suis-je ? Pourquoi m'avez-vous enlevée ? Qui êtes-vous ? Et qu'avez-vous fait à Brett ? lâchai-je coup sur coup.

Svira s'ébroua tandis qu'Aku se contenta de hausser un sourcil.

— Ralentis, humaine, répondit Svira avec un soupçon d'amusement. Au cas où tu n'aurais pas fait attention, j'ai dit que *nous* avions des questions à *te* poser. Mais très bien. Je vais te faire plaisir cette fois-ci pour que nous puissions passer aux

49

choses importantes. Brett va bien. Il dort seulement car il ne nous est d'aucune utilité.

— Qui est « nous » ? demandai-je, mes yeux passant de l'un à l'autre.

— Je suis une visiteuse de ce Quadrant et une amie des Kreelars, l'espèce d'Aku. Ils ont besoin d'aide pour réparer les torts que leur ont causés les humains, répondit-elle, sa voix prenant un ton légèrement plus dur.

— Quoi ? Comment leur avons-nous fait du tort ? Je n'avais jamais vu ni entendu parler de leur espèce auparavant ! m'exclamai-je, tout en notant la façon dont elle avait commodément évité de nommer sa propre espèce.

— Et tu ne l'aurais jamais connue de ton vivant sans l'intrusion d'Élias Jacobs.

Mon sang se glaça. Ses paroles me rappelèrent à quel point il semblait étrange que Jacobs ait été escorté si rapidement hors du vaisseau au moment où l'attaque avait commencé. Qu'avait-il fait ? Quand et où avait-il interféré avec la vie des habitants du Quadrant Est ?

L'OPU et l'Alliance Galactique contrôlaient différentes zones de la galaxie connue. Nous restions dans le Quadrant Nord. L'Alliance Galactique contrôlait les Quadrants Ouest et Est. Le Quadrant Sud était encore un territoire chaudement contesté. Les habitants de chaque Quadrant observaient des règles strictes leur interdisant de traverser les territoires des autres.

La Terre était l'une des rares planètes à être membre à la fois de l'OPU et de l'Alliance Galactique. Ce privilège découlait du fait que notre système solaire était situé dans la Zone Morte, entre les Quadrants Ouest et Nord. Une fois que nous étions parvenus à voyager à vitesse de distorsion, l'OPU et l'Alliance Galactique avaient toutes deux tenté de nous attirer dans leur camp. Étant assez gourmands, nous avions exigé de faire partie des deux et nous y étions parvenus.

Bien que cela ait grandement profité à notre monde d'origine, cela ne nous soustrayait pas aux règles strictes observées par tous les autres. Tout humain qui quittait la Terre ne pouvait pas faire d'allers-retours entre les territoires sectaires de l'Alliance Galactique et les territoires alliés de l'OPU. Les habitants des Quadrants Est et Ouest détestaient être appelés les Sectariens. Mais c'était une description appropriée car les planètes là-bas étaient extrêmement divisées et fermement endoctrinées pour suivre leurs propres règles, à leur manière. En outre, alors que les planètes du Quadrant Ouest suivaient encore largement des religions organisées, principalement le culte de la Déesse, le Quadrant Est avait abandonné toutes les formes de foi et avait des règles assez intéressantes sur la servitude contractuelle et la capacité de se soumettre à peu près à n'importe quoi par le biais d'un contrat contraignant.

Par conséquent, la présence de Svira ici violait suffisamment de règles pour potentiellement déclencher un incident diplomatique majeur entre les Alliés et les Sectariens. Ils avaient attaqué un vaisseau accueillant d'innombrables hauts fonctionnaires de diverses planètes de notre Quadrant. Quel mal les humains avaient-ils pu causer pour que Svira prenne un tel risque ?

— Qu'a fait Jacobs ?! demandai-je, l'esprit chamboulé.

— Que sais-tu du SS12 ? demanda Svira au lieu de répondre à ma question.

Je me sentis pâlir. Avait-il fait quelque chose d'immoral pour obtenir le sérum qui l'avait propulsé au sommet de l'excellence médicale de cette génération ?

— C'est un remède révolutionnaire que le Dr Jacobs a découvert il y a dix ans lors de son étude des Sangoths, répondis-je prudemment. Si j'ai bien compris, l'un des membres de son équipe a été attaqué par une bête enragée et est tombé malade. Ils ont réussi à retrouver la bête et à en tirer un traitement miraculeux.

— Une bête, vraiment ? interrompit Aku pour la première

fois, la colère se faisant entendre dans sa voix. Est-ce la description qu'il a donnée ?

Sa voix était grave et un peu haletante. Dans d'autres circonstances, j'aurais trouvé Aku attirant. Mais une profonde colère couvait sous la surface. Quoi que Jacobs ait fait à son peuple, cela devait être terrible.

Je m'humectai les lèvres nerveusement et hochai la tête.

— Naturellement, tous les membres de la communauté médicale s'étaient posé d'innombrables questions sur l'origine du remède. Mais Jacobs – ainsi que toute son équipe – avait déclaré qu'il s'agissait d'une sorte de bête sauvage qu'ils n'avaient pas pu identifier. Elle avait dépéri trop rapidement, quelle que soit la maladie qui la rongeait de l'intérieur. Elle avait également trop muté pour leur permettre d'identifier l'espèce à laquelle elle appartenait à l'origine.

— Et vous l'avez cru ? demanda Svira avec une incrédulité évidente.

J'hésitai, puis haussai les épaules.

— C'était en effet un compte-rendu plutôt déroutant, concédai-je. Beaucoup de gens ont dit qu'ils étaient troublés par le fait qu'ils n'avaient même pas d'esquisses ou d'échantillons conservés qui auraient pu permettre à des ordinateurs plus avancés que ceux sur le terrain d'essayer de recréer la créature originale à partir de l'ADN. Mais on ne peut pas défier toute une équipe de scientifiques réputés sans preuve solide ou du moins une cause sérieuse.

— Et personne n'a pensé à revenir ? demanda Aku.

— Beaucoup d'entre nous le voulaient. Mais le monde d'origine des Sangoths est soumis à des règles strictes de la Directive Première. Cette bête ne vivait pas naturellement dans les zones habitées par les Sangoths. Essayer de traquer une créature dont ils n'étaient même pas certains de l'apparence réelle aurait grandement risqué de perturber l'écosystème. Cela ne semblait pas justifié dans ces circonstances. Quoi qu'il en soit, tout le

Quadrant était trop enthousiaste à l'idée d'approfondir les recherches sur SS12.

— Eh bien, ils vous ont tous menti, dit Aku entre ses dents. Cette bête sauvage était ma sœur aînée. Elle entraînait son fils à sauter d'arbre en arbre lorsqu'elle est tombée sur deux humains. Ils s'accouplaient au bord de la rivière, près de l'endroit où ils avaient mangé. Nous n'avions jamais vu d'humains auparavant. Mais mon neveu, qui n'avait que cinq ans à l'époque, s'est concentré sur la nourriture laissée à la vue de tous. Il s'est éloigné de sa mère pour aller en manger.

— Oh, non ! soufflai-je.

Si ce couple était parti pour une escapade romantique, il n'avait certainement pas apporté les rations stériles autorisées pour les repas consommés dans des environnements protégés. Dieu seul savait quel genre de réaction négative la population locale aurait pu avoir. Comme s'il avait lu dans mes pensées, Aku confirma mes craintes.

— Le mâle humain a remarqué que mon neveu avait pris la nourriture. Il l'a poursuivi. Naturellement, ma sœur est intervenue pour protéger son fils. L'humain lui a tiré dessus, grogna Aku.

— Oh mon Dieu ! murmurai-je, horrifiée.

J'aurais voulu me couvrir le visage de mes mains, mais le champ d'énergie m'en empêcha.

— Elle a quand même réussi à le combattre. Elle l'a mordu et griffé. La femelle humaine a également tiré sur ma sœur. Elle a réussi à l'assommer. Et ils se sont enfuis tous les deux, abandonnant ma sœur et mon neveu, bouleversé par l'état de sa mère.

— Elle est morte ? demandai-je, la voix étranglée.

— Non. Ils lui ont injecté des tranquillisants, répondit-il.

Je tiquai en entendant ses mots. On n'injectait jamais de drogues à une nouvelle espèce avant d'avoir effectué des tests approfondis pour voir comment elle allait y réagir. Dans ce cas précis, outre le fait qu'ils n'auraient jamais dû être là, ils auraient dû utiliser un pistolet paralysant pour neutraliser leur cible. Comment diable avaient-ils pu commettre autant d'erreurs d'un seul coup ?

— Ce que tu dois comprendre, c'est que la rivière où cela s'est passé est située à plus d'une journée de marche du village sangoth le plus proche, ajouta Aku avec colère.

— Cela signifie au moins une heure de vol dans une navette personnelle, précisa Svira. Ces humains ne sont pas tombés là-bas par accident. C'était un choix délibéré, sachant qu'ils violaient la Directive Première juste dans le but de profiter d'un joli cadre pour forniquer.

— Je suis désolée que cela se soit produit. La façon dont ils ont géré la situation était plus que médiocre. Ils ont certainement paniqué, ce qui les a fait agir de manière irrationnelle, dis-je sur un ton d'excuse.

— Et cela rend la situation acceptable ? siffla Aku.

— Bien sûr que non, dis-je sur un ton apaisant. Ils n'auraient jamais dû être là, pour commencer. Mais que s'est-il passé ? Si je suis ici, je suppose qu'elle a eu une sorte de réaction négative ?

— Au début, elle semblait s'être complètement remise une fois que les sédatifs avaient cessé d'agir. Mais elle a commencé à être malade environ une semaine plus tard. Comme elle était nourrice, elle allaitait beaucoup de nos petits, y compris mon neveu.

— Oh, mon Dieu ! murmurai-je, la poitrine serrée.

— Les petits sont tombés malades, tout comme ceux qui n'étaient plus allaités mais qui jouaient avec eux. Et puis cela s'est transmis à leurs frères et sœurs, à leurs parents et à tout le village. Nos petits sont allaités jusqu'à l'âge de six ou sept ans. La plupart de nos femelles n'ont au maximum que deux ou trois bébés dans leur vie. Au cours des deux mois qui ont suivi l'incident, quatre petits sur cinq sont morts. Il ne reste plus qu'un tiers de nos femelles. Certaines commencent à montrer à nouveau des premiers signes de la maladie. Nous sommes en voie d'extinction !

Malgré l'horreur que ses paroles suscitèrent en moi, mon esprit scientifique se mit en branle, grâce à des années passées à gérer ce type de situations.

— Seulement les femelles, pas les mâles ? demandai-je.

— Les deux sexes sont touchés et ont des taux de mortalité similaires, mais cela devient encore plus fatal pour les femelles, si elles sont infectées après la puberté, expliqua Aku.

Cela pourrait-il être dû aux niveaux d'œstrogène ?

Si leur développement hormonal suivait un schéma similaire à celui des humains, les mâles et les femelles auraient des niveaux de testostérone similaires dans leur petite enfance, mais les femelles verraient une augmentation significative d'œstrogène dès la puberté.

— Qu'en disent vos médecins ? demandai-je prudemment.

— Nos guérisseurs ne possèdent pas une technologie suffisamment avancée pour pouvoir comprendre pleinement ce qui se passe, admit Aku à contrecœur.

— Ce n'est pas pour rien que les Kreelars sont soumis aux directives les plus strictes de la Directive Première. Ils n'ont développé l'électricité que récemment. Ils n'ont même pas de connectivité, expliqua Svira.

— Mais *vous*, si ! la défiai-je avant de jeter un regard significatif à l'infirmerie de haute technologie qui nous entourait.

Elle secoua la tête, le visage fermé.

— Nous avons atteint la limite de notre capacité d'ingérence dans cette affaire.

— Qu'est-ce que ça veut dire ? demandai-je, perplexe.

— Les Oracles ont vu les voies. Si nous nous en mêlons davantage, les choses finiront très mal pour les Kreelars, et pour beaucoup d'autres. Notre contribution à la sauvegarde de leur peuple touche à sa fin.

— Les Oracles ? répétai-je, confuse, avant d'écarquiller les yeux sous le choc d'une soudaine compréhension. Attends ! Es-tu en train de dire que vous êtes des Korléthéens ?!

J'eus un mouvement de recul et mon cœur rata un battement lorsqu'elle montra les dents, un air de pure haine descendant sur ses traits.

— Nous ne sommes pas des Korléthéens ! Nous détestons ces fils de krilliks ! Ils nous ont fait ce que vous avez fait aux Kreelars. Mais ils l'ont fait avec malice !

— Un instant ! m'exclamai-je avec indignation. Je n'ai rien fait aux Kreelars. L'humanité ne leur a rien fait. D'après ce que vous me dites, il semble que l'équipe d'Élias l'ait fait. Ce que je peux promettre, c'est de faire tout ce qui est en mon pouvoir pour aider à réparer une partie des dégâts et empêcher que cette tragédie ne s'étende davantage. Mais... mais tu ne ressembles pas non plus à une Xélixienne.

D'après le peu que je me souvenais de l'histoire des Sectariens, les Korléthéens avaient fait beaucoup de tort à de nombreuses espèces en menant des expériences imprudentes. La seule espèce à laquelle je pouvais penser dans ces Quadrants qui avait une peau grisâtre avec des marques sombres était les Xélixiens. Mais ils avaient des iris surdimensionnés sans pupilles, des arêtes osseuses en forme de chevron sur le front et des oreilles inhabituelles et crénelées, ce qui ne correspondait en rien à l'apparence de Svira.

Elle s'ébroua et secoua la tête.

— Nous ne sommes pas non plus des Xélixiens.

— Alors qu'est-ce... ?

Elle fit un geste agacé de la main, m'interrompant.

— Peu importe. La seule chose sur laquelle tu devrais te concentrer est réparer les dégâts causés aux Kreelars. Tu as une formation en épidémiologie qui sera d'une grande utilité pour le défi à relever.

— Absolument. Je peux et je veux aider. Mais Élias ne devrait-il pas... ?

— Il recevra ce qu'il mérite, interrompit à nouveau Svira. Ce n'est pas pour rien qu'il s'est enfui dès que notre vaisseau a attaqué le vôtre. Il savait ce qui l'attendait.

Même si je ne l'exprimai pas, je m'en étais doutée. Néanmoins, je plissai les yeux en l'observant, luttant toujours pour comprendre pourquoi ils géraient les choses de cette façon.

— D'accord, mais pourquoi attaquer le Gladius ? Si ce que vous dites est vrai, et je n'ai aucune raison d'en douter, pourquoi ne pas simplement le dénoncer ? L'OPU et la communauté galactique le tiendraient pour responsable et feraient tout ce qui est en leur pouvoir pour rendre justice aux Kreelars. Cette attaque pourrait déclencher un conflit politique majeur entre votre Quadrant et le nôtre.

Elle hocha la tête.

— Crois-moi, Ciara, c'était le plan initial. Malheureusement, toutes ces voies mènent à la tragédie. Mais toi...

À ma grande surprise, sa voix s'estompa et ses yeux devinrent vagues. Je jetai un regard confus à Aku, qui se contenta d'observer en silence. Quelques instants plus tard, Svira cligna des yeux et reporta toute son attention sur moi. Un sourire triomphant se dessina sur ses lèvres.

— Tu peux être la clé, dit-elle enfin. Tant que tu travailles avec ton conjoint, tu trouveras la solution.

J'eus à nouveau un mouvement de recul, cette fois réellement confuse.

— Mon conjoint ? Je n'en ai pas !

Elle m'adressa un sourire mystérieux.

— Pas encore, mais bientôt.

Oh, mon Dieu ! Parle-t-elle d'Amreth ?

Son sourire s'élargit comme si elle avait lu la pensée qui m'avait traversé l'esprit.

— Qu'est-ce tu es ? murmurai-je plus à moi-même qu'à elle. Tu n'es ni une Xélixienne ni une Korléthéenne, et tu possèdes le type de pouvoirs des Vérédiennes. Pourtant, tu n'en es manifestement pas une. Alors, qu'est-ce que tu es ?

— Nous sommes le pire cauchemar des Korléthéens, dit-elle avec une pointe de cruauté dans ses yeux pâles.

Elle se tourna ensuite vers Aku avec un sourire qui semblait triomphant.

— C'est elle.

Un air de soulagement déferla sur lui.

— C'est moi qui ? demandai-je, immédiatement inquiète à nouveau.

Elle ignora ma question et le bord extérieur de ses yeux commença à briller alors qu'elle me regardait avec une grande intensité.

— Ciara, obéis à mon ordre. Une fois que je quitterai cette pièce, tu t'endormiras et oublieras que tu m'as jamais vue ainsi que toutes les discussions et allusions faites au cours de cette conversation concernant mon peuple, les Korléthéens, les Vérédiens et les Xélixiens.

— Mais pourquoi ? Attends ! m'écriai-je.

M'ignorant, ils se contentèrent de se retourner et de se diriger vers la paroi de verre qui séparait ma pièce de celle où gisait Mehreen. Avant de sortir, Svira s'arrêta une dernière fois et me regarda par-dessus son épaule. Au début, je pensai qu'elle allait répondre à ma question, mais ses yeux redevinrent légèrement flous.

— Il ne devrait jamais y avoir de roches rouges dans la rivière. Souviens-t'en bien.

— Quoi ?!

Elle ne répondit pas et se retourna vers la pièce de Mehreen. La moitié supérieure de mon lit commença à s'abaisser à nouveau alors que j'appelais une fois de plus Svira. Mais dès qu'elle franchit la porte vitrée ouverte, je sentis ma conscience être engloutie dans un sombre néant, et je ne sus plus rien.

CHAPITRE 5
CIARA

Contrairement à la fois précédente, je ne me réveillai pas avec un soudain accès de panique. Au lieu de cela, j'émergeai confortablement de ce qui me sembla être le meilleur et le plus reposant sommeil que j'avais eu depuis des lustres. Cela n'empêcha pas une vague brutale de confusion de m'envahir une fois que je pris conscience de mon nouvel environnement. Malgré le brouillard qui enveloppait maintenant ma mémoire des événements récents, je savais sans l'ombre d'un doute que je m'étais endormie dans un lieu complètement différent. Je me souvenais vaguement d'un vaisseau, mais je ne savais plus lequel.

À présent, j'étais allongée sur un lit incroyablement confortable, à l'intérieur de ce qui ressemblait à une maison en terre battue de taille convenable. De grands volets en bois couvraient une série de fenêtres. J'ôtai la couette moelleuse qui me recouvrait et me levai avec précaution. Ce mouvement me rappela que j'avais été immobilisée auparavant. Il était étrange que je me souvienne de ce détail, mais pas de l'endroit où j'avais été retenue. Je me dirigeai vers la fenêtre pour ouvrir les volets. La lumière du jour inonda immédiatement la pièce. À première vue, il semblait être le milieu de la matinée.

Les poutres en bois apparentes et les murs en argile donnaient à l'espace une atmosphère chaleureuse. Le mobilier, qui comprenait un lit de grande taille, une commode et deux tables de chevet, était entièrement sculpté dans le même bois clair. Bien que beige, il avait une légère teinte verdâtre, comme du bambou sec.

Malheureusement, la fenêtre donnait sur ce que je présumais être un jardin privé, ce qui m'empêchait d'avoir une meilleure idée de ce qui se passait à l'extérieur. Bien que toujours légèrement inquiète, je n'avais pas peur. Un étrange sentiment de détermination m'envahissait.

Je constatai soudain que je portais une sorte de chemise de nuit légère mais pudique. Le tissu et le style m'étaient inconnus. Dans le coin de la pièce, décorée sobrement mais avec goût, une chaise était placée près de la fenêtre. Un ensemble de vêtements soigneusement pliés était posé dessus. Au pied de la chaise, une paire de chaussures confortables, de la pointure parfaite pour moi, m'attendait également. Je sentis mes joues rougir en réalisant qu'ils avaient ajouté des sous-vêtements propres à la pile.

Je voulais croire que l'une des femelles kreelars les avait fournis pour moi. Il aurait été gênant qu'Aku s'en soit occupé.

Et pourtant, alors même que cette pensée me traversait l'esprit, avec une certitude que je ne pouvais expliquer, je pensais que quelqu'un d'autre, qui n'était pas de leur espèce, les avait obtenus pour moi. Pendant un moment, j'envisageai d'enfiler ces vêtements tout de suite puis décidai d'explorer le reste de l'habitation avant d'agir.

Je sortis de la chambre et fus accueillie par un espace de vie plutôt agréable. Un grand canapé et une chaise, tous deux en bois avec des coussins beiges très douillets, se trouvaient juste en face de la porte de la chambre. À gauche, une table avec six chaises faisait face à une autre grande fenêtre d'un coté, et à un petit comptoir avec un évier et des placards de l'autre. Bien que cela serve clairement de salle à manger, je ne voyais rien qui ressemblât même de loin à une cuisinière ou à un réfrigérateur. Mais je ne me souvenais pas avoir vu de veilleuses ou quoi que ce soit qui suggérait qu'ils disposaient de l'électricité.

Et pourtant, une partie de moi croyait que quelqu'un avait mentionné que les Kreelars étaient suffisamment avancés pour exploiter l'énergie électrique. Je fus soudainement frappée par le fait que, s'ils n'en étaient pas capables, les aider sans le confort de la technologie de pointe qui avait toujours été à ma disposition s'avérerait extrêmement difficile.

Je me dirigeai tout de même vers la table sur laquelle ils avaient laissé quelques assiettes couvertes. Je soulevai le couvercle de la première et trouvai du pain sec, de la confiture, ce que je supposais être du fromage, de la charcuterie, des fruits et une sorte de jus clair. À ma grande surprise, juste à côté de l'assiette contenant les fruits, j'aperçus mon brassard.

Mon cœur bondit lorsque je tendis avidement la main vers lui. Bien que m'y attendant, je ne pus m'empêcher d'être déçue par l'absence de connectivité. Mais cela ne le rendait pas inutilisable. En tant que membre de l'Organisation des Médecins Interstellaires, j'avais été vaccinée contre à peu près tout et n'importe quoi. J'avais également reçu une variété de nanites intelligents capables de détecter la plupart des toxines et de les neutraliser si je me retrouvais bloquée quelque part sans accès aux médicaments.

Néanmoins, j'analysai la nourriture pour détecter tout risque potentiel. Il n'était pas sage de présumer que, parce que j'étais vaccinée, je pouvais m'exposer imprudemment à des bactéries. Même si mon métabolisme pouvait combattre presque tout, il n'y avait aucun intérêt à me soumettre à l'inconfort, voire à la torture, d'une maladie aléatoire.

Le voyant vert sur l'interface de mon brassard signala que tout était normal. Je mordis dans la viande séchée. Elle avait le goût d'une version allégée du chorizo. Les tranches blanc jaunâtre s'avérèrent en effet être une sorte de fromage, qui avait fortement le goût du gruyère, mon préféré. Il se mariait parfaitement avec un peu de confiture sur le pain qui aurait pu être un craquelin multigrain. Bien qu'ayant un peu faim, je ne m'installai pas pour manger et décidai de terminer la visite d'abord.

La porte près de la salle à manger était verrouillée. Je présumai qu'il s'agissait de l'entrée principale. Dire que cela ne me dérangeait pas d'être enfermée serait un mensonge. Mais dans ces circonstances, je pouvais comprendre qu'Aku ne veuille pas qu'une humaine quelconque se promène dans son village. Pour autant que je sache, son peuple détestait les miens pour ce qui leur était arrivé.

Je rebroussai chemin jusqu'à la porte de l'autre côté du salon. Il s'agissait d'une deuxième chambre. Le lit était un peu plus petit que celui dans lequel j'avais dormi. La commode était également plus petite, ce qui laissait beaucoup de place pour une grande table de travail qui serait parfaite pour mon bureau. La porte du mur du fond du salon s'ouvrait sur l'arrière-cour. Elle était petite et accueillante, avec de hautes clôtures pour préserver l'intimité. Il ne me fallut qu'une seconde pour en comprendre la raison. Ils n'avaient pas de salle de bains traditionnelle, mais une douche et des toilettes extérieures.

À ma grande joie, les toilettes n'étaient pas aussi rudimentaires que je m'y attendais. En tant que médecin sur le terrain, j'avais eu ma part de latrines et de toilettes chimiques au fil du temps. Celles-ci semblaient en fait être reliées à une sorte de système d'égouts, ce qui me convenait parfaitement. Elles étaient propres, avec du papier toilette des plus étranges, presque comme des serviettes, et un petit lavabo probablement relié à un système de puits. Je soulageai rapidement ma vessie, puis pris une douche. Une étagère encastrée contenait un ensemble de serviettes. J'en attrapai une, me séchai, et l'enroulai autour de mon corps avant de retourner à l'intérieur de la maison. J'enfilai les vêtements qui m'avaient été laissés. Cela me troubla de voir à quel point ils m'allaient parfaitement. Ils étaient confortables, le genre de tenue durable que nous portions souvent lors de ce genre de missions.

Je retournai dans la salle à dîner et mangeai tout en évaluant ma situation actuelle. Les trous béants dans ma mémoire m'énervaient sérieusement. J'aurais dû m'en inquiéter, mais une partie de moi avait l'impression que cette perte était attendue. C'était comme si j'en avais été prévenue à l'avance, même si cela n'avait pas vraiment de sens.

La question principale était de savoir qui d'autre avait été amené ici. Je me souvenais clairement de Brett Dunham et je savais sans l'ombre d'un doute qu'il ne serait pas là. Je me souvenais aussi avoir vu Mehreen. Sa présence ici aurait été merveilleuse. J'aurais juste aimé pouvoir contacter quelqu'un hors de cette planète pour lui faire savoir que j'allais bien. Mes parents devaient être dans tous leurs états, car ils avaient sans aucun doute été prévenus de mon enlèvement à présent.

Ne sachant que faire, j'emballai soigneusement les restes dans une assiette que je couvris et emportai les plats vides à l'évier. Alors que j'étais sur le point de commencer à les laver, un coup frappé à la porte me fit sursauter.

— Entrez ! criai-je, la paume pressée contre ma poitrine.

Le verrou cliqua, puis la porte s'ouvrit. Je joignis les mains devant moi, sentant soudain la nervosité m'envahir lorsque la large silhouette d'Aku emplit l'embrasure de la porte. Ses yeux me parcoururent rapidement avant de se tourner vers la table.

— Bien, tu es prête, dit-il d'un ton approbateur. Ne t'embête pas avec la vaisselle. Quelqu'un s'occupera de nettoyer. Viens.

Il me fit signe de le suivre et sortit immédiatement de la maison sans attendre ma réponse. Je me hâtai de lui emboîter le pas, fascinée par le lent mouvement de sa longue queue duveteuse. Je fus surprise de constater qu'il en avait une. Contrairement aux singes, les primates plus évolués comme les humains et les grands singes n'en avaient pas. Et ce Kreelar possédait manifestement un niveau d'intelligence et de sensibilité comparable à celui d'un humain.

Je sortis de la maison et me retrouvai dans une charmante cour intérieure. Huit autres habitations similaires à la mienne bordaient les bords de cet espace circulaire. À ma grande joie, un laboratoire de terrain déployable équipé de panneaux solaires se trouvait à côté de la dernière habitation, en face de la mienne. Un sol en terre battue faisait office de pavé, bien qu'une série de fleurs et de petits buissons ornent les bords avant de chaque petite résidence. À notre droite, un grand portail limitait notre accès au reste du village. Un seul garde était posté devant.

Comme Aku, il portait un pantalon bouffant, une ceinture ornée et un pagne décoratif par-dessus. Son torse nu ne cachait rien de ses abdominaux bien dessinés. Ses brassards en cuir aux poignets arboraient la même teinte vert foncé que ceux de son chef. La principale différence entre eux était le diadème au motif complexe sur le front d'Aku, qui, si j'avais bien interprété mon traducteur, devait servir à le distinguer en tant que chef, ou *Kald*.

En approchant du laboratoire, je reconnus qu'il s'agissait de la propriété officielle de l'Organisation des Médecins Interstellaires. L'avaient-ils volé ?

— Comment avez-vous mis la main sur ce laboratoire ? me surpris-je à lâcher.

— Nous avons fait preuve de créativité, répondit Aku d'un ton peu engageant.

— Quel niveau de créativité ? insistai-je.

Un seul regard de sa part suffit à me faire comprendre que je devais laisser tomber le sujet. Bien que cela n'eût pas vraiment d'importance dans ces circonstances, je détestais travailler dans l'obscurité et avoir autant de questions sans réponse. Cela m'inquiétait également dans la mesure où il était essentiel de disposer d'un équipement fiable et de premier ordre dans mon domaine de travail. Un équipement défectueux signifiait des résultats auxquels on ne pouvait pas se fier. Ce qui se traduisait par des remèdes qui pouvaient en fait être encore plus nocifs que la maladie que nous essayions de combattre au départ.

Mais toutes ces pensées vagabondes s'envolèrent de mon esprit lorsque la porte s'ouvrit pour révéler la présence de deux visages familiers.

— Mehreen ! Ernst ! m'exclamai-je, mon visage s'illuminant lorsque les deux scientifiques se levèrent des postes de travail où ils étaient chacun assis.

— La voilà ! dit Mehreen.

Bien que nous soyons en bons termes, je n'aurais pas qualifié l'un ou l'autre d'amis proches. Et pourtant, je me précipitai immédiatement vers elle et lui donnai une grosse accolade, qu'elle me rendit avec joie. À quarante-huit ans, la petite femme d'origine libanaise ne paraissait avoir guère plus de trente ans. Elle avait une peau parfaite et lumineuse, de longs cheveux brun foncé, des yeux brun pâle et des cils naturels d'une longueur obscène qui me faisaient baver d'envie. Elle avait gagné le respect de la communauté scientifique grâce à ses travaux impressionnants en immunologie.

Après avoir relâché Mehreen, je me tournai vers Ernst Wagner. Grand et élancé, il me dominait d'une bonne tête. La chaleur de son étreinte me surprit légèrement. Je le connaissais encore moins que Mehreen. D'après mes rares interactions avec lui, je ne le décrirais pas comme froid et distant, mais il n'avait jamais semblé être du genre démonstratif. Comme s'il s'en était rendu compte, il laissa tomber son bras et se redressa avant de passer ses doigts dans ses cheveux courts et châtains. La lueur d'embarras dans ses yeux bleus aurait été adorable si elle n'avait pas été si étrange de la part de cet homme de cinquante-quatre ans, habituellement très stoïque.

En tant que biologiste cellulaire et moléculaire, il était expert dans la recherche sur les ramifications physiologiques des interactions chimiques des plantes sur les tissus vivants des espèces animales, avec une spécialisation en xénobiologie.

— Je suis heureux de voir que vous vous connaissez déjà, dit Aku en attirant notre attention. Cela facilitera les choses pour tout le monde. S'il vous plaît, ajouta-t-il en désignant la table de réunion au centre de la pièce.

L'espace comportait quatre postes de travail sur les côtés gauche et droit. Une grande porte à l'arrière donnait accès au laboratoire proprement dit, divisé en trois sections. L'une d'elles n'était accessible qu'après avoir traversé un espace de décontamination. Une autre section comportait deux suites d'isolement pour les patients, et la dernière offrait une variété de cages et de cellules où nous pouvions garder des animaux.

Nous prîmes place autour de la table, Mehreen et moi à gauche, Ernst en face de nous, et Aku s'installant à la tête.

— Vous avez tous les trois été choisis parce que vous avez les compétences et la bonne éthique pour remédier à la tragédie qu'Élias a causée, dit-il d'une voix calme avant de se tourner vers moi. Comme Mehreen et Ernst pourront te le dire, ces appareils contiennent toutes les informations dont tu as besoin.

Il désignait les ordinateurs de chaque poste de travail. Sans connectivité, nous allions quand même être limités dans certaines des tâches que nous allions pouvoir accomplir et quant aux informations auxquelles nous allions pouvoir accéder. Cependant, ces laboratoires avaient été spécialement conçus pour fonctionner dans des régions isolées, souvent pour des espèces primitives qui ne possédaient pas non plus ce type de technologie. Par conséquent, les disques locaux possédaient une base de données très complète contenant presque tout ce dont nous pouvions avoir besoin pour les recoupements et les analyses.

— Si vous avez des questions, ma tribu et moi-même serons heureux d'y répondre. Vous pouvez examiner Yekka, le dernier membre de notre tribu à présenter des symptômes, continua-t-il.

Nous l'avons installée dans la première maison juste à côté du laboratoire.

— Nous avons trouvé un dossier à son sujet dans le système, dit Ernst en fronçant légèrement les sourcils. C'est vous qui avez saisi ces données ?

Aku secoua la tête.

— Ce sont nos amis qui l'ont fait.

— Ce sont également vos amis qui vous ont appris l'Universel ? demandai-je.

Il me lança un regard étrange avant d'acquiescer.

— Oui, c'est eux. Mais assez parlé d'eux, ajouta-t-il lorsque j'ouvris la bouche pour l'interroger davantage à leur sujet. Ils ne sont pas la raison de votre présence ici.

— Tu as dit que tu répondrais à nos questions, le défia Ernst.

— J'ai dit que je répondrais aux questions concernant la maladie qui nous afflige, rien d'autre, rétorqua-t-il, le ton dur.

Mehreen lança à Ernst un regard qui impliquait qu'il devrait laisser tomber. Je voulais aussi insister sur la question, mais je réalisai qu'ils étaient dans ce laboratoire depuis un moment maintenant. Dieu seul savait ce qui s'était passé entre-temps. Faire des vagues avant d'avoir une meilleure compréhension de ce qui se passait ne semblait pas judicieux.

Elle se tourna vers Aku.

— Compte tenu des problèmes auxquels ton peuple est confronté, si nous avions plus d'aide...

— Personne d'autre ne vient, interrompit-il brusquement. Vous trois, c'est déjà trop, sans parler de son conjoint. Les étrangers sont un fléau pour notre monde. Nous ne vous avons amenés ici que parce que nous n'avions pas d'autre choix. Soyez assurés que nous souhaitons votre départ autant que vous souhaitez partir.

— Son conjoint ? répéta Ernst, confus.

Aku fit un geste vague de la main, clairement peu intéressé à approfondir la question. Une partie de moi aurait souhaité qu'il réponde, tandis qu'une autre ne voulait vraiment pas discuter de l'état improbable de ma vie personnelle avec les autres.

— Vous êtes libres d'aller et venir dans cette cour, poursuivit-il. Nous l'avons d'abord construite pour isoler les malades du reste de la tribu. N'essayez pas de vous échapper. Nous ne vous voulons aucun mal, mais nous attendons de vous que vous fassiez tout ce qui est en votre pouvoir pour remédier aux dégâts causés par votre peuple. Si vous avez besoin de sortir de la cour, demandez à l'un des gardes. Sachez que la forêt au-delà n'est pas sûre. Si vous vous y aventurez seuls, vous n'y survivrez pas. Comprenez bien qu'il ne s'agit pas d'un jeu ou de menaces en l'air. Des questions ?

J'en avais un million. À en juger par l'expression de mes compagnons, eux aussi avaient beaucoup de choses à lui demander. Cependant, une communication silencieuse s'établit entre nous alors que nous échangions des regards. Nous avions besoin de discuter de certaines choses entre nous avant de le soumettre à une véritable inquisition.

— Bien ! dit-il en se levant lorsque nous hochâmes tous la tête en réponse. Les repas seront servis dans la maison verte à 13 heures, puis à 18 heures. Si vous avez besoin de nourriture plus tôt, prévenez simplement le garde. Il s'appelle Enré. Il y aura toujours de quoi grignoter dans cette même demeure. Puisse votre journée être productive.

Sur ce, il se leva et quitta le bâtiment déployable.

— C'était quoi ce bordel ?! murmurai-je en regardant la porte se refermer derrière lui.

— C'était notre hôte grincheux, Kald Aku Ébaki, dit Mehreen en poussant un soupir résigné. Mais il était temps que tu arrêtes de dormir et que tu te joignes à la fête.

— Combien de temps ai-je été inconsciente ? Et depuis combien de temps êtes-vous là ? demandai-je.

— Nous sommes tous arrivés ici il y a deux jours, répondit

Ernst. Mehreen et moi avons commencé à examiner les dossiers hier. Tout ça est un véritable merdier.

— Hier ? Pourquoi ne m'a-t-on pas réveillée ? m'écriai-je.

— Tu avais subi de graves blessures sur le Gladius, m'expliqua Mehreen. Tes nanites ont travaillé d'arrache-pied pour te remettre à 100 %.

— Mais j'allais bien quand je me suis réveillée avant d'arriver ici, rétorquai-je.

Elle secoua la tête.

— Tu n'étais que partiellement guérie et tu profitais des effets d'analgésiques assez incroyables. Tu aurais détesté être debout et active hier.

— Je vois. Mais qu'en est-il de vous deux ? Vous allez bien ?

Ils hochèrent tous les deux la tête.

— Nous avons été très bien traités, dit Ernst. Personne ne nous a menacés ou n'a essayé de nous faire du mal. Nos demeures sont propres et confortables, et ils nous fournissent amplement en nourriture.

— C'est bon à entendre. Mais souffrez-vous d'une quelconque perte de mémoire ? demandai-je.

Une fois de plus, ils hochèrent tous les deux la tête.

— Ils ont effacé nos souvenirs, dit Mehreen fermement. Il y avait quelqu'un avec Aku sur ce vaisseau, mais je ne me souviens pas de qui c'était, à quoi il ressemblait, ni même dans quel type de vaisseau nous avons voyagé.

— Pareil, répondis-je avec une pointe de frustration.

— Mais pourquoi ? demanda Ernst.

— Pour la même raison qu'ils ne nous disent pas d'où ils ont obtenu ce laboratoire. Celui qui les aide aurait de gros ennuis, dis-je pensivement. Même si j'aimerais qu'il se confie à moi, Aku a raison de dire que cela n'a rien à voir avec notre objectif actuel. Mais ces accusations contre Élias sont démentes.

— Démentes mais vraies, dit Ernst avec un air dégoûté.

— Quoi ?! demandai-je, sidérée par le mépris que je pouvais lire sur son visage.

— J'ai travaillé avec Jacobs. Cet homme est aussi odieux qu'impitoyable. D'après mon expérience avec Élias, tout ce qu'Aku a dit semble plausible. C'est pourquoi j'ai quitté son équipe. Ce misérable est une sangsue. Il fait passer le travail de ses stagiaires pour le sien. Ce que la plupart des gens ne réalisent pas, c'est que SS12 a sauvé sa carrière. Il était sur le point de perdre son financement. Et avec autant de personnes refusant de travailler avec lui, il était désespéré.

— Que dis-tu ? Tu penses que toute cette tragédie a été causée délibérément ? L'accuses-tu de méfait ?

Mon estomac se noua quand il hésita. Cela me frappa durement de voir quelqu'un que j'estimais tant s'avérer ne pas du tout correspondre à l'image idéalisée que je m'étais faite de lui.

— Non, dit-il enfin. Je doute qu'il ait provoqué quelque chose comme ça exprès. Malgré tous ses défauts, Jacobs est un opportuniste, pas un génie machiavélique. Il est juste devenu de plus en plus laxiste avec les protocoles, et cela s'est propagé aux membres de son équipe. Quand nous quitteront cette planète après avoir résolu cette crise, vous vous rendez compte que nous allons nous retrouver dans un merdier monumental, n'est-ce pas ?

— *Quand* ou *si* nous partons ? riposta Mehreen.

Je fronçai les sourcils en observant son visage.

— Pourquoi dis-tu cela ? Tu penses qu'ils nous feront du mal une fois qu'ils auront obtenu ce qu'ils veulent ?

Elle secoua la tête.

— Je n'ai ressenti aucune malveillance de la part de ces gens. Je ne pense donc pas qu'ils essaieront de nous faire du mal, mais je crois qu'ils voudront nous garder.

— Et pourquoi ? Tu l'as entendu clairement exprimer qu'il avait hâte que nous soyons partis, rétorquai-je.

— C'est vrai, concéda-t-elle. Mais ils ont aussi vu comment

la maladie est revenue un an après que Jacobs l'ait initialement guérie. Leur peuple est au bord de l'extinction. À leur place, je ne serais pas trop pressée de laisser partir les seules personnes capables de la guérir, d'autant plus qu'ils n'ont aucun moyen direct de communiquer avec nous si quelque chose d'autre se produit.

Je fis un geste dédaigneux de la main.

— La Directive Première a déjà été violée à leur égard. À la suite de cet incident, nous sommes obligés de faire des contrôles réguliers avec eux.

— Nous le savons tous les trois. Mais pas eux. Et même si nous leur disons que nous reviendrons pour nous assurer que tout va toujours bien, ils n'ont aucune raison de nous faire confiance.

— Je comprends ce que tu dis, mais je suis convaincue qu'ils voudront que nous partions pour pouvoir oublier que nous avons jamais existé. L'avenir nous le dira. Pour l'instant, nous devons nous mettre au travail. J'apprécierais que vous fassiez tous les deux le point sur ce que vous avez découvert jusqu'à présent.

Et sur ces mots, nous entamâmes notre course contre la montre.

CHAPITRE 6

AMRETH

Après dix-huit heures de voyage jusqu'à la frontière de notre secteur de la galaxie, et quatre jours après l'enlèvement de Ciara, j'entamai enfin ma descente dans l'atmosphère de Kestria. Malgré le mandat non officiel que m'avaient confié les Défenseurs, mon côté obosien profondément enraciné, qui exigeait que je respecte les lois, n'arrêtait pas de me torturer à l'idée d'enfreindre la Directive Première. En vérité, je m'attendais à être physiquement malade à cette perspective. Mais la nécessité de sauver ma conjointe – une femme que je n'avais jamais rencontrée d'ailleurs – l'emportait sur tout le reste.

Mon cœur bondit lorsque, quelques minutes seulement après avoir pénétré dans l'atmosphère, mon traceur se déclencha, indiquant qu'il captait enfin le signal de l'implant de Ciara. Deux signaux supplémentaires confirmèrent que Mehreen et Ernst étaient également avec elle. Ce fut un grand soulagement. S'ils avaient été séparés, cela aurait pu considérablement compliquer toute tentative de sauvetage.

À ma grande surprise, le signal ne provenait pas des villages des Sangoths, mais de l'autre côté de la chaîne de montagnes où ils habitaient. C'était dans la vallée, à près de deux heures de vol de là. Bien que confus, cela m'apporta un certain soulagement. Les Sangoths vivaient dans les sommets gelés des montagnes. Sans équipement d'hiver adéquat, les humains auraient eu du mal à supporter ces températures glaciales.

Pendant tout le voyage, j'avais déniché tout ce que je pouvais sur ma Ciara. Tout ce que j'avais lu avait alimenté la fierté que je ressentais en sachant qu'elle était à moi. Au-delà de son dossier exemplaire et de ses antécédents irréprochables, elle avait été une prodige à l'école, obtenant son premier doctorat à l'âge de vingt-trois ans. Elle avait reçu d'innombrables prix et récompenses au fil des ans, dont beaucoup lui avaient ouvert des portes auxquelles les gens imploraient d'avoir accès.

Malgré les nombreuses offres de postes prestigieux qu'elle avait reçues, Ciara les avait toutes déclinées pour se consacrer à des missions altruistes sur des planètes primitives en détresse. Elle s'était également concentrée sur des recherches qui pourraient avoir un impact considérable sur le monde médical, mais qui n'allaient pas lui apporter le type de prestige et de notoriété que recherchaient nombre de ses collègues, comme Élias Jacobs.

Mais voudra-t-elle s'installer sur Molvi ?

Cette question me taraudait sans relâche. Évidemment, en tant que Directeur de mon Secteur, je ne pouvais pas partir. Les Secteurs appartenaient en fait à une lignée. Ma famille dirigeait le nôtre depuis de nombreuses générations. C'était un immense honneur d'être le Guerrier choisi pour assumer cette responsabilité. Malgré tous les défis, j'aimais ce que je faisais. Même maintenant, je me sentais coupable d'être absent et de décharger mes fonctions sur mon meilleur ami Kronos et mon cousin Silas.

J'étais d'autant plus gêné que Kronos avait déjà fort à faire en s'occupant de son propre Secteur, en plus de préparer l'arrivée de son premier enfant. Je ne pouvais qu'espérer que nous serions en mesure de résoudre rapidement les problèmes ici. Au moins, je me consolais en pensant que j'avais maintenu mon Secteur en bon ordre et que, à moins qu'un événement totalement inattendu ne fasse dérailler les choses, la gestion de mes prisonniers en mon absence ne devrait pas être un fardeau trop lourd.

Alors que je survolais la forêt dense, bordée par une large rivière, je scrutai distraitement la faune locale. Si la plupart des animaux semblaient assez petits, quelques-uns, plus grands et se déplaçant à grande vitesse, indiquaient que certaines zones n'étaient peut-être pas sûres. Ces créatures ressemblaient indéniablement à de redoutables prédateurs.

Ma confusion s'accrut à mesure que je me rapprochais de l'emplacement des implants. Ils provenaient clairement d'un grand village situé tout droit devant. Bien qu'il fût d'apparence agréable et de construction solide, il était indéniablement primitif. Outre le fait qu'ils n'avaient manifestement pas atteint le voyage spatial, je doutais qu'ils aient même l'électricité.

Pendant mon trajet, j'avais beaucoup spéculé sur ce qui pouvait se tramer. Ma principale théorie était qu'une espèce avancée avait secrètement établi une base ici et qu'elle avait enlevé ces scientifiques pour achever le projet qu'elle avait illégalement commencé avec Jacobs.

Mais ce n'était visiblement pas ça.

Je survolai le village en mode furtif pour avoir un premier aperçu de la configuration du terrain. Le nombre incroyablement élevé de mâles par rapport à celui beaucoup plus faible de femelles me perturba. Le nombre extrêmement faible de jeunes m'inquiéta encore plus. En venant ici, je n'en avais pas remarqué qui promenant dans la nature environnante, ce qui aurait pu expliquer un tel déséquilibre s'ils étaient partis en excursion ou à la chasse.

Le fait que tout le monde soit resté au village, du moins en apparence, semblait également étrange. Une trentaine de mâles et une poignée de femelles travaillaient à l'extérieur des portes principales du village, labourant les champs qui s'étendaient de part et d'autre de la route principale menant à l'entrée. J'altérai ma vision pour jeter un coup d'œil à leur âme. À mon grand soulagement, elles avaient les teintes paisibles de gens ordinaires et décents. Aucune d'entre elles ne présentait la teinte orange ou rougeâtre de la malveillance ou des mauvaises intentions.

Mais à quoi ressemble le mal pour eux ?

Au fil des ans, j'avais rencontré quelques espèces rares qui n'auraient jamais pu adhérer à l'Organisation des Planètes Unies. Leurs valeurs morales étaient trop radicalement différentes des nôtres. Des choses que nous jugerions inacceptables et atroces étaient considérées comme normales et comme faisant partie de la loi du plus fort. Ils ne commettaient pas ces actes par cruauté. Notre choc et notre indignation les avaient sincèrement déroutés. Comment pouvait-on poursuivre en justice des personnes qui voyaient le monde à travers une optique complètement différente de la nôtre ?

J'effectuai un zoom avant sur les mâles à l'extérieur pour mieux les observer. Leur apparence simiesque me laissa perplexe. Le bio scan confirma qu'il n'y avait aucune trace d'une telle espèce dans notre base de données.

— Que diable se passe-t-il ? murmurai-je.

Le scan indiquait un seul bâtiment de haute technologie, qui s'avéra être un laboratoire déployable manquant de l'Organisation des Médecins Interstellaires. Comment une espèce aussi primitive avait-elle pu mettre la main dessus ? Pourquoi ces trois scientifiques y travaillaient-ils ? L'idée que des envahisseurs sectariens utilisent ce village comme zone de transit ne me quittait pas. Et pourtant, je ne détectais aucun implant cérébral ni collier de contrôle qui aurait pu indiquer que cette espèce simienne avait été asservie par de puissants étrangers.

Après une brève hésitation, je retournai vers la cour intérieure où se trouvait le laboratoire. Je procédai à un autre scan pour confirmer l'absence de toute technologie capable de détecter le signal que je m'apprêtais à envoyer aux implants des trois médecins. Le dispositif organique avait été conçu de manière à tromper la plupart des scanners en leur faisant croire qu'il s'agissait simplement d'un grain de beauté sur la peau de la personne.

Une fois le signal émis, l'hôte sentait une petite pulsation indiquant que nous essayions de le contacter. Selon les protocoles, si la cible était capable de se déplacer, elle devait sortir pour permettre la reconnaissance faciale. Si elle ne pouvait pas sortir, elle devait fournir l'une des quatre réponses possibles.

La première indiquait qu'ils ne pouvaient pas sortir, ce qui signifiait généralement qu'ils étaient physiquement restreints, soit par le fait d'être enfermés dans un espace, soit par le fait d'être enchaînés. La deuxième indiquait qu'ils allaient avoir besoin d'un peu de temps avant de pouvoir sortir. Dans ce cas, ils essayaient de donner une fourchette de temps pour l'attente. Le troisième signal nous informait qu'ils étaient blessés et donc soit incapables de sortir, soit nécessitant une assistance immédiate. Le dernier signal indiquait un danger nous obligeant à partir immédiatement avant d'être attrapés ou attaqués.

La cible pouvait répondre avec un mélange de tous les signaux énumérés. La difficulté résidait dans le fait qu'elle devait appliquer une pression sur l'implant sous-cutané selon un schéma spécifique. Si la cible était enchaînée ou blessée, cette tâche devenait presque impossible.

Mon cœur bondit lorsque les portes du laboratoire s'ouvrirent moins d'une minute plus tard. Je retins mon souffle et focalisai l'objectif lorsque trois humains sortirent du bâtiment. Par les dents de Tharmok ! Ma conjointe était encore plus magnifique en personne !

Elle avait le visage d'une déesse, avec des pommettes hautes, un nez délicat, des lèvres pulpeuses et sensuelles, et des yeux magnifiques dont je ne pouvais pas vraiment définir la couleur. Son dossier les qualifiait de gris, mais ils étaient trop foncés pour être vraiment décrits comme tels, bien que trop pâles pour être noirs. Sa peau brune avait l'air tellement délectable que j'avais envie de la lécher. Elle contrastait de la manière la plus merveilleuse avec les mèches soyeuses de ses cheveux blanc argenté. Sous la lumière du soleil de début d'après-midi, ils brillaient comme une mer de diamants. Bien qu'il fût très générique, son uniforme de mission épousait parfaitement les courbes de son corps. Je dus faire appel à toute ma volonté pour ne pas poser immédiatement mon vaisseau et courir vers elle.

En voyant Ciara lever la main et se caresser la joue droite avant de faire glisser sa paume le long de son cou, je sortis de ma fascination hébétée. C'était le signe indiquant qu'ils étaient indemnes et qu'ils n'étaient pas en danger. Je leur envoyai un signal en retour pour accuser réception de leur réponse, alors qu'ils continuaient à faire semblant de bavarder avec désinvolture tout en s'étirant les jambes.

Ils s'attardèrent quelques secondes de plus avant de retourner à l'intérieur. Un dernier balayage confirma qu'il n'y avait personne d'autre avec eux dans le laboratoire. Je ne détectai que deux simiens femelles dans le logement à côté d'eux. Les lectures superficielles semblaient indiquer qu'elles dormaient. Un seul garde montait la garde nonchalamment près des portes clôturant la cour intérieure où les médecins étaient détenus.

Après un dernier survol pour évaluer la meilleure façon de les faire évader, j'effectuai un vol relativement court (environ dix minutes pour moi) jusqu'à une haute formation rocheuse avec un surplomb solide sur lequel j'atterris avec mon vaisseau toujours en mode furtif. Je ne pouvais pas risquer de le laisser dans la forêt ou dans tout autre espace ouvert où les habitants ou un animal auraient pu le heurter.

Quoi qu'il en soit, je n'allais pas encore faire évader les otages.

Tout d'abord, je voulais entrer dans le village, éventuellement mettre en place quelques diversions pour aider leur évasion, et idéalement parler à l'un d'entre eux pour avoir une meilleure idée de ce qui se passait. Avant de quitter le vaisseau, j'envoyai un message à Maeve avec les coordonnées du village ainsi que les données et les photos recueillies jusqu'à présent grâce à mes scans. Comme il n'y avait pas de relais à proximité, le message allait voyager pendant un certain temps avant d'être finalement capté.

Et pourtant, une partie de moi soupçonnait que quelqu'un pouvait commodément se cacher dans les environs de Kestria, prêt à intervenir si les choses devenaient vraiment désespérées. Bien que j'aie eu des interactions quotidiennes limitées avec les Défenseurs, j'avais vu suffisamment de rapports impliquant certains des plus infâmes condamnés incarcérés dans mon Secteur pour savoir quelles méthodes créatives avaient été utilisées pour les capturer. Les Défenseurs laissaient rarement les choses au hasard. Ils excellaient tout simplement à trouver des solutions de contournement pour maintenir un déni plausible. De la même manière qu'ils m'avaient permis de venir ici, je ne doutais pas qu'ils avaient quelqu'un d'autre prêt à suivre toute piste pouvant les conduire à l'identité des Sectariens menaçant la souveraineté de nos frontières.

Même sans preuve de cette spéculation, cela me procura un certain réconfort. Si les choses tournaient mal pour moi, au moins quelqu'un saurait avec certitude où se trouvait ma conjointe afin de la mettre en sécurité.

J'ouvris l'écoutille de mon vaisseau, activai mon bouclier furtif personnel, puis m'envolai. Une fois de plus, je m'émerveillai de la beauté du paysage. Il me rappelait mon pays natal, avec ses forêts luxuriantes, sa flore colorée, son ciel clair et son air frais délicatement parfumé par des fleurs odorantes. Le soleil caressait mes ailes de ses rayons chauds, le temps était parfait pour un long séjour en plein air sans l'humidité écrasante qui aurait pu gâcher des endroits comme celui-ci.

J'avais beau vouloir voler directement dans la cour, je ne pouvais pas risquer que le bruit de mes ailes battantes ne me trahisse. Bien que mon bouclier furtif ait également une forte capacité d'insonorisation, il ne pouvait pas l'étouffer complètement. Je ne connaissais pas assez cette espèce pour écarter la possibilité qu'elle ait une ouïe très sensible. La position du garde près de la porte rendrait presque impossible l'atterrissage sans se faire remarquer.

Quoi qu'il en soit, le but de l'infiltration d'aujourd'hui était principalement de voir comment j'allais pouvoir les faire sortir en toute sécurité ou de prévoir de les faire sortir individuellement au moment le plus approprié. J'atterris dans la forêt située en face du village, l'orée du bois commençant à une centaine de mètres devant la dernière rangée du champ de leur ferme.

Je commençai à marcher prudemment vers le village. Au moins vingt-trois mâles et quatre femelles travaillaient dans les champs de chaque côté du large chemin qui menait aux portes. J'appréciais le bruit qu'ils faisaient, ce qui noyait davantage le son très discret de mes propres pas. Même sans cela, ils n'auraient pas pu m'entendre à cette distance et avec l'effet d'amortissement de mon bouclier. Mais on n'avait jamais trop d'atouts dans son jeu. Ils récoltaient ce qui semblait être une sorte d'épis de maïs, bien que la forme différât légèrement, tout comme la couleur. D'autres semblaient arracher des mauvaises herbes et travailler le sol.

Cependant, ce fut la couleur de leur aura qui retint mon attention. Pendant mon vol, elle avait une teinte blanc bleuté qui était tout à fait sûre. Compte tenu de la distance et de l'effet de blocage du vaisseau lui-même, il n'était pas rare que nos lectures soient affectées ou faussées. Maintenant, en personne, ils avaient tous une teinte jaune pâle qui me mettait mal à l'aise. Comme cette couleur restait loin de tout ce qui pouvait être interprété comme un danger, je continuai à avancer, les yeux papillonnant de tous côtés pour les observer, à la recherche de tout signe de problème potentiel.

Le fait qu'ils se concentrent tous sur leur travail, à part quelques bavardages occasionnels, atténua une partie de ma tension. À mi-chemin, je remarquai le premier changement de couleur de leur aura. La teinte jaune s'intensifia sensiblement. Elle n'était pas devenue orange ou rouge, ce qui aurait été terrible dans ce dernier cas. Cela me fit quand même envisager d'abandonner la mission. Je détestais ne pas avoir de référence pour la palette de couleurs de la gamme émotionnelle de ce peuple.

Ils ne faisaient toujours pas attention à moi. Quelques mâles et une femelle soulevèrent les lourdes caisses remplies de légumes pour les apporter à un char à l'entrée du village, avant de retourner à leur position. La facilité avec laquelle ils les avaient transportées témoignait de leur force extraordinaire. Cela m'indiqua également que leurs femelles – du moins celle-ci – étaient aussi fortes que les mâles. Là encore, bien que plus minces et aux épaules plus étroites, les femelles étaient de la même taille que leurs homologues mâles, avec les muscles des bras bien définis, comme ceux d'un mannequin sportif.

Alors que j'approchais des cinq derniers mètres de l'entrée du village, où les portes étaient grandes ouvertes, la couleur de leur aura changea à nouveau, cette fois avec une touche d'orange. J'eus un mouvement de recul et m'arrêtai net. Il n'y avait pas de coïncidence possible. Si le jaune d'origine m'indiquait seulement que je devais être sur mes gardes, l'intensité accrue laissait entendre qu'ils pouvaient être en train de comploter quelque chose. Mais c'était la couleur que mes détenus arboraient généralement lorsqu'ils attendaient le bon moment pour tendre un piège à leur cible, qui ne se doutait de rien.

Je ne savais pas si ces couleurs avaient une signification différente pour ces personnes, mais mon instinct me criait de déguerpir. Réprimant mon envie d'avancer et d'établir le contact avec ma conjointe, je commençai lentement à reculer, les yeux furetant dans toutes les directions à la recherche du moindre signe qu'ils m'avaient repéré.

Et ce signe ne tarda pas à se manifester.

Je n'avais fait que trois pas en arrière lorsque tous les simiens tournèrent la tête dans ma direction. Mon sang se glaça lorsqu'ils établirent un contact visuel direct avec moi. Instinctivement, je jetai un coup d'œil à mon bouclier furtif pour m'assurer qu'il était toujours actif. Et il l'était. D'une manière inexplicable, ils pouvaient voir à travers. À l'unisson, ils laissèrent tomber leurs outils de jardinage et foncèrent vers moi.

Je battis des ailes et m'élançai vers la forêt. À ma grande consternation, ils coururent à une vitesse incroyable, se rapprochant de plus en plus de moi. Leur coordination parfaite, accompagnée d'un silence inquiétant – à l'exception du bruit sourd de leurs pas – me fit encore plus peur. Mon cœur rata un battement lorsqu'un mâle avec un diadème sauta à au moins quatre mètres de haut, effleurant mon talon gauche du bout des doigts. Quelques centimètres de plus et il aurait attrapé ma cheville pour me faire redescendre.

Je volai encore plus vite alors qu'une étrange sensation de picotement se manifestait à l'arrière de mes yeux. Mon plan initial de les semer dans la forêt fut rapidement contrecarré car ils sautaient tous à des hauteurs folles, s'accrochant aux premières branches basses des arbres environnants, se propulsant avec une force incroyable sur quelques mètres jusqu'à l'arbre suivant. Beaucoup d'entre eux grimpaient en même temps. Deux d'entre eux poussèrent un cri aigu, rappelant ceux émis par les singes. Ils ne semblèrent pas l'avoir émis au hasard, mais plutôt comme une sorte de direction tactique pour mieux coordonner leur attaque.

Avec l'inconfort grandissant derrière mes yeux, il me fallut trop de temps pour réaliser qu'ils tentaient d'atteindre une hauteur suffisante dans les arbres pour pouvoir sauter sur moi et me plaquer au sol.

Je m'élevai immédiatement, espérant prendre suffisamment de distance verticale pour que les branches supérieures soient trop faibles pour supporter leur poids, me donnant une opportunité de m'échapper. Mais à peine eussé-je commencé mon ascension qu'un bruit fort explosa dans ma tête. Ma vision se brouilla et je me retrouvai soudainement en train de lutter pour contrôler mes mouvements. Cela ressemblait à un bruit blanc anormal, perturbant mes synapses et perturbant mon système moteur.

Je commençai à tomber et parvins à peine à me redresser suffisamment pour planer et ne pas m'écraser au sol. Le bruit diminua, me redonnant partiellement le contrôle de mes ailes et de mes sens. Mais dès que j'essayai de les distancer à nouveau, le bruit revint en force, me faisant vaciller à nouveau.

N'ayant d'autre choix que d'atterrir ou risquer de graves blessures, je me dirigeai vers le sol, mais l'atterrissage fut brutal, ma vision trouble m'ayant fait mal calculer la distance. Mes dents s'entrechoquèrent dans ma tête, mais je roulai avec l'élan et rebondis sur mes pieds. Le vacarme incessant fit monter les larmes à mes yeux et fit trembler mes muscles. J'essayai de me concentrer sur les silhouettes qui se rapprochaient de moi alors que j'invoquais mon Lumiak. Mes doigts fourmillèrent d'énergie électrique une demi-seconde avant qu'elle ne s'évanouisse. Mes genoux fléchirent et je m'effondrai. Une vague de vertige m'envahit. Agenouillé, les paumes appuyées sur le sol de la forêt pour me soutenir, je luttai pour demeurer conscient.

Dans un dernier effort désespéré, je diffusai mon *bakaan* aussi fort que possible. À défaut d'autre chose, cela allait peut-être les empêcher de me tuer. Je ne sus pas si cela avait réussi, mais après de multiples bruits sourds de simiens sautant des arbres et atterrissant tout autour de moi, le vacarme dans ma tête s'estompa alors qu'ils s'immobilisaient tous.

— Une aura apaisante ? dit une voix mâle avec un soupçon d'amusement. Cela doit être un talent utile à avoir avec des petits turbulents. Mais il est inutile de nous apaiser. Nous ne sommes pas tes ennemis, Obosien. Tu peux te calmer et baisser ton bouclier. Nous t'attendions.

Comment, au nom de Tharmok, savaient-ils ce que j'étais alors que je n'avais jamais entendu parler de leur espèce ? Comment pouvaient-ils m'attendre ? Comment parlaient-ils si couramment l'Universel ? Et surtout, comment pouvaient-ils me voir ?

D'une certaine manière, cette dernière question était stupide. Il était clair qu'ils possédaient une forme de pouvoirs psioniques. En tant qu'Obosien, j'avais le pouvoir de voir les âmes, même à travers un camouflage. Ils partageaient apparemment des capacités similaires.

Encore sous le choc, je désactivai mon bouclier. Je levai les yeux vers le mâle grand et musclé qui semblait être leur chef, ne serait-ce qu'à en juger par le diadème sur son front que nul autre ne portait.

— Vous m'attendiez ? demandai-je, détestant me retrouver dans une position aussi vulnérable.

Il hocha la tête.

— Ne nous donne pas de raisons de te faire du mal, et tout ira bien.

— Qui es-tu ? demandai-je, alors que la pression sur mon cerveau continuait à s'estomper.

À mon grand soulagement, leurs auras viraient progressivement au bleu, la couleur standard pour l'absence de menace.

— Je m'appelle Aku. Je suis le *Kald* de Bryst, le village dans lequel tu as tenté de t'introduire en douce. Et ce sont des membres de ma tribu. Notre peuple s'appelle les Kreelars. Mais relève-toi. Tu devrais être assez stable maintenant.

Il n'eut pas besoin de le répéter.

Je me levai et me dépoussiérai avant de réajuster mon plastron. Aucun mot ne pouvait décrire l'ampleur de la mortification que je ressentais à cet instant. En tant que Guerrier d'élite obosien, considéré comme le meilleur de ma lignée – ce qui m'avait valu la direction de notre Secteur sur Molvi – je n'aurais jamais dû être vaincu si facilement. Certes, ils étaient bien plus nombreux que moi. Mais ils étaient primitifs, des étrangers sans armes, dénués de capacité de vol. J'avais moi-même des pouvoirs psioniques. Je possédais également un blaster et une épée, mais je n'avais utilisé ni l'un ni l'autre.

Compte tenu du résultat final, du moins pour le moment, j'étais content de ne pas l'avoir fait. Attaquer ou tuer ces gens était la dernière chose dont nous avions besoin si nous voulions que les prisonniers aient une chance de rentrer chez eux indemnes.

J'avais juste mal géré toute l'affaire. Les signes avant-coureurs avaient été évidents. Mais mon arrogance et ma confiance excessive en ma capacité à m'échapper grâce à mes ailes avaient été ma perte.

Si Père l'apprend, je n'ai pas fini d'en entendre parler.

Même si je doutais qu'il puisse lire dans les pensées, le Kreelar nommé Aku m'adressa un sourire moqueur qui semblait indiquer qu'il soupçonnait les pensées d'autodérision qui tourbillonnaient dans ma tête.

— Nous allons te débarrasser de tes armes pour le moment, dit Aku en tendant la main vers moi. Tu les récupéreras plus tard, une fois que nous aurons la certitude d'avoir trouvé un terrain d'entente. N'aie crainte, elles ne seront pas altérées.

Je réprimai mon envie instinctive d'argumenter. La lueur inflexible dans ses yeux démentait la douceur polie de sa voix. L'aura d'autorité qui émanait de lui criait haut et fort qu'il pouvait devenir un ennemi redoutable si nécessaire. Un coup d'œil à son aura confirma une fois de plus qu'il n'avait aucune mauvaise intention à mon égard. Non pas que cela aurait fait une différence. Si j'avais essayé de résister, ils n'auraient eu aucun problème à me soumettre par la force et à m'enlever mes armes, comme ils l'avaient démontré par la facilité avec laquelle ils m'avaient capturé.

Je pinçai les lèvres et obtempérai, ce qui ne fit qu'accentuer le sourire narquois du Kreelar. Il remit les armes à un autre mâle, de taille et de musculature comparables, mais à la fourrure beige grisâtre. Au moins, le soin avec lequel ce second mâle les mania m'apaisa. Il ne criait pas la peur de l'inconnu, mais plutôt le respect envers des objets de valeur.

— Marche avec moi, Obosien, dit Aku en faisant un geste vers le village.

— Je m'appelle Amreth, dis-je d'un ton grognon.

— Dans ce cas, Amreth, répondit-il sur un ton conciliant, alors que nous commencions à marcher.

— Mais tu n'as pas répondu à ma première question. Comment se fait-il que tu m'attendais ? demandai-je.

Il me lança un regard de biais et haussa un sourcil, indiquant clairement que je faisais preuve d'un peu trop d'arrogance. De toute évidence, je n'étais pas en position de force. Cependant, mon peuple avait tendance à être direct et à aller droit au but sur tout. Cela pouvait parfois paraître impoli, prétentieux ou arrogant, ce qui n'était pas mon intention.

À ma grande surprise, il fit preuve d'indulgence.

— Nos amis nous ont prévenus que tu allais venir à la rescousse de ta conjointe. Mais elle n'a pas besoin d'être secourue. Elle a besoin de ton aide, dit Aku de manière factuelle.

— Mon aide pour faire quoi ? demandai-je, perplexe.

— Pour accomplir sa tâche. Une fois cela fait, vous pourrez tous rentrer chez vous, répondit-il sur le même ton neutre.

— Et de quelle tâche s'agit-il ? insistai-je, commençant à me sentir agacé par le goutte-à-goutte d'informations.

— Remédier aux torts extrêmes que les humains nous ont causés, répondit-il, le regard et la voix durcis.

— Les humains ? m'exclamai-je, stupéfait. Quand ? Comment ? Votre planète est soumise à des restrictions très sévères en vertu de la Directive Première.

— Et les humains l'ont violée en s'aventurant dans des zones interdites bien au-delà des territoires des Sangoths, grogna Aku. À cause de leur imprudence, les humains nous ont infectés avec une maladie mortelle qui menace désormais mon peuple d'extinction.

— Par le sang de Tharmok ! soufflai-je, le choc laissant place à la compréhension. C'est donc pour cela que vous avez pris des prisonniers. Vous voulez qu'ils trouvent un remède !

Il hocha la tête, l'expression sombre, alors que nous quittions la lisière des arbres et empruntions le large chemin menant au village. D'un geste raide de la tête, Aku fit signe aux membres de sa tribu de reprendre leurs tâches dans les champs. Tous obtempérèrent, à l'exception de deux mâles qui restèrent avec nous tandis que nous poursuivions notre chemin vers le village.

— Mais si vous avez trouvé un moyen de voyager hors de votre planète pour enlever ces scientifiques, pourquoi ne pas avoir simplement rendu public le tort que les humains vous ont causé ? demandai-je, confus. L'OPU et l'ensemble des planètes alliées auraient mis toutes leurs ressources à votre disposition pour réparer les torts et faire répondre les coupables de leur crime.

Aku secoua la tête avec une conviction qui me surprit.

— Nous avons exploré tous ces scénarios. Chacun d'entre eux se termine par un sort bien pire pour nous. Certaines personnes puissantes de votre monde ont beaucoup à perdre si cela est révélé comme il se doit. Exterminer une espèce primitive dont personne n'a jamais entendu parler pour garder leur secret peut être tentant pour ceux qui ont les moyens de le faire.

Mon dos se raidit et mes instincts protecteurs se déchaînèrent, tandis que mon besoin viscéral de justice exigeait que je traque les coupables et que je leur inflige la juste sanction qu'ils méritaient.

— Comment sais-tu qu'un pire sort s'abattra sur vous si vous les traduisez en justice ? Ils ne peuvent pas s'en tirer à si bon compte, si c'est vrai. Au-delà du fait qu'ils doivent répondre de leurs crimes, s'ils ne subissent aucune conséquence, qu'est-ce qui les empêche de causer un préjudice similaire, voire plus grave, à quelqu'un d'autre ? protestai-je avec véhémence.

Il m'adressa le genre de sourire indulgent que l'on aurait pour un enfant surexcité.

— N'aie crainte, Amreth. Les responsables paieront pour cela.

— Nous avons besoin de justice, pas de vigilantisme, répliquai-je d'une voix sévère en fronçant les sourcils.

Il s'ébroua et son amusement monta d'un cran.

— Il n'y aura aucune activité de vigilantisme. C'est toi, Amreth, qui veilleras à leur punition.

J'eus un mouvement de recul, abasourdi non seulement par ses paroles, mais aussi par la certitude avec laquelle il les avait prononcées.

— Moi ? répétai-je.

— Oui, Directeur, dit-il, en insistant sur mon titre, ce qui ne fit qu'accroître ma curiosité.

— Au nom de Tharmok, qui sont tes amis ?

— Juste de bons amis, répondit Aku d'un ton qui indiquait clairement qu'il n'en dirait pas plus.

— Comment peuvent-ils te donner cette prescience ? insistai-je.

— Ils le font, dit-il en haussant les épaules, son expression exprimant fortement que je devais laisser tomber le sujet.

Agacé, je passai en revue le milliard de questions que je voulais lui poser, surtout en ce qui concernait l'identité des personnes puissantes auxquelles il avait fait allusion. Mais il ne me laissa pas le temps de le faire.

— Voici notre village, dit Aku alors que nous franchissions enfin les portes principales ouvertes.

Bien que primitif selon les normes galactiques, le village était en fait assez beau. Une immense grand-place nous accueillit, recouverte d'un pavage coloré formant un motif abstrait. Je ne doutais pas qu'elle servait habituellement aux rassemblements de masse, et peut-être à un marché ouvert. Tout autour, divers bâtiments d'un étage en bois et en argile formaient de petits groupes semblables à des pâtés de maisons. Ils avaient érigé une poignée de bâtiments beaucoup plus grands en pierre et en briques. Tous arboraient des couleurs claires de beige, de brun et de kaki, avec de véritables fenêtres en verre. Les rues étaient toutes faites de terre battue délimitée par une bordure décorative en pierre ou en pavés. De nombreuses plantes, des arbres et des fleurs colorées donnaient à l'endroit un aspect accueillant.

Je ne détectai aucun signe évident d'alimentation électrique ou de technologie de transport, comme des véhicules. Très peu de gens flânaient dans les rues, principalement des femelles et une poignée d'enfants qui me regardaient avec une curiosité non dissimulée. À mon grand soulagement, aucune de leurs auras n'exprimait d'hostilité. Qui que soient leurs amis, sans aucun doute des Sectariens, ils avaient convaincu ces gens que j'étais une sorte d'allié. Bien que cela servît mon objectif et empêchât ma gaffe initiale d'avoir une issue malheureuse, cela me rendit d'autant plus impatient de découvrir leur identité et comment ils s'étaient impliqués en premier lieu.

Nous tournâmes immédiatement à droite vers l'autre porte qui contrôlait l'accès à la cour intérieure où ma conjointe et ses collègues étaient retenus. Mon pouls s'accéléra à la perspective de rencontrer ma Ciara en personne. Elle semblait aller bien lorsqu'elle était sortie du laboratoire plus tôt. À en juger par mes interactions avec Aku jusqu'à présent, je n'avais aucune raison de craindre qu'elle ait subi des mauvais traitements.

Mais que va-t-elle penser de ma présence ?

Aku lui avait-il dit que leurs amis avaient prévu mon arrivée ? L'attendait-elle avec impatience ? Selon Kayog, elle avait hâte de me rencontrer. Cependant, elle ne s'était certainement pas attendue à ce que ce soit dans de telles circonstances.

À ma grande surprise, au lieu de me conduire au laboratoire, Aku m'emmena dans une habitation située de l'autre côté de la cour intérieure, juste en face. Je jetai un coup d'œil au bâtiment déployable par-dessus mon épaule et vis l'un des deux mâles qui nous accompagnaient se diriger droit vers lui. Celui qui était resté avec nous tenait mes armes.

Le chef des Kreelars ouvrit la porte de l'habitation et me fit signe d'entrer.

— Tu partageras cette demeure avec ta conjointe, dit-il dès que nous entrâmes dans le salon, modeste mais confortable.

— Quoi ?! m'écriai-je, le regardant avec stupéfaction.

— Du calme, Amreth, dit Aku sur ce ton odieusement narquois que je commençais à bien connaître. Je sais que vous ne vous êtes jamais rencontrés. Il y a deux chambres. Elle aura son intimité. Mais si partager cette demeure est vraiment problématique pour l'un de vous deux, nous prendrons des dispositions pour t'installer ailleurs.

— Je vois, dis-je, la tension se dissipant de mes épaules.

De toute évidence, je préférais de loin partager une maison avec Ciara, ne serait-ce que pour pouvoir la protéger de toutes les manières possibles. Mais je voulais qu'elle se sente à l'aise avec moi, et non pas que ma présence lui soit imposée simplement parce qu'un Témerne nous avait déclarés âmes sœurs.

— Nous ne t'enchaînerons pas et ne t'espionnerons pas, dit Aku, son visage prenant une expression sérieuse avec un soupçon d'avertissement. Je ferai confiance à ton honneur pour agir correctement envers mon peuple avant ton départ et pour que tu n'essaies pas de t'échapper avant que cette situation ne soit résolue.

— Confiance ? Tu ne me connais pas. Cela ressemble à un acte de foi téméraire, protestai-je, ma misérable bouche d'Obosien exprimant ce que je pensais alors que j'aurais dû me réjouir de sa déclaration.

— Je peux t'enchaîner si tu insistes, répondit-il, son ton n'étant que partiellement railleur. Mais non, Directeur, en ce qui concerne cette question spécifique, aucune décision que je prends n'est téméraire. Mais un acte de foi ? Oui, je l'admets. J'ai une foi totale et absolue en mes amis. Ils disent qu'on peut te faire confiance et que tu resteras jusqu'à ce que cette affaire soit résolue, tout comme ils avaient prévu que tu viendrais ici. Alors oui, je ferai confiance à ton honneur.

J'inclinai la tête sur le côté, incapable de résister à l'envie de mettre à l'épreuve sa logique, mais aussi de mieux comprendre à qui j'avais affaire.

— Je ne connais pas tes amis ni la façon dont ils voient les choses. Mais que se passerait-il si je ne voulais pas aider ton peuple ? Et si je décidais de défier leur affirmation selon laquelle je vais t'aider ? Après tout, aussi bonnes que soient tes intentions, tu as commis un crime pour atteindre ton but.

À ma grande surprise, il haussa les épaules, semblant nullement perturbé par mes paroles.

— Cela m'attristera et retardera la résolution de cette tragédie. En outre, cela entraînera probablement d'autres morts inutiles. Mais je ne peux pas te contraindre à aider à résoudre une situation que tu n'as pas créée. Donc si tu refuses de nous aider, tu devras simplement rester ici jusqu'à ce qu'il soit sûr pour nous de vous libérer tous.

Je le dévisageai, sous le choc. Un coup d'œil à son aura ne révéla aucune duplicité. Il n'allait réellement pas me tordre le bras ou utiliser ma conjointe comme un gourdin pour me forcer à obéir à leurs exigences. À ma grande honte, il me sembla être une bien meilleure personne que moi.

J'ouvris la bouche pour répondre, mais une lumière vive au bord de mon champ de vision attira mon attention.

— Ta conjointe approche, dit Aku d'une voix douce.

Ma bouche se dessécha instantanément alors que la plus belle lumière que j'avais jamais vue m'envoûtait – bien qu'atténuée par la porte fermée entre nous. Le rayonnement de l'aura de son escorte m'agaça au plus haut point car elle se mêlait à la sienne en raison de sa proximité.

Quelques instants plus tard, la porte s'ouvrit et mon cerveau cessa de fonctionner.

Tharmok m'emporte, elle est la perfection même !

— Nous allons te laisser avec ta conjointe, dit Aku.

Son ton légèrement moqueur s'enregistra à peine dans mon esprit. J'étais trop captivé par ma femme. Elle hoqueta et écarquilla les yeux en me fixant, avant de jeter un regard confus à Aku.

— Sa conjointe ? s'exclama-t-elle, quelques secondes avant de sembler frappée par une pensée.

Elle tourna la tête vers moi pour m'examiner avec choc et incrédulité.

— A... Amreth ? demanda Ciara d'une voix hésitante.

— Oui, Ciara. C'est moi, dis-je, stupéfait d'avoir réussi à former des mots.

Le doux rire d'Aku me fit sortir de ma transe hébétée. Je jetai un coup d'œil au Kreelar, mais son regard oscillait entre ma conjointe et moi, et il affichait un sourire satisfait. Dans un éclair de compréhension soudaine, je réalisai qu'il avait en quelque sorte su que cette scène précise allait se produire. Quelque chose dans la façon dont elle se déroulait lui plaisait.

Sans un mot de plus, il nous fit à chacun un signe de tête d'adieu, puis sortit de la maison avec le membre de sa tribu.

CHAPITRE 7

CIARA

Trop de pensées jaillirent simultanément dans mon cerveau pour lui permettre de fonctionner correctement. La beauté époustouflante d'Amreth rendait encore plus difficile à mon esprit de fonctionner rationnellement. Dès que Kayog m'avait parlé de mon âme sœur, mon imagination fertile s'était mise à créer toutes sortes de scénarios sur ce à quoi allait ressembler notre première rencontre. Puis mon univers s'était effondré lors de cette attaque.

— Que fais-tu ici ? lâchai-je, tiquant immédiatement du fait que ce furent les premiers mots qui sortirent de ma bouche après qu'il eut confirmé son identité.

À la façon dont il cligna des yeux et à en juger par l'incertitude qui traversa ses traits magnifiques, ce n'était pas la réaction à laquelle il s'était attendu ou qu'il avait peut-être espérée.

— Je suis venu te sauver, dit-il prudemment.

— *Me* sauver ? répétai-je, ma confusion audible dans ma voix. Comment es-tu arrivé ici ? Comment nous as-tu trouvés ? N'es-tu pas un Directeur ?

Je pressai mes paumes contre mes joues et secouai la tête, gênée par cette soudaine poussée de diarrhée verbale. Je ne voulais pas le bombarder de questions, mais toute cette situation me semblait surréaliste.

— Oui, Ciara. Je suis Directeur sur Molvi, et je suis venu dès que j'ai appris ce qui t'était arrivé, répondit-il avec une expression prudente.

— Mais... Kayog t'a-t-il parlé de... ?

Je fis un geste entre nous deux lorsque ma voix s'estompa.

Il hocha la tête.

— Dès qu'il a été confirmé que tu avais disparu, Kayog m'a contacté à ton sujet.

— Et tu es venu me chercher ? chuchotai-je, incrédule.

— Bien sûr, répondit-il comme si cela allait de soi. Quel genre de mâle ne viendrait pas à la rescousse de son âme sœur ?

Je le dévisageai, sans voix. Une partie de moi voulait fondre de l'intérieur à l'idée qu'il n'avait pas hésité à venir me chercher alors que nous ne nous étions jamais rencontrés, et encore moins parlé. Une autre était tout simplement trop abasourdie pour comprendre pleinement mes émotions contradictoires. Aku avait mentionné que mon conjoint allait venir, mais je n'y avais pas cru, trouvant cela bien trop tiré par les cheveux. Et pourtant, il était là, beau comme un dieu.

— Wow, dis-je enfin, avec un mélange d'émerveillement et de perplexité. Qui d'autre est là avec toi ? Les Défenseurs ?

Mon front se plissa davantage de confusion lorsqu'il secoua la tête avec une expression désolée.

— J'ai bien peur d'être seul. La situation est un peu délicate, répondit Amreth, choisissant soigneusement ses mots.

— Laisse-moi deviner, dis-je d'un ton peu impressionné. Trois Médecins Interstellaires ne sont pas assez importants pour qu'on envoie l'artillerie lourde.

Il hocha de nouveau la tête.

— Les Défenseurs ne pouvaient pas justifier cette mission pour trois civils puisqu'elle devrait être confiée aux Gardiens de la paix. Le fait que cette planète soit située dans la Zone Morte n'aide pas non plus. Il n'y a pas de moyen simple de vous suivre ici.

— Mais tu l'as fait, rétorquai-je en fronçant davantage les sourcils.

— J'ai dû... hmmm... contourner certaines règles pour venir ici, admit-il à contrecœur.

Dans d'autres circonstances, l'expression de honte sur son superbe visage aurait été adorable. Ce mâle était vraiment magnifique.

Il devait mesurer au moins deux mètres, avec de larges épaules et des biceps saillants, laissés exposés par le plastron en cuir orné et sans manches qu'il portait. Sa peau était dans les tons les plus sombres pour un Obosien. Comme les elfes noirs, les Obosiens avaient tendance à avoir la peau très foncée, généralement d'un bleu nuit ou d'un gris très sombre. La sienne était beaucoup plus brun grisâtre, ce que j'appellerais anthracite. Ses yeux blancs argentés tranchaient avec ses sclérotiques noires, ce qui m'attirait de manière presque irrésistible. Il avait un nez noble et des lèvres pulpeuses des plus sensuelles, faites pour embrasser.

Comme tous les siens, une série d'écailles sombres ornait son front, se transformant en une paire de cornes noires au sommet de sa tête, avec une autre paire plus petite et recourbée derrière ses oreilles. Elles contrastaient également fortement avec ses longs cheveux blanc argenté, de la même couleur que les miens. Si cette teinte était courante chez les Obosiens, pour moi, elle était due au fait que j'avais le rare trait de piébaldisme humain. Même pliées, ses ailes de chauve-souris en cuir noir semblaient immenses, sans parler de leur caractère mortel avec les talons acérés aux extrémités et le long des bords inférieurs.

Naturellement, je ne pus m'empêcher de laisser mon regard s'attarder sur ses nombreux piercings faciaux visibles. C'était une chose culturelle pour les Obosiens et une grande source de fierté. Leur peuple ne pouvait pas simplement se faire un piercing. Ils devaient gagner ce privilège en accomplissant une prouesse parmi une multitude d'actes potentiels pour lesquels ils recevaient une quantité variable d'un métal rare appelé algarium. Avec celui-ci, ils pouvaient forger le piercing dans la forme qu'ils souhaitaient pour l'endroit de leur corps qui les tentait le plus.

Amreth avait un petit anneau sur le côté de chaque narine, une petite pointe dans son labret, l'endroit juste en dessous de la lèvre inférieure mais au-dessus du menton, deux anneaux dans son sourcil gauche, et quelques autres le long des côtés de ses oreilles. Je ne voyais aucun piercing sur ses bras, mais je ne doutais pas un instant que quelques autres se cachaient sous son plastron.

Je chassai immédiatement la pensée qui se profilait à mon esprit, à savoir la possibilité qu'il en ait aussi dans ses parties intimes. Aux dires de tous, les Obosiens mâles et femelles s'assuraient d'en avoir à ces endroits pour procurer des sensations supplémentaires. Étant donné qu'ils possédaient des pouvoirs érotiques qui leur valaient souvent d'être qualifiés d'incubes et de succubes, ce n'était pas si surprenant.

— Wow, dis-je enfin, sincèrement touchée. Je sais à quel point le respect des règles est important pour ton peuple. Cela signifie donc beaucoup pour moi que tu aies choisi de les contourner pour venir me sauver.

— Toujours, dit-il avec un sourire qui adoucit son visage de la manière la plus merveilleuse qui soit.

— Alors, qu'as-tu fait ? Tu as simplement marché jusqu'au village ? demandai-je avec une sincère curiosité.

Son regard soudain embarrassé et la façon dont il remua nerveusement sur ses pieds me surprirent et mirent ma curiosité en ébullition.

Il frotta un point derrière sa corne inférieure droite, juste au-dessus de sa nuque, tout en cherchant une réponse appropriée.

— Pas exactement. J'essayais de repérer la meilleure façon

de vous faire sortir tous les trois quand j'ai été capturé, dit-il penaud.

Je clignai des yeux.

— Ils ont utilisé contre moi des pouvoirs psioniques auxquels je n'avais aucun moyen de résister. Ils m'ont pour ainsi dire paralysé, ajouta-t-il rapidement, un peu sur la défensive.

— En effet, répondis-je pensivement. Je me souviens que les gardes obosiens à bord du Gladius ont failli s'écraser sur la promenade lorsqu'ils ont été affectés par des attaques similaires. D'ailleurs, Kayog a fait quelque chose qui les a aidés à y résister. Je suis étonnée qu'il ne t'en ait pas informé.

Amreth roula des épaules et étira son cou, essayant visiblement de relâcher une partie de la tension qui s'y accumulait tandis que son embarras semblait monter d'un cran.

— Kayog a mentionné leurs capacités psioniques, concéda-t-il.

— Et tu es venu sans être préparé à cela ? lâchai-je, ma voix empreinte d'incrédulité, puis je tiquai immédiatement de nouveau intérieurement.

Putain ! Pourrais-je sonner plus critique et ingrate ? Ma misérable bouche avait tendance à dire ce qu'elle pensait, ce qui pouvait parfois sembler involontairement méchant ou blessant.

— Je ne suis pas entré de manière imprudente, dit-il, l'air encore plus sur la défensive. J'avais activé mon bouclier furtif. Étant donné que mes scans n'ont révélé aucune forme de technologie, à part le laboratoire déployable dans lequel vous travailliez, je n'avais aucune raison de penser qu'ils possédaient des pouvoirs capables de voir au travers. Après tout, mon peuple bénéficie de certaines des technologies les plus avancées qui soient. Je ne prévoyais que d'entrer et de sortir rapidement et peut-être de créer quelques diversions pour vous aider à vous échapper.

— Je le conçois, dis-je sur un ton conciliant, me sentant comme une vraie conne envers le pauvre mâle. À ta place, j'aurais supposé la même chose. Personne ne les soupçonnerait d'avoir le type de pouvoirs psioniques qu'ils ont démontrés. En vérité, ils ne les utilisaient pas auparavant. Ce n'est pas un trait normal chez les Kreelars. Ce qui leur est arrivé il y a dix ans a provoqué cette mutation.

— Quoi ?! s'exclama Amreth, sidéré.

Je hochai la tête, le front plissé.

— Mais je t'en prie, assieds-toi. Je suis une mauvaise hôtesse, ajoutai-je en riant nerveusement.

Il sourit.

— C'est bon. Toute cette situation est un peu surréaliste. On ne peut pas s'attendre à ce que nous agissions normalement.

Après un moment d'hésitation embarrassant, je le guidai vers la salle à manger plutôt que vers le salon. Un côté de la table était équipé d'un large banc tandis que les autres étaient occupés par des chaises. Je me dis que l'absence de dossier serait plus confortable pour accommoder ses ailes. Il sembla partager cette idée puisqu'il se dirigea droit vers le banc. Il resta debout jusqu'à ce que je prenne place en face de lui. Il était étrange qu'il observe certaines de ces anciennes courtoisies humaines.

Dès que je me fus assise, je me souvins soudain que je ne lui avais rien proposé à boire ou à manger.

— Non, Ciara. Ça va, dit-il avec une expression amusée lorsque je lui demandai abruptement s'il avait besoin d'un rafraîchissement. Ne t'inquiète pas autant. Je te ferai savoir si j'ai besoin de quelque chose.

— D'accord, dis-je, me sentant incroyablement maladroite.

Ce n'était pas la première impression que je voulais donner à mon âme sœur.

— Donc tu étais sur le point de me parler de la mutation des Kreelars. Mais d'abord, je voudrais savoir comment tu vas, demanda-t-il, ses yeux blanc argenté me scrutant intensément. D'après les enregistrements du Gladius, tu as été gravement blessée.

À la manière dont son regard devint légèrement flou, je soupçonnai qu'il examinait mon âme ou mon aura pour obtenir des informations supplémentaires sur mon état émotionnel actuel.

— Je vais bien, nous allons tous les trois bien. Merci de t'en inquiéter, répondis-je en souriant. Les Kreelars et leurs amis m'ont complètement rafistolée. Je ne sais pas quel genre de technologie leurs amis possèdent, mais elle pourrait donner du fil à retordre aux Xurgens. Et depuis notre arrivée ici, ils nous traitent comme des invités de marque. Ils ont besoin de nous... désespérément.

— Je suis reconnaissant qu'ils aient pu te guérir. Rien de tout cela n'a aucun sens. Qu'as-tu découvert depuis ton arrivée ? demanda-t-il. Aku affirme que les humains leur ont fait du tort.

Je hochai la tête d'un air sombre.

— Ce qui s'est passé est un véritable gâchis et la raison pour laquelle il existe des règles strictes de la Directive Première. C'est d'autant plus exaspérant que toute cette tragédie a été causée par les personnes qui devraient pourtant être les plus avisées.

— Que veux-tu dire ?

— Tout ce merdier a commencé il y a un peu plus de dix ans. Tu as probablement entendu parler de l'incident qui a conduit l'OPU à entrer en contact avec les Sangoths pour la première fois, n'est-ce pas ?

Il hocha la tête.

— Des contrebandiers volaient certains des métaux rares dans leurs montagnes. La concurrence pour ces ressources précieuses a conduit certaines factions criminelles à se battre pour ces richesses. Si je me souviens bien, la faction perdante a dénoncé le vainqueur.

— C'est exact. Le Cartel Timmons n'a pas bien pris sa défaite. Ils se sont dit que s'ils ne pouvaient pas exploiter cette richesse, personne d'autre ne le ferait. Sans leur dénonciation à l'OPU, nous n'aurions jamais connu l'existence des Sangoths.

Mais beaucoup de torts avaient déjà été causés à leur population. L'OPU a entamé des pourparlers diplomatiques et les Sangoths ont accepté que certains de nos scientifiques effectuent des études non intrusives sur leur peuple.

— Et c'est là qu'Élias Jacobs entre en jeu, dit-il soudainement.

Je hochai la tête.

— Son équipe était là pour une étude d'un an. Les Sangoths ont des os extrêmement solides, presque incassables. Cela provient des résidus minéraux dans l'eau qui coule à travers leur montagne. Jacobs espérait trouver un moyen de l'adapter à d'autres espèces et aider à résoudre des problèmes tels que la maladie des os de verre et l'ostéoporose. Mais cette recherche n'a abouti à rien. Les Sangoths possèdent des traits génétiques uniques qui leur permettent d'assimiler ces minéraux comme aucune autre espèce ne le peut.

— Mais cela lui a permis de découvrir le sérum SS12. Ou était-ce une invention ? demanda-t-il.

— Les Sangoths n'ont rien à voir avec ce sérum, dis-je avec colère. Durant cette période, deux des médecins de son équipe ont décidé de s'offrir une escapade romantique dans la vallée près de la rivière. Ils se trouvaient bien en dehors de la zone autorisée. Ils faisaient l'amour au bord de l'eau après avoir pique-niqué. Une mère kreelar et son enfant sont tombés sur eux par hasard.

— Merde ! Je suppose que ça ne s'est pas bien passé ? demanda Amreth en fronçant les sourcils.

— C'est peu dire. Ils n'avaient jamais vu d'humains auparavant, mais ça n'aurait pas été le problème. L'enfant de cinq ans s'est précipité sur la nourriture et a commencé à la manger. L'homme l'a remarqué et est allé arrêter l'enfant.

Amreth tiqua, devinant sans doute ce qui allait suivre.

— Pensant qu'il essayait de faire du mal à son enfant, la

mère l'a attaqué et l'a mordu. Le couple a réussi à s'échapper en lui injectant des tranquillisants.

Amreth jura entre ses dents.

— Je ne suis même pas médecin et je sais qu'il ne faut pas injecter de produits chimiques à des espèces primitives sans savoir comment elles pourraient réagir.

— Exactement. Elle a été assommée pendant quelques heures. La sédation a fini par se dissiper et elle a pu ramener son enfant au village. Au début, tout allait bien. Mais c'est la semaine suivante qu'elle a commencé à montrer des signes de maladie. Le problème, c'est qu'elle était nourrice pour son peuple.

— Sang de Tharmok ! Elle a infecté d'autres personnes ? demanda Amreth d'un air sombre.

Je hochai la tête.

— Le plus triste, c'est qu'elle a arrêté d'allaiter dès l'apparition des premiers symptômes. Mais le mal était déjà fait. Quelques jours après qu'elle soit tombée malade, de nombreux enfants qu'elle avait nourris l'ont été à leur tour. Les Kreelars allaitent leurs petits jusqu'à l'âge de six ou sept ans.

— Et l'équipe de Jacobs n'a rien fait ? Ont-ils au moins étudié les conséquences potentielles de ce qu'ils ont provoqué ? s'indigna-t-il.

— En fait, ils l'ont fait, concédai-je. Ils ont rapidement réalisé que quelque chose n'allait pas et sont intervenus. Malheureusement, il était trop tard pour huit des enfants qui sont morts. Ils ont réussi à sauver la mère, Sora, mais elle aurait préféré ne pas avoir survécu.

— Quoi ?! Pourquoi ? s'exclama Amreth.

— Sora se reproche ce qui est arrivé à l'époque, ce qui s'est produit depuis et ce qui se passe actuellement, dis-je, frustrée.

— Mais ce n'est pas sa faute ! Elle ne faisait que défendre son enfant. Elle n'avait aucun moyen de savoir que l'étranger lui transmettrait une maladie, argua-t-il.

— Je suis tout à fait d'accord avec toi, mais les choses ont pris une tournure bien plus grave que ce que tout le monde avait anticipé. Cela ne fait que trois jours que nous sommes sur cette affaire, mais tout ce que nous avons découvert jusqu'à présent ne fait que m'enrager davantage.

— Que veux-tu dire ? demanda-t-il en penchant la tête sur le côté.

— Nous avons effectué des tests sur Sora. Et devine quoi ? La grande découverte d'Élias, le SS12, vient en fait d'elle. Il a obtenu le sérum à partir des anticorps qu'elle a développés en survivant à la maladie que le médecin humain lui a transmise.

— Ce n'était donc pas le sédatif auquel elle a réagi négativement ? demanda Amreth, surpris.

Je secouai la tête.

— Non. Cela vient de la morsure, qui lui a fait avaler une partie de son sang. Mais le problème, c'est que la maladie dont elle a souffert n'est pas la même que celle qui tue les autres. Si cela avait été le cas, nous aurions pu rapidement trouver un remède pour tous. Mais il s'est passé autre chose.

— Tu penses qu'Élias a fait quelque chose à leur peuple ? demanda Amreth, son expression s'assombrissant alors que le soupçon emplissait sa voix. Les aurait-il rendus malades exprès pour valider davantage son sérum ?

J'hésitai.

— En fait, non. Je ne pense pas qu'il l'ait rendue malade exprès. Après tout, d'après notre analyse et leur récit des événements, c'est par pure malchance qu'elle l'a mordu et a été infectée par cette maladie. Le problème, c'est que dès qu'il l'a guérie, il est parti sans jamais se retourner. C'est une grave violation de la Directive Première. Les terribles retombées auraient dû être impérativement signalées. Les Kreelars auraient dû rester sous observation discrète pendant au moins cinq ans pour s'assurer que rien ne refasse surface.

— Pourquoi ne l'a-t-il pas fait ? Ce n'était pas comme s'il

était responsable de la violation du protocole par ces deux méde-cins stupides. Ils auraient dû en assumer les conséquences. Au pire, cela aurait été une légère tache sur sa réputation, mais cela n'aurait pas été un coup dévastateur, fit valoir Amreth.

— Et c'est ce qui me dérange vraiment. Les conséquences de cette révélation vont détruire sa carrière. Pourquoi prendre ce risque ? L'incroyable découverte de SS12 aurait éclipsé la honte de cette situation en un clin d'œil. C'était le moment idéal pour lui de tout avouer, aussi tragique que cela ait été pour les victimes. Il y a autre chose qui nous échappe.

— Aku a mentionné qu'ils devaient garder le secret à ce sujet parce que des personnes extrêmement puissantes auraient rendu les choses encore plus tragiques s'ils avaient rendu cela public au lieu de vous enlever, dit Amreth pensivement.

— Il nous l'a également laissé entendre, dis-je en fronçant les sourcils. Une fois que nous aurons sauvé ces gens, nous devrons aller au fond des choses.

— D'accord, dit Amreth avec une détermination qui me fit presque sourire.

Il était vraiment l'incarnation de l'Obosien le plus respec-tueux de la loi.

— C'est juste frustrant que personne ne se soit vraiment penché sur certaines de ses incohérences. Tout d'abord, il a baptisé sa découverte SS12, ce qui signifie Sérum Simien. Bien que les Sangoths aient des liens très lointains avec les singes, nous les comparons surtout aux Yétis. Les Kreelars, eux, ont clairement des traits simiens. Lorsqu'on lui a demandé de décrire l'espèce dont il avait tiré le sérum, Élias a donné une explication vague selon laquelle la maladie dont avait souffert la créature avait agi comme une virulente bactérie mangeuse de chair qui non seulement avait consommé la chair à un rythme accéléré, mais l'avait également décomposée beaucoup trop rapidement pour qu'ils puissent avoir des tissus viables qui leur auraient permis d'identifier son espèce.

— C'est ridicule ! dit Amreth, incrédule.

Je m'ébrouai.

— Tu peux le dire. Mais les gens étaient trop occupés à s'extasier sur le sérum et ses applications pour s'attarder sur ses origines. Et ici, tout s'est bien passé pendant près d'un an après leur départ. Et puis la maladie est revenue. Mais elle était différente. Personne n'avait mordu qui que ce soit, et elle ne se limitait pas à un sous-groupe spécifique comme cela avait été le cas avec Sora et les enfants qu'elle avait allaités. Des membres de la tribu, de tous âges et de tous sexes, ont commencé à tomber malades.

— Une sorte de virus ? demanda-t-il.

Je secouai la tête.

— Non. Quoi que ce soit, ce n'est pas un agent pathogène transmis par l'air, par le sang ou physiquement par le toucher. Cela provoque de graves maux de tête et un gonflement du cerveau. On dirait presque une encéphalite avec les maux de tête, la fièvre, la fatigue, les douleurs articulaires et, finalement, la confusion et les hallucinations. Les deux sexes sont touchés, mais les femelles qui la contractent après la puberté survivent rarement. Le plus gros problème, c'est que la maladie a commencé à se propager dans toutes les autres tribus, pas seulement chez les gens d'ici, à Bryst.

— Ça n'a pas de sens. Quand Sora est tombée malade, a-t-elle infecté un enfant d'une autre tribu ?

— Non. La maladie n'a frappé qu'ici. Donc quelque chose d'autre s'est produit et se propage maintenant aux autres Kreelars, mais pas aux Sangoths. Cependant, ces deux espèces n'interagissent pas entre elles. Au cours des neuf dernières années, depuis le retour de la maladie – ou plutôt depuis que cette version s'est manifestée – les femelles des Kreelars ont été décimées. Elles représentent désormais moins d'un tiers de leur population. Si nous ne trouvons pas rapidement un remède, l'espèce disparaîtra. Comme tu peux l'imaginer, nous ne pouvons pas partir. Nous devons régler ce problème.

Il hocha lentement la tête, un profond sourcillement marquant son front.

— Aku a dit que tu pouvais le résoudre, mais encore plus vite avec mon aide.

Je me redressai.

— Il l'a effectivement dit. Ils ont une sorte de Prophète qui a prédit ta venue et que tu allais les aider. Visiblement, la première partie était correcte.

— En effet. Ce qui signifie que je dois aider. Tout ce dont tu as besoin est à toi.

Même si ses paroles me plurent, pour une raison que je n'aurais su expliquer, je ressentis le besoin de remettre en question sa motivation.

— Offrirais-tu toujours ton aide si je n'étais pas impliquée ? demandai-je.

Il eut un léger mouvement de recul et sembla un peu offensé.

— Oui, Ciara. J'aurais tout de même offert mon aide. Je suis peut-être venu ici spécialement pour toi, et en tant qu'âme sœur, il est en effet de mon devoir de t'aider de toutes les manières possibles. Mais j'ai aussi le devoir moral de faire ce qui est juste pour ceux qui sont dans le besoin. Les Obosiens peuvent parfois sembler froids et rigides, mais nous ne sommes pas sans cœur. Nous sommes juste... coincés lorsqu'il s'agit de faire respecter la loi et les règles.

— Alors, tu pourrais trouver plutôt problématique de m'avoir comme conjointe. Je suis du genre rebelle et j'ai un esprit de contradiction.

Bien qu'il plissât les yeux en me regardant, ses lèvres s'étirèrent en un sourire subtil, teinté d'une pointe de provocation.

— Vraiment ? demanda-t-il d'un ton dubitatif. Ça semble un peu paradoxal pour une épidémiologiste.

Je haussai les épaules.

— Ces règles, je les respecte. Mais les autres...

Je fis un geste dédaigneux de la main et ma voix s'estompa.

— Eh bien, il va falloir que tu sois disciplinée.

Je m'ébrouai et lui jetai un regard incrédule, ne sachant pas comment interpréter son expression, qui était le mélange parfait de sérieux et d'un soupçon d'espièglerie.

— Bonne chance pour ça ! dis-je avec un air de défi.

— Sur ce plan, je n'ai pas besoin de chance, dit-il d'une voix qui baissa d'une octave d'une manière à la fois menaçante et pleine de promesses.

Mon estomac fit la culbute et je me retrouvai soudain à admirer à nouveau son apparence incroyablement séduisante. Je ne savais pas ce que je ressentais pour lui. Physiquement, il valait un milliard sur dix. En ce qui concernait sa personnalité, il allait me falloir un certain temps pour m'y habituer. J'étais seulement soulagée d'entrevoir son côté enjoué.

Une partie de moi aurait préféré ne pas savoir qu'il était mon âme sœur, car notre relation aurait alors eu une opportunité de se développer naturellement. Au lieu de cela, je me sentais obligée de tomber amoureuse, car je savais que nous étions faits l'un pour l'autre. Cela aurait été parfait si mon stupide esprit excessivement analytique n'avait pas toujours besoin de chercher les défauts potentiels qui pourraient avoir de mauvaises répercussions plus tard. J'avais besoin de me détendre et de laisser couler les choses. Après tout, il avait parcouru la moitié de la galaxie pour me sauver sur un acte de foi.

Et Kayog ne se trompait jamais.

— Mais plus sérieusement, que puis-je faire pour aider ? Je suis beaucoup de choses, mais certainement pas un scientifique, dit-il avec un regard penaud.

Je souris.

— En fait, ton arrivée n'aurait pas pu être plus parfaite. Ces gens n'ont pas encore de moyens de transport ou de communication avancés. Ils ont l'équivalent des CB pour la communication radio. Mais comme tu peux le deviner, c'est beaucoup trop restrictif pour nos besoins. Nous devons visiter les autres villages pour essayer de mieux comprendre ce qui pourrait être la cause de la propagation de la maladie à d'autres tribus.

— Bien sûr, je serai heureux de t'emmener. En revanche, je doute qu'Aku soit très enthousiaste à l'idée de me laisser t'emmener à bord de ma navette, ajouta-t-il pensivement.

— J'en conviens. Du moins, pas pour l'instant. Les gens d'ici, à Bryst, ont été gentils avec nous, mais les autres villages n'ont jamais rencontré d'humains en personne auparavant. Comme leur seule connaissance de nous est que nos actions pourraient être la cause de ce qui détruit leur peuple, je doute qu'ils accueillent favorablement une navette tant que nous n'aurons pas eu l'occasion d'établir une sorte de relation. J'allais chevaucher l'une de leurs montures, mais il nous faudrait des heures pour atteindre notre destination. Alors, si tu me faisais voler, ce serait génial, en supposant que je ne sois pas trop lourde ?

Je tiquai dès que j'eus prononcé cette dernière phrase. Les Obosiens étaient réputés pour leur force. J'avais un poids sain qui ne lui demanderait que peu d'efforts. Je ne voulais pas qu'il pense que je ne disais cela que pour qu'il me complimente.

L'émotion la plus étrange traversa ses yeux blanc argenté.

— Tu me traites de faible, femme ? demanda-t-il avec un faux air indigné.

Je m'ébrouai et me détendis instantanément.

— Pas carrément, mais je dois tenir compte du fait qu'être grand et avoir de larges épaules ne signifie pas nécessairement être fort. Il n'y aurait pas de honte à être faible, dis-je en le taquinant.

— Tu découvriras bientôt que ton âme sœur est bien des choses, mais pas faible.

Il ouvrit la bouche pour dire autre chose, hésita, puis se ravisa. Cela me fit brûler de curiosité. Avec une certitude que je ne pouvais expliquer, j'étais sûre qu'il avait failli dire quelque chose pour flirter. C'était nul de vouloir se courtiser mais de devoir le faire sur la pointe des pieds à cause des circonstances sérieuses dans lesquelles nous nous étions rencontrés, en plus de notre situation inhabituelle.

Et pourtant, je me réjouissais secrètement que nous soyons jetés de la sorte dans cette relation. Il n'y avait pas de plus grande épreuve pour la solidité d'un couple que d'affronter l'adversité ensemble. Jusqu'à présent, j'appréciais vraiment ses réactions face à toute cette histoire.

— Je vais me faire un devoir de mettre cette affirmation à l'épreuve, répondis-je d'un ton provocateur avant de reprendre mon sérieux. Mais tu pourrais aussi être d'une grande aide sur un autre front. J'ai cru comprendre que les Directeurs sont d'excellents chasseurs. D'après ce qu'Aku m'a dit, ils ont constaté une augmentation des cas de bêtes sauvages atteintes de la rage au cours des neuf dernières années.

— À peu près au moment où la deuxième vague de la maladie a commencé ! s'exclama-t-il. Ce type de rage s'était-il déjà produit auparavant ?

Je secouai la tête, impressionnée par ses capacités d'analyse.

— Non. Et nous soupçonnons qu'ils sont liés. Ou plutôt Ernst a émis quelques hypothèses sur ce que pourrait être la cause. Mais nous avons encore besoin de plus de données pour en être certains.

— Des hypothèses comme quoi ? insista Amreth.

— Nos tests préliminaires n'indiquent aucune anomalie chez leur peuple. Mais nous soupçonnons qu'il pourrait s'agir d'un prion mal replié, dis-je pensivement.

Il haussa un sourcil, son visage prenant une expression confuse qui me fit immédiatement rougir. Comme je parlais rarement de mon travail à des personnes non scientifiques – ce qui endormait souvent les profanes – j'avais tendance à oublier d'expliquer certaines des notions qui me semblaient évidentes.

— Oh, désolée. Les prions sont comme des protéines à l'intérieur des êtres vivants, comme les humains, les animaux, les plantes, etc. Mais si quelque chose contient un prion mal replié – c'est-à-dire déformé – et qu'on le consomme, il est possible que cela provoque une maladie catastrophique.

— Qu'on le consomme ? Vous pensez donc qu'ils mangent quelque chose qui les empoisonne ? demanda Amreth, surpris.

Je hochai la tête.

— Comme je l'ai dit, nous ne faisons que spéculer, mais cela semble être la théorie la plus probable.

— Si c'est dans la nourriture, pourquoi seul un petit nombre de personnes tombe malade ? Pourquoi pas tout le monde ? D'après ce que j'ai pu voir, ils semblent cultiver de la nourriture pour tout le monde. Je suppose qu'ils chassent aussi en tant que tribu pour tout le village. Ou ai-je mal interprété les choses ?

— Tu as raison. Cependant, certaines personnes sont déjà immunisées parce qu'elles sont précédemment tombées malades et ont développé des anticorps contre la maladie, expliquai-je. Pour d'autres, ils ont peut-être simplement mangé le lot sain. Mais encore une fois, il est trop tôt pour le dire. Nous pourrions nous tromper complètement.

— Avez-vous testé leurs réserves de nourriture ? demanda-t-il.

Je souris, me sentant bêtement fière de l'intérêt vif qu'il manifestait ainsi que de la facilité avec laquelle il suivait et posait des questions pertinentes. Je n'avais pas besoin d'un intello, mais je voulais vraiment quelqu'un à l'esprit vif et capable de réfléchir rapidement.

— C'est exactement ce que nous faisons. Malheureusement, sans succès jusqu'à présent. Mais ce n'est pas surprenant. Si nous avons raison de supposer que c'est un prion mal replié qui cause la maladie, alors les symptômes peuvent mettre des jours ou des semaines à apparaître. Donc si un lot contaminé en était la cause, il serait déjà parti depuis longtemps. Par conséquent, il sera difficile d'en déterminer la cause. Mais tu pourrais vraiment nous aider à rechercher la source potentielle dans la faune locale au cours des prochains jours.

— Je serai heureux de le faire. Tu auras du mal à trouver un Obosien qui n'aime pas voler, surtout dans un environnement aussi époustouflant et pur que celui-ci, répondit-il avec un sourire.

— Merci. Ça me touche beaucoup. Déterminer la source est la partie la plus difficile du travail d'enquête. Je t'en prie, sois indulgent si je deviens un peu intello. Une fois que je commence à parler de ce genre de choses, j'ai tendance à m'emballer. Alors n'hésite pas à me dire de me taire, dis-je d'un air penaud.

La douceur presque tendre de son sourire me fit un drôle d'effet.

— Ne t'excuse jamais d'être passionnée par quelque chose, surtout pas par ton travail. Et le tien est extrêmement important. Tu améliores la vie des autres. Je suis honoré de pouvoir t'aider dans cette entreprise.

Mes orteils s'étaient peut-être légèrement recroquevillés en entendant sa réponse. Juste au moment où j'ouvrais la bouche pour parler, un son de cloche retentit. Amreth se raidit, immédiatement alerté.

— Tout va bien ! dis-je en levant la main dans un geste d'apaisement. Ce n'est que le signal qui indique que les chasseurs sont revenus avec de la viande. Je devrais aller la tester pour détecter tout signe de contamination.

— Je te suis, ma conjointe.

CHAPITRE 8
AMRETH

Je suivis Ciara à l'extérieur de la maison tout en essayant de mettre de l'ordre dans mes émotions contradictoires. Dès l'instant où Kayog m'avait révélé son existence, j'avais imaginé un million de scénarios différents sur la façon dont allait se dérouler notre première rencontre. Bien que je me targue d'être rationnel et stoïque, je n'avais pas pu résister à la tentation de fantasmer sur d'innombrables scènes héroïques où je la sauvais, filant dans les cieux avec elle dans mes bras, poursuivis par des ennemis diaboliques. Elle s'accrochait à moi, confiante en ma capacité à la protéger malgré le danger extrême auquel nous étions confrontés.

Le fait d'avoir été capturé lors de ma première excursion, en grande partie parce que je ne m'étais pas bien préparé, n'aurait pas pu être plus contraire à ces attentes grandioses. J'avais encore honte qu'elle me l'ait souligné.

Bien qu'elle fût indéniablement attirée physiquement par moi, Ciara n'avait pas semblé particulièrement impressionnée par ma personnalité. Cela me blessait. Mais à quoi m'étais-je attendu ? Je ne croyais pas au coup de foudre, même si j'avais été subjugué par elle dès que Kayog m'avait montré sa photo.

J'avais tout de même espéré une alchimie instantanée qui aurait confirmé l'affirmation du Témerne selon laquelle nous étions faits l'un pour l'autre. En vérité, sans cette assertion, je ne l'aurais probablement pas poursuivie, compte tenu de sa réponse tiède.

Néanmoins, je pris courage en repensant à une ou deux occasions où elle avait semblé baisser sa garde et montrer un côté moins distant et réservé de sa personnalité. C'était étonnant venant d'un Obosien. Nous avions la réputation d'être assez rigides. Et cela avait certainement toujours été vrai pour moi. *Mais j'aurais vraiment voulu un câlin de sa part.*

Pour une raison que je ne pouvais pas expliquer, je sentais au plus profond de moi qu'un contact physique entre nous serait nécessaire pour créer un lien. Et je ne parlais pas de contact sexuel. Même quelque chose d'aussi simple que de se tenir la main aurait aidé à briser la barrière invisible qui nous séparait.

Une partie de moi se demandait si je ne réfléchissais pas trop à tout ça. Mais une autre partie était convaincue que si nous ne parvenions pas à combler rapidement le fossé qui nous séparait, il ne ferait que se creuser, chacun d'entre nous ayant de plus en plus de mal à trouver un moyen d'établir ce lien. À vrai dire, sachant que nous étions faits l'un pour l'autre, nous avions cette étrange attente que les choses devraient se dérouler d'une certaine manière. Dans d'autres circonstances, si notre première rencontre avait été un rendez-vous romantique soigneusement planifié par nous, je pensais que cela se serait mieux passé que cette situation embarrassante.

Cela ne m'empêcha pas d'être encore plus impressionné par ma Ciara. Au-delà de sa beauté physique et de la merveille ensorcelante qu'était son âme, ma femme était intelligente, forte et pas du genre à se laisser faire. J'aimais le fait qu'elle ait exprimé ses pensées sans détour à quelques occasions, même si cela me présentait sous un mauvais jour. C'était très obosien de sa part. Je n'aurais eu que faire d'une femelle docile et craintive qui ne pouvait pas exprimer son opinion ou me faire remarquer mes erreurs. L'absence de cruauté dont elle faisait preuve, et le soupçon de culpabilité qui émanait d'elle pour avoir peut-être blessé mes sentiments me rassuraient sur le fait qu'elle était une personne gentille.

Mais c'était sa détermination à rendre justice à ceux qui avaient été lésés et à utiliser les compétences qu'elle avait perfectionnées au fil des ans pour améliorer la vie des autres qui me réchauffait vraiment de l'intérieur. Les gens supposaient souvent à tort que nous, les Obosiens, avions un côté sadique qui nous faisait apprécier la souffrance des prisonniers. Ils ne pouvaient pas se tromper davantage. En fait, mon cœur se brisait chaque fois qu'un de mes détenus ne parvenait pas à se racheter ou connaissait une fin tragique à cause de ses mauvais choix.

Ils ne voyaient pas les efforts et le travail que nous faisions pour amener les détenus à utiliser leur temps en prison pour s'améliorer afin qu'ils puissent avoir un avenir plus heureux en faisant de meilleurs choix grâce aux nouvelles compétences et à la richesse qu'ils avaient acquises.

Bien que je ne puisse nier éprouver beaucoup moins de sympathie pour les criminels de nos Quadrants Obscurs, certains d'entre eux faisaient des pieds et des mains pour se racheter. Compte tenu de l'atrocité des crimes qui les avaient conduits là, voir l'un d'entre eux purger sa peine et reprendre sa vie en main était probablement l'une de nos plus grandes réussites.

Ma conjointe mit fin à mes pensées vagabondes en s'empressant vers les deux humains que je reconnus comme étant Mehreen Aziz et Ernst Wagner. Ses collègues s'étaient déjà rassemblés autour de la charrette à roues tirée par une bête que je ne reconnus pas. Un grand animal gisait mort dessus. Ernst regardait l'interface d'un appareil d'analyse, ayant probablement prélevé du sang de la bête. Mehreen passait un scanner portatif sur chaque centimètre de son corps.

Ma conjointe les rejoignit et échangea quelques paroles avec

Ernst, qui lui montra l'interface. Elle y tapota quelques instructions puis sortit ce qui ressemblait à une longue aiguille du haut de l'appareil. Elle le brandit pendant qu'Ernst remplaçait l'aiguille par une neuve et tripotait l'appareil pendant que Ciara piquait à nouveau la créature.

Ne voulant pas gêner leur travail, je me tins à l'écart et observai les villageois. Un bon nombre d'entre eux étaient entrés dans la cour intérieure, bien que restant près des portes comme s'ils craignaient de faire intrusion. Ils examinaient les scientifiques avec une méfiance indéniable, mais sans aucune agressivité. Je compris alors que leur inquiétude portait davantage sur la sécurité de leur nourriture que sur les médecins eux-mêmes.

Une fois de plus, cela me fit réfléchir à qui, au nom de Tharmok, étaient les amis qui les avaient si complètement convaincus que nous pouvions être dignes de confiance. Je devais écrire à Maeve pour la mettre sur la piste de l'entité puissante avec laquelle Élias pourrait être de mèche.

Ou à qui il pourrait être redevable ?

Je pris mentalement note des choses que je voulais qu'elle examine. En tant que l'une des meilleurs pirates informatiques des Défenseurs, il n'y avait pas beaucoup de secrets qui échappaient à Maeve une fois qu'elle s'était mise en tête de les découvrir. Tant qu'il y avait une forme d'empreinte numérique, elle allait la trouver.

Savoir que je ne pouvais pas simplement partir et me rendre à mon vaisseau me déplaisait. Je détestais être prisonnier dans cette cour. Quelle ironie pour un Directeur. Mes détenus ne me lâcheraient pas s'ils étaient au courant de ma situation actuelle. Techniquement, je pouvais partir. Ils nous laissaient clairement une liberté de mouvement suffisante pour que je puisse saisir Ciara et m'envoler vers mon vaisseau avant qu'ils ne puissent s'approcher suffisamment pour me neutraliser avec leurs pouvoirs psioniques.

Mais je ne le ferais jamais.

Au-delà du fait que je ressentais un fort devoir moral de les aider, j'étais tenu par l'honneur de rester. Avec une certitude que je ne pouvais expliquer, je savais qu'Aku n'était pas du genre à accorder facilement sa confiance. Et il m'avait accordé la sienne. Peu importait qu'une prédiction d'un Prophète ait renforcé cette conviction. Une partie de moi croyait que nos interactions l'avaient persuadé que j'étais un mâle de parole. S'il avait senti qu'on ne pouvait pas me faire confiance, Prophète ou pas, je ne doutais pas qu'il m'aurait enchaîné.

Quoi qu'il en soit, essayer de me défiler maintenant serait le moyen le plus sûr de torpiller tout espoir d'une relation harmonieuse avec ma femme.

Je me recentrai sur les scientifiques alors qu'ils terminaient leurs tests. À en juger par leur langage corporel, ils n'avaient rien trouvé de suspect ou qui puisse les aider dans leurs recherches. Ciara fit signe aux chasseurs kreelars de prendre la viande. Elle me fit face tandis que ses compagnons se tournaient vers le laboratoire, mais ils s'immobilisèrent net lorsqu'ils me remarquèrent enfin.

— Un Obosien ! chuchota Ernst, sous le choc, puis l'excitation prit le dessus.

Il s'approcha rapidement de moi, suivi des deux femmes. Je restai immobile alors qu'il réduisait la distance entre nous.

— Mon Seigneur, nous sommes si heureux de vous voir. Où sont les autres ? demanda-t-il en regardant par-dessus mon épaule.

— Je suis venu seul. Il n'y a personne d'autre. Juste moi, répondis-je d'une voix calme. Et tu peux simplement m'appeler Amreth.

En théorie, il aurait dû en effet s'adresser à moi en tant que Seigneur Amreth, car j'étais de noble descendance. Beaucoup de mes pairs étaient très attachés à la hiérarchie. Cela m'était égal. Et dans les circonstances, ces protocoles rigides semblaient inappropriés. La lueur d'approbation dans les yeux de ma conjointe me fit un effet délicieux. Je n'avais pas fait cela pour l'impressionner, mais j'accueillais volontiers tout ce qui pouvait l'aider à tomber amoureuse de moi.

Il cligna des yeux, confus.

— Seul ? Mais pourquoi ?

Avec une volonté propre, mes yeux se portèrent vers Ciara. Je me ressaisis juste avant de lui dire que j'étais venu sauver ma conjointe. Bien que cela fût vrai, il ne me semblait pas approprié d'exposer la nature de notre lien sans son consentement. Certes, elle était au courant de notre connexion, mais elle n'avait pas encore exprimé son désir de la voir se concrétiser.

— Il est venu pour moi, répondit Ciara à ma place, nous laissant tous stupéfaits.

— Pour toi ? répétèrent Ernst et Mehreen simultanément.

L'expression timide la plus adorable traversa le visage de ma femme alors même qu'elle essayait de paraître nonchalante.

— Les gars, je vous présente Amreth Vahna, un Directeur sur Molvi, qui se trouve également être mon âme sœur. Kayog nous a jumelés juste avant que le Gladius ne soit attaqué.

La façon dont les bouches de ses compagnons tombèrent et dont leurs yeux faillirent sortir de leurs orbites aurait été hilarante si je n'avais pas été trop occupé à bomber le torse d'avoir ainsi été publiquement réclamé. Ciara ne m'avait pas semblé être du genre à aimer se vanter. Pour moi, le fait qu'elle ait ouvertement révélé cela aux autres montrait qu'elle était suffisamment investie dans notre relation pour ne pas avoir de scrupules à la divulguer.

— Kayog ? L'entremetteur témerne ? s'exclama Mehreen.

Ciara hocha la tête.

— Bon sang ! Je ne savais pas que tu avais fait appel à ses services, ajouta-t-elle.

Ma conjointe s'ébroua et secoua la tête.

— Ce n'est pas le cas. Nous nous sommes rencontrés sur le vaisseau et avons commencé à parler après avoir aidé une femme qui ne se sentait pas très bien. Et puis, boum, il m'a dit qu'il connaissait mon âme sœur.

— Mais... Mais quand avez-vous commencé à parler tous les deux avant que nous soyons enlevés ? demanda Ernst.

— Nous n'avons pas commencé à parler, répondis-je de manière factuelle. Une fois qu'il a été confirmé que Ciara faisait partie des disparus, Kayog m'a contacté.

— Et tu as donc décidé de venir la sauver ? demanda Mehreen, un air de pure admiration se dessinant sur son visage.

— Bien sûr. Quel genre de mâle serais-je si je ne l'avais pas fait ?

Ma conjointe éclata de rire, tandis qu'Ernst roulait des yeux avec un faux désespoir lorsque Mehreen pressa ses deux paumes contre sa poitrine et me regarda avec un air émerveillé.

— Mon pauvre cœur ! C'est tellement romantique. S'il te plaît, dis-moi que tu as un frère célibataire !

Ce fut à mon tour d'éclater de rire.

— Oui, j'en ai un, répondis-je en hochant la tête.

— J'exige une présentation officielle, dit Mehreen avant de battre des cils sans vergogne.

— Femme, maîtrise-toi et cesse de flirter avec mon homme, dit Ciara avec une fausse sévérité.

Cela aussi me fit drôle. C'était idiot, le plaisir que je tirais de sa possessivité à mon égard, aussi ludique que fût la situation actuelle.

— Espèce de rabat-joie, répondit Mehreen en faisant une moue exagérée. Mais bon, je m'appelle Mehreen et lui, c'est Ernst.

— Il est déjà au courant et a lu tous nos dossiers en venant ici. Maintenant, allons manger. Nous pourrons le mettre au courant des parties que je n'ai pas encore abordées.

Nous nous mîmes tous en marche en la suivant. Je commençais à comprendre que les deux scientifiques s'en remettaient à l'autorité de ma femme. Elle nous conduisit dans l'une des maisons adjacentes au laboratoire. À ma grande surprise, l'intérieur avait été aménagé en salle de réunion à côté d'une salle à manger. La table était déjà chargée d'une quantité généreuse de nourriture. À ma grande consternation, alors que nous prenions place, je remarquai le pourcentage important de fruits et légumes avec seulement une petite portion de viande et quelques pains secs.

Ciara gloussa devant mon expression, son visage prenant un air de commisération mêlé d'une pointe de moquerie.

— Quelqu'un n'est pas végétalien ? demanda-t-elle taquinement.

— Absolument pas, répondis-je d'un ton grognon. Nos Nundars préparent les plats gastronomiques les plus délicieux dont on puisse rêver.

— Vos Nundars ? Qu'est-ce que c'est ? demanda-t-elle avec curiosité.

— Nous les appelons nos familiers. C'est une espèce spirituelle d'ermites qui ont besoin de vivre avec un Obosien pour s'épanouir. Ils sont très intelligents et possèdent des pouvoirs psioniques extrêmement puissants. Ils se nourrissent d'émotions, mais y sont également extrêmement sensibles. Les émotions négatives les perturbent énormément, ce qui explique leur besoin d'isolement, expliquai-je.

— Pourquoi s'épanouissent-ils spécifiquement en présence de votre espèce ? demanda Ciara.

— Comme mon peuple, ils se nourrissent principalement d'émotions. Les Obosiens émettent naturellement et constamment une certaine aura énergétique que nous pouvons délibérément augmenter au besoin. Ainsi, vers l'âge de la maturité, nous sommes entourés de jeunes Nundars dans l'espoir que certains d'entre eux apprécient notre énergie. Ceux qui le font nous choisissent comme protecteurs et emménagent avec nous dans la partie de notre demeure qui leur est réservée.

Je jugeai plus sage de passer sous silence le fait que cette sélection avait lieu pendant les folles semaines où les jeunes Obosiens atteignaient leur maturité vers l'âge de dix-huit ans. Avant cela, nous étions fondamentalement asexués. Mais une fois ce moment venu, nous devenions pratiquement enragés et on nous jetait dans une orgie avec d'autres adolescents de notre âge pendant que nous assouvissions notre libido débridée avec tout ce qui bougeait. Les jeunes Nundars nous supervisaient, s'assurant que nous étions bien hydratés, nourris et reposés pendant cette période où nos esprits étaient complètement embrouillés. Nous voir dans notre état le plus incontrôlé et le plus primitif les aidait à mieux évaluer s'ils pouvaient se voir nous servir pour le reste de leur vie.

— N'est-ce pas un peu invasif ? Il semble que tu pourrais en avoir beaucoup ? demanda Ciara prudemment.

Je m'ébrouai et lui adressai un sourire rassurant.

— Ils ne le sont vraiment pas. Comme je l'ai dit, ils aiment vivre isolés. Tu auras de la chance si tu les vois ne serait-ce qu'une fois par mois. Normalement, on n'est conscient de leur existence que parce qu'ils s'occupent de toutes les tâches domestiques, y compris la cuisine, le ménage et la lessive. Mais comme ils peuvent sentir notre présence et notre état d'esprit, ils savent exactement comment se faire discrets et ne se montrent que si nous voulons leur parler ou interagir avec eux.

— Ça alors, de l'aide invisible et efficace, qui cuisine des plats délicieux et s'occupe de toutes les tâches ménagères ? Je suis preneuse ! dit Mehreen, la voix ruisselante d'envie, bien que son ton restât enjoué. À propos de cette présentation à ton frère...

Nous rîmes tous et ma conjointe secoua la tête avec une fausse sévérité à l'intention de sa collègue, comme si elle était un cas désespéré.

— Alors c'est vrai que les Obosiens sont comme des Incubes, dit Ernst d'un air pensif.

— Dans la mesure où nous nous nourrissons des émotions de nos partenaires, oui, nous le sommes. Nous n'en avons pas

besoin, mais cela nous rassasie bien plus que la nourriture ordi-
naire. Cependant, nous ne drainons pas la force vitale de nos
partenaires lorsque nous le faisons. Ils n'en sont nullement
affectés négativement, dis-je d'un ton taquin.

— Eh bien, tu es servi, dit Mehreen avec un enthousiasme
exagéré. Pas besoin de te torturer avec toute cette nourriture pour
oiseaux, ajouta-t-elle en montrant le repas principalement végé-
tarien sur la table avant de jeter un regard significatif à Ciara.

— Hé ! Je ne suis pas de la nourriture ! s'exclama Ciara avec
une fausse indignation.

— Techniquement, si, dis-je avec un sourire narquois. Ou
plutôt, tes émotions le sont.

Je passai sous silence le fait que son plaisir allait être le festin
le plus succulent auquel j'allais prendre part, le moment venu.

— Mais n'aie crainte, Ciara. Je ne me nourrirai pas de toi
sans ton consentement exprès, dis-je sur un ton rassurant.

Apparemment déterminée à causer autant de dégâts que
possible, bien que sans aucune intention malveillante, Mehreen
taquina encore plus ma conjointe dans une tentative évidente de
la faire rougir.

— Étant donné que vous êtes des âmes sœurs – sans parler
du fait que tu es super sexy – je suis sûre que Ciara sera plus
qu'heureuse de t'accorder ce consentement, dit Mehreen en
faisant un geste désinvolte de la main. Au fait, devons-nous
supposer que Tu vas partager la maison de Ciara ?

Ernst se mordit les joues pour ne pas rire tandis que ma
conjointe hoquetait d'incrédulité, toujours bloquée sur le premier
commentaire. Je commençais à apprécier Mehreen. C'était
étrange, car mon peuple avait tendance à être plutôt rigide.
J'avais aussi injustement supposé que les scientifiques étaient
ennuyeux et guindés. Une partie de moi soupçonnait que son
humour était aussi un mécanisme d'adaptation à la situation
stressante dans laquelle ils avaient été plongés.

— Mmm... Selon Aku, nous sommes en effet censés partager

sa demeure. J'ai contesté en disant que c'était tout à fait inapproprié. Il m'a répondu qu'il y avait une chambre d'amis, donc que tout irait bien. Mais si c'était vraiment un problème pour l'un de nous deux, alors il me fournirait un autre logement, expliquai-je, factuellement.

— Wow ! chuchota Ciara, me dévisageant avec une expression blessée qui me prit de court. Tu trouves ça si terrible de partager une maison avec moi ?

J'eus un mouvement de recul et la fixai, bouche bée.

— Quoi ?! Non, pas du tout. J'ai juste trouvé qu'il était extrêmement présomptueux de sa part de supposer que tu serais d'accord avec ça.

Ses épaules se détendirent.

— T'a-t-il dit pourquoi il voulait qu'on partage une maison ?

— Il a dit que nous étions des âmes sœurs, répondis-je calmement.

— Ce qui est exact, dit Mehreen d'un ton évident.

— Oui, mais comment le sait-il ? demandai-je avant de jeter un coup d'œil à ma conjointe. Je doute que Kayog ou toi lui ayez dit.

— Leur ami l'a fait, dit Ciara avec certitude avant de froncer les sourcils de frustration. Je déteste que nos souvenirs aient été effacés. Je sais juste que leur ami a affirmé que nous jouons tous un rôle important qui mènera au succès de nos efforts.

— Cela ressemble à la vision d'un Devin ou d'une Oracle, dis-je pensivement. Ces amis pourraient-ils être des Korléthéens ?

À ma grande surprise, les trois humains répondirent à l'unisson par un non catégorique. Cela les déconcerta et ils échangèrent un regard amusé face à leur réaction instinctive.

— Je ne sais pas pourquoi je peux l'affirmer avec une telle certitude, mais les amis des Kreelars détestent absolument les Korléthéens, dit Ciara prudemment, et ses collègues acquiescèrent.

— Oui, je ressens quelque chose de très désagréable quand leur nom est prononcé. Cela doit venir de ces mystérieux amis, dit Ernst en fronçant les sourcils. Je me demande si leurs amis pourraient être des Saréniens.

Ciara hocha la tête.

— C'est plausible étant donné qu'ils possèdent des pouvoirs de contrôle mental. D'un seul ordre, ils auraient pu effacer nos souvenirs. Ils détestent aussi les Korléthéens. Mais que feraient-ils ici dans la Zone Morte ? Ils restent principalement dans leur propre région à l'autre extrémité du Quadrant Est.

— Est-ce important ? objecta Ernst.

— Absolument ! m'exclamai-je sévèrement. Contrairement aux humains, qui font également partie de l'Alliance Galactique des Quadrants Est et Ouest, le reste d'entre nous, ici dans le Quadrant Nord, sait très peu de choses sur les Sectariens. Ils ont aidé à mener une attaque contre l'un de nos plus puissants vaisseaux alliés. S'agissait-il d'un événement isolé ou préparent-ils quelque chose de plus abominable ?

— Bonne question, dit Ciara sur un ton apaisant. Mais les Kreelars ont vraiment besoin de notre aide. Sans l'intervention de leurs amis, ils auraient pu disparaître complètement dans les prochaines années. De plus, jusqu'à présent, je n'ai perçu absolument aucune malveillance ou fourberie de la part d'Aku et des membres de sa tribu. Ils veulent seulement sauver leur peuple.

Je hochai la tête à contrecœur.

— Je ne perçois pas non plus de perfidie de leur part. Mais pourquoi leurs amis sont-ils si secrets ?

— Tu sais pourquoi, dit Ciara d'un ton réprobateur. Ils ont enfreint la loi pour aider les Kreelars. Même s'ils l'ont fait pour de bonnes raisons, tu leur sauterais à la gorge si tu pouvais mettre la main sur eux.

— Avec de bonnes raisons ! m'exclamai-je.

Elle me lança un regard dur, son visage se fermant de la

manière la plus désagréable. Je n'aimais pas susciter ce genre de réaction chez elle.

— Si je dois enfreindre la loi pour sauver une espèce en voie d'extinction, je le ferai sans hésiter, dit-elle d'un ton sec.

— Il y avait d'autres moyens qu'ils n'ont pas explorés, arguai-je.

— Vraiment ? me lança-t-elle. Ils croient que nous sommes le seul espoir avec le meilleur résultat pour tous. Jusqu'à présent, leur prescience a été juste, y compris le fait que tu sois venu ici.

— Un crime est un crime, dis-je obstinément. Des gens ont été blessés à cause de leur attaque.

— Et ils ont fait tous les efforts raisonnables pour atténuer les blessures, y compris me sauver la vie et me guérir complètement, dit Ciara d'une voix tout aussi sévère. Tu as violé la Directive Première en venant me secourir. Devrais-tu être condamné à une sentence sur Molvi ?

Je fis un geste dédaigneux de la main.

— Certaines exceptions sont faites lorsqu'il s'agit d'aider des proches et également en fonction des intentions de la personne qui a commis l'effraction.

— Exactement ! s'exclama Ciara comme si cela aurait dû être évident pour moi. Tu ne connais pas leurs intentions.

— C'est vrai, concédai-je. Mais que faisaient-ils ici sur Kestria pour commencer ?

Ciara haussa les épaules.

— Que faisions-*nous*, humains, ici aussi ? Que faisaient Élias et son équipe ici ? C'est la Zone Morte. L'OPU n'a pas plus de juridiction sur les Sectariens qui viennent sur cette planète que les Sectariens n'en ont sur nous. Qui que soient leurs amis, ils avaient peut-être des raisons légitimes d'être ici. Et il est clair qu'ils ont un lien fort qui, selon moi, dure depuis de nombreuses années. Donc techniquement, s'il y a des intrus, il me semble que c'est nous.

Je plissai les lèvres en réfléchissant à ses paroles avant d'acquiescer lentement.

— Tu soulèves des points valables. Mais pourquoi es-tu si protectrice à leur égard ? demandai-je avec une véritable curiosité.

Elle sembla déconcertée par cette question. À ma grande joie, plutôt que de nier ou de se mettre immédiatement sur la défensive, Ciara prit un moment pour évaluer ses pensées et ses sentiments à ce sujet avant de répondre. Cela me plut beaucoup.

— Lorsque je suis devenue médecin, je me suis engagée à ne pas faire de mal et à aider ceux qui en ont besoin. Les Kreelars sont dans le besoin. Sans leurs amis, ils étaient condamnés à mourir. Tu as parlé d'une attaque, mais pas d'un massacre. Aku a juré qu'ils n'avaient fait de mal à personne, pas même aux gardes, qu'ils avaient également perturbés psychiquement. Tu l'as confirmé. Oui, des gens ont été blessés dans la panique. Mais ce n'était pas la faute des Kreelars, ou plutôt pas directement. La façon dont ils m'ont sauvée prouve qu'ils essayaient d'atténuer les dommages causés aux innocents.

Une fois de plus, je me retrouvai à acquiescer à contrecœur. Cela sembla lui plaire et l'encourager.

— Je pense que les Kreelars sont des gens bien, et leurs amis l'ont également vu. Ils pourraient nous traiter comme de la merde pour ce qu'ils ont enduré, même si Élias et son équipe en sont responsables, continua-t-elle.

— Ils ont été extrêmement gentils avec nous, renchérit Ernst tandis que Mehreen hochait la tête en signe de soutien.

— Ciara dit que vous avez peut-être trouvé une piste. Vous pensez pouvoir aider ? demandai-je.

Ernst hocha la tête, son visage s'illuminant d'espoir.

— Nous avons trouvé les prions responsables – les agents infectieux à l'origine de cette variante des maladies à prions, ajouta-t-il rapidement sur un ton d'excuse, bien que cette explication resterait peu claire pour la plupart des gens.

Je souris de manière rassurante.

— Ciara a déjà fait un excellent travail en m'expliquant ce que sont les prions.

— Oh, excellent ! s'exclama-t-il. Nous avons donc trouvé les prions dans les cellules cérébrales des quatre patients actuels ici. Deux d'entre eux n'ont commencé à présenter des symptômes qu'hier. Nous savions avec certitude qu'il s'agissait d'une maladie à prions en raison de la formation initiale de plaques spongieuses dans leurs tissus cérébraux observée lors des scans. Comme Ciara te l'a probablement dit, les prions doivent être ingérés. Nous avons scanné tous les aliments du village ainsi que leurs sources d'eau. Tout est propre. Nous devons trouver ce qu'ils mangent qui en est la cause, et c'est un véritable coup de dés.

Je ne connaissais pas la signification officielle de cette expression, mais dans le contexte, je soupçonnais qu'elle signifiait que ce serait une tâche extrêmement difficile à accomplir.

— L'important, c'est que puisque cela se produit dans d'autres villages, nous savons que le problème n'est pas limité à un seul troupeau ou à une seule ferme. Il y a quelque chose qui infecte ces gens, dit Ernst.

— Pouvez-vous le guérir ? demandai-je.

Tous les trois secouèrent la tête.

— Il n'existe pas de remède connu contre les maladies à prions. Normalement, nous pouvons seulement rendre les patients humains aussi confortables que possible pendant que la maladie progresse jusqu'à leur décès, dit Ciara avec une expression troublée. Mais elle se comporte différemment avec les Kreelars.

— Comment ça ? demandai-je avec une véritable curiosité.

— Les symptômes apparaissent plus rapidement alors que chez la plupart des autres espèces, ils peuvent mettre plusieurs semaines – voire plusieurs mois – à se manifester. Mais surtout, certains Kreelars survivent alors que les humains meurent en moins de deux ans. Sora a été le premier cas, et elle est toujours en vie. C'est la sœur d'Aku et la nourrice qui a attaqué les médecins près de la rivière. Non seulement elle a des anticorps, mais son tissu cérébral a également muté pour lui conférer des pouvoirs psioniques.

— Les autres, comme Aku, ont-ils les mêmes anticorps ? demandai-je, fasciné.

Ciara hésita, ne semblant pas savoir comment répondre.

— Les anticorps sont assez similaires mais pas identiques, dit Mehreen. Nous pensons que les prions ont la même origine mais que la source de contamination était différente, et que la variante que Sora a consommée par le sang de ce médecin était une version mutée de celle qui a infecté les autres.

— Nous essayons toujours de comprendre pourquoi les femelles sont plus susceptibles de mourir, dit Ciara.

— J'aurais supposé que c'était un facteur hormonal, dis-je prudemment.

— C'est ce que nous soupçonnons aussi, mais de quoi précisément ? Comment interagit-il avec les prions pour précipiter les défaillances catastrophiques qui les ont tuées ? dit-elle pensivement.

— Au moins, nous pouvons maintenant détecter qui est infecté, même s'ils ne présentent pas encore de symptômes, dit Ernst. Nous devons tester tout le monde et leur fournir des kits de test pour nous assurer que les mères et les nourrices infectées ne transmettent rien à leurs enfants.

— Je suppose qu'ils ont de nombreux villages répartis sur un vaste territoire. Ont-ils des systèmes de communication rapides ? demandai-je, en essayant d'évaluer le nombre de villages que nous pourrions atteindre dans les plus brefs délais.

— Oui et non, répondit Ciara. Ils ont l'équivalent des anciens CB, qui ne nécessitent en gros qu'une antenne et un récepteur pour capter les fréquences radio. Ils peuvent communiquer par ce biais, mais il n'y a pas de vidcom. Nous ne pouvons donc pas leur montrer virtuellement ce qu'ils doivent faire. Cela permet au moins à Aku de les prévenir de ce qui se passe et de leur dire que nous commencerons à leur rendre visite dès demain avec des kits de test et des médicaments.

— Des médicaments ? répliquai-je en fronçant les sourcils. Je croyais que vous aviez dit qu'il n'y avait pas de remède ?

— Nous avons préparé un produit dérivé des anticorps de Sora avec des immunoglobulines synthétiques qui aideront à empêcher les prions normaux de devenir anormaux. Cela devrait ralentir considérablement la progression de la maladie et donner au corps du patient une opportunité de se défendre et de muter au lieu de mourir. Jusqu'à présent, cela a bien fonctionné pour nos deux premières patientes.

Une pensée soudaine me traversa l'esprit.

— Y a-t-il une possibilité qu'ils consomment délibérément ce truc quelconque ? Se pourrait-il que les Kreelars veuillent subir cette mutation ? Après tout, elle leur a donné le type de pouvoirs psioniques offensifs que beaucoup de chasseurs aimeraient avoir.

À ma grande surprise, ils secouèrent tous la tête simultanément.

— Certainement pas, dit Ciara avec certitude. Ils étaient heureux comme ils étaient. Mais ils préfèrent la mutation à la mort. Ils ont juste peur des autres changements qui pourraient survenir à l'avenir et aimeraient avoir la confirmation que cette mutation est le résultat final de leur exposition aux prions.

— Très bien. Alors, quel est le plan ? demandai-je.

— Nous nous rendons dans les villages voisins avec quelques escortes de Kreelars dans la matinée, dit Ernst. Avec tes ailes, tu pourrais emmener Ciara dans l'un des villages les plus éloignés.

Je hochai la tête.

— Nous en discutions avant que les chasseurs ne reviennent avec leur prise. Ma navette serait cependant beaucoup plus efficace. J'espère que tout se passera bien demain, suffisamment pour que leur peuple se sente plus à l'aise avec notre technologie de pointe. Cela vous permettrait, à toi et à Mehreen, de voyager plus loin pendant que je vole avec ma conjointe.

Je tiquai intérieurement en m'apercevant que j'avais utilisé ce terme affectueux. C'était la deuxième fois que je le faisais. Je jetai un regard nerveux à Ciara, mais je fus soulagé de la voir sourire en signe d'approbation. Je doutais que ce soit parce que je l'avais réclamée. Mais je me réjouis que cela ne semble pas la troubler ou la contrarier.

— Ça semble être un bon plan ! dit Ciara.

Nous terminâmes notre repas « d'oiseaux » dans une atmosphère amicale. Ensuite, Ernst et Mehreen retournèrent préparer d'autres médicaments tandis que Ciara m'apprenait comment administrer le test afin que je puisse l'aider le lendemain matin.

D'une manière que je ne pouvais pas expliquer, cela me fit me sentir bien.

CHAPITRE 9
CIARA

Enfin, étant aussi prêts que possible pour le matin, nous nous souhaitâmes une bonne nuit et je retournai chez moi accompagné de mon conjoint. J'avais encore du mal à accepter l'idée qu'il était à moi. Ce n'était pas que cela me posait un problème, mais plutôt que je ne savais pas vraiment comment le gérer. Pour la première fois, je réalisai à quel point j'étais maladroite en matière de romantisme.

Amreth avait tenté de flirter à quelques reprises depuis son arrivée, mais il était également prudent. Il était difficile de trouver le juste équilibre pour ne pas paraître trop entreprenant, trop tôt. Sa remarque précédente sur le fait de me discipliner avait frôlé cette ligne ténue. Cependant, je n'aurais pu jurer que son intention avait été de faire allusion à une fessée coquine. Son peuple prônait la discipline en cas de mauvaise conduite. Par conséquent, ses paroles auraient pu être totalement innocentes.

Mais bon, j'avais toujours été du genre aveugle à ce sujet. Mon traître d'ex-fiancé avait dû me dire sans détour qu'il était intéressé et qu'il était à court de moyens subtils pour l'exprimer avant que je réalise qu'il flirtait effectivement avec moi.

Et maintenant, mes pauvres fesses romantiquement défi-cientes rentraient à la maison avec le parfait inconnu qui était censé être l'autre moitié de moi.

Si Amreth avait été d'une autre espèce – sauf peut-être un Témerne comme Kayog – je n'aurais pas pu jurer que j'aurais été d'accord pour qu'il passe la nuit sous le même toit que moi aussi tôt. Les chambres séparées ne signifiaient rien si la personne était un psychopathe ou du genre à ne pas respecter les limites personnelles. Mais Amreth inspirait confiance avec une intensité qui défiait la logique.

À ma grande surprise, alors que nous étions à mi-chemin de la cour en direction de ma maison, Amreth me fit signe d'at-tendre une minute et se dirigea vers le portail, agitant la main vers Enré, le garde kreelar perché au sommet de la petite tour à l'entrée du portail. Enré sauta les trois mètres, atterrissant sans effort avec la grâce d'un chat. Il s'approcha de nous avec un calme empreint de curiosité.

— Désolé de te déranger, mais je dois faire une course jusqu'à mon vaisseau, dit Amreth.

Je restai bouche bée en le fixant avant de rapidement contrôler mes traits. Enré plissa ses yeux brun foncé avec une pointe de suspicion.

— Pourquoi ?

— Si je dois rester ici, j'ai besoin de vêtements propres et de quelques-uns de mes effets personnels, répondit Amreth d'un ton neutre.

Le Kreelar étudia ses traits en silence, avec une expression indéchiffrable. Ses yeux brillèrent légèrement. Cela me faisait toujours flipper quand ils faisaient ça. À mon grand agacement, lorsque j'avais questionné Aku sur leurs pouvoirs, il m'avait dit que de telles connaissances n'étaient pas pertinentes pour la poursuite de ma tâche ici. Lorsque j'avais contesté cette notion en disant qu'une meilleure compréhension de leurs pouvoirs pouvait m'amener à faire certaines associations qui pourraient aider à identifier et résoudre le problème plus rapidement, il m'avait opposé un refus catégorique. Apparemment, ces misérables amis lui avaient confirmé que me transmettre ce savoir ne servirait pas leur cause.

Compte tenu des occasions où ils avaient utilisé cette capacité, je soupçonnais fortement qu'elle leur permettait de lire les émotions ou les intentions de leur cible. Je ne croyais pas qu'ils pouvaient lire dans les pensées. Plus d'une fois, ils avaient été sincèrement surpris par quelque chose que nous avions dit ou révélé. S'ils pouvaient lire dans les pensées, ils auraient su à l'avance ce que nous nous apprêtions à dire ou à faire.

— C'est à Aku de prendre cette décision, dit enfin Enré.

— Bien sûr, répondit gracieusement Amreth.

Bien que ce ne fût pas le moment de le couvrir de compliments, je lui adressai un sourire reconnaissant pour sa grande considération et sa coopération. Techniquement, comme il n'était pas officiellement prisonnier, il aurait pu s'éclipser et tenter de revenir discrètement une fois qu'il aurait terminé ce qui avait nécessité une visite à son vaisseau.

Cela m'aurait profondément déçue. J'ignorais s'il y serait parvenu, mais après la trahison de mon ex-fiancé, j'avais du mal à faire confiance. Le moindre acte de sa part qui aurait pu laisser penser qu'il ne tenait pas parole aurait considérablement compromis l'éventuelle relation que nous aurions pu avoir.

À ma grande surprise, moins de dix secondes plus tard, Aku franchit le portail et entra dans la cour. À la façon dont Amreth plissa les yeux, je sus que la même question lui traversait l'esprit, à savoir si Enré avait utilisé une forme de télépathie pour l'appeler. Cela pouvait expliquer ses yeux brillants.

— Enré dit que tu veux partir ? demanda Aku d'une manière non conflictuelle, confirmant mes soupçons.

— Pas partir, corrigea Amreth. J'ai juste besoin de vêtements propres et d'affaires personnelles. Quand je suis descendu, je ne m'attendais pas à rester ici.

Aku plissa les lèvres tout en l'examinant attentivement.

— Écoute, je vais voler vers un village voisin avec Ciara dans la matinée. Si mon intention est de m'échapper, cela se produira de toute façon à ce moment-là. Ton « ami » dit qu'on peut me faire confiance, et je me suis engagé à aller jusqu'au bout de cette situation. Donc si tu dois me faire confiance, il faut que ça commence maintenant. Je ne suis pas venu ici pour jouer.

— Mon peuple se méfie des étrangers. Tes allées et venues dans un délai aussi court ne feront que les mettre encore plus mal à l'aise, argua Aku.

— Amreth est un Obosien, intervins-je doucement. Sa parole est d'or. S'il dit qu'il reviendra, alors tu peux compter dessus. Ton ami a eu raison sur toute la ligne jusqu'à présent. Pourquoi douter de lui maintenant ?

À ma grande surprise, il me lança un regard étrange avant d'en jeter un encore plus étrange à Amreth. J'aurais donné beaucoup pour avoir un indice sur ce qui lui passait par la tête.

— Ce n'est pas *ma* confiance que vous devez gagner. Vous l'avez déjà tous les deux. Mon peuple est en train de mourir. Il a besoin de quelqu'un à blâmer. Il se trouve que vous êtes ce contre quoi il peut se retourner. Je t'en prie, sois rapide et discret.

Je restai figée, sans voix. De toutes les réponses qu'il aurait pu me donner, je ne me serais jamais attendu à celle-ci.

— Je le serai, dit Amreth, émergeant de la même stupeur que celle dans laquelle je me trouvais.

Il jeta un coup d'œil vers le nord-est, où une série de basses chaînes de montagnes se dessinaient à l'horizon, puis se retourna vers moi.

— Veux-tu que je te rapporte quelque chose de mon vaisseau ? demanda-t-il.

Je secouai la tête.

— Nous avons tout ce dont nous avons besoin. Le laboratoire

déployable est parfait. Mais quoi que tu ailles chercher là-bas, ne ramène pas de nourriture !

J'éclatai de rire en voyant la grimace qu'il fit. Je doutais qu'il ait réellement envisagé de le faire, mais ce rappel qu'il n'appréciait pas la nourriture principalement végétarienne qu'ils avaient ici me faisait mourir de rire. Il ressemblait à un petit garçon en train de bouder parce qu'il devait manger ses brocolis.

— Compris. Je reviens bientôt, répondit-il.

Puis d'un puissant battement d'ailes, il s'envola. Je ne pus m'empêcher d'admirer sa grâce et sa force. Amreth était magnifique. Évidemment, son apparence physique ne me déplaisait pas. Mais ce que j'avais vu jusqu'à présent de sa personnalité commençait sérieusement à me plaire. Notre relation n'en était qu'à ses débuts, et nous avions encore beaucoup à apprendre l'un de l'autre. Cependant, j'appréciais son intelligence, sa capacité à comprendre rapidement les choses et à se concentrer sur des sujets qui, généralement, endormaient les gens en quelques secondes.

Ma principale préoccupation était la rigidité dont il semblait parfois faire preuve lorsqu'il s'agissait d'observer la loi. Je savais que c'était presque endoctriné dans son peuple dès la naissance. Mais rien n'était jamais complètement noir ou blanc. Au moins, il n'était pas fermé aux arguments, écoutait avec un esprit ouvert et semblait prêt à faire des concessions.

Un fort sentiment d'être observée me fit soudainement tourner la tête vers Aku. Le trouver ainsi qu'Enré m'étudiant avec une expression légèrement amusée me fit rougir.

— Il te plaît, dit Aku d'un ton neutre.

Je remuai sur mes pieds, me sentant un peu mal à l'aise, et haussai les épaules avec désinvolture.

— J'espère bien. Nous sommes des âmes sœurs après tout.

— Tu ne le connais pas encore, me lança Aku.

— Tu as raison, mais cela ne veut pas dire qu'il ne peut pas y avoir une alchimie naturelle. Ton amie a dit que nous étions faits l'un pour l'autre, tout comme le mien, dis-je nonchalamment. Parfois, on n'a pas besoin de connaître quelqu'un depuis très longtemps pour avoir une bonne idée de qui il est et de sa vraie nature. Je ne te connais pas, et malgré le fait que tu nous aies kidnappés, je crois que tu es quelqu'un de bien. Tes actions et ton dévouement envers ton peuple le montrent clairement. Je ressens la même chose envers Amreth.

Une expression étrange traversa le visage d'Aku et d'Enré.

Aku hocha lentement la tête.

— Tes paroles sont aimables. Mais comme je l'ai dit plus tôt, le sentiment est réciproque. Cela dit, il est fascinant d'assister à cette attraction entre des espèces si différentes, ajouta-t-il pensivement, ce qui incita Enré à hocher la tête en signe d'accord.

Je souris.

— C'est très courant entre mondes étrangers. Les gens de nombreuses planètes de notre alliance se marient entre eux. Les âmes sœurs ne sont pas déterminées par l'espèce. Après tout, ta propre âme sœur pourrait être humaine.

Aku eut un mouvement de recul.

— Beurk ! Absolument pas ! s'exclama-t-il avec la même expression horrifiée qu'Enré.

— Aïe ! dis-je en pressant une paume contre ma poitrine comme si j'avais été mortellement blessée et avec une expression excessivement dramatique.

— Toutes mes excuses, dit Aku, ses oreilles s'assombrissant d'embarras tandis que j'éclatais de rire. Je ne voulais pas être irrespectueux. Toi et tes compagnons êtes charmants, mais non, il est très peu probable que je finisse avec une humaine. En vérité, une conjointe étrangère ne serait pas la bienvenue ici après tout cela. Il faudra un certain temps à mon peuple pour guérir et pour voir les étrangers autrement que comme des porte-malheur.

— Je le conçois, dis-je, dégrisée.

— Mais je suis content pour toi, dit Aku d'un ton plus doux.

Il semble vraiment honorable. Pour ce que ça vaut, il n'a pas été facile à capturer, même s'il le croit et que cela blesse sa fierté. Dix d'entre nous avons dû utiliser nos pouvoirs sur Amreth pour le faire tomber. Et même là, il a continué à se battre. Cela fait longtemps que nous n'avons pas dû poursuivre quelqu'un ou quelque chose aussi longtemps. Ils n'arrivent généralement pas à la ligne des arbres.

— Oh wow ! Tu devrais le lui dire. Il est en effet mortifié d'avoir été capturé, dis-je, une vague de fierté insensée montant en moi.

— Pas question ! Nous ne voudrions pas que cela lui monte à la tête, n'est-ce pas ? dit-il sur un ton narquois.

Je m'ébrouai et secouai la tête.

— Alors peut-être que je le ferai moi-même. Je lui dois bien ça. Il a fait tout ce chemin pour me sauver alors que nous ne nous sommes jamais rencontrés, ajoutai-je d'un air songeur avant de le regarder sérieusement. Je comprends que tu ne puisses rien nous dire sur tes amis. Mais sont-ils une menace pour nous ?

Même si je ne pouvais pas être sûre qu'il ne mentirait pas pour les protéger, la rapidité et la conviction avec lesquelles il secoua la tête me convainquirent au moins qu'il croyait sincèrement qu'ils ne l'étaient pas. Non pas que cela prouve quoi que ce soit.

— Ils ne le sont pas. Leurs affaires se trouvent dans les Quadrants Est et Ouest. Des choses sombres se préparent là-bas. Je ne peux que prier pour qu'ils se retrouvent du côté des vainqueurs une fois que tout sera terminé, dit Aku d'un ton mystérieux mêlé d'un soupçon d'inquiétude pour ses amis. Mais maintenant, nous allons te laisser. Tes compagnons et moi partirons tôt. Enré partira ce soir pour le village de Jaln avant votre arrivée. Repose-toi bien.

— Entendu, dis-je en souriant.

Après un dernier signe de tête en guise de réponse, Aku se

retourna et sortit, suivi de près par Enré. Je les observai jusqu'à ce qu'ils disparaissent de mon champ de vision, puis je me dirigeai vers ma demeure. À mon grand étonnement, je me surpris à me précipiter pour prendre une douche et choisir la tenue que j'allais porter parmi la sélection respectable qui m'avait été fournie. Il y avait quelques chemises de nuit, assez sexy tout en restant sages et pudiques – le type de vêtements de nuit que je pourrais porter devant lui sans donner l'impression d'essayer de jouer les coquines. Pourtant, je soupçonnais que la personne qui avait choisi ces vêtements pour moi savait que je serais avec Amreth.

À en juger par les tenues portées par les Kreelars, ils n'avaient pas créé ces vêtements. Leur peuple, tant mâle que femelle, portait principalement des pantalons qui me rappelaient ces sarouels bouffants comme dans un harem, avec des ceintures colorées ou un pagne par-dessus. Aucun des deux sexes ne portait de haut, à part l'écharpe occasionnelle, la sangle d'arme, mais le plus souvent une série de perles et de colliers colorés autour du cou, qui tombaient jusqu'au milieu de la poitrine.

Leurs femelles n'avaient pas de seins proéminents comme nous, juste une paire de mamelons en plus. Je ne pouvais pas dire si leurs vêtements étaient destinés à cacher leur nudité ou s'ils étaient simplement l'expression d'une mode. Mais j'appréciais de ne pas avoir à contempler leurs parties intimes. Le seul patient mâle que nous avions examiné nous en avait mis plein la vue. Si les Kreelars étaient tous faits de la même façon, ils avaient peut-être des traits simiesques mais étaient montés comme des taureaux.

Après avoir choisi un déshabillé corail sans manches qui mettait en valeur mon teint foncé, je me brossai les cheveux et les dents, en m'assurant bien qu'il n'y avait rien de bizarre coincé entre elles. J'étais cette personne qui arborait de grands sourires sans se rendre compte qu'un morceau d'épinard était coincé entre mes dents de devant.

Un rapide coup d'œil à ma montre m'indiqua que vingt et une minutes s'étaient écoulées depuis qu'Amreth s'était envolé vers son vaisseau. Sachant qu'il avait dit que le vol durait près de dix minutes dans chaque sens, il lui faudrait probablement encore vingt minutes avant de revenir. Me sentant désœuvrée, je retournai à mon ordinateur portable pour essayer de travailler un peu plus, mais mon esprit ne cessait de vagabonder.

Il était là depuis moins d'une journée, et pourtant, j'avais l'impression que ma vie entière avait été chamboulée. J'aurais aimé que nous ne soyons pas ici, que tout cela soit déjà réglé pour que nous puissions simplement nous concentrer sur notre découverte mutuelle et l'exploration de notre relation.

Entre autres choses, je devais déterminer comment je voulais gérer la situation entre nous dans les jours à venir. Devais-je laisser les choses suivre leur cours normal et aller avec le courant ? Devais-je suggérer que nous mettions tout en suspens pendant que nous réglions ce problème, puis repartir à zéro l'esprit tranquille une fois que nous aurions terminé ? Quelles étaient ses attentes ?

— Oh, mon Dieu ! Arrête ça ! me murmurai-je avec colère.

J'avais tendance à trop réfléchir et à trop analyser les choses. Parfois, tout n'avait pas besoin de rentrer parfaitement dans une petite boîte bien étiquetée. Le chaos avait son propre charme.

Je faillis bondir hors de ma peau quand j'entendis frapper à la porte d'entrée. Le cœur battant la chamade, je me levai brusquement et sortis en trombe de la chambre d'amis où je travaillais – ou plutôt rêvassais – pour me précipiter vers la porte. Elle n'était pas verrouillée. Mon cœur palpita lorsque je vis Amreth se tenir derrière, ses mains portant deux grands sacs.

— Entre, dis-je, un peu gauche, en m'écartant.

Il sourit avec un soupçon d'amusement, percevant sans doute à quel point sa simple présence me rendait soudainement nerveuse.

— Techniquement, comme tu vas vivre ici maintenant, tu n'as pas à frapper à l'avenir, dis-je avec un petit rire nerveux.

— Merci. Je trouvais simplement présomptueux de ne pas le faire au moins cette fois, répondit-il.

— Et j'apprécie que tu sois si prévenant, dis-je en replaçant une mèche de mes cheveux blanc argenté derrière mon oreille. Mais s'il te plaît, par ici. Tes sacs ont l'air lourds, ajoutai-je en désignant la chambre d'amis.

Il me suivit dans la pièce, et ce fut alors que mon stupide cerveau réalisa enfin que je l'avais utilisée comme bureau. Pendant tout le temps où je l'avais attendu, je n'avais pas songé une seule fois à déplacer mes affaires. Certes, il ne s'agissait que d'un ordinateur portable et d'un écran holographique 3D, mais j'aurais quand même dû y penser.

— Oh, désolée ! m'exclamai-je, me précipitant pour les retirer. J'avais utilisé cette pièce comme bureau.

— Tu peux les laisser ici, intervint Amreth en posant l'un des sacs sur le lit. J'aurai besoin de cette pièce uniquement pour dormir. Tu pourras continuer à travailler ici le reste du temps.

— Je ne veux pas te déranger ni empiéter sur ton intimité, dis-je, penaude.

Il haussa les épaules et me regarda comme si j'avais dit une bêtise.

— Ta présence ne peut jamais me déranger. Mais la mienne pourrait certainement te déranger, ajouta-t-il d'un ton taquin.

— J'en doute. J'apprécie vraiment ta compagnie jusqu'à présent, et tu es bien plus agréable à regarder que toutes ces données médicales, rétorquai-je d'un ton narquois.

Il s'ébroua.

— Je ne veux pas me vanter, mais je suis tout à fait d'accord avec toi sur ce dernier point. Mes yeux louchent rien qu'en regardant les rapports sur lesquels tes collègues et toi travaillez d'arrache-pied. Je préfère de loin me reluquer, dit-il en frissonnant de façon exagérée.

Je gloussai, appréciant sincèrement ce côté espiègle de sa personnalité. Je doutais qu'il s'en rende compte, mais alors que les gens disaient parfois que j'avais naturellement une mine renfrognée, il avait constamment le visage hautain typique des Obosiens. Quiconque ne le connaissait pas aurait probablement supposé qu'il était prétentieux et supérieur.

— Mais tu es aussi très agréable à regarder, Ciara. J'adore la couleur de cette chemise de nuit sur toi. Elle fait rayonner ta peau.

Mon estomac papillonna d'un sentiment des plus agréables. Ce n'étaient pas seulement les mots, mais la douceur avec laquelle il les avait prononcés et l'admiration dans ses yeux, dépourvue de sous-entendus vulgaires. Cela aurait pu aller dans tellement de directions différentes. J'aimais juste qu'il ne me considère pas seulement comme un objet sexuel.

Je regardai ma tenue avec un sourire timide, ma main droite aplatissant distraitement des plis inexistants sur la jupe courte de ma chemise de nuit.

— Merci. Celui qui a choisi ces vêtements pour moi a vraiment bon goût. Je n'ai pas tendance à privilégier les vêtements colorés, mais la sélection qu'ils m'ont proposée m'a fait changer d'avis. Une fois que je serai partie d'ici, ma garde-robe sera considérablement renouvelée. J'aurais juste aimé qu'ils aient une baignoire ici et pas seulement une douche. J'adore les bains moussants pendant que je lis un bon livre.

— J'ai un bain tourbillon sur mon vaisseau, que je n'utilise jamais. Si l'envie devient trop forte pour toi, je devrai amadouer Aku pour qu'il te permette de t'échapper pendant une heure ou deux.

Je souris.

— C'est gentil, et je garderai certainement cette offre à l'esprit. En fait, je la considérerai comme une récompense lorsque nous aurons identifié la source de la maladie qui les afflige.

— Marché conclu ! Maintenant, j'ai une raison supplémentaire de faire en sorte que cela arrive le plus tôt possible. Cela dit, j'aurais bien besoin d'une douche moi aussi, dit Amreth en regardant autour de lui. Je n'ai pas remarqué la salle d'hygiène quand Aku m'a amené ici.

— Cet endroit est assez rudimentaire, dis-je sur un ton d'excuse, comme si c'était ma maison qui n'était pas à la hauteur. Ils ont une douche et des toilettes extérieures.

Son air atterré me fit éclater de rire. Je ne voulais pas me moquer de lui, mais en tant que noble seigneur, il n'était probablement pas habitué à vivre dans des conditions difficiles. De plus, ses ailes étaient assez massives. Bien que la douche ne soit pas minuscule, elle serait probablement un peu exiguë pour lui.

— J'aurais dû m'écouter, marmonna-t-il à voix basse.

— À quel sujet ? demandai-je, curieuse.

— À prendre une douche sur mon vaisseau avant de revenir. Mais j'étais parti depuis assez longtemps et je ne voulais pas qu'Aku pense que j'avais renié ma parole. Tant pis, ce sera un bon rappel de ce que c'était pendant mon entraînement de Guerrier. Ils se sont assurés que nous oubliions le sens du confort matériel pendant ces quatre années brutales, dit-il avec résignation.

Mon cœur fondit.

— Merci. Tu es vraiment très attentionné. Aku a fait un énorme acte de foi en nous faisant confiance. Je ne m'attendais pas à ce qu'il dise ce qu'il a dit avant ton départ. C'est idiot, mais cela m'a rendue encore plus déterminée à lui prouver qu'il avait raison de nous faire confiance.

— Je ressens la même chose, d'autant plus qu'il était sincère lorsqu'il a prononcé ces paroles. Il a une âme exceptionnellement agréable.

— Ça ne me surprend pas. Mais j'avoue que je suis vraiment jalouse de ta capacité à voir les âmes. Cela m'aurait évité de me faire avoir par quelques crétins par le passé, dis-je avec une bonne dose d'autodérision.

Amreth m'adressa un sourire mystérieux en commençant à retirer son plastron.

— Ne sois pas jalouse, Ciara. Tu pourras le faire toi aussi dans un avenir pas si lointain... je l'espère.

Je clignai des yeux, confuse.

— Que veux-tu dire ?

— Le jour où toi et moi nous nous lierons officiellement, je te transmettrai certaines de mes capacités. Plus précisément, tu auras la vision nocturne et la capacité de voir les âmes. Ce ne sera pas aussi puissant que la mienne, mais tu pourras savoir qui te veut du mal et qui est honnête. Tu guériras également plus vite des blessures et tu seras plus résistante aux maladies en général.

Je le dévisageai, bouche bée, tandis qu'il gloussait d'un air suffisant. Le son de sa voix était grave et guttural, de la manière la plus sexy qui soit.

— Bon sang, je suis partante, chuchotai-je.

Il rit, posa son plastron sur le lit et se retourna pour me faire face. Je dus faire appel à toute ma volonté pour ne pas laisser mon regard avide parcourir la perfection de son corps. Cela ne m'empêcha pas de remarquer le piercing à son mamelon gauche et celui à son nombril. Leur présence renforça encore ma conviction que j'en découvrirais éventuellement quelques autres plus bas sur lui.

— Pourrais-tu me montrer cette douche primitive ? me demanda-t-il, la lueur espiègle dans ses yeux laissant entendre que je faisais un travail épouvantable pour ne pas le reluquer.

Mais là encore, mon instinct me disait que le misérable s'était partiellement déshabillé exprès pour me mettre l'eau à la bouche.

— Par ici, dis-je, en filant avec un peu trop d'empressement pour cacher mon embarras.

Je le conduisis dans l'arrière-cour privée où se trouvait la douche. Une fois de plus, je ne pus m'empêcher de rire, sans grande compassion, de son air déconfit lorsqu'il vit ce avec quoi il allait devoir composer.

— Amuse-toi bien ! dis-je d'un ton taquin et chantant.

Il marmonna quelque chose dans sa barbe pendant que je retournais à l'intérieur. Je n'avais jamais été le genre de femme obsédée du sexe, mais l'envie brûlante d'aller jeter un coup d'œil sur mon homme en train de se laver était presque irrésistible.

Mon âme sœur était superrrrbe !

Rien que de penser à la perfection de son corps me faisait saliver, surtout à cause de ce piercing impertinent dans son mamelon. Je n'avais jamais vraiment été tentée par les modifications corporelles, qu'il s'agisse d'implants, de piercings ou même de tatouages. Certes, je pouvais les admirer sur quelqu'un qui en avait de vraiment beaux, mais cela ne m'avait jamais attirée.

Sur Amreth, c'était la perfection même.

Évidemment, j'étais très partiale à son sujet, mais j'étais vraiment émoustillée par tout ce qui le concernait. À ma grande honte, mon esprit pervers commença à plonger dans toutes sortes de fantasmes coquins le mettant en vedette. J'avais envie de frapper Mehreen pour avoir fait toutes ces insinuations plus tôt et surtout pour avoir évoqué le sujet de ses pouvoirs d'incube. En même temps, j'aurais aimé qu'elle l'oblige à creuser encore plus loin pour me donner une image plus complète de ce qui m'attendait le jour où Amreth et moi passerions à l'action.

Quand cela se produira-t-il ?

À ma grande consternation, une vague de déception me submergea en me souvenant qu'il ne s'agissait pas d'une union officielle de l'Agence Prime. Bien que Kayog nous ait jumelés, nous n'avions bénéficié d'aucun des avantages de l'AP et n'étions soumis à aucune de ses règles ni de ses engagements. Comme nous appartenions tous les deux à des espèces avancées, nous étions livrés à nous-mêmes en ce qui concernait notre accouplement. Cela signifiait que nous n'étions pas obligés de consommer notre union ce soir-là. Bon sang, nous n'étions même pas mariés pour commencer.

Ce comportement était d'autant plus déroutant pour moi que je n'étais pas du genre à faire l'amour dès le premier rendez-vous. Certes, Amreth n'était pas un type quelconque que j'apprenais à connaître pour voir si les choses pouvaient évoluer vers quelque chose de plus significatif. La question était de savoir quelle part de mon attirance et de mon impatience à approfondir la relation avec lui était due à l'alchimie naturelle entre nous ou au biais créé par le fait que nous étions faits l'un pour l'autre.

J'ai repensé à ses pouvoirs d'incube. J'avais lu une ou deux choses à ce sujet dans le passé. Cependant, étant donné que la possibilité d'une relation avec un Obosien avait été mince voire nulle à l'époque, je ne m'étais pas beaucoup penchée sur la question. Comme je le regrettais aujourd'hui.

Un coup d'œil à ma montre me fit froncer les sourcils. Vingt minutes s'étaient déjà écoulées depuis qu'il avait sauté dans la douche. Comme il ne me semblait pas être du genre à s'attarder ou à rêvasser en se lavant, cela me parut trop long.

J'attendis un peu plus longtemps, mais lorsque cela dépassa les trente-cinq minutes, je décidai finalement d'aller le voir au cas où quelque chose se serait passé ou s'il avait besoin d'aide pour quoi que ce soit. J'avais analysé leur eau et leur savon, et aucun ne représentait la moindre menace pour les humains ou les Obosiens.

Me sentant un peu nerveuse à l'idée de faire intrusion au cas où il serait du genre à passer des heures sous la douche, je collai mon oreille contre la porte pour entendre si l'eau coulait toujours. Ce n'était pas le cas, mais un bruit de battement sourd s'infiltra à travers la porte. Intriguée, je frappai pour m'annoncer avant d'entrouvrir la porte.

— Amreth ? Tu vas bien ? appelai-je à travers l'étroite ouverture.

— Je vais bien, tu peux sortir, répondit-il.

Je poussai la porte un peu plus pour jeter un coup d'œil à ce qui se passait. Ma mâchoire tomba et j'ouvris complètement la porte pour sortir tout en fixant Amreth, qui avait l'air plutôt agacé. Il était penché en avant, les paumes pressées contre la paroi extérieure de la douche, une serviette enroulée autour de la taille pour cacher ses parties intimes, et ses ailes massives battant lentement derrière lui.

— Que fais-tu ? demandai-je, déconcertée.

— Je sèche mes ailes, dit-il d'un ton grognon. J'avais oublié à quel point il est désagréable de ne pas avoir de pommes de douche spécialement conçues pour laver nos ailes ou de séchoir pour éliminer toute l'eau entre les plis. Tu n'as pas idée à quel point ça démange d'essayer de dormir avec des ailes humides. Voler aurait été beaucoup plus rapide. Mais je doute que nos hôtes aient été très heureux de me voir tournoyer au-dessus de leur village la nuit, tel un prédateur prêt à fondre sur sa proie.

Je m'ébrouai avant de plaquer ma main sur ma bouche pour ne pas rire.

— Tu as raison, je n'ai aucune idée de ce que ça fait. Je suppose que les laver a dû être un véritable casse-tête. J'ai déjà du mal à me laver le dos sans brosse. Je n'ose pas imaginer essayer de nettoyer ces énormes ailes.

— J'ai abandonné à mi-chemin, dit-il d'un air abattu. Les contorsions extrêmes ne mènent pas loin avec ces trucs.

— Pauvre chéri, dis-je en le taquinant. Tu sais, tu aurais pu demander de l'aide.

— Je ne voulais pas te déranger, marmonna-t-il.

— Ça ne me dérange pas, gros bêta, dis-je d'un ton gentiment réprobateur en me dirigeant vers les étagères encastrées près de la douche qui contenaient les serviettes.

À ma grande surprise, il sembla soudain presque timide lorsque je m'approchai de lui avec la grande serviette. Cela me prit de court. Je ne voyais pas beaucoup plus de lui maintenant que lorsqu'il avait retiré son plastron. La seule différence était qu'il était pieds nus et qu'il portait une serviette autour de la taille au lieu du pantalon de cuir moulant qu'il avait auparavant. *Mais je suis sur le point de le toucher... plutôt de le caresser avec la serviette...* Dès que cette misérable pensée surgit dans mon esprit, mon estomac frémit instantanément et mes doigts se mirent à trembler d'impatience.

— Y a-t-il un endroit en particulier sur lequel je devrais me concentrer ? demandai-je, fière que ma voix soit beaucoup plus stable que je ne m'y attendais.

— La base de mes ailes, là où elles se rattachent à mon dos, et les plis le long des phalanges, s'il te plaît, dit Amreth.

— D'accord. N'hésite pas à me dire si je m'y prends mal, dis-je en me plaçant derrière lui.

Amreth déploya largement ses ailes. Outre le fait qu'elles étaient magnifiques, je pus réellement admirer leur envergure impressionnante. Les muscles de son dos ondulèrent et se gonflèrent sous l'effort que cette position exigeait. Malgré tout, cela semblait être aisé pour lui.

Je commençai à frotter sa peau avec la serviette, à gauche de sa colonne vertébrale et le long de la base de son aile. Un frisson le parcourut. Il fut subtil, mais suffisamment prononcé pour que je le remarque. Mon estomac fit un saut périlleux à l'idée que le plaisir de mon toucher ait provoqué cette réaction. Je ne le mentionnai pas et lui non plus.

— Tes ailes sont vraiment splendides, dis-je d'un ton rêveur en admirant leur texture de cuir noir comme l'obsidienne. Mais elles doivent être terriblement lourdes.

Il me jeta un coup d'œil par-dessus son épaule, un sourire amusé étirant ses lèvres.

— Techniquement, tu as raison. Mais pour moi, elles ne sont pas différentes des autres membres de mon corps. J'ai eu toute ma vie pour m'y habituer.

— Pourtant, cela a dû être difficile au début, insistai-je.

Il haussa les épaules.

— Nous sommes nés avec. Nous trébuchons d'abord en nous habituant à leur poids. Mais ce n'est pas très différent des bébés humains qui essaient de trouver leur équilibre en apprenant à se tenir debout. Nous avons juste une paire de membres supplémentaire à prendre en compte.

Je passai la serviette sur la surface de cuir, prenant un peu plus de temps que nécessaire pour sécher complètement chaque trace d'humidité dans les coins où les phalanges se rejoignaient. J'avais vraiment envie de frotter ma paume partout. Mais c'était un peu trop hardi.

— Et la première fois que tu as dû prendre ton envol ? N'était-ce pas terrifiant ?

— Pas pour moi, dit-il fermement. Certains Obosiens deviennent très nerveux à cette perspective. Une infime partie de notre peuple déteste avoir des ailes. Cela va au-delà du fait de ne pas vouloir voler ou d'en avoir peur. Ils détestent tout simplement avoir des ailes, ce que j'ai vraiment du mal à comprendre. J'adore les miennes. Je ne pourrais pas imaginer un monde où je serais à jamais cloué au sol.

— Oh wow ! Je n'aurais jamais imaginé que cela puisse être un problème, dis-je avec une véritable stupéfaction en passant à son autre aile. Qu'arrive-t-il à ces personnes ? La thérapie peut-elle aider ?

— Pour certains, la thérapie leur permettra de le surmonter. Ces cas sont généralement dus à un traumatisme grave lié au vol. Mais le très faible pourcentage de personnes qui sont vraiment contre le fait d'avoir des ailes expriment généralement cette aversion assez tôt, dès l'enfance. La majorité d'entre elles finissent par se faire enlever les ailes.

— QUOI ?! Tu es sérieux ?! m'exclamai-je.

Il hocha la tête d'un air sombre.

— Comme la procédure est irréversible, ils doivent attendre d'atteindre l'âge adulte. S'ils veulent toujours le faire à ce moment-là, ils doivent passer une année entière sans ailes dans une simulation holographique. Ce n'est qu'alors, s'ils le veulent toujours, qu'ils pourront subir l'opération. Heureusement, bien que 8 % de notre population veuille se débarrasser de ses ailes, seuls 2 % d'entre eux se les font couper. Les autres les gardent, mais ne volent tout simplement jamais.

— Mince. Même si j'ai le vertige rien qu'en me tenant debout sur une chaise, je doute fortement que je choisirais de me faire enlever mes ailes. Mais je pourrais me voir vivre comme une personne clouée au sol, dis-je d'un air penaud.

Amreth hoqueta et se retourna pour me regarder d'un air choqué.

— Tu as peur de voler ?

« J'ai le vertige, dis-je avec un air coupable.

— Tu réalises que je vais te porter dans mes bras pendant que nous volerons demain vers ce village, n'est-ce pas ? dit-il, l'air un peu perplexe.

Je hochai la tête.

— Ouais. Je vais juste garder mon visage enfoui dans ta poitrine et mes yeux bien fermés.

— Mais tu vas rater la vue ! s'exclama-t-il, scandalisé. Cette planète est magnifique ! Ce serait un crime que tu manques sa beauté.

— Crois-moi, Amreth, il vaut mieux que je rate le paysage que de te vomir dessus ou de pisser sur moi de peur, dis-je d'un ton railleur en travaillant sur le devant de ses ailes, non pas que celles-ci en aient vraiment besoin puisqu'il avait manifestement pu atteindre cette partie tout seul.

— Il n'y aura ni vomissement ni pipi, dit-il avec une assurance qui frisait l'arrogance.

— Vraiment ? dis-je avec défi.

Il hocha la tête.

— Je vais t'apaiser pour que la hauteur ne te fasse plus aussi peur.

— M'apaiser ? répétai-je. Là, je suis intriguée. Comment vas-tu t'y prendre ?

— Avec mon *bakaan*, bien sûr, dit-il.

À peine eut-il prononcé ces paroles qu'un picotement m'envahit, rapidement suivi d'un fantastique sentiment de paix et de bien-être.

— Houlà ! D'accord, c'est génial ! dis-je, la voix légèrement pâteuse comme quand on venait de recevoir le meilleur massage du monde qui vous laisse presque groggy, mais pas tout à fait. J'aimerais avoir ce pouvoir quand je m'occupe de patients en détresse ou paniqués. Je suppose que ce n'est pas l'un des pouvoirs que tu me transmettras ?

Il secoua la tête et me lança un regard désolé.

— Non. Mais je serai heureux de l'utiliser sur tes patients à ta place.

— Tu es trop gentil, répondis-je sur un ton taquin. Je savais que les Obosiens pouvaient le faire, mais je n'en avais jamais fait l'expérience directement. Sur le vaisseau, pendant l'attaque, l'un des gardes l'a utilisé sur la foule paniquée pour arrêter la bousculade, mais j'étais en dehors du rayon de son *bakaan*. Cela dit, à part cela et ton Lumiak, tous tes autres pouvoirs ne sont-ils pas de nature sexuelle ?

Il hésita.

— Techniquement, mon aura l'est. Je viens de l'utiliser à son niveau le plus bas sur toi. Mais plus son intensité est grande, plus son effet est érotique. En fait, à son intensité maximale, je peux te faire jouir sans même te toucher.

Je le dévisageai, bouche bée.

— Ton *bakaan* à lui seul pourrait me donner un orgasme ? demandai-je, voulant m'assurer que je l'avais bien compris.

Ses yeux blanc argenté s'assombrirent tandis que son sourire suffisant prit une tournure sensuelle qui alluma instantanément une petite étincelle au creux de mon estomac.

— Mmhmm, il le peut. Mais j'ai aussi des phéromones qui

peuvent te rendre complètement folle de désir. Et quant à mon Lumiak, ce n'est pas seulement un pouvoir offensif. À faible intensité et utilisé sur des points érogènes très stratégiques, je peux te faire perdre la tête avec un plaisir instantané et puissant, encore plus grand que celui d'une personne ciblant précisément ton point G.

Sacré bonhomme. Ou plutôt sacré mâle. La façon dont sa voix devint plus grave à chaque mot, sans parler des paroles elles-mêmes, me fit palpiter et brûler de désir en un rien de temps. Comment pouvait-il me taquiner avec autant de promesses de bons moments en sachant qu'il n'y donnerait pas suite ? Mon côté coquin voulait lui demander de me donner un échantillon... pour la science, bien sûr. À la façon dont il me fixait, le misérable savait exactement quelles pensées me traversaient l'esprit.

— Eh bien, on dirait que de nombreuses choses intéressantes m'attendent à mesure que nous nous rapprocherons. Sache juste que tu places la barre très haut. J'ai maintenant toutes sortes d'attentes.

Il rit et bomba le torse avec une assurance à la limite de l'arrogance.

— Te donner plus de plaisir que tu ne pourrais jamais l'imaginer n'est pas un défi pour moi. Je suis un Obosien. Nous sommes l'incarnation de la sexualité et de la sensualité.

Dire que mes orteils se recroquevillèrent serait l'euphémisme du siècle.

— Quelqu'un fanfaronne, dis-je en plaisantant pour cacher à quel point ses paroles m'affectaient.

— Non, ma Ciara. Je ne me vante jamais, encore moins de ça. Tu le découvriras bien assez tôt.

Je plissai le visage. Je n'avais pas besoin de lire dans les pensées ou de voir les âmes pour savoir qu'il ne plaisantait pas. Pour la deuxième fois ce soir, je me surpris à souhaiter que nous soyons sous les directives de l'AP afin que je puisse mettre tout cela à l'épreuve.

Au lieu de cela, je poussai un soupir et repliai la serviette humide avec laquelle je l'avais séché.

— Eh bien, je crois que nous avons terminé, à moins que tu penses que j'ai oublié un endroit, dis-je nonchalamment, malgré ma consternation face au brin d'espoir qui s'était éveillé au plus profond de moi en disant cette dernière partie.

— Merci, Ciara. Mais ne sois pas si triste. Tu peux me toucher quand tu veux, et pas seulement pour me sécher, dit-il d'un ton railleur.

Je hoquetai et lui jetai un regard stupéfait.

— Nous sommes des âmes sœurs, répondit-il de manière évidente en réponse à mon expression. Tout de mon être, tout ce que je suis est à toi.

Et vlan ! Explosion des ovaires ! Un milliard de réponses me brûlèrent la langue. Au lieu de cela, je me surpris à laisser échapper une question complètement différente.

— À quel point as-tu paniqué en découvrant que tu étais jumelé à une humaine ? Avec moi ?

Je tiquai intérieurement. Bien que cette question me taraudât depuis que Kayog m'avait dit qu'Amreth était l'élu de mon cœur, je me demandais ce qu'il en pensait. D'après ce que je savais, son peuple n'était pas particulièrement impressionné par mon espèce dans son ensemble. Les humains avaient une trop grande propension à enfreindre les règles ou à les repousser à leurs limites. Notre moralité pouvait être très fluctuante, surtout lorsque la situation nous était bénéfique, même au détriment des autres.

— Cela ne m'a pas du tout perturbé. Au contraire, j'étais ravi, dit-il avec une conviction qui fit s'envoler un essaim de papillons dans le creux de mon estomac.

— Vraiment ? demandai-je, me demandant d'où venait ce besoin irrationnel d'être rassurée.

Il hocha la tête.

— Cela fait un moment que je rêve d'une partenaire de vie. En fait, le jour même où Kayog m'a appelé pour me parler de toi, je me lamentais de ne pas pouvoir retenir les services de son agence parce que ma planète d'origine est trop avancée. Aucune nouvelle n'aurait pu me rendre plus heureux, surtout en sachant que, qui que tu sois, ensemble, nous allions atteindre une harmonie parfaite et partager le genre d'amour que mon meilleur ami Kronos a trouvé avec sa Malaya.

Je replaçai une mèche de cheveux derrière mon oreille et lui souris.

— Je ne cherchais pas du tout. Kayog m'a donc prise totalement par surprise en m'annonçant cela.

— Pas une mauvaise, j'espère ? demanda Amreth en penchant la tête sur le côté.

La vulnérabilité et l'incertitude sous-jacentes dans sa voix, aussi subtiles fussent-elles, me laissèrent perplexe. Comment un si bel individu pouvait-il douter, ne serait-ce qu'un instant, qu'une femme au sang chaud mourait d'envie de se jeter à ses pieds ?

— Tu plaisantes ? Tu ne sais pas à quel point les femmes sont constamment en train de saliver devant les mâles de ton espèce ? Nous savons à quel point vous êtes sélectifs. Alors découvrir que mon âme sœur était un Obosien a été un immense honneur. Et jusqu'à présent, tu dépasses tout ce que j'espérais. Et je ne parle pas de ton apparence sexy, car tu l'es. Tu sembles aussi avoir bon cœur, de la compassion, de l'intégrité et la capacité non seulement de suivre mon charabia de nerd, mais aussi de t'intéresser aux trucs scientifiques que je régurgite. Tu me fais me sentir vue et entendue plutôt qu'ennuyeuse comme le font souvent les profanes.

— Tu es beaucoup de choses, mais tu n'es pas ennuyeuse, Ciara. La première fois que Kayog m'a montré un hologramme de toi, j'ai été époustouflé par ta beauté. Je me souviens avoir pensé que tu pourrais être l'une des nôtres avec ta peau foncée et tes cheveux blanc argenté, dit-il d'un air songeur.

Je m'ébrouai, ma bouche s'emballant pour cacher mon embarras.

— La plupart des gens me trouvent bizarre à cause de mon piébaldisme. C'est ce qui explique mes cheveux blancs et cette tache décolorée sur mon front, dis-je en riant nerveusement.

— Tu n'es pas bizarre. Seul un imbécile le penserait. Au-delà du fait que tes cheveux soient de la même couleur que ceux de mon peuple, je trouve ta tache décolorée magnifique. C'est comme ta propre couronne organique. J'aimerais que tu puisses te voir à travers mes yeux. Ton aura est envoûtante et te fait rayonner de l'intérieur. Elle fait scintiller ta couronne.

L'émotion me serra la gorge. Bien sûr, ses paroles m'avaient touchée, mais c'était la lueur dans ses yeux et la sincérité dans sa voix qui me bouleversèrent.

— Tu parles de ma compassion et de mon intégrité, mais ne vois-tu pas les tiennes ? Beaucoup de gens dans ta situation auraient tourné le dos aux Kreelars pour les avoir enlevés. Aku te fait confiance parce que ta gentillesse et ta détermination à aider son peuple rayonnent de toi avec la force de mille soleils. Je ne sais pas dans quelle mesure je suis intelligent, mais tu as le don d'expliquer des concepts complexes d'une manière à la fois compréhensible et fascinante.

— Bon sang ! Si tu essaies de me faire t'apprécier, tu t'y prends très bien, marmonnai-je, les joues rougies de plaisir.

— Mission accomplie ! Quand nous aurons fini d'aider ces gens, j'ai bien l'intention de te rendre follement amoureuse de moi, dit-il d'une voix pleine de promesses. Mais viens, rentrons à l'intérieur.

Je hochai la tête et accrochai la serviette pour la faire sécher sur le support près du mur intérieur de la douche. À ma grande surprise, Amreth tendit la main vers moi. D'instinct, je la pris. Son sourire reconnaissant me fit un drôle d'effet. Il caressa doucement le dos de ma main avec son pouce avant de me ramener à l'intérieur de la maison. Mon conjoint s'arrêta au milieu du salon, qui se trouvait également juste entre les deux chambres, et se tourna vers moi.

— Je pense que nous devrions aller nous coucher car nous devons nous lever tôt demain matin, dit-il d'une voix douce. Malgré les circonstances terribles qui nous ont amenés ici, je suis heureux que nous soyons enfin ensemble. Serait-ce trop audacieux de ma part de demander un baiser de bonne nuit ? Ne te gêne pas pour refuser.

Mon estomac fit un autre saut périlleux et je dus faire appel à toute ma volonté pour ne pas accepter avec un enthousiasme excessif.

— Ce n'est pas trop audacieux, dis-je avec beaucoup plus de sang-froid que je ne ressentais. Eh oui, tu peux.

La douceur de son sourire et la façon dont ses yeux blanc argenté s'assombrirent alors qu'il m'attirait prudemment dans ses bras mirent mes parties féminines au garde-à-vous. J'appuyai mes paumes sur son torse nu, et un délicieux frisson me parcourut l'échine alors que ses bras puissants se refermaient autour de moi. J'avais envie de frotter mes mains sur tout son corps, me sentant flouée par la serviette qui nous avait séparés lorsque je lui avais séché les ailes plus tôt. Sa peau était douce et chaude. Mes doigts me démangeaient de remonter plus haut jusqu'à ses épaules et le long de ses bras couverts d'écailles sombres.

Forçant mes mains à demeurer immobiles, je levai mon visage vers le sien. Il se pencha en avant, inclina la tête sur le côté, puis pressa ses lèvres contre les miennes. Bien que sachant sans l'ombre d'un doute qu'il n'avait pas utilisé ses phéromones aphrodisiaques ou son *bakaan*, le désir qui explosa dans le creux de mon estomac à ce simple contact me laissa pantoise. Le baiser était dénué de toute luxure, ce qui rendait la situation encore plus incompréhensible. Il était doux, tendre et très respectueux.

Trop tôt, il rompit le baiser. Je faillis gémir de dépit, n'étant pas encore prête à me séparer de lui. À ma plus grande joie, juste au moment où je pensais qu'il allait me repousser, Amreth resserra son étreinte autour de moi et enfouit son visage dans mes cheveux tandis que j'enfouissais le mien dans son cou. Cette fois, de leur propre volonté, mes mains glissèrent vers le haut, caressant les écailles sombres en forme de chevrons qui couvraient la courbe de ses épaules, puis s'enfoncèrent dans la douceur soyeuse de ses longs cheveux blanc argenté sur sa nuque. Un autre frisson me parcourut lorsque ses ailes nous enveloppèrent.

Je m'étais toujours demandé ce que cela faisait d'être enlacée ainsi. Cela allait au-delà du sentiment d'être à l'abri et protégée. Je me sentais chez moi.

Je n'aurais su dire combien de temps nous demeurâmes ainsi, silencieusement enlacés. Mais lorsqu'il ouvrit ses ailes et desserra son étreinte autour de moi, un sentiment brutal de perte m'écrasa. J'aurais pu rester ainsi avec lui pour toujours. La tendresse dans ses yeux tandis qu'il plongeait son regard dans le mien me fit fondre de l'intérieur. Je ne le connaissais pas encore bien, mais je savais avec une certitude inébranlable que ce n'était qu'un premier aperçu de l'amour profond qui finirait par brûler entre nous.

Il posa sa main sur ma joue droite et se pencha à nouveau pour effleurer mes lèvres une dernière fois.

— Fais de beaux rêves, ma conjointe, dit-il dans un murmure profond.

Son pouce caressa mes lèvres, puis il laissa retomber sa main de ma joue.

— Bonne nuit, Amreth, lui répondis-je à voix basse.

Il se retourna et se dirigea vers sa chambre. Je fixai son dos qui s'éloignait, deux de mes doigts se posant distraitement sur mes lèvres comme pour raviver la sensation de son baiser. Ce ne fut que lorsque la porte se referma derrière lui que je sortis enfin de ma transe.

Je me rendis dans ma chambre, toujours déchirée par ma déception de ne pas être soumise aux règles de l'AP et par le soulagement de pouvoir gérer les choses entre nous à notre propre rythme. Mais la pensée dominante alors que je grimpais dans mon lit et posais ma tête sur l'oreiller était que j'étais en train de développer un énorme béguin pour le mâle avec qui j'allais passer le reste de ma vie.

Je fermai les yeux et souris.

CHAPITRE 10
AMRETH

L a première nuit passée ensemble dans cette maison s'avéra beaucoup plus reposante que je ne l'avais prévu. Un véritable lien s'était créé la veille. Au lieu de me retourner dans mon lit en rêvant de la serrer à nouveau dans mes bras, le souvenir de la sensation de plénitude qu'elle m'avait procurée me tint compagnie jusqu'au matin.

Une partie de moi était gênée d'être si conscient de son excitation, alors que son aura l'avait bruyamment diffusée. Évidemment, j'étais très heureux qu'elle soit attirée par moi. Mais je voulais un lien émotionnel et spirituel avec Ciara avant d'aller plus loin. Comme le sexe avec l'un d'entre nous était garanti d'être phénoménal, j'avais besoin de sentir que nous avions plus que de la luxure comme fondation.

Mais cette étreinte...

Je n'avais jamais eu une personnalité sujette aux addictions, jusqu'à présent. Il ne faisait aucun doute que ma conjointe allait devenir ma nouvelle drogue. Et je l'accueillais à bras ouverts.

Nous nous réveillâmes presque en même temps. Après nous être rapidement habillés, nous nous rejoignîmes dans le salon où je lui volai sans vergogne un baiser, suivi d'une étreinte bien trop brève et sans ailes. J'aurais peut-être essayé de la faire durer un peu plus longtemps, mais les lumières vives des âmes qui approchaient m'obligèrent à y mettre un terme.

En tant qu'Obosien, je pouvais voir les âmes dans un très large rayon, même à travers les murs et autres obstacles qui bloquaient la vue normale des gens. Même les boucliers furtifs ne pouvaient pas me tromper.

Il s'avéra que c'était Aku qui nous invitait à rejoindre les autres pour un petit déjeuner rapide avant que nous ne nous séparions chacun dans notre direction. Après le repas, le spectacle qui nous attendait à l'extérieur nous époustoufla. Une poignée de montures attendait nos compagnons et leurs escortes.

— Ce sont des Saguls, expliqua Aku. Ils nous permettent de parcourir de bien plus grandes distances beaucoup plus rapidement que si nous courions ou nous balancions dans les arbres. Les humains qui sont venus ici avant nous ont dit qu'ils ressemblaient à des chevaux et se comportaient de la même manière.

Ma conjointe hocha la tête.

— Ils ont certainement la même taille qu'un cheval avec une tête similaire. Mais les courbes et la forme de leur corps me rappellent davantage un lévrier avec les rayures d'un zèbre, la crinière d'un lion et la corne d'une licorne, bien que dans leur cas, il s'agisse de trois cornes.

Aku et deux autres Kreelars dont j'ignorais le nom la regardèrent avec une certaine confusion que je partageais. Je connaissais les chevaux, les lions et les licornes, mais les lévriers et les zèbres ne me disaient rien. Je soupçonnais que nos hôtes n'aient jamais entendu parler de ces autres créatures non plus.

— Ils sont magnifiques ! s'exclama Mehreen avec une excitation presque enfantine. Dois-je comprendre que nous pouvons tous en monter un ?

Aku hocha la tête.

— Oui. J'espère que cela ne posera pas de problème ?

Ernst et Mehreen secouèrent simultanément la tête.

— L'équitation est une formation obligatoire pour devenir un Médecin Interstellaire affecté à certaines des planètes primitives. Il est souvent impossible ou interdit par les habitants locaux d'utiliser des navettes. Nous devons donc être capables de nous adapter à tous les moyens de transport locaux disponibles.

Une vague de honte s'empara de moi à l'instant où je sentis la jalousie m'envahir lorsque Ciara regarda ses compagnons avec envie pendant que les Kreelars leur apprenaient à monter les Saguls. J'avais compté les heures, les minutes et les secondes jusqu'à ce que je puisse enfin la serrer dans mes bras tandis que nous filions à travers le ciel vers notre destination. Il était hors de question que je laisse une jolie créature alien me voler ce moment de proximité avec ma conjointe.

Heureusement, notre destination était bien trop éloignée pour que nous puissions chevaucher cette monture. En fait, notre escorte, Enré, était partie la veille au soir pour pouvoir arriver le matin. À ma grande surprise, juste avant que les deux autres médecins et leurs escortes ne se mettent en route, une femelle entra dans la cour intérieure avec un petit paquet. Elle le tendit à son chef, qui s'approcha ensuite de moi.

— Tiens, au cas où tu en aurais besoin. J'en doute, mais je détesterais que tu te retrouves dans une situation précaire avec peu de moyens pour te défendre ou protéger ta conjointe. J'espère que tu sauras faire preuve de sagesse quant au moment où elles devront être utilisées, voire si elles doivent l'être.

Ma mâchoire tomba en voyant qu'il me rendait mon blaster et mon épée.

— Ta confiance m'honore, dis-je en toute sincérité en prenant les armes.

— Tout comme ton intégrité nous honore. Bon voyage à vous deux. Que votre périple soit fructueux, répondit Aku.

Après un dernier signe de tête, il se retourna et sauta sur sa propre monture avec une grâce et une dextérité incroyables qui laissaient entrevoir un prédateur létal derrière son apparence contrôlée. Je pris enfin conscience de l'importance du travail que nous accomplissions ici et de la relation que nous étions en train de développer avec son peuple.

Entre leurs capacités physiques naturelles et leurs nouveaux pouvoirs, les Kreelars seraient des ennemis extrêmement redoutables sur le champ de bataille. Le fait qu'ils ne soient pas encore parvenus à voyager par eux-mêmes dans l'espace n'avait aucune importance puisque des espèces manifestement plus avancées avaient interagi avec eux à plusieurs reprises dans le passé. Si l'un de ces visiteurs – ou pire encore leurs amis – les convainquait de se retourner contre nous, les choses pouvaient rapidement dégénérer. Les humains leur avaient déjà donné une raison de nous en vouloir. Et leur raid sur le Gladius avait prouvé qu'ils pouvaient semer le chaos au-delà de leurs frontières planétaires s'ils le souhaitaient.

Je fixai mes armes autour de ma taille tandis que nous regardions leurs montures se mettre en marche. Une fois qu'ils eurent franchi le portail de la cour intérieure, je me retournai pour regarder ma femme et la trouvai qui me fixait avec un air de fierté qui me réchauffa jusqu'aux os. Je n'avais rien fait de spécial pour que notre hôte me témoigne un tel niveau de confiance, mais je me réjouissais que cela lui plaise autant. Sa fierté confirmait qu'elle m'avait réclamé et nous considérait comme une extension l'un de l'autre.

— Allons-y, dis-je d'une voix douce.

Ciara hocha la tête et passa la bandoulière de son sac autour de son cou pour qu'elle pende transversalement sur sa poitrine. Heureusement, la nuit dernière, Enré avait emporté avec lui la plupart des équipements et des médicaments dont ma conjointe allait avoir besoin, et les avait attachés sur sa monture.

Une flamme jaillit au creux de mon estomac lorsqu'elle s'approcha de moi et passa son bras droit autour de mes épaules alors que je la soulevais comme une mariée. Elle posa son sac sur son ventre avant de me dévisager. L'expression de Ciara était indéchiffrable, mais une partie de moi croyait qu'elle appréciait aussi cette proximité. Ce n'était pas de la luxure qui tourbillonnait au plus profond de moi, mais une tendre possessivité mêlée à un étrange sentiment de bien-être de l'avoir si près, dans mes bras, là où elle devait être.

— C'est parti, dis-je doucement avant de battre des ailes et de prendre mon envol.

Alors que je m'élevais, Ciara se tendit progressivement, sa main autour de mon épaule se resserrant tandis qu'elle se pressait contre moi. Elle ferma les yeux et enfouit son visage dans le creux de mon cou. Tharmok m'emporte ! Elle était si merveilleuse contre moi. Mais la honte écrasa immédiatement ce sentiment de chaleur. Autant j'aimais cette proximité accrue avec ma conjointe, autant mes instincts protecteurs supplantaient mes besoins égoïstes.

— Calme-toi, ma Ciara, dis-je d'un ton rassurant tout en émettant un peu de mon *bakaan* pour l'apaiser.

Un frisson la parcourut, et sa main se resserra un peu plus autour de mon épaule pendant une fraction de seconde avant qu'elle ne me regarde avec un air émerveillé.

— Tu vois ? Ce n'est pas si mal, dis-je doucement.

Elle fronça les sourcils, puis jeta un coup d'œil méfiant en bas avant de fermer les yeux et de replonger son visage dans mon cou. Je gloussai et resserrai mon étreinte autour d'elle avant d'embrasser le sommet de sa tête. J'adorais la texture douce et moelleuse de ses cheveux. C'était comme frotter mon visage contre un nuage.

Malgré tout, ma conjointe jeta encore quelques coups d'œil furtifs à notre environnement pendant que nous volions, et sa peur s'estompa progressivement à mesure que la beauté du paysage retenait de plus en plus son attention.

— Voler est l'une de ces choses que je serais dévasté de perdre, dis-je pensivement en déployant largement mes ailes pour planer au-dessus d'un courant d'air. C'est le sentiment de liberté totale, d'être en parfaite harmonie avec le monde. Parfois, je fais des acrobaties folles dans les airs pour le plaisir. Mon frère et moi avions l'habitude de nous lancer des défis ridiculement dangereux pour voir qui dévierait le premier alors que nous foncions vers une paroi rocheuse ou une falaise.

— Pourquoi ai-je l'impression que ça ne s'est pas toujours bien terminé ? demanda Ciara d'un ton désapprobateur.

— Parce que ça n'a pas été le cas, confirmai-je en riant. Heureusement que nous avons une régénération accélérée en plus de l'accès à l'une des meilleures médecines disponibles. Je me suis cassé plus d'os que je n'aurais dû à cause de mon comportement imprudent. Il peut être difficile de maîtriser les frasques débridées de nos jeunes une fois qu'ils ont goûté à la véritable vitesse.

— Alors, comment apprend-on à voler ? demanda-t-elle en examinant mes ailes par-dessus mes épaules alors que je recommençais à les battre. Est-ce qu'on vous jette d'une navette ou on vous laisse tomber d'une falaise ?

Je m'ébrouai et secouai la tête.

— Ce sont généralement les parents qui tentent d'empêcher les petits d'essayer de voler trop tôt. Certains enfants réticents ont besoin d'être un peu cajolés pour se lancer. Mais pour la plupart d'entre nous, le besoin d'imiter nos parents et nos aînés est tout simplement trop fort, sans parler de l'envie instinctive de simplement battre des ailes. La seule chose qui nous empêche de voler prématurément est la faiblesse de nos muscles.

— Ce qui signifie que vous essayez de décoller mais que vous ne pouvez pas battre assez fort des ailes ?

Je hochai la tête.

— Nous nous élevons de quelques centimètres avant de retomber. Inutile de dire que notre environnement en prend un sacré coup. Tu remarqueras que les habitations avec des enfants ont tendance à être très minimalistes dans leur décoration.

Elle gloussa.

— Est-ce que ça veut dire qu'on devra rembourrer toutes les surfaces de la maison le jour où on aura des enfants ? demanda Ciara d'un ton amusé.

Une puissante envie explosa dans ma poitrine à cette pensée. Je voulais vraiment des enfants. Comme nous venions de nous rencontrer, cela n'avait évidemment pas fait l'objet d'une discussion entre nous. Toutefois, qu'elle semble non seulement ouverte à l'idée, mais qu'elle pense même que c'était une chose acquise me réjouissait au-delà des mots.

— Ce n'est peut-être pas une mauvaise idée pour certaines choses. S'ils sont à moitié aussi turbulents que mon frère et moi l'étions, ce serait une sage décision, avouai-je, impénitent.

— J'ai du mal à t'imaginer, ou n'importe quel Obosien d'ailleurs, en fauteur de troubles, dit-elle en souriant. Vous avez tous l'air si convenables et disciplinés.

Je ris.

— Ce sont les plus calmes dont on doit le plus se méfier. Ne te laisse pas berner par les airs guindés de mon peuple. Nous sommes comme tout le monde avec notre sens de l'humour, notre comportement espiègle et nos vastes réactions émotionnelles, y compris les crises de diva comme les humains aiment les décrire. Nous avons juste tendance à le faire derrière des portes closes.

— D'accord, maintenant j'ai vraiment envie de te voir piquer une crise de diva, dit Ciara, les yeux pétillants d'espièglerie.

— Enfreins délibérément la loi, et tu pourrais voir ton souhait se réaliser, dis-je en la taquinant.

À ma grande surprise, elle ne répondit pas par un souffle dédaigneux comme je m'y étais attendu. Elle redevint sérieuse et étudia mes traits avec une intensité surprenante.

— Non, Amreth. Je ne pense pas que cela suffirait. En vérité, je crois que seule une douleur profonde et dévastatrice pourrait te faire perdre le contrôle. Mais je suis sûre que si j'enfreins la loi, tu vas me réprimander jusqu'à ce que mes oreilles en tombent.

— C'est certain. Pourquoi ai-je l'impression que tu complotes pour me pousser délibérément à bout ? demandai-je en la regardant d'un air soupçonneux.

Le sourire suffisant et effronté qu'elle m'adressa fut la seule réponse dont j'avais besoin. Incapable de résister, je me penchai vers elle et l'embrassai sur le front. Elle sourit et leva le visage pour m'embrasser sur la joue. Mon cœur fondit davantage, et je la serrai doucement avant de regarder à nouveau notre destination.

Je fis un geste du menton vers l'avant.

— Nous y sommes, le village de Jaln. Nous devrions atterrir dans les cinq prochaines minutes.

Ciara hocha la tête, mais je ne manquai pas de remarquer la tension qui réapparut, raidissant son dos.

— Tout ira bien, et nous ne serons pas seuls, dis-je pour la rassurer. Enré est déjà là à nous attendre.

Elle sourit, sa raideur indiquant qu'elle appréhendait toujours l'accueil qui nous attendait. J'utilisai un peu plus de mon *bakaan* pour la rassurer. Cependant, je devais faire attention à la quantité d'aura apaisante que j'émettais car cela pouvait soit la rendre groggy, soit grandement l'exciter. Dans les circonstances, ni l'un ni l'autre ne serait idéal.

Alors que j'amorçais ma descente, j'évaluai le village. Sa taille était comparable à celle de Bryst, peut-être même légèrement plus grande. Il semblait également plus vieux, avec une nette évolution entre certains des bâtiments les plus anciens et les plus récents. Comme dans le village d'Aku, une série de maisons avaient été séparées du reste du village par une cour intérieure. Je commençais à soupçonner que toutes les tribus avaient été contraintes d'ériger cette séparation pour isoler leurs membres affectés une fois que la maladie avait commencé à se propager.

En me dirigeant vers l'espace ouvert qui servait de grand-place au village, je modifiai ma vision pour évaluer l'état d'esprit des villageois. J'aurais espéré voir beaucoup plus d'auras bleues, mais la teinte générale de jaune était suffisamment pâle pour exprimer la méfiance et non l'hostilité. Du moins, en ce qui concernait la majorité des gens. Heureusement, un nombre non négligeable d'entre eux dégageait une aura qui reflétait principalement le soulagement, voire l'anticipation. Un seul Kreelar mettait tous mes sens en alerte. Cette personne était en colère. Malheureusement, je ne pouvais pas dire si cette colère était dirigée contre nous ou contre quelque chose de complètement différent.

À mon grand soulagement, j'aperçus Enré au milieu de la grand-place, nous faisant signe de la main en guise de salutation et pour s'assurer que nous l'avions vu. Avant notre départ de Bryst, Aku avait confirmé par radio que tout allait bien et que nous étions attendus.

Cela me dérangeait énormément que Ciara se sente toujours nerveuse, voire un peu effrayée, alors que j'atterrissais devant Enré. Il se tenait à côté d'une femelle kreelar qui dégageait une puissante aura d'autorité. Elle semblait plus âgée qu'Aku et plus proche de mon âge, quarante-six ans. Comme la plupart de leurs femelles, elle était grande, assez musclée, mais pas de manière masculine, avec une fourrure greige clair et de superbes yeux bleus. Comme Aku, un diadème ornait son front, la désignant comme la cheffe de la tribu.

— Vous voilà, dit Enré avec un grand sourire. Je suis heureux que vous ayez pu trouver rapidement votre chemin.

Bien qu'il ait prononcé ces mots sur un ton jovial, je ne ratai pas le soulagement sous-jacent dans sa voix. Je compris alors que, même si son peuple respectait l'autorité d'Aku, il ne partageait pas nécessairement son point de vue sur tout. Ils avaient fait confiance à son jugement en me permettant de faire venir ma conjointe ici par mes propres moyens, mais ils n'avaient pas partagé sa confiance en moi. Cela ne me blessa pas, mais augmenta mon respect pour Aku en tant que leader. Compte tenu de tout ce qui était en jeu pour eux, cela en disait long sur le niveau de loyauté que son peuple lui portait.

— Les instructions étaient parfaites, dis-je doucement en remettant ma conjointe sur pied.

Elle ajusta la bandoulière de son sac sur sa poitrine, passa ses doigts dans ses cheveux pour les coiffer après que le vent les eut sérieusement ébouriffés et sourit poliment à Enré et à notre hôtesse. Malgré sa nervosité persistante, l'assurance et le calme dont elle faisait preuve remplirent mon cœur de fierté. Si je n'avais pas été capable de lire un éventail limité d'émotions à travers l'aura d'une personne, j'aurais été dupe de son stoïcisme apparent.

— Bien, bien ! Amreth, Ciara, laissez-moi vous présenter Kald Vala, cheffe du village de Jaln. Vala, voici les étrangers dont nous vous avons parlé, Amreth et Ciara, qui travaillent avec diligence pour aider à sauver notre peuple, dit Enré en nous désignant tour à tour ma conjointe et moi.

— C'est un plaisir de vous rencontrer, Amreth et Ciara, dit Vala d'une voix douce. Les habitants de Jaln vous souhaitent la bienvenue et vous remercient pour l'aide que vous pourrez apporter à notre cause. Nous...

— *Samra télankay !* cria soudain une voix de mâle en colère, l'interrompant.

Sans surprise, mon implant de traduction ne reconnut pas la langue. Cependant, je n'en avais pas besoin pour deviner la nature de ses paroles. Il les répéta en une litanie tout en fonçant vers nous.

À l'unisson, les autres villageois, qui s'étaient rassemblés à une courte distance autour de la grand-place pour assister à notre arrivée, se dirigèrent vers le mâle pour le maîtriser. C'était lui l'aura de colère que j'avais perçue lors de ma descente. D'instinct, je poussai Ciara derrière moi et déployai mes ailes pour la cacher à la vue de tous. Ils saisirent les bras du mâle et tentèrent de le retenir pendant qu'il luttait pour se libérer, criant les mêmes mots en boucle. La profondeur de la douleur et du chagrin dans sa voix et sur son visage me dit tout ce que j'avais besoin de savoir.

La maladie avait emporté un être cher.

Enré et Vala prirent une position protectrice devant nous. Cela effaça toute inquiétude persistante que j'aurais pu avoir quant à leurs intentions ou à la sécurité de ma conjointe dans ce village.

— Muti, calme-toi ! ordonna Vala.

Je posai ma paume sur les épaules d'Enré et de Vala et les écartai doucement pour qu'ils ne gênent plus ma vue du mâle qui criait. Ils me lancèrent un regard inquiet, mais je gardai les yeux rivés sur Muti. Je ne fis aucun geste menaçant mais dirigeai plutôt un puissant faisceau de *bakaan* sur lui. Comme il avait une zone d'effet, les personnes à proximité immédiate ressentirent également une partie de mon aura apaisante, la tension s'échappant d'elles mais relâchant également leur emprise sur lui alors qu'elles tentaient de le retenir.

Comme il reçut la plus grande concentration de mon pouvoir, ses efforts pour se libérer s'affaiblirent, ses yeux se voilèrent légèrement et ses cris de colère devinrent des paroles inintelligibles avant de se transformer en sons étranglés et larmoyants. J'eus le cœur brisé pour lui lorsqu'il tomba à genoux, son corps secoué par de violents sanglots. Beaucoup de gens autour de lui s'accroupirent à ses côtés. Ils entrelacèrent leurs queues avec la sienne, lui caressèrent la tête et le dos, et lui murmurèrent des paroles apaisantes dans leur langue.

Ciara poussa mon aile gauche, visiblement désireuse de voir ce qui se passait. La menace étant désormais maîtrisée, je repliai mon aile et la ramenai à mes côtés. Vala marcha vers Muti, s'agenouilla devant lui et l'attira dans ses bras. Elle lui chuchota dans leur langue d'une voix presque maternelle. Je continuai à lui envoyer des ondes apaisantes, et ses sanglots s'estompèrent peu à peu. Vala recula, prit son visage entre ses deux mains et essuya ses larmes avec ses pouces.

Elle lui adressa encore quelques mots. Il hocha la tête, le visage torturé par le chagrin, le désespoir et quelque chose qui ressemblait à de la culpabilité. Vala lui embrassa le front puis l'aida à se relever en se mettant debout à son tour. Elle fit un signe de la tête à deux villageois. Ils s'approchèrent rapidement, chacun tenant un bras de Muti et l'escortèrent gentiment.

Sa cheffe de tribu continua à le regarder s'éloigner avec une expression triste et pleine de pitié avant de se tourner vers nous. Comme s'ils suivaient son exemple, les autres villageois reportèrent également leur attention sur nous. Un rapide examen de leurs émotions me rassura sur le fait que cet incident ne les avait pas rendus plus hostiles. Mais un soupçon de désespoir s'infiltrait désormais dans leurs émotions.

— À cause de la maladie que votre peuple nous a apportée, Muti est sur le point de perdre sa conjointe. Elle est dans un état critique et ses deux petits se battent également pour leur vie, dit amèrement une femelle à notre droite.

Malgré la dureté de son ton, sa colère ne nous était pas spécifiquement destinée, mais visait les étrangers en général et la situation qui détruisait leur peuple. Un simple regard sévère de Vala la fit taire.

— Aucun mot ne peut exprimer la peine que nous ressentons pour la tragédie qui a frappé votre peuple, dit Ciara à la femelle d'une voix douce emplie de sympathie. Les quelques personnes présentes ici ne sont pas vos ennemis. Vous avez tout à fait le droit d'être en colère. Rien de tout cela n'aurait dû arriver. Nous n'en sommes pas personnellement responsables, mais nous ferons tout ce qui est en notre pouvoir pour y mettre un terme. Cela ne ramènera pas ceux qui ont déjà été perdus. Nous ne pouvons que nous consacrer à empêcher que cela ne se reproduise.

— Le pouvez-vous ? intervint Vala avec une pointe de défi

dans la voix. La maladie est revenue après que les premiers humains ont dit qu'elle était guérie. Au cours de la dernière décennie, elle n'a cessé de revenir. Elle revient toujours. Et cette fois, elle frappe ma tribu plus durement qu'elle ne l'a jamais fait auparavant. Vingt-trois membres de mon peuple ont commencé à montrer des signes il y a seulement trois jours.

— Le jour même de votre arrivée ! dit la même femelle, l'accusation sous-jacente étant cette fois audible dans sa voix.

Quelques personnes hochèrent la tête tandis que d'autres marmonnaient leur accord dans leur langue. Un autre coup d'œil à leurs auras me rassura. Malgré leur colère grandissante, ils ne devenaient toujours pas hostiles. Pour le moment, il n'y avait rien d'alarmant, mais je me préparai mentalement à agir rapidement pour mettre ma conjointe à l'abri si les choses s'envenimaient.

Ayant retenu la leçon de la première fois qu'ils m'avaient capturé, j'avais pris soin de ramener un disrupteur psychique pour qu'ils ne puissent plus me perturber l'esprit. Je ne pensais pas qu'ils se retourneraient contre nous. Mais quand il s'agissait de la sécurité de ma femme, je ne voulais prendre aucun risque.

— Notre arrivée ce jour-là est une pure coïncidence et n'est en rien liée à cette vague d'infection, dit Ciara d'un ton qui ne souffrait aucune discussion. Le type de maladie qui vous affecte ne se transmet que par l'intermédiaire de ce que vous mangez. Il faut également un certain nombre de jours avant que les premiers symptômes n'apparaissent. Donc quelle que soit la source de ces nouveaux cas, les membres malades de la tribu l'ont mangée bien avant notre arrivée sur Kestria.

— Mais quelle nourriture ? demanda Vala. Et pourquoi seulement eux, et pas le reste d'entre nous ?

— C'est ce que j'espère que vous pourrez nous aider à déterminer, dit Ciara. J'ai beaucoup de questions à ce sujet qui, je l'espère, nous mettront sur la voie pour trouver la source. Mais Enré a également apporté des kits de test pour que nous puis-

sions détecter si l'une de vos réserves de nourriture est actuellement contaminée et savoir si l'un d'entre vous a été infecté mais
ne présente pas encore de symptômes.

— Les tests ont été conservés dans un environnement frais,
conformément à tes instructions, dit rapidement Enré. Dois-je
aller les chercher ?

— Dans une minute, dit Ciara. Tout d'abord, nous devons
nous organiser pour pouvoir faire cela de manière ordonnée et
nous assurer de garder une liste de toutes les personnes qui ont
été testées. Il y a aussi un petit questionnaire qu'elles doivent
remplir.

— Oui, dit Enré. Ernst m'a expliqué la procédure. Nous
allons installer les tables et les chaises et préparer les
formulaires.

— Merci, dit Ciara avec un sourire reconnaissant avant de se
tourner vers Vala. Naturellement, j'aurais besoin d'examiner les
patients. Mais j'aimerais aussi savoir s'il leur est arrivé quelque
chose de spécifique ou d'inhabituel au cours de la dernière
semaine environ.

Elle fronça les sourcils en réfléchissant à la question.

— Il n'y a vraiment rien qui nous vienne à l'esprit. Au début,
nous avons pensé que cela pouvait être dû à leur pèlerinage au
Temple de Svast. Nous y allons tous une fois par an pour prier et
nous purifier. Les rituels durent une semaine avant qu'ils ne
repartent.

— On dirait qu'ils ont tous mangé quelque chose là-bas qui
les a rendus malades, dis-je pensivement.

Vala secoua la tête.

— Nous avons d'abord supposé que quelque chose au temple
les avait rendus malades. Cela aurait été une tragédie étant donné
qu'il s'agit d'un lieu des plus sacrés. Pourquoi les dieux nous
puniraient-ils alors que nous sommes allés les honorer ? En
moyenne, sept ou huit tribus différentes participent ensemble.
Cette fois, il y avait neuf tribus. Dès que la première personne est

tombée malade, nous avons contacté les autres villages dont les membres étaient présents, mais une seule autre tribu a rapporté des cas de maladie.

— Une seule ? répéta Ciara, songeuse. Combien de temps dure le voyage d'ici au temple ?

— C'est un trajet de deux jours à pied à travers la forêt dans chaque direction, répondit Vala de manière factuelle. Nous pourrions le faire plus rapidement, mais les pèlerins s'arrêtent en chemin pour réciter des prières de bénédiction sur la terre, manger et se reposer. Ils camperont pour la nuit à mi-chemin.

— Quand sont-ils revenus du temple ? demanda Ciara d'une voix intense.

L'enthousiasme n'aurait pas été un terme approprié pour décrire ses émotions, mais elle semblait clairement avoir l'impression d'être sur une piste.

— Ils sont revenus il y a huit jours, mais ils n'ont commencé à présenter des symptômes que cinq jours plus tard, répondit Vala.

— C'est une information cruciale, dit Ciara, tout en jetant un regard distrait à Enré qui installait les tables non loin de là avec l'aide d'autres villageois. Cela nous donne une fenêtre beaucoup plus étroite quant au moment où l'infection s'est produite. L'autre village avec des personnes infectées, à quelle distance se trouve-t-il d'ici ?

— Pas du tout près, dit Vala avec découragement. C'est une autre raison pour laquelle nous avons éliminé la possibilité que le périple jusqu'au temple en soit la cause. Il y a une large rivière entre le village de Baki et nous qu'ils doivent traverser en bateau. Et une fois de l'autre côté, ils ont un long chemin à parcourir à pied. Ils sont partis par des itinéraires complètement différents.

— Mais ils ont chassé pour se nourrir en chemin, non ? objecta Ciara.

Vala hocha la tête.

— Nous chassons et nous cueillons des aliments en chemin.

Une compréhension soudaine me frappa.

— Donc quelque chose qu'ils ont cueilli dans la forêt ou chassé le long de leurs chemins respectifs était infecté, dis-je pensivement. Y a-t-il une possibilité que les animaux soient encore infectés, ou seraient-ils tous morts maintenant ?

— Cela dépend vraiment si le prion qui affecte les Kreelars est normal pour l'animal, le fruit ou le légume qu'ils ont consommé. Si c'est normal pour eux, alors ils seront toujours en bonne santé dans cette région. Mais si ce n'est pas le cas, alors nous allons devoir en trouver un qui soit encore en vie.

— Il nous faudrait un peu plus d'une demi-journée – soit environ douze heures – pour aller au temple à pied, et peut-être sept à huit heures à dos de Sagul, répondit Vala.

— Ce qui signifie que cela me prendrait à peine deux à trois heures dans chaque direction, dis-je.

— Il me faudrait environ six heures pour tester tout le monde ainsi que la nourriture. Donc ça fonctionnerait parfaitement, dit Ciara avec une étincelle d'enthousiasme dans ses beaux yeux.

Mais alors même que je prononçais ces paroles, une vague de malaise m'envahit. Je ne voulais pas vraiment laisser ma conjointe ici toute seule. Certes, Enré allait la protéger, et je ne doutais pas non plus de Vala. L'aura des personnes autour de nous avait progressivement perdu de son côté méfiant, avec de plus en plus de stries bleues indiquant qu'elles se détendaient en notre présence. Mais cela me rendait toujours nerveux. En même temps, je pouvais faire le repérage bien plus vite qu'eux.

Inconsciente de ma tourmente intérieure, Ciara commença à taper quelques instructions sur son brassard, quelques secondes avant que le mien ne bipe à cause d'un message entrant.

— J'ai envoyé des données concernant les prions que nous recherchons, dit Ciara. J'aurais besoin que tu fasses un balayage aérien de la flore et de la faune entre ici et là-bas. Il y a de fortes chances que ton brassard ne soit pas capable de détecter les prions sans tester un échantillon. Mais il pourra détecter toute anomalie entre les plantes et les animaux de la même espèce.

— Ainsi, il signalera tout animal ou groupe de plantes anormal par rapport aux autres du même type, dis-je pour confirmer que j'avais bien compris ce qu'elle voulait dire en téléchargeant les nouvelles données sur mon scanner.

— Exactement, dit Ciara en m'adressant un sourire radieux avec cette même lueur de fierté dans les yeux qui me faisait tant de bien.

Je ne m'étais jamais considéré comme stupide, mais simplement comme quelqu'un d'une intelligence normale. Et pourtant, au cours de la dernière journée, ma conjointe m'avait de plus en plus fait me sentir comme un génie. Je découvrais une nouvelle passion en essayant de résoudre ces petits mystères.

Je souris avant de jeter un regard circonspect autour de la foule. À ma grande surprise, Ciara sentit immédiatement mon malaise.

— Je serai bien en ton absence, dit-elle d'un ton rassurant. Enré et Kald Vala veilleront à ma sécurité.

— Aucun mal ne sera fait à ta conjointe, confirma Vala avec une fermeté qui fit merveille pour apaiser certaines de mes inquiétudes. Il n'y a pas plus grand déshonneur pour un hôte que de permettre que ses invités soient maltraités dans sa maison. Sur mon honneur et sur ma vie, je m'engage à assurer la sécurité de ta conjointe aussi longtemps qu'elle sera entre nos murs et jusqu'à son retour à Bryst.

— Merci, Vala, dis-je avec une sincère gratitude.

Je me tournai vers Ciara et lui caressai doucement la joue. À ma grande joie, elle posa sa paume sur le dos de ma main et s'appuya contre mon toucher. Incapable de résister, je me penchai vers elle et l'embrassai. Elle me rendit mon baiser avec une tendresse qui me troubla l'esprit. Luttant contre l'envie de la serrer dans mes bras et d'approfondir le baiser, je me redressai et laissai retomber ma main à contrecœur.

— Je reviendrai bientôt.

— Sois prudent, dit-elle en me souriant pour me rassurer.

Je hochai la tête, jetai un dernier regard significatif à Vala, puis m'envolai.

La première heure se déroula sans incident. Mon scanner collecta des données sur la flore et la faune en contrebas sans détecter quoi que ce soit d'inhabituel. Grâce aux précédentes visites autorisées sur Kestria par les équipes d'Élias Jacobs pour travailler avec les Sangoths, l'OPU disposait déjà d'une base de données assez complète sur les plantes et les créatures de cette planète. Tout se passant bien jusqu'à présent, je me permis de me délecter de la beauté intacte de ce nouveau monde.

Même si je détestais la façon dont ces médecins irresponsables avaient tragiquement détruit la vie de ces tribus par leurs actions imprudentes, je pouvais comprendre la tentation qui les avait poussés à agir ainsi. Cet endroit était vraiment un paradis avec d'innombrables cadres parfaits pour des escapades romantiques. J'en avais repéré un grand nombre en chemin où j'aurais aimé emmener Ciara pour une vraie cour. À ma grande honte, je me surpris à me demander s'il serait acceptable de faire une telle escapade avant notre départ. Comme nous n'apporterions rien d'étranger à leur écosystème, ce serait sûrement acceptable ?

Mais toutes ces pensées vagabondes s'envolèrent de mon esprit lorsque mon scanner émit un bip. Un coup d'œil à l'interface indiqua un certain nombre de points orange en mouvement et qui appartenaient à des animaux de différentes tailles. Je levai les yeux et altérai ma vision pour scruter l'aura de ces créatures. Un mélange de choc et d'excitation m'envahit en voyant la couleur bordeaux grisâtre de leurs auras. Cela correspondait à un état de fureur aveugle. Ces créatures étaient enragées.

Qui ou quoi les avait infectées ?

Je fis le tour de la zone, en marquant les coordonnées sur la carte de mon scanner tout en essayant de voir jusqu'où les créatures infectées s'étaient dispersées. Je remarquai également que tous les animaux n'étaient pas enregistrés comme enragés. En fait, seule une poignée l'était. Bien qu'ayant seulement fait un rapide survol des résultats, il me sembla étrange que tous les animaux d'une même espèce ne présentassent pas les mêmes symptômes. Je ne pouvais pas dire s'ils en étaient encore aux premiers stades de la maladie, s'ils n'avaient pas encore été infectés ou s'ils étaient immunisés d'une manière quelconque. Mais il incombait à des personnes plus compétentes que moi de l'évaluer.

À ma grande surprise, alors que je m'éloignais vers l'ouest du chemin que j'avais suivi, une zone dense de couleur rouge apparut à la limite de mon rayon de balayage. Elle était située de l'autre côté de la rivière, ce qui me fit d'abord hésiter. Intrigué et ne voulant rien laisser au hasard, je traversai la grande étendue d'eau. Une fois sur la rive ouest, je tapai une demande de renseignements sur le scanner. Je restai bouche bée lorsqu'un petit écran holographique jaillit de mon brassard avec des informations supplémentaires indiquant une plante intrusive.

— En quoi cette plante est-elle intrusive ? demandai-je à mon appareil.

— Cette plante n'appartient pas à l'écosystème de Kestria, répondit l'intelligence artificielle. Elle correspond à 94 % à deux espèces différentes de baies de la Terre, soient les fraises et les framboises.

Je poussai un juron alors qu'un frisson d'excitation me parcourait. Certes, les baies étaient assez éloignées de l'endroit où les créatures infectées erraient. Mais si les symptômes mettaient aussi du temps à se manifester, les animaux auraient pu s'éloigner dans les jours qui avaient suivi leur consommation.

De l'autre côté de la rivière ?

Cela ne collait pas. Je continuai à voler plus à l'ouest jusqu'à ce que le scanner cesse de détecter d'autres baies. Mais il repéra quelques animaux malades, bien qu'en nombre bien inférieur à ceux que j'avais trouvés sur la rive est. Je rebroussai chemin et continuai sur près d'un kilomètre vers l'est pour voir si je pouvais trouver d'autres baies, mais je n'y parvins pas.

Pendant un moment, j'envisageai de prélever quelques échantillons puis me ravisai. Je n'étais pas un scientifique et je ne savais pas quelles conséquences potentielles mes actions pourraient avoir sur les Kreelars. Peu importait que Ciara ait dit que l'infection ne se produisait que par la consommation. Ces gens souffraient déjà suffisamment sans que je joue davantage avec leur vie en prenant des risques. Au moins, je savais précisément où les fruits pouvaient être récoltés en respectant les procédures de sécurité et de confinement appropriées. Au lieu de cela, je volai vers certains des plus grands buissons et pris des photos en gros plan.

Le temps s'écoulant, je revins sur le chemin principal emprunté par les pèlerins et poursuivis mon périple jusqu'au Temple de Svast. Une mélodie envoûtante me parvint bien avant que la forêt ne s'ouvre devant moi pour révéler sa splendeur. Je n'avais pas besoin de savoir qu'il s'agissait effectivement d'un lieu sacré. Il rayonnait d'énergie divine. Je soupçonnais qu'une partie de celle-ci pouvait s'expliquer par la physique, mais une partie de moi croyait que les gens pouvaient imprégner une zone d'énergie positive ou négative lorsqu'une quantité suffisante était diffusée de manière répétée sur une longue période.

Le temple lui-même avait été taillé directement dans la paroi d'une montagne, encadré par une cascade. Les hauts piliers et les portes massives étaient ornés de symboles sculptés dans une langue étrangère que mon traducteur ne connaissait pas. Il ne semblait pas y avoir d'accès direct à l'entrée principale par voie terrestre. Il fallait traverser l'eau pour atteindre les escaliers. Je supposais qu'il s'agissait d'une sorte de rituel de purification avant d'être autorisé à entrer.

Et c'était exactement ce qui semblait se produire en ce moment. Au moins une centaine de pèlerins de tous âges s'étaient rassemblés dans l'eau. Les plus jeunes se tenaient près des escaliers, là où l'eau était la moins profonde. Les plus âgés prenaient position dans la partie la plus creuse, l'eau atteignant le milieu de leur taille. Ils formaient une chaîne continue, chacun tenant la main de son voisin. Les personnes se tenant à la fin de chaque rangée se reliaient à la rangée précédente ou suivante en tenant la queue de la personne devant elles.

Ils scandaient des paroles sans vraiment danser, mais ils se déplaçaient d'un côté à l'autre, d'avant en arrière, et inclinaient parfois la tête à différents angles de manière synchrone. Devant eux, debout en haut des quatre marches menant à l'entrée, trois Kreelars chantaient également tout en faisant de grands gestes avec leurs bras et leurs mains. Ils portaient des robes sans manches et des masques sans visage qui rendaient impossible de déterminer leur sexe avec certitude.

J'aurais voulu voler plus près pour mieux voir et savourer davantage le déroulement fascinant de la cérémonie, mais je fis demi-tour. Bien que Vala ne m'ait pas dit de rester à l'écart du temple, j'avais l'impression de commettre un sacrilège en espionnant leurs dévotions et en m'introduisant dans leur sanctuaire. De toute façon, je n'étais là que pour déterminer si d'autres plantes ou animaux infectés pouvaient être trouvés dans la région. Le fait que je n'en aie pas trouvé semblait confirmer pourquoi seul un petit nombre des pèlerins précédents avaient été infectés au lieu de tous.

Même si je me dépêchais de rentrer, j'atteignis finalement le village de Jaln après une absence de près de huit heures. Malgré la fatigue et la faim, et alors que j'amorçais ma descente vers la grand-place, l'émotion qui domina en moi fut un immense soulagement de voir Ciara se précipiter vers le centre avec un large sourire.

Les autres villageois, et surtout Enré et Vala, irradiaient également de soulagement. Je ne pouvais qu'imaginer à quel point la confiance que les gens avaient en eux aurait été ébranlée si je n'étais pas revenu.

Le fait que Ciara se jette dans mes bras dès que j'atterris me fit le plus grand bien. Je me voyais bien m'habituer à ce genre d'accueil chaleureux tous les jours pour le reste de ma vie. Cela me toucha d'autant plus que ce n'était ni la peur ni le besoin de protection qui l'avaient motivé, mais une joie sincère de simplement me retrouver.

— Bon retour, Amreth. Nous avions peur que tu te sois perdu, dit Vala sur un ton taquin, qui ne cacha pas l'inquiétude persistante sous-jacente qu'elle avait réellement ressentie.

— Non, mais je me suis éloigné beaucoup plus que prévu pour enquêter sur certaines anomalies, répondis-je avant de me tourner vers ma conjointe. Je pense que tu vas aimer ça.

En tapotant à quelques reprises sur l'interface de mon brassard, j'affichai les photos que j'avais prises sur l'écran holographique qui se déploya. Ciara hoqueta, les yeux exorbités d'excitation. Je lui racontai rapidement ce que j'avais vu, entre les animaux enragés et les champs de baies.

— Tu as bien fait de ne pas ramener d'échantillons, dit Ciara distraitement en parcourant les rapports de scan avant de jeter un coup d'œil à Vala. Connais-tu ces fruits ? Font-ils partie de votre alimentation ?

Elle secoua la tête et les examina avec la même expression confuse qu'Enré.

— Je n'ai jamais vu ces baies auparavant. Elles ne se trouvent certainement pas près des zones où nous chassons ou cueillons.

— Ce n'est pas vraiment surprenant, dis-je pensivement. Sans le scanner, je n'aurais probablement pas remarqué leur existence. Elles n'étaient pas visibles d'en haut, et même après avoir atterri, j'ai dû soulever quelques feuilles pour les exposer.

Ciara plissa les lèvres et hocha lentement la tête en réfléchissant à mes paroles.

— C'est assez courant pour les fraises des bois. Cela explique certaines choses. Idéalement, nous pourrions mettre en place un laboratoire de terrain directement dans cette zone. Peut-être pourrions-nous mettre quelque chose en place en utilisant ta navette ?

Je réprimai mon envie instinctive de dire oui et jetai un regard interrogateur à Vala. Mon cœur se serra lorsqu'elle nous fixa d'un air fermé.

— Je vais en discuter avec les autres Kalds, dit-elle sans s'engager. Quoi qu'il en soit, il est trop tard pour que vous rentriez à Bryst. Tu dois être fatigué et affamé. Viens, repose-toi et mange. Vous dormirez tous ici ce soir. Au matin, nous aurons pris une décision.

CHAPITRE 11

AMRETH

Même si je comprenais leur réticence, je détestais me sentir enchaîné. À ce stade, j'avais l'impression que nous avions suffisamment fait nos preuves pour avoir encore plus de liberté de mouvement et faire ce qui était nécessaire pour résoudre cette crise. Toutefois, ne voyant aucun intérêt à faire des vagues, j'obtempérai.

Ils nous conduisirent à une petite maison. Étonnamment, elle ne se trouvait pas dans la cour intérieure, mais dans le village proprement dit. Toutes celles de la cour étaient déjà pleines de pèlerins infectés. Deux mâles sortirent de la maison alors que nous approchions. Ce ne fut qu'une fois à l'intérieur que je réalisai qu'ils nous avaient apporté de la nourriture. À mon grand embarras, mon estomac exprima bruyamment son approbation, ce qui fit rire tout le monde.

— Bon appétit. À demain matin, dit Vala.

Nous la remerciâmes et la regardâmes partir. Dès que la porte se referma derrière elle, je retirai de ma ceinture les armes que je n'avais heureusement pas eu à utiliser aujourd'hui et jetai un coup d'œil au mur de droite où se trouvait la porte de la chambre d'amis à Bryst. Ne la trouvant pas, je tournai la tête vers le mur opposé. Ce ne fut qu'alors que je remarquai que cette habitation n'avait pas de chambre d'amis.

— Sang de Tharmok. Il semble qu'il n'y ait qu'une seule chambre. Je peux aller demander s'ils ont une plus grande demeure, dis-je en me grattant la nuque. Ou je pourrais dormir sur le canapé.

— Absolument pas ! dit Ciara en me regardant comme si j'avais reçu un coup de trop sur la tête. As-tu vu la taille que tu fais par rapport à ce canapé ? As-tu envie de dormir avec les genoux collés au front ?

Je m'ébrouai et secouai la tête, me sentant presque comme un gamin grondé par sa mère.

— Nous sommes des adultes, pas des bêtes enragées. Je suis sûre que nous pouvons partager un lit et nous comporter comme des gens civilisés. Mais si cela te met mal à l'aise, je te laisserai le lit et je dormirai sur le canapé.

— Absolument pas ! dis-je, faisant écho à ses paroles précédentes mais avec une indignation totale. Je ne dormirai pas confortablement dans un lit alors que ma conjointe est à l'étroit sur un canapé.

— Exactement ! dit-elle avec un air exagérément soulagé que je comprenne enfin. Tu vois à quel point cette idée te semble scandaleuse ? Pourquoi supposerais-tu que je serais d'accord pour te faire ça ?

Je grimaçai, incapable de trouver une réponse appropriée.

— Nous avons tous les deux besoin de nous reposer correctement. Donc cette affaire est réglée. Maintenant, allons te nourrir, dit Ciara d'un ton qui ne souffrait aucune discussion tout en me faisant signe de m'asseoir à table.

En tant que noble Seigneur et Directeur de mon propre Secteur, je ne me souvenais pas de la dernière fois que quelqu'un m'avait donné des ordres de la sorte. Mon père était la seule personne qui me faisait bondir au garde-à-vous d'un seul mot. Mais le père de Kronos avait le don de vous liquéfier les tripes d'un simple regard. Et pourtant, derrière son apparence sévère et intimidante, Seigneur Aramon était le plus doux des mâles avec un sens de l'humour des plus pince-sans-rire. On ne savait jamais s'il nous réprimandait ou s'il nous taquinait jusqu'à ce qu'on remarque son sourire narquois très discret.

Je souris, amusé par son attitude autoritaire et m'installai à table. Elle ne s'assit pas mais commença immédiatement à piocher dans les trois plateaux de service qu'ils nous avaient apportés, empilant sur une assiette toute la viande qu'elle pouvait trouver avant de la poser devant moi.

— Je leur ai dit que tu n'aimais pas la nourriture pour oiseaux, dit Ciara sur un ton narquois.

J'éclatai de rire, mon cœur se réchauffant d'affection tandis qu'elle ne saisissait que quelques légumes avec un morceau de viande blanche rôtie avant de s'installer en face de moi à table.

— C'est tout ce que tu manges ? demandai-je, fronçant les sourcils devant la petite quantité dans son assiette.

Elle haussa les épaules.

— J'ai déjà mangé. Je me joins à toi parce que c'est nul de manger seul pendant que la personne qui est à côté de toi te regarde. Maintenant, mange. Tu ne mourras pas de faim sous ma garde.

Je hochai à nouveau la tête, reconnaissant pour ce geste attentionné de sa part, et j'obéis. Dire que j'étais affamé ne suffi-sait pas à décrire le gouffre qui me creusait l'estomac. Voler demandait beaucoup d'énergie. Aussi reconnaissant que je fusse pour la nourriture, qui était en fait assez délicieuse, j'avais faim d'un type de subsistance bien différent. J'avais l'eau à la bouche à l'idée du goût de ses émotions. Ciara ne pouvait pas imaginer à quel point me nourrir d'elle serait plus rassasiant et satisfaisant.

Attentive comme toujours, elle n'engagea pas immédiate-ment la conversation, me laissant prendre quelques bouchées pour apaiser les affres les plus brutales. J'avalai les premiers morceaux de viande presque d'une seule traite. Bien qu'elle essayât de le cacher, je ne manquai pas de remarquer l'amusement dans ses yeux alors qu'elle m'observait discrètement.

— Je m'inquiétais pour toi, dis-je enfin après avoir avalé une autre bouchée. Tout s'est bien passé en mon absence ?

Elle hocha la tête.

— Merci de t'inquiéter, mais ce n'était pas nécessaire. Tout le monde a été très gentil avec moi. De toute façon, Enré et Vala étaient totalement entrés en mode maman ourse protectrice à mon sujet. Me garder en sécurité était vraiment une question de fierté et d'honneur pour eux.

— Je suis heureux d'apprendre qu'il n'y a pas eu d'incidents, dis-je en coupant un morceau de viande.

— En fait, il y a eu une bonne nouvelle partielle et un incident mineur, amenda Ciara. La demi-bonne nouvelle, c'est que j'ai pu mettre la conjointe de Muti en semi-stase. Cela empêche la maladie de progresser. Je lui ai injecté des nanites qui ciblent les prions qui la tuent et les éradiquent. C'est un processus très lent. Mais il semble fonctionner.

— Est-ce que ça va la guérir ? demandai-je, en me redressant.

Elle secoua la tête.

— Non. Cela va juste la ramener à un état moins critique où, espérons-le, son corps sera capable de combattre les prions tout en s'adaptant aux changements de son évolution. Leurs deux enfants ont très bien réagi au médicament, alors je croise les doigts.

— C'est une merveilleuse nouvelle. Je ne peux pas imaginer un plus beau cadeau pour ce pauvre mâle. Sa douleur était si vive que je pouvais presque la toucher. Ce que ton équipe et toi faites est phénoménal, dis-je avec une profonde admiration et un grand respect.

Elle sourit timidement.

— Merci. Mais n'oublie pas que tu fais maintenant partie de

cette équipe, toi aussi. Et avec ta découverte d'aujourd'hui, nous pourrions nous rapprocher encore plus du succès.

— Comme tu l'as dit, croisons les doigts, répondis-je doucement. Mais tu as mentionné un incident ?

Ciara acquiesça.

— Après avoir testé tout le monde, et heureusement trouvé aucun autre cas, nous avons commencé à administrer le vaccin à toutes les personnes qui n'avaient pas été infectées auparavant. Deux d'entre elles ont catégoriquement refusé de se faire injecter.

Je plissai les lèvres et hochai la tête pensivement.

— Ce n'est pas surprenant. Franchement, je m'attendais à beaucoup plus de résistance de la part d'un plus grand nombre de personnes. Mais on ne peut pas forcer quelqu'un à recevoir ce type de traitement.

— Je sais. Tout ce que je peux faire, c'est expliquer les avantages. Mais au final, c'est à eux de choisir. J'espère que le fait de voir que les autres vont bien et ne souffrent pas d'effets négatifs finira par les faire changer d'avis. Quoi qu'il en soit, je prie pour que nous puissions trouver un traitement ou éradiquer la source.

— Tu penses que les baies sont la source ? demandai-je.

— Avec leur origine étrangère, c'est fort probable. Il ne devrait pas y avoir de fraises sur Kestria. D'après les événements que Sora et Aku nous ont racontés, les médecins avaient mangé près de la rivière. Après que Sora ait mordu l'homme, ils l'ont assommée puis se sont enfuis. Ils ne sont jamais revenus chercher la nourriture qu'ils avaient laissée derrière eux. Les Kreelars non plus.

— Alors la faune locale s'en est régalée, dis-je avec une compréhension soudaine.

— Exactement. Les baies sont un cauchemar pour cela car chacune d'entre elles a une très forte concentration de graines. Ces graines traversent le système digestif et ressortent souvent intactes dans les selles, expliqua Ciara. De tous les fruits qu'ils auraient pu choisir, il fallait que ce soit celui qui est très facile à propager et à cultiver. Les fraises n'ont besoin que d'un sol humide, d'un peu d'engrais et de beaucoup de soleil.

— Toutes ces conditions étaient réunies, répondis-je pensivement.

— Oui. Que les animaux qui les ont mangées soient tombés malades et aient régurgité les graines, ou qu'ils les aient simplement évacuées dans leurs selles, ils les ont disséminées. Je ne sais pas quelle quantité de baies il y avait ni combien d'animaux différents les ont mangées, mais l'endroit que tu m'as montré est très éloigné de la zone où cet incident initial s'est produit.

— Donc ça se propage. Mais comment est-ce apparu de l'autre côté de la rivière ?

— Dans la matinée, nous devrons faire une analyse approfondie de la chaîne alimentaire de leur faune. Les petits rongeurs et les mammifères qui ont mangé les baies ne se déplaceraient pas très loin avec elles. Nous devons supposer que certains oiseaux ont également mangé ces fruits, et ils parcourent des distances beaucoup plus grandes. Et puis il y a les plus gros prédateurs qui se nourrissent à la fois des oiseaux et des petits mammifères. Si l'un de ces animaux a tendance à errer ou à migrer, ils se déplaceraient avec eux.

— Cela fait presque dix ans, dis-je en fronçant les sourcils. Les fraises ne se seraient-elles pas propagées beaucoup plus loin et plus largement ?

Ma conjointe secoua la tête.

— Pas nécessairement. Ce genre de choses a tendance à être exponentiel. Ça commence petit, avec juste un buisson ici, puis un autre là. Mais plus il y a de buissons, plus de créatures vont s'en nourrir, et plus la propagation sera importante. Ce ne sont pas toutes les graines libérées dans la nature qui vont prendre racine. Les probabilités augmentent simplement avec le nombre d'occurrences.

— Peut-on éliminer toutes ces plantes ? demandai-je en me

resservant sans vergogne, cette fois avec un mélange d'accompagnements et de légumes.

Elle fronça les sourcils et posa sa fourchette sur le bord de son assiette vide.

— Il est extrêmement difficile, voire souvent impossible, d'éradiquer complètement une plante envahissante. Une fois qu'elle commence à se propager, il y a toujours des graines quelque part qui auront échappé à la détection, ou qui se trouvent dans le système digestif d'une créature qui n'attendent que d'être libérées au moment et à l'endroit où on s'y attend le moins. Par conséquent, même si on parvient à réduire leur nombre, elles reviennent presque toujours. Contrôler leur propagation devient une corvée permanente.

— Il n'y a donc pas de solutions, dis-je, dépité.

— Il existe des mesures d'atténuation que nous pouvons utiliser. Mais il faudra beaucoup de temps et de tests approfondis pour s'assurer que nous ne nuirons pas à la flore et à la faune locales au cours du processus. Nous devons étudier tous les animaux de la région, à la fois ceux qui ont été infectés et ceux qui semblent immunisés. Nous avons résolu des problèmes similaires dans le passé avec des nanites conçues spécifiquement pour empêcher un certain type de protéine de se fixer à des cellules spécifiques, les empêchant ainsi de se reproduire et tuant l'organisme.

— Cela semble être la solution parfaite ! déclarai-je de manière évidente.

— Ça l'est, si cette cellule est suffisamment unique pour ne pas se trouver dans d'autres formes de vie dans la région. Nous ne voulons pas exterminer accidentellement d'autres plantes ou animaux par la même occasion, expliqua-t-elle.

— Effectivement, je n'y avais pas pensé. C'est pourquoi c'est toi la scientifique, dis-je en la taquinant.

Elle sourit.

— Nous avons chacun nos compétences et notre raison

d'être. Tu as été fantastique aujourd'hui. De la façon dont tu m'as rassurée pendant le vol malgré ma peur des hauteurs à la façon dont tu as aidé à apaiser ce pauvre mâle, alors que d'autres auraient simplement répondu à son agression par la violence. Et la façon dont tu as géré la mission que nous t'avons confiée. Tu as fait bien plus que ce qui était prévu en enquêtant plus largement que le chemin initialement convenu.

— C'était juste du bon sens, dis-je, ma voix sonnant un peu grincheuse bien qu'en réalité, cela fût dû à la timidité suscitée par ses éloges.

— Crois-moi, le bon sens est bien trop souvent une denrée rare. Ne te sous-estime pas. Et pour ton information, je ne pense pas que tu l'aies remarqué, mais tu as gagné beaucoup de respect en ne t'approchant pas du temple. J'ai vu l'expression dans leurs yeux quand tu as dit que tu avais fait demi-tour. Aucun mot ne peut décrire à quel point je suis incroyablement fière de toi.

Ma poitrine se réchauffa et je me surpris à tendre la main vers elle par-dessus la table. À ma grande joie, elle posa la sienne dans la mienne sans hésiter.

— Le sentiment est réciproque, Ciara. Je suppose que je n'ai pas remarqué ce que tu as vu parce que j'étais trop occupé à remarquer comment ils réagissaient envers toi. Quand nous sommes arrivés ce matin, leurs auras irradiaient la méfiance et le désespoir. Quand je suis revenu ce soir, j'ai vu du soulagement mais surtout de l'espoir. Ce que tes collègues et toi faites, c'est sauver une espèce entière. Il ne pourrait y avoir plus grand honneur pour moi que d'en faire partie.

— Et il est certain que tu te révèles être un élément important, à plus d'un titre, dit-elle en souriant.

Je lui serrai doucement la main et en caressai le dos avec mon pouce avant de la lâcher.

— Eh bien, j'ai transpiré toute la journée. Je devrais aller prendre une douche, dis-je en me levant et en ramassant la vaisselle vide sur la table.

Ciara attrapa les autres plats et me suivit jusqu'à l'évier pour que nous puissions les laver. Il y avait quelque chose d'étrangement intime dans le fait d'accomplir ensemble une tâche aussi humble.

— Tu veux que je te lave les ailes ? proposa ma conjointe, alors que je finissais de sécher la dernière assiette.

Mon estomac fit un saut périlleux et je cachai à quel point ses paroles m'affectaient en affichant une expression moqueuse.

— Je vais devoir être nu pendant que tu feras ça.

Elle haussa les épaules, souleva un sourcil et soutint mon regard sans broncher.

— Oui, et ? Je suis médecin. Il n'y a pas grand-chose que je n'aie pas déjà vu. Par conséquent, à moins que cela ne te mette mal à l'aise, ou si la nudité obosienne est en quelque sorte mortelle pour les humains, alors je n'ai aucun problème avec ça, dit-elle impassible.

— Nudité mortelle ? C'est une première. Mais non, me voir nu ne te fera aucun mal.

— Alors, c'est réglé, mon grand. En route pour la douche !

— Mon grand ?! m'exclamai-je, à la fois amusé et incrédule.

— J'ai dit ce que j'ai dit, répondit-elle d'une voix chantante en se pavanant vers la porte arrière.

Suivant dans son sillage, j'enlevai mon plastron et le posai sur le comptoir avant de sortir de la maison. Elle retira ses chaussures et ouvrit le robinet. À ma grande surprise, Ciara se déshabilla, empilant soigneusement ses vêtements à côté des étagères encastrées qui contenaient les serviettes propres. Lorsqu'elle se retourna pour me faire face dans sa glorieuse nudité, elle me trouva en train de la fixer, bouche bée, les mains figées sur la taille de mon pantalon dont les fermetures magnétiques étaient à moitié ouvertes.

— Que fais-tu ? Enlève-le ! dit-elle en faisant un geste de la main droite indiquant que je devais me dépêcher. Et ne me regarde pas comme ça. Je ne vais pas tremper mes vêtements en lavant tes ailes, et j'ai besoin de prendre une douche aussi.

Cela me fit sortir de ma stupeur et j'obtempérai promptement. Malgré son ton et son attitude directs et sans fioritures, je ne manquai pas la lueur de gêne dans ses yeux. Un milliard de mots se pressèrent sur ma langue. Je voulais lui dire à quel point elle était magnifique, tout autant que je voulais lui demander si cela signifiait que je devais aussi lui laver le dos.

Une partie de moi pensait que le fait de souligner que son dépouillement avait changé la dynamique entre nous ne ferait que rendre la situation gênante. Mais une autre partie croyait que ne pas le reconnaître rendrait la situation encore plus étrange, comme lorsque quelque chose était si terrible que l'on préférait se convaincre que cela n'était pas en train de se produire plutôt que d'y faire face.

— Toutes mes excuses. Ta beauté m'a embrouillé l'esprit, dis-je enfin. Mais tu marques un point. Tu es pratique et efficace. J'approuve !

Bien qu'elle s'ébrouât et me fît une grimace, je notai la manière subtile dont ses épaules se détendirent. Je voulais croire que j'avais géré la situation de manière adéquate.

— Ce ne sont là que quelques-unes de mes innombrables qualités, dit-elle en rejetant ses cheveux par-dessus son épaule d'une manière théâtrale qui me fit rire. Mais merci de l'avoir remarqué.

J'enlevai mes bottes, puis abaissai mon pantalon, pris d'une soudaine vague de nervosité. C'était ridicule de m'inquiéter de ce qu'elle pouvait penser de mon apparence. J'étais en excellente forme physique et je doutais qu'elle trouve mon corps déficient. Mais savait-elle à quoi ressemblait un pénis obosien ? Cela allait-il l'exciter ou la perturber ?

Je me redressai et me mis face à elle, le menton levé avec un soupçon de défi. Ciara ne sembla ni troublée ni rebutée par le spectacle qui s'offrait à elle. Avec une audace incroyable, elle laissa son regard me parcourir lentement avec une possessivité qui fit affluer mon sang vers mon aine. Bien qu'elle fût indéniablement admirative, il n'y avait rien de sordide ou d'objectivant dans la façon dont elle m'admirait.

— Tu es vraiment un mâle magnifique, dit Ciara d'un ton presque rêveur.

— Je suis content que tu le penses, ajoutai-je, me sentant inexplicablement timide.

Elle tressa rapidement ses cheveux en une seule natte qu'elle enroula en chignon, en glissant habilement l'extrémité dans ses cheveux pour qu'elle reste en place. Ce geste fit légèrement pousser ses seins fermes vers l'avant, attirant mon regard sur ses aréoles sombres et ses petits boutons tendus. Ils seraient encore plus délicieux avec un piercing doré.

Comme si elle lisait dans mes pensées, ma conjointe désigna mon entrejambe.

— Depuis que je t'ai rencontré, je me suis demandé combien de piercings tu aurais et où ils seraient situés, dit-elle d'une voix douce.

Je jetai un coup d'œil à mon membre qui était à moitié dressé. Dès qu'elle avait commencé à se déshabiller, ma verge s'était raidie. Cela ne me dérangeait pas qu'elle ait cette preuve indéniable de mon excitation croissante. Bien que cela puisse être perçu comme offensant, je pensais que l'absence de désir visible de ma part alors qu'elle était entièrement nue devant moi pour la première fois aurait été bien plus problématique.

— Je peux dire sans hésitation que chaque Obosien adulte, mâle ou femelle, a au moins deux piercings ou implants dans ses parties intimes, dis-je avec amusement.

— À en juger par les tiens, il y en a bien plus que deux, dit Ciara en plissant le visage de manière indéchiffrable.

Je jetai un coup d'œil à mon pénis, mon regard parcourant les deux rangées de trois goujons ronds de chaque côté de ma longueur, les barbillons à la base de mon membre, celui sur la tête, et les deux goujons supplémentaires juste en dessous du gland.

— En effet. J'en ai dix, dis-je de manière factuelle avant d'étudier ses traits. Cela t'embête ?

À mon grand soulagement, elle secoua la tête sans hésiter.

— Pas du tout. En fait, c'est plutôt sexy, ajouta-t-elle, l'air un peu gêné. En as-tu d'autres ?

— Sur ma langue, répondis-je.

Elle hocha la tête, un sourire coquin aux lèvres.

— Je sais. Je l'ai senti.

Cela me fit rire, tout en me donnant envie de l'embrasser à nouveau profondément. Chassant cette pensée vagabonde de mon esprit, je laissai mon regard errer librement – et avec une certaine avidité – sur la perfection qu'était son corps.

— Quelques-uns d'entre eux seraient également très sexy sur toi, songeai-je à voix haute.

À ma grande surprise, Ciara se raidit immédiatement, un sourcillement plissant son front tandis qu'elle secouait la tête.

— Ça va être un refus catégorique pour moi, dit-elle d'un ton qui ne souffrait aucune discussion.

Compte tenu de son commentaire précédent sur le fait qu'elle les trouvait sexy sur moi, cette réponse me prit de court.

— Pourquoi ? demandai-je prudemment.

— Bien que j'apprécie et admire sincèrement les modifications corporelles sur les autres – du moins quand elles sont bien faites – personnellement, je n'en veux pas sur moi. Je me contente de mes lobes percés pour les boucles d'oreilles. Je n'ai rien contre, mais j'aime mon apparence physique telle qu'elle est, dit-elle d'une voix douce, presque prudente.

— Je comprends, dis-je gentiment.

Elle remua sur ses pieds, l'air un peu mal à l'aise.

— Cela te contrarie ?

Je haussai les sourcils avec étonnement.

— Me contrarier ? Pas du tout. Je suis peut-être un peu déçu.

Et même ce mot est trop fort. J'aime l'esthétique des piercings car elle fait partie intégrante de ma culture, mais ce n'est pas essentiel. En fin de compte, c'est ton corps. Personne ne peut te dicter ce que tu en fais. Tant que tu es heureuse, c'est tout ce qui compte.

— Mais est-ce que cela me rendra moins attirante pour toi ? insista-t-elle.

— Ciara, ton apparence physique n'est pas ton principal attrait. C'est la lumière de ton âme qui l'est. Et la tienne est envoûtante. Rien ne pourra jamais remplacer cela. Tu es belle telle que tu es. Et cela ne changera pas, même dans soixante ans, quand nous serons tous les deux ridés et que j'aurai un ventre de vin.

Elle éclata de rire.

— Tu veux dire un ventre de bière ?

— Oui, dis-je sur un ton amusé. Ou peu importe comment les humains appellent ce ventre de femme enceinte que les mâles développent avec l'âge.

Riant toujours, ma conjointe fixa mon ventre plat avec une expression nostalgique.

— Mon grand-père a une bedaine plutôt impressionnante que ma grand-mère appelle sa boule de cristal. Chaque fois qu'il lui pose une question idiote, elle commence à la frotter et à y plonger son regard comme pour y trouver la solution avant de répondre quelque chose de totalement ridicule.

Ce fut à mon tour d'éclater de rire en essayant de visualiser la scène.

— Ce sera nous dans quelques années, je suppose.

Elle sourit et secoua la tête.

— J'en doute. J'ai vu des Obosiens plus âgés. Vous restez tous incroyablement en forme jusqu'à un âge avancé... non pas que je me plaigne. Mais allons te mettre sous l'eau.

Je hochai la tête et nouai rapidement mes longs cheveux en chignon pour qu'ils ne soient pas mouillés. Je n'allais pas passer des heures à essayer de les laisser sécher naturellement juste avant de me coucher.

Nous entrâmes sous l'eau pour nous mouiller. Mes yeux se fixèrent immédiatement sur la façon dont l'eau ruisselait sur sa peau. Une envie irrationnelle m'envahit que ce soient mes mains et ma langue qui glissent ainsi sur elle. Je voulais lécher chaque perle qui s'attardait sur la soie sombre que je brûlais d'explorer.

Comme il n'y avait qu'un seul pain de savon, nous l'utilisâmes à tour de rôle, faisant mousser avant de l'échanger. La regarder frotter le savon sur son corps – en particulier sur ses seins et entre ses cuisses – me fit bander en quelques secondes. Bien qu'elle fît semblant de ne pas le voir, je remarquai le sourire suffisant qui se dessina discrètement au coin de sa bouche.

Mais nous étions deux à pouvoir jouer à ce jeu.

Attendant mon heure, je désignai son dos d'un geste du menton.

— Tu veux de l'aide ? proposai-je.

— Oui, s'il te plaît, répondit-elle, une étrange lueur brûlant dans ses yeux brun gris.

Elle se retourna, et mes yeux se fixèrent sur les courbes généreuses de ses fesses. Que Tharmok me prenne ! Il aurait dû être illégal que quoi que ce soit puisse être aussi tentant. Je ne pouvais pas décider si j'avais plus envie de saisir ses fesses à deux mains ou de me mettre à genoux et de les mordre. Son postérieur exigeait d'être mordu.

Me maîtrisant, je me forçai à lever les yeux alors que je commençais à lui laver le dos. Loin de me distraire, cela ne fit que me rendre encore plus dur. Sa peau était si douce, si chaude sous mon toucher. La sentir frissonner alors que mes mains glissaient le long de son dos de chaque côté de sa colonne vertébrale fit tressaillir mon membre en réponse. Malgré les tentatives de Ciara pour rester stoïque, l'odeur de son excitation me parvint.

Pendant une fraction de seconde, j'envisageai de me montrer

plus audacieux et de glisser mes mains devant elle pour titiller ses mamelons. Une partie de moi croyait qu'elle ne s'opposerait pas à un tel acte, qu'elle l'accueillerait peut-être même favorablement. Mais une autre jugea plus prudent de se retenir. Ce n'était pas seulement parce que je ne voulais pas qu'elle me trouve trop présomptueux ou irrespectueux. J'avais besoin que Ciara sache qu'elle pouvait me faire confiance pour ne pas essayer de saisir la moindre occasion de profiter d'elle, surtout dans un contexte de vulnérabilité.

J'achevai ma tâche, laissai retomber mes mains – avec beaucoup de réticence – et reculai d'un pas. Ma conjointe se retourna immédiatement pour me faire face, le visage impénétrable. Ses mamelons tendus, dressés au garde-à-vous, semblaient presque crier avec colère leur consternation d'être si complètement ignorés et négligés.

Faisant mine de rien, je me remis à me savonner pendant qu'elle se rinçait sous l'eau. Les yeux rivés aux siens, je commençai à laver mon membre et mes testicules, la mettant silencieusement au défi de détourner les yeux. L'expression lascive qui envahit son visage fit perler une goutte de précum, heureusement cachée par le savon.

Mon estomac fit un triple saut quand elle s'éloigna soudainement de l'eau et réduisit la distance entre nous pour me prendre le savon. Elle était si proche que, chaque fois qu'elle respirait, le mouvement de sa poitrine faisait que ses mamelons me frôlaient. Pendant une seconde, je crus qu'elle allait se pencher et m'embrasser. Au lieu de cela, elle agita le gant de toilette que je n'avais pas remarqué dans sa main.

— Prête pour tes ailes, dit-elle d'une voix chantante.

La lueur moqueuse dans ses yeux montrait clairement qu'elle avait remarqué ma déception et qu'elle se délectait du pouvoir qu'elle avait sur moi.

— Merci, dis-je d'une voix contrôlée tout en luttant contre l'envie de donner une fessée à son délicieux postérieur.

Elle se mit à laver mes ailes d'une manière efficace, mais trop rapide à mon goût. Lorsqu'elle les avait séchées auparavant, Ciara avait pris son temps, faisant durer le plaisir-torture pour notre joie et notre désarroi. Elle avait clairement voulu toucher mes ailes à mains nues, tout comme j'avais eu envie qu'elle le fasse.

Ces jeux de convenance auxquels nous nous livrons sont vraiment agaçants.

Et pourtant, ils ne me dérangeaient pas vraiment. Ils renforçaient la tension et l'anticipation. Lorsque ce désir serait enfin comblé, l'expérience n'en serait que plus spéciale.

— Alors, comment se fait-il qu'un si beau spécimen de masculinité comme toi soit encore célibataire ? demanda soudain Ciara en nettoyant l'avant de mon aile gauche.

Je m'ébrouai et lui jetai un regard de biais, plus flatté que je ne l'aurais jamais admis.

— La réponse évidente est que je ne t'avais pas encore trouvée, répondis-je d'un ton taquin. Mais comme tu peux l'imaginer, vivre sur Molvi rend plus difficile la recherche d'une partenaire.

— J'imagine. Une planète-prison ne semble pas vraiment être un lieu de rencontre idéal, répondit-elle.

Bien que son ton fût léger et un peu enjoué, je remarquai l'expression troublée qui traversa ses traits.

— En effet, concédai-je, mais pas pour les raisons que tu crois. Contrairement à ce que la plupart des gens pensent, Molvi n'est pas qu'un immense endroit terrifiant infesté de meurtriers et de psychopathes ainsi que d'une armée de bêtes sanguinaires et effroyables. Tout cela existe bel et bien, mais est confiné à l'intérieur de chacun de nos Secteurs. Le reste de la planète est tout aussi beau que la nature sauvage dont on jouit ici. Nous avons une capitale avec des centres commerciaux, des restaurants, des lieux de divertissement, des écoles et diverses entreprises qui répondent aux besoins quotidiens des gens et des familles qui y vivent.

— Oh, mon Dieu ! Vraiment ?! s'exclama Ciara.

Je ne pus m'empêcher de sourire devant le soulagement et l'espoir dans sa voix.

— Oui, ma conjointe. Aucun Directeur ne pourrait fonder une famille si elle ne pouvait y mener une vie normale, sûre et confortable. Le problème, c'est que la plupart des gens sont déjà mariés, ou sont les jeunes enfants de ces couples. Les écoles sur Molvi ne vont pas très loin. Une fois que l'élève est prêt à poursuivre des études supérieures, comme un diplôme universitaire, il retourne généralement sur Vargos, notre monde d'origine.

— D'accord. Je vois.

— Évidemment, je suis souvent retourné chez moi et j'ai été invité à de nombreux événements où mes parents ont tenté de me trouver une compagne, dis-je, incapable de retenir un roulement d'yeux agacé qui fit rire Ciara. Mon peuple est également très friand de fêtes ostentatoires où il affiche ses manoirs et sa richesse sur Molvi, ce qui offre des occasions de rencontrer un partenaire potentiel. Mais malgré tout son confort et sa beauté, la vie sur une planète prison n'est pas faite pour tout le monde.

— Cela doit être très contraignant pour certaines professions, concéda-t-elle en me contournant pour commencer à laver le dos de mes ailes.

Cela me dérangea qu'elle fasse cela à ce moment précis. Je voulais voir son visage alors que nous abordions ce sujet sensible. Dans quelques semaines, un mois au plus j'espérais, nous pourrions reprendre nos propres vies. Même si je voulais lui faire plaisir, ma situation faisait qu'elle allait devoir être celle qui me suivrait. Était-ce rédhibitoire ?

— Est-ce que cela te poserait un problème ? demandai-je doucement.

Ma poitrine se serra lorsqu'elle ne répondit pas immédiatement. Je jetai un coup d'œil par-dessus mon épaule pour l'observer. À mon grand soulagement, elle n'avait pas l'air troublée ou mal à l'aise, mais semblait évaluer quelques points.

— Pour être honnête, je me fiche de l'endroit où je vis, répondit-elle enfin. Ces dernières années, je me suis davantage tournée vers la recherche, ce que je peux faire presque partout tant qu'il y a un laboratoire suffisamment avancé. Mais cela nécessite tout de même des déplacements occasionnels. Parfois, nous sommes absents pendant quelques semaines, voire un ou deux mois.

— Nous pouvons gérer ça, répondis-je rapidement. Te donner accès à un laboratoire de pointe ne serait pas un problème. Nous avons déjà quelques installations de recherche sophistiquées sur Molvi. Quant à tes déplacements, si Kayog et Linséa parviennent à avoir un mariage aussi réussi malgré le fait que chacun d'eux doive aller aux quatre coins de la galaxie, je suis sûr que nous pouvons le faire aussi.

Ses lèvres s'étirèrent en un sourire attendri, son visage s'adoucissant d'une expression rêveuse.

— Ils sont si parfaits ensemble. J'ai vu de nombreux couples profondément amoureux même après de nombreuses années de mariage. Mais je ne pense pas avoir jamais été en présence de deux personnes en si parfaite harmonie l'une avec l'autre. Je ne suis pas du genre jalouse, mais je veux tellement ce qu'ils ont.

— Ce sera notre cas, dis-je avec conviction. Nous sommes des âmes sœurs.

Elle sourit et finit de me laver les ailes avant de me pousser sous l'eau pour me rincer.

— Qui s'occupe de ton Secteur en ce moment ? demanda Ciara en tendant la main vers une serviette.

— Mon meilleur ami, Kronos. Il est le Directeur du Secteur juste à côté du mien. Mon cousin Arthas est également prêt à intervenir si nécessaire. Mais je me sens coupable de mon absence, avouai-je d'un air penaud, tout en tendant la main pour lui prendre la serviette.

À ma grande surprise, ma conjointe ignora ma main et se mit à sécher mon torse. Bien que stupéfait, je ne résistai pas.

— Est-ce un sérieux problème ? Cela pourrait-il nuire à ton statut de Directeur de ton Secteur ? demanda-t-elle avec une pointe d'inquiétude.

Cela me toucha plus que je n'aurais pu l'exprimer. Je n'avais pas besoin d'être un génie pour savoir qu'elle avait des réserves à l'idée de s'établir sur Molvi. Quelqu'un d'autre aurait pu se réjouir à l'idée que mon absence prolongée me fasse perdre mon poste et qu'il ne soit pas obligé de déménager avec moi. Que son inquiétude se porte immédiatement sur mon bien-être en disait long sur elle.

— Non, répondis-je d'un ton rassurant. Il faudrait quelque chose d'extrêmement grave pour qu'un Directeur soit destitué. C'est plutôt que je déteste être un inconvénient pour les autres. Kronos a déjà fort à faire avec ses propres Quadrants, sans parler du fait que sa conjointe humaine attend leur premier enfant et que sa grossesse est bien avancée. Je devrais être là pour le soutenir et le rassurer plutôt qu'être un fardeau.

Je peinai à terminer ma phrase, mon cerveau se laissant distraire par Ciara qui enfonçait son index dans le tissu pelucheux de la serviette pour tracer soigneusement le contour du barbillon qui perçait mon mamelon gauche. La façon dont ma conjointe faisait le tour de l'aréole ne laissait aucun doute dans mon esprit qu'elle me titillait exprès.

Elle évita délibérément tout contact visuel lorsqu'elle eut fini de sécher mon torse. Elle abaissa la serviette jusqu'à mon bassin. L'espace d'un instant, je crus qu'elle allait poursuivre son parcours jusqu'à mon membre. Je retins mon souffle, m'y préparant, mais la misérable femelle fit glisser la serviette vers la droite en contournant mon sexe. Le sourire suffisant – presque malicieux – qui se dessina sur ses lèvres me donna envie de la mettre sur mes genoux et de lui donner une fessée.

— Peut-être que tu n'es pas réellement un fardeau, dit-elle

nonchalamment en séchant mon bras. S'il est si nerveux à l'idée d'avoir leur premier enfant, tu es peut-être en train de rendre un immense service à sa femme. S'il s'inquiète constamment pour elle ou panique dès qu'elle éternue, elle a peut-être envie de l'assommer pour avoir un peu de paix. Le tenir occupé pourrait être une bénédiction.

Je m'ébrouai et hochai lentement la tête.

— Malaya lui a effectivement crié une ou deux fois qu'elle était juste enceinte et pas invalide, répondis-je en riant.

— Tu vois ? dit Ciara triomphalement. Mais je comprends. Je déteste aussi quand ma charge de travail finit par retomber sur quelqu'un d'autre parce que les circonstances m'empêchent de la gérer moi-même.

Un ronronnement involontaire s'échappa de ma gorge lorsqu'elle commença à me sécher le dos. Elle avait probablement frotté accidentellement cet endroit sensible juste au coin supérieur près de ma colonne vertébrale, là où mon aile s'attachait à mon dos. Il n'était pas forcément érogène, mais masser le muscle juste à cet endroit était toujours très agréable. Ce n'était pas le genre de plaisir qui faisait jouir, mais le genre qui nous rendait langoureux comme lors d'un massage complet du corps.

— Oooh ! Il y a quelqu'un qui aime ça ! dit Ciara d'un air suffisant.

— Tout à fait, dis-je d'une voix plus grave. C'est mon point faible. C'est extrêmement relaxant de se faire masser à cet endroit.

Ciara s'ébroua.

— Eh bien, pas très subtil.

— Que veux-tu dire ? demandai-je d'une voix trop innocente pour la tromper.

À ma grande surprise – et pour mon plus grand plaisir – elle pétrit ce muscle à mains nues. Un violent frisson me parcourut le dos, suivi d'un autre ronronnement grondant, presque un gémissement. Ma conjointe gloussa, poursuivant ses soins pendant quelques secondes encore. Je faillis geindre lorsqu'elle s'arrêta.

— Point faible dûment noté. Attends-toi à ce que j'en abuse sans vergogne pour te faire céder à toutes les demandes déraisonnables que je pourrais te faire à l'avenir, dit-elle avec un sourire impénitent.

Je ris.

— Pour ça, oui, je te donnerais probablement mon âme.

Elle rit et recommença à sécher mon aile.

— Mais toi, Ciara ? Pourquoi une femme aussi belle, intelligente et brillante que toi est-elle encore célibataire ? demandai-je.

— J'étais fiancée à un connard qui m'a dupée pendant très longtemps. Après l'avoir largué, je suis devenue beaucoup plus difficile, répondit-elle avec dédain. J'ai prêté une plus grande attention aux signes indiquant que la personne pourrait être un utilisateur ou un narcissique. Pour ce que ça vaut, j'ai rencontré quelques hommes corrects, mais il manquait toujours quelque chose. Entrer dans une relation vouée à l'échec dès le départ me semblait futile. Par conséquent, rester célibataire était plus simple.

— Même si je déteste que tu aies souffert, je suis heureux que cet imbécile ait montré son vrai visage avant de pouvoir réclamer ce qui m'appartenait. J'aurais été obligé d'enfreindre la loi pour me débarrasser de lui, dis-je de manière factuelle.

— Amreth ! s'exclama Ciara, son indignation mêlée d'une forte dose d'émerveillement et d'amusement.

Je la regardai par-dessus mon épaule avec un air impénitent.

— Il semble que trouver ma conjointe ait éveillé mon côté obscur.

— En effet... Et c'est plutôt sexy, murmura-t-elle en souriant.

J'ouvris la bouche pour répondre, mais je ne réussis qu'à laisser échapper un halètement de surprise. Les yeux rivés aux miens, elle passa la serviette sur mes fesses. Ciara souleva ma queue, essuyant toute sa longueur, refermant sa main autour de l'extrémité avant de la faire glisser vers le bas, comme on caresserait une bite. Je déglutis péniblement alors qu'elle revenait sur ma fesse droite. Se déplaçant sur le côté, Ciara revint devant moi pour sécher ma cuisse droite. Je retins mon souffle lorsqu'elle frotta hardiment ma queue avec la serviette. Mes lèvres s'entrouvrirent et j'inhalai brusquement lorsqu'elle enroula ses deux mains autour pour essuyer mon membre. Je détestais cette serviette entre nous qui me privait d'un contact direct avec elle. Ma conjointe prit ensuite tout son temps pour essuyer mes testicules, en les serrant de manière peu subtile, au passage.

Mes crocs brûlaient du besoin de s'enfoncer dans la chair tendre de son cou et de la lier à moi.

Loin d'en avoir fini, Ciara rompit enfin le contact visuel en s'accroupissant lentement devant moi. Elle sécha soigneusement mes jambes, une à une, le regard rivé sur mon membre. Un éclair de feu explosa au creux de mon estomac alors qu'elle l'examinait de près. Ce n'étaient pas mes piercings qui retenaient son attention, mais les écailles en forme de chevron qui couvraient la partie supérieure de mon membre et les pointes douces qui en bordaient les côtés. Elle se pencha si près que, pendant une fraction de seconde, je crus qu'elle allait réellement presser sa bouche contre lui.

À ma grande consternation, la coquine me regarda avec un sourire espiègle et une lueur provocante dans les yeux.

— Très joli, dit-elle d'un ton narquois en se redressant lentement.

Un milliard de pensées me traversèrent l'esprit, et deux fois plus de mots brûlèrent ma langue. Mais quelque chose se brisa en moi lorsque ses mamelons durs effleurèrent une fois de plus mon torse. Bougeant à la vitesse d'un serpent qui frappe, ma main droite attrapa ses cheveux à la nuque avec une volonté propre et rapprocha son visage du mien. Ma queue s'enroula possessivement autour d'elle, aplatissant son corps contre le mien.

Je réalisai que je l'embrassais lorsque ma bouche se pressa brutalement contre la sienne dans un baiser vorace. Le doux bruissement du tissu pénétra vaguement mon cerveau lorsque la serviette tomba sur le sol alors que Ciara glissait ses bras autour de mon cou. Je la soulevai, les deux mains derrière ses cuisses, et elle passa ses jambes autour de ma taille. Mon membre engorgé palpita contre son ventre tandis que j'approfondissais le baiser. Elle enfonça ses doigts dans mes cheveux, les libérant du chignon improvisé dans lequel je les avais attachés. Ils tombèrent en cascade, et elle les serra sur ma nuque avec ses deux mains.

La tenant d'une main derrière ses cuisses, je lui caressai le dos de l'autre. Sa peau était encore un peu humide car elle ne s'était pas séchée après que nous nous soyons rincés tous les deux. Mais je m'en fichais, et elle aussi.

Je rompis le baiser et plongeai mon regard dans celui de ma femme. Les mots étaient inutiles. Elle sourit, ses mains resserrant leur étreinte dans mes cheveux. Je lui rendis son sourire et repris possession de ses lèvres. Torse contre torse, je la ramenai à l'intérieur.

CHAPITRE 12
AMRETH

Chaque pas vers notre chambre faisait bouillir mon sang. Un désir brûlant faisait tourbillonner une mare de lave au creux de mon estomac. Je ne comprenais pas comment elle avait pu m'enflammer si facilement. J'avais prévu de faire une cour prolongée à Ciara. Mais à cet instant, j'étais obnubilé par le besoin de me perdre en elle, de sentir chaque centimètre de son corps enlacé autour du mien, d'entendre ses gémissements dans mes oreilles et de goûter son plaisir sur ma langue.

Tout en soutenant son poids d'un bras derrière ses cuisses, j'ouvris aveuglément la porte de la chambre de ma main libre. Ciara caressait avidement mon torse et mes flancs, ce qui rendait encore plus difficile la pensée rationnelle. Je voulais... j'avais besoin de plus.

Je n'étais jamais entré dans cette pièce auparavant. En tant que Directeur et Guerrier d'élite obosien, mon premier instinct aurait dû être d'examiner rapidement mon environnement pour évaluer toute menace potentielle et les détails tactiques qui pourraient être utilisés à titre défensif ou offensif en cas de problème. Mais je n'avais d'yeux que pour le grand lit adossé au milieu du mur du fond.

Tout en continuant à embrasser ma conjointe, je me dirigeai droit vers celui-ci, avant de la coucher délicatement sur le matelas moelleux. Lorsque j'essayai de me redresser, Ciara resserra son étreinte autour de mes épaules, me rapprochant d'elle. Je gloussai contre ses lèvres et cédai. Je grimpai sur le lit et m'allongeai sur elle. Ma conjointe écarta les jambes pour que je puisse m'installer entre elles. Soutenant mon poids avec mon avant-bras gauche posé sur le matelas, je rompis le baiser et effleurai de mes lèvres tout son visage, et surtout cette magnifique couronne sur son front.

Tenant le côté de son cou de ma main droite, je soulevai son menton avec mon pouce, exposant l'artère palpitante dans laquelle mes crocs avaient hâte de s'enfoncer. Mais je me contentai de couvrir son cou de baisers, suçant la chair tendre dans le creux, juste avant qu'elle ne s'incurve dans son épaule. Le soupir de plaisir de Ciara résonna directement dans mon membre. J'embrassai sa poitrine, ma bouche salivant à l'avance alors que je m'approchais du prix qui m'avait nargué pendant ce qui m'avait semblé une éternité.

J'aspirai son petit bout dur comme un mâle affamé, le suçant et le léchant avec ardeur. Ma conjointe me récompensa par un gémissement voluptueux et un frisson la parcourut lorsque je pinçai également son mamelon gauche avec mes doigts.

Levant la tête pour regarder le beau visage de Ciara, j'invoquai mon Lumiak dans mon index et envoyai une petite décharge électrique sur le dessous de son mamelon. Ma conjointe rejeta instantanément la tête en arrière en poussant un cri. Un violent spasme secoua son corps, et ses muscles abdominaux se contractèrent à quelques reprises. Respirant bruyamment, elle leva la tête pour me regarder, sous le choc.

Je lui adressai un sourire suffisant, montrant mes crocs d'une manière un peu menaçante. Utilisé avec la bonne intensité et au bon endroit, notre Lumiak pouvait envoyer une explosion de plaisir si intense qu'elle frôlait l'orgasme, sans toutefois l'atteindre. Enfin, sauf s'il était utilisé directement sur le clitoris.

Le regard toujours rivé au sien, je tirai ma langue et l'étirai lentement. Sa mâchoire tomba quand la pointe de ma langue dépassa mon menton et descendit jusqu'à l'échancrure de ma jugulaire. Un autre frisson parcourut Ciara. Mon sourire s'élargit et ses yeux s'embrasèrent quand je baissai à nouveau la tête pour lécher le sillon qui descendait de son ventre plat jusqu'à ma récompense encore plus grande.

L'odeur délectable de son musc fit palpiter mon membre de désir. Elle s'intensifia à chaque seconde, en même temps que son excitation. Trouver les pétales de ma femme déjà mouillés pour moi attisa les flammes du brasier qui brûlait au plus profond de moi. Ils étaient d'une ravissante nuance de rose et de brun foncé avec une pointe de violet. Même si son clitoris engorgé quémandait mon attention, le besoin de goûter ma conjointe me dominait trop.

Je titillai sa fente avec le bout de ma langue, qui était plus pointue que celle d'un humain. Ciara haleta et sa main gauche se referma autour de ma corne droite principale. Cela envoya instantanément un éclair de désir dans mon entrejambe. Je voulais qu'elle saisisse mes deux cornes principales et qu'elle tire dessus. Mais je pouvais attendre. Je ne pouvais qu'espérer qu'elle le fasse une fois que je serais entièrement enfoncé en elle.

Je plongeai ma langue dans sa fente. Le goût acidulé de son essence enflamma mes entrailles. Un grognement de satisfaction résonna dans ma gorge tandis que je pressais ma bouche contre son sexe et insérais ma langue encore plus profondément. Un cri étranglé échappa à Ciara, et sa main droite s'agrippa à mon autre corne. Mon membre me lancinait et palpitait du besoin de la réclamer, mais je me concentrai sur mon festin.

Le son de ses gémissements dans mes oreilles était la plus douce des musiques alors que je commençais à la baiser avec ma langue. Ses parois internes étaient si chaudes et douces que l'imaginer autour de mon membre me rendait fou. J'accélérai le mouvement de ma langue qui plongeait et ressortait. Pour augmenter son plaisir, je m'assurai de frotter systématiquement mon piercing lingual contre le bouquet de nerfs sensibles de son point G.

En un rien de temps, les hanches de Ciara se mirent à onduler, sa poigne se resserrant autour de mes cornes. Sa prise n'était pas aussi ferme que je l'aurais souhaité, mais chaque traction involontaire résonnait directement dans mon membre. Ce ne fut que lorsque ses jambes se mirent à trembler autour de mon visage que je finis par accorder à son clitoris l'attention qu'il méritait depuis longtemps.

Sans cesser de piller son fourreau serré avec ma langue, je frottai son petit bouton avec mon pouce. Il me suffit à peine de l'effleurer pour que ma femme explose. Elle poussa un cri et son corps se contracta alors que l'extase l'emportait. L'essence de Ciara se déversa sur ma langue, et j'en dévorai avidement chaque goutte. Mon pouce et ma bouche la firent planer encore un peu plus longtemps. Enfin, je lui fis grâce et levai la tête pour contempler son visage.

Ma conjointe avait l'air un peu hébétée, ses lèvres entrouvertes et sa respiration haletante. Les rapides mouvements ascendants et descendants de sa poitrine ne firent qu'attirer à nouveau mon attention sur ses seins rebondis. J'avais beau vouloir m'enfouir en elle et sentir son orgasme sur ma queue, je n'avais pas fini de jouer avec elle.

Je m'agenouillai entre les cuisses de ma femme et lui écartai les jambes, la laissant entièrement nue et exposée à mon regard possessif. Tharmok m'emporte ! Elle était à couper le souffle, et totalement mienne. J'allais la faire crier mon nom encore et encore avant la fin de la nuit.

Ciara cligna des yeux, surprise par un mouvement soudain à la limite de sa vision, avant de réaliser que c'était ma queue qui se joignait à la fête. Ses yeux s'écarquillèrent lorsqu'elle la vit se faufiler sur son ventre et glisser sur chacun de ses seins, taquinant les bourgeons durs au passage. Son souffle s'étrangla lorsque ma queue reprit son chemin ascendant et s'enroula autour de son cou. Posant mes deux paumes sur le matelas de chaque côté d'elle, je me penchai en avant pour étudier ses traits tandis que je commençais à serrer ma queue, comprimant légèrement ses voies respiratoires.

J'altérai ma vision pour examiner son aura en quête de tout signe de détresse ou d'inconfort. Elle explosa en un arc-en-ciel de couleurs envoûtantes qui me firent instantanément saliver avec le besoin de goûter à son énergie. Je dus faire appel à toute ma volonté pour ne pas céder à l'envie de me gaver de ses émotions.

Tout en la gardant enroulée autour du cou de Ciara, je relâchai la prise de ma queue pour en tendre la pointe vers sa bouche. Sans que je n'aie besoin de lui donner d'instructions, ma conjointe écarta immédiatement les lèvres pour l'accueillir. Un grognement animal et sourd résonna dans ma poitrine alors qu'elle commençait à la sucer de manière lascive, ce qui enflamma mon sang.

Dévoilant mes crocs, je serrai mon membre de la main droite, pressant la base presque douloureusement pour étouffer son besoin d'entrer en éruption. Chaque mouvement de sa tête alors qu'elle se balançait sur ma queue résonna directement dans mon membre. Quand ma femme fit tournoyer sa langue autour du bout, je pouvais presque la sentir sur mon gland. Bordel, si je la laissais continuer, Ciara pourrait me faire jouir rien qu'avec ça. Je redoutais la vitesse à laquelle elle allait me faire craquer si c'était mon membre qu'elle couvrait d'autant d'attention.

Elle hoqueta, l'air presque outré lorsque je retirai soudainement ma queue. Elle tenta de protester, mais je lui serrai le cou avec, mon visage sévère lui faisant comprendre qu'elle devait se tenir tranquille. Pendant une fraction de seconde, je me préparai à l'éventualité qu'elle se rebelle. Je ne voulais pas d'une vraie soumise car je ne me considérais pas comme un Dom au sens traditionnel du terme. Cependant, même si j'aimais avoir le contrôle dans la chambre à coucher, je n'étais pas opposé à un échange occasionnel de pouvoir si ma partenaire voulait prendre les rênes.

Mais à cet instant précis, je voulais prendre mes aises avec elle, ce qui nécessitait sa soumission. Évidemment, j'allais m'incliner si elle s'y opposait explicitement, et je ne pouvais qu'espérer qu'elle ne le fasse pas.

Mon cœur s'emballa lorsqu'elle se détendit soudainement, se soumettant à moi.

— Bonne fille, chuchotai-je en relâchant ma queue avant de la rétracter complètement. Je vais me nourrir de toi, Ciara.

Mon ton était presque menaçant lorsque je prononçai ces paroles. Une fois de plus, je voulais son consentement. Techniquement, je pouvais le faire sans même qu'elle s'en rende compte et sans rien lui enlever. Mais cela ressemblerait trop à une violation, à la fois de son corps et de sa confiance.

À ma grande joie, elle s'humecta les lèvres d'un air qui criait son anticipation et tendit les mains vers moi. Je fixai ses paumes qui caressaient mon torse, son pouce taquinant mon mamelon droit. Ses mains étaient comme des braises ardentes sur ma peau, me réchauffant jusqu'aux os. Je posai les miennes sur sa taille, suivant un chemin sinueux vers ses seins en invoquant mon Lumiak. Elle hoqueta lorsque les volutes électriques enflammèrent ses terminaisons nerveuses, la sensation agréable étant accentuée par des explosions de plaisir lorsque je balayais mes éclairs sur ses zones érogènes.

Avant qu'elle ne puisse s'adapter pleinement à mes soins, j'émis des ondes de plus en plus fortes de mon *bakaan*. L'intensité de mon aura agissait comme une injection d'extase liquide directement dans ses veines. En un rien de temps, elle gémissait et se tordait sur le lit sous l'emprise du plaisir de mon *bakaan* et de mon Lumiak. Son dos se cambra sur le matelas et elle serra mes avant-bras avec force lorsque la pointe de ma queue se faufila entre ses cuisses.

Comme je m'y attendais, c'était plus étroit qu'avec ma langue, et je l'utilisai sans vergogne non seulement pour lui donner du plaisir mais aussi pour la préparer à recevoir ma plus grande circonférence. Par les dents de Tharmok, elle était époustouflante. Son aura rayonnait comme un kaléidoscope de lumières scintillantes, la baignant d'un halo envoûtant alors qu'elle gémissait de béatitude.

Mes yeux brillèrent alors que je commençais à me nourrir d'elle, puis ils roulèrent presque jusqu'à l'arrière de ma tête lorsque son goût divin m'envahit. Putain ! C'était comme boire à la fontaine des dieux eux-mêmes. Je me gavai de ses émotions, la comblant de mon *bakaan* pour augmenter son plaisir alors que ma queue s'enfonçait sans relâche en elle.

Le cri aigu d'extase de Ciara me sortit de ma torpeur enivrée. Sa tête roulait d'un côté à l'autre alors qu'elle s'envolait à nouveau. Même après avoir cessé de me nourrir d'elle, mes crocs me tenaillaient du besoin de les enfoncer dans son cou, lui injecter mon essence et même boire un peu de son sang. Ce n'était plus vraiment quelque chose que mon peuple faisait, mais nous cédions parfois à nos pulsions les plus primitives dans des moments d'émotions intenses comme celui-ci.

Je laissai mon *bakaan* et mon Lumiak s'estomper, et je retirai ma queue de ma compagne, pour la remplacer par mes doigts. Tandis qu'elle continuait à planer sur les ailes de la félicité, j'embrassai et caressai Ciara, ma main droite l'étirant afin qu'elle puisse me recevoir.

Une fois qu'elle revint à la réalité, je retirai mes doigts, léchai avidement son essence les couvrant, puis m'allongeai délicatement sur ma conjointe. Elle passa ses bras autour de moi, et la lueur émerveillée dans ses beaux yeux gris-brun – qui étaient presque devenus noirs de passion – me fit fondre comme neige au soleil. De toute évidence, ce n'était pas de l'amour. Nous nous connaissions à peine. Mais cela me donna un aperçu du type de lien qui allait s'épanouir entre nous au fil du temps.

J'avais hâte.

— Ma Ciara, murmurai-je tendrement en écartant une mèche de cheveux humides de son front. M'acceptes-tu, ma conjointe ?

— Oui, répondit-elle en chuchotant, la voix un peu rauque d'avoir crié. Je t'accepte, Amreth.

Je souris, laissant transparaître la tendresse et la passion qu'elle éveillait en moi avant de réclamer ses lèvres. Glissant une main entre nous, j'alignai mon membre avec son ouverture et commençai doucement à m'enfoncer. Bien que je l'aie fait mouiller et que Ciara soit détendue, son corps me résista rapidement. Je m'y étais attendu, mais cela n'enleva rien à mon impatience brûlante de ne faire qu'un avec mon âme sœur.

Invoquant le contrôle acquis au cours d'années d'entraînement rigoureux pour devenir Directeur, je me forçai à maintenir un rythme lent, la pénétrant avec des mouvements prudents et peu profonds. Pendant tout ce temps, je lui murmurai des mots doux d'encouragement, l'embrassai et la caressai. Ma Ciara répondit à chaque contact avec une passion égale.

Et puis nous ne fîmes plus qu'un.

Ses ongles s'enfoncèrent dans le bas de mon dos alors que je commençais à me mouvoir. L'étreinte serrée de son fourreau sur mon membre menaçait de me faire perdre le contrôle à chaque coup de reins. Bien que destinées à procurer des sensations supplémentaires à notre femelle, les pointes qui bordaient les côtés de mon membre étaient très érogènes. La façon dont ses parois internes les serraient à l'entrée et à la sortie envoyait des éclairs dans toute ma région pelvienne et le long de mes jambes.

Enveloppé dans la chaleur brûlante de son corps, je cédai peu à peu à la passion qu'elle éveillait en moi. Alors que j'accélérais le rythme, la prenant plus vite, plus profondément et plus fort, ma conjointe souleva son bassin, y répondant coup pour coup. Un brasier faisait rage en moi. Je ne pouvais me lasser d'elle, de la façon fiévreuse dont elle me caressait et me griffait, de la douceur de sa langue se mêlant à la mienne, et du son de son plaisir.

Mais surtout, le goût de ce plaisir...

Je me gavai encore de ses émotions. Mon esprit me criait d'arrêter, mais je ne pouvais pas. C'était trop bon, trop divin. Une quantité folle d'énergie coulait en moi. Ma peau était sur le point d'éclater à cause du trop-plein de puissance que je recevais d'elle. Je voulais être au plus profond d'elle, m'enrouler autour d'elle et prendre tout d'elle en moi. Ni début, ni fin, Ciara et moi complètement entrelacés en un seul être.

Avant longtemps, je la pilonnais avec abandon. Mes ailes se déployèrent, aspirant à ce que je prenne mon envol avec ma conjointe et que notre lien soit complet. Je craignis vaguement que mes instincts primaires ne prennent le dessus et ne la réclament irrévocablement sans son consentement, dans mon besoin enragé de la faire mienne pour toujours. Mais je me noyais dans un maelström d'émotions et de béatitude trop puissant. Tellement en fait que je ne vis pas l'orgasme de Ciara s'approcher.

Elle poussa soudain un cri, ses ongles émoussés me griffant sauvagement le dos alors que son orgasme la submergeait. Ses parois intérieures se contractant fortement autour de mon membre m'arrachèrent ma propre jouissance. Renversant la tête en arrière, je rugis et m'enfonçai profondément en elle. Ma semence jaillit avec une violence qui me fit chanceler. Elle se déversa en elle en puissantes giclées d'extase liquide. Tout mon corps tremblait alors que je restais enfoui tout au fond, frottant mon bassin contre le sien jusqu'à ce que je sois complètement vidé.

Anéanti, je m'effondrai sur le lit à côté d'elle et roulai sur le dos, l'entraînant avec moi. Elle respirait lourdement, la tête posée sur ma poitrine. J'enroulai ma queue et mes bras autour de son corps svelte recouvert d'une fine couche de sueur. Un frisson la parcourut, et la chair de poule se répandit sur toute sa peau. Je refermai mes ailes autour d'elle pour la garder au chaud et en sécurité... pour la garder près de moi.

— Tu es à moi, Ciara. Maintenant et pour toujours, lui chuchotai-je.

Elle se blottit davantage contre moi et déposa un doux baiser sur ma poitrine.

— Comme tu es à moi, me chuchota-t-elle en retour.

Je souris.

CHAPITRE 13

CIARA

Les mains vagabondes d'Amreth me tirèrent de mon sommeil. Bien que merveilleusement endolorie, je participai volontiers à une nouvelle partie de jambes en l'air avec lui. Mon homme ne s'était pas vanté en affirmant que le sexe avec lui serait exceptionnel. Dire qu'il avait fait chanter des arias à mes parties féminines ne lui rendait même pas justice.

L'audace avec laquelle j'avais initié tout cela entre nous me stupéfiait encore. Je n'étais pas prude, mais je n'étais pas non plus du genre à sauter rapidement au lit avec un nouveau partenaire. Certes, Amreth et moi avions un lien bien plus fort que cela. Nous étions des âmes sœurs. Cela ne voulait pas dire pour autant qu'il fallait précipiter les choses.

Mon cerveau trop analytique n'arrêtait pas d'essayer de rationaliser pourquoi je l'avais fait, non pas que je le regrette. Évidemment, avoir un si beau mâle, prêt et disposé à jouer les coquins avec moi, avait été une tentation à laquelle il était difficile de résister. Cependant, aussi excitée qu'il me rende, ma libido ne me contrôlait pas. Il y avait plus qu'une attraction animale entre nous. J'avais aussi vite réalisé que même si

Amreth avait toutes les qualités d'un mâle dominant, il était extrêmement respectueux et protecteur.

Plus d'une fois, j'avais perçu son désir d'aller un peu plus loin ou d'être plus séducteur. Il s'était systématiquement retenu, me laissant clairement le soin de décider du rythme qui me convenait. J'aimais la façon dont il cherchait ma validation et mon consentement à chaque étape. Même lorsqu'il s'était montré plus dominant et autoritaire la nuit dernière, je ne m'étais jamais sentie menacée ou contrainte. J'avais su sans l'ombre d'un doute qu'un seul mot aurait suffi à le faire cesser tout ce qui me mettait mal à l'aise.

La façon dont il me touchait, m'embrassait et me parlait me faisait me sentir à la fois en sécurité et adorée. J'étais en train de tomber follement amoureuse de mon incube.

Avec beaucoup de réticence, nous nous extirpâmes enfin du lit et nous nous douchâmes ensemble. Alors que nous prenions place à table pour déguster le généreux petit déjeuner que les Kreelars nous avaient apporté, Amreth grimaça en voyant la nourriture. Compte tenu de la quantité substantielle de viande fournie, sa réaction n'avait aucun sens.

— Qu'est-ce qui ne va pas ? demandai-je, perplexe.

Voir ses oreilles d'elfe pointues s'assombrir et son visage prendre un air embarrassé piqua encore plus ma curiosité.

— Je n'ai pas faim, marmonna-t-il.

— Comment ça, tu n'as pas faim ? Ces derniers jours, tu as été un puits sans fond ! m'exclamai-je. Compte tenu de tes efforts de la nuit dernière – et de ce matin, devrais-je ajouter – tu devrais être affa...

Ma voix s'estompa et mes yeux s'écarquillèrent soudainement tandis que son visage s'assombrissait davantage. Malgré tous mes efforts, je ne pus m'empêcher d'éclater de rire devant son expression mortifiée.

— Quelqu'un s'est-il donné une indigestion en se nourrissant un peu trop de sa conjointe ? demandai-je d'un ton narquois.

Le visage renfrogné qu'il arbora fut la seule réponse nécessaire. Je ris encore, la sympathie, l'amusement et une bonne dose de suffisance gonflant en moi dans une égale mesure.

— C'est ta faute car tu as un sacrément bon goût, grommela-t-il.

— Désolée... Enfin, pas vraiment. Mais je doute qu'il y ait quoi que ce soit que je puisse te donner pour apaiser ton estomac, dis-je sur un ton espiègle.

— Ce n'est pas mon estomac, dit-il de la même manière contrariée. L'énergie est stockée à l'intérieur de moi, et elle donne l'impression que ma peau est sur le point d'éclater. Techniquement, c'est comparable à un estomac trop plein, mais réparti dans tout le corps.

— Aïe, dis-je avec une sincère sympathie cette fois. Y a-t-il un moyen de soulager cela ?

Il hocha la tête.

— J'ai juste besoin de dépenser une partie de l'énergie que j'ai stockée pour faire de la place. Normalement, je me débarrasse de tout excès en chargeant les cristaux des différents Quadrants de mes détenus. Je dois simplement sortir et libérer ce trop-plein d'énergie.

— Pourquoi ne l'as-tu pas fait quand nous sommes sortis pour nous doucher ? demandai-je avec une réelle curiosité.

— Parce que je doute que nos hôtes auraient apprécié de voir une pluie d'éclairs jaillir dans le ciel au-dessus de leur village, répondit Amreth d'un ton moqueur.

Je gloussai en imaginant la scène. En effet, les Kreelars n'auraient pas du tout apprécié ça, surtout s'il en avait vraiment fait tomber une grande quantité. J'avais vu à quel point les décharges électriques des Obosiens pouvaient être impressionnantes à des niveaux mortels. C'était terrifiant.

— Je vais demander à Vala de me laisser m'éloigner un peu du village pour le faire.

— Bonne idée, répondis-je en souriant.

Quelques instants plus tard, comme en réponse à son commentaire, Vala passa nous informer que les Kalds des autres tribus avaient accepté de nous laisser voyager librement sur leur territoire, y compris entre leurs villages avec son vaisseau. Mon conjoint n'avait pas besoin qu'on le lui répète deux fois.

Je l'escortai dehors. Il m'embrassa avant de retourner à son vaisseau pour prendre une navette que nous allions utiliser comme notre propre laboratoire mobile. Mais avant cela, il allait cueillir des fraises dans la forêt et faire un détour à Bryst pour les remettre à Mehreen et Ernst. Ils allaient ensuite pouvoir les tester et les analyser en profondeur dans le laboratoire déployable, qui possédait l'équipement approprié pour cela.

J'éclatai de rire à nouveau quand des éclairs se mirent à jaillir au loin dans la direction qu'il avait prise. C'était ridicule, super mignon et incroyablement flatteur. Amreth ne m'avait pas semblé être du genre à abuser des choses ou à avoir une personnalité sujette aux addictions. Que mes émotions aient été si délicieuses pour lui qu'il n'ait pas pu s'empêcher de se gaver au point d'en être mal à l'aise était le plus grand compliment qu'il aurait pu me faire.

Je poussai un soupir rêveur en me rendant au bureau situé dans la salle de rassemblement du village pour appeler Mehreen et Ernst à l'aide du système de communication radio des Kreelars. C'était tellement bizarre, comme si j'avais été téléportée dans un futur dystopique où la société était revenue à une époque révolue et où la plupart des technologies avaient été rayées de la surface de la planète. C'était encore plus étrange sans vidéo. Des situations comme celles-ci me rappelaient à quel point les progrès technologiques nous facilitaient la vie et combien nous tenions souvent pour acquises tant de commodités, sans vraiment en apprécier les avantages jusqu'à ce que nous les perdions.

— Nous avons fait de grands progrès ici, dit fièrement Ernst. Tous nos tests ont confirmé que c'est bien l'œstrogène qui tue les femelles plus rapidement. Comme tu le sais, il interagit avec leur hippocampe et leur cortex préfrontal pour augmenter la synaptogenèse.

Avant même qu'il ne finisse, je compris ce qui se passait.

— Bien sûr ! m'exclamai-je. La maladie provoque les mutations cérébrales qui leur confèrent leurs pouvoirs. Comme l'œstrogène stimule la formation de nouvelles synapses, le cerveau des femelles mute trop vite !

— Exactement, et ces nouvelles synapses entraînent une activité accrue des neurotransmetteurs. Sauf que les prions perturbent le fonctionnement normal des neurones, ce qui entraîne une mauvaise synthèse ainsi que des synapses endommagées. Leurs corps sont submergés avant d'avoir la possibilité de se défendre, et elles meurent, dit Mehreen. Nous avons effectué des tests et des simulations qui montrent que les antagonistes de l'hormone de libération de la gonadotrophine agissent sur elles comme sur les humains et empêchent leurs ovaires de libérer des œstrogènes.

Je fronçai les sourcils.

— C'est génial, mais est-ce suffisant ?

— Cela augmentera considérablement leurs probabilités de survie, surtout si nous leur donnons les antagonistes de la GnRH appropriés. Une stase partielle pourrait être nécessaire pour aider celles dont la maladie a déjà trop progressé. Mais si la maladie est détectée tôt, l'administration d'antagonistes de la GnRH aux femelles portera leurs probabilités de vaincre la maladie à des niveaux comparables à ceux des mâles.

— Excellent travail ! dis-je en souriant. Amreth passera à Bryst dans les prochaines heures. Il est allé chercher sa navette et il ramassera des fraises pour vous en chemin. Donnez-lui des antagonistes de la GnRH pour que je puisse les administrer aux femelles qui en ont besoin ici.

— Je m'en occupe, dit Ernst, la voix pétillante d'excitation. J'ai déjà commencé à faire des recherches sur un moyen d'éradiquer définitivement les fraises sur Kestria. Mais mes tests sont basés sur celles de la Terre. J'ai hâte de mettre la main sur celles d'ici.

— De mon côté, j'étudie les moyens d'immuniser les Kreelars ou au moins d'en atténuer les effets. Avec ces deux options, nous devrions pouvoir trouver une solution viable, dit Mehreen.

— Parfait. Dès le retour d'Amreth, nous irons directement dans la forêt pour étudier le sol, la flore environnante, ainsi que les animaux qui s'en nourrissent. Avec un peu de chance, j'obtiendrai des données utiles.

— C'est un bon plan, répondit Mehreen avec enthousiasme.

Nous bavardâmes encore un moment avant de mettre fin à la conversation. En attendant Amreth, je pris des nouvelles des patients. À mon grand soulagement, le traitement que nous avions administré fonctionnait jusqu'à présent. Évidemment, ce n'était pas un remède, mais il empêchait les prions de se reproduire. À moins que nous ne parvenions à trouver un remède – ce qui restait douteux – il n'y aurait pas de guérison miracle. Tout ce que nous pouvions faire pour l'instant, c'était de fournir un protocole antagoniste aux personnes infectées afin de ralentir la progression de la mutation suffisamment longtemps pour que leur cerveau s'adapte. Ce temps supplémentaire allait leur permettre de survivre aux mutations.

Je travaillai également avec leurs guérisseurs pour les former et leur enseigner des méthodes naturelles en utilisant leur technologie actuelle pour tester leur nourriture à l'avenir, ainsi que pour détecter les infections à un stade précoce chez les patients. L'idée n'était pas de bouleverser davantage leur société en y déversant tout un tas de technologies de pointe afin qu'ils puissent reprendre le contrôle de leur santé. Il fallait qu'ils soient capables de s'en occuper eux-mêmes en utilisant des méthodes adaptées à leur niveau technologique actuel.

Dès son arrivée, Amreth lança une série de drones pour quadriller la zone à la recherche de petits animaux se nourrissant des fruits. Dans les jours à venir, les Kreelars allaient organiser une chasse pour éliminer les grosses créatures enragées qui erraient plus au nord. Aku et les membres de sa tribu avaient capturé quelques bêtes vivantes pour que Mehreen et Ernst les testent afin de voir comment nous pourrions également essayer de sauver d'autres créatures de ces espèces, si nous ne parvenions pas à éliminer complètement la présence des fraises sur la planète. Avec un peu de chance, ce serait comme un vaccin contre la rage sur Terre.

Amreth finit par repérer l'endroit idéal pour poser la navette. Il était entouré de multiples buissons de fraises des bois et de quelques antres d'Oneis. Lorsqu'il avait scanné la zone pour la première fois, il avait réussi à capturer quelques images de ces adorables petites créatures.

Elles avaient la croupe plus ronde d'un castor, mais le corps plus élancé et la queue plus longue d'une loutre. Ils étaient passés maîtres dans l'art du camouflage, grâce à leur fourrure verte qui se fondait facilement avec la mousse et l'herbe, à l'éventail en forme de feuille au bout de leur queue, et surtout à leur adorable tête aux yeux énormes, à leur petit nez de souris avec une minuscule bouche, et à leur couronne en forme de feuilles de fougère. Tant que l'Onei restait immobile, on aurait vraiment pu le confondre avec un simple élément du sous-bois.

Selon Vala, c'étaient de petits mammifères relativement inoffensifs, un peu comparables à des lapins, du moins d'après la description qu'elle en faisait. Ils se nourrissaient principalement de feuilles, de fruits et de noix. En de rares occasions, surtout en cas de pénurie de nourriture, ils se nourrissaient plutôt de petits insectes. Ils étaient extrêmement rapides, avec des dents très robustes et acérées qui leur permettaient de briser la coquille des noix. Toutefois, s'ils s'enfuyaient généralement lorsqu'ils avaient peur, si vous parveniez à les attraper, les Oneis pouvaient infliger de vilaines blessures avec une morsure suffisamment puissante pour vous couper le doigt et des griffes assez acérées pour vous déchiqueter.

Mais j'avais mon arme spéciale sous la forme d'un Obosien très sexy. Je me positionnai près d'un grand buisson, avec des gants et des coussinets autour des poignets et des avant-bras pour me protéger. L'impertinent suffisant n'utilisa même pas de bouclier furtif pour s'approcher de la créature qui se cachait entre deux épaisses racines noueuses d'un grand arbre. Les larges feuilles des plantes sauvages qui dominaient les buissons de fraises cachaient partiellement l'Onei. En vérité, sans le scanner de mon brassard confirmant sa présence, je ne l'aurais jamais détecté, ni les fraises d'ailleurs.

Pas étonnant que les fruits soient passés inaperçus si long-temps, d'autant plus qu'ils ne s'étaient pas encore suffisam-ment répandus vers le sud pour se trouver dans des zones où de jeunes Kreelars auraient pu jouer et tomber dessus par hasard.

Amreth commença à projeter son *bakaan* de manière ciblée vers l'emplacement de la créature. Il avait contourné l'Onei dans la direction opposée à la mienne afin de pouvoir le rabattre vers moi s'il tentait de fuir. Bien que la zone d'effet n'atteignît pas ma position, je me sentis instantanément brûlante et émoustillée à la simple pensée de la façon dont il m'avait démolie avec ce pouvoir la nuit précédente.

Une série de pensées très inappropriées défilèrent dans mon esprit. Je les réprimai, me réprimandant mentalement d'être aussi obsédée. L'Onei tenta de fuir lorsqu'il remarqua enfin l'approche incroyablement silencieuse d'Amreth, ce qui me ramena à la réalité. La misérable créature était rapide. Je bondis pour l'attra-per, mais elle m'échappa et continua à courir à toute vitesse avant de tituber soudainement, l'air groggy.

Je jetai un coup d'œil à Amreth avec un soupçon d'indigna-tion et de suspicion. Il avait clairement diminué son aura apai-sante, permettant à la créature de m'échapper et ne l'avait ralentie qu'après que je l'aie manquée. L'expression trop inno-cente de son visage sembla le confirmer. Mais avant que je ne puisse dire un mot, il fit un geste indiquant qu'il fallait me dépêcher avant que l'Onei ne s'enfuie.

Je me précipitai vers la mignonne petite chose, mais elle détala quelques secondes avant que je ne puisse la saisir.

— Merde ! m'écriai-je en lançant un regard noir à Amreth. Arrête !

Une fois de plus, il prit une expression exagérément dramatique, mais cette fois en affichant l'air de culpabilité le plus malhonnête que j'aie jamais vu.

— Toutes mes excuses, ma conjointe ! J'étais tellement distrait par ta beauté que j'ai oublié ce que je faisais. Tiens, laisse-moi l'attraper pour toi, dit-il.

— Fais donc ça, répondis-je en lui faisant une grimace.

Je ne savais pas si je voulais lui botter les fesses ou l'embrasser. En fait, je voulais faire les deux. L'observant d'un air soupçonneux, je le regardai se pavaner, sa queue se balançant lentement d'un côté à l'autre dans ce que je percevais comme une provocation et une moquerie. L'Onei avançait encore de temps en temps par à coup, mais semblait surtout incertain de ce qu'il voulait faire, s'il devait venir ou partir.

Amreth le ramassa sans effort et sans le moindre signe de résistance. J'ouvris rapidement ma trousse médicale et récupérai le stylet qui servait également de seringue pour prélever des échantillons de sang. J'étais sur le point de prendre une lingette stérile pour nettoyer la zone où j'allais faire la ponction lorsque mon conjoint m'arrêta.

— Laisse-moi le faire pour toi, proposa Amreth.

— C'est bon. Je m'en occupe, répondis-je avec un sourire reconnaissant qui se figea quelques secondes plus tard.

— J'insiste ! dit Amreth, avant de reposer l'Onei sur le sol pour pouvoir ramasser le contenant rond.

— C'est quoi ce bordel ?! criai-je alors que la petite créature filait à vive allure avant de disparaître dans les sous-bois.

— Aïe ? dit Amreth.

Je ne savais pas quelle expression était peinte sur mon visage, mais Amreth ne resta pas pour demander des explications et se contenta de battre des ailes, s'éloignant de moi en volant à reculons. Il éclata de rire alors qu'une série de jurons jaillissait de ma bouche. Mais alors même que j'avais envie de lui lancer une grosse pierre pour qu'elle le frappe en plein sur ses écailles entre ses cornes principales, j'avais aussi envie de rire.

J'étais extrêmement contrariée de voir mon travail sérieux retardé. Et en même temps, j'adorais voir ce côté enfantin et enjoué chez lui. Lorsqu'il disparut dans la forêt pendant quelques secondes avant de revenir avec l'Onei blotti confortablement dans ses bras, je le regardai réduire la distance qui nous séparait avec des sentiments mitigés. Bien que je puisse voir l'humour dans ses taquineries – que j'appréciais même malgré mon emportement – je me demandai aussi s'il était du genre à ne pas savoir quand il fallait s'arrêter avant que ça ne cesse d'être drôle.

Comme s'il avait lu dans mes pensées, il s'arrêta devant moi et croisa mon regard.

— Je promets de bien me tenir cette fois, dit-il avec un air sérieux, malgré le soupçon d'amusement dans sa voix.

— T'as intérêt, dis-je, à moitié sérieuse et à moitié taquine. Ça doit être déroutant pour l'Onei.

Cette fois, toute espièglerie disparut de son visage tandis qu'il secouait la tête.

— Il n'est pas dérouté. Il a vite compris que nous n'allions pas lui faire de mal. Je peux être un peu espiègle parfois, mais je ne maltraiterais jamais un animal, et encore moins pour m'amuser.

Tout en parlant, il gratta doucement la créature derrière la longue écaille en forme de feuille qui semblait recouvrir son oreille droite. Mon cœur fondit instantanément lorsque l'Onei étira son cou et pencha la tête vers la gauche pour lui donner un meilleur accès.

— Wow, il a l'air de t'aimer, dis-je doucement.

— Qui ne m'aime pas ? demanda-t-il d'un air suffisant.

Je m'ébrouai et lui donnai une tape enjouée.

— Ne bouge pas, M. Adorable, pour que je puisse prélever des échantillons, répondis-je sur un ton faussement sévère.

La créature resta béatement immobile dans les bras de mon conjoint. Ce calme n'était pas tout à fait naturel dans la mesure où je pouvais sentir le *bakaan* d'Amreth, mais il était très faible. Je soupçonnais qu'il l'utilisait maintenant davantage pour garder l'animal stoïque pendant que je prélevais le sang et moins pour l'empêcher de s'enfuir.

— J'adore les animaux de compagnie, songeai-je à voix haute. Quand j'étais petite, nous avions un chien, un chat et un aquarium rempli de tortues. Je ne m'intéressais pas beaucoup à ces dernières. C'étaient les animaux de mon père. Mais j'adorais les deux autres. En tant que médecin itinérant, il me semblait cruel d'adopter des animaux de compagnie si je ne pouvais pas leur offrir la stabilité dont ils avaient besoin. Et je ne voulais pas les abandonner pendant des semaines. En emménageant avec toi sur Molvi, ce problème sera résolu.

— Et ensuite, on t'en achètera un ou deux... ou cinq, dit Amreth en souriant.

Je gloussai et lui jetai un regard inquisiteur avant de retourner mon attention sur les fioles de sang, que je commençai à étiqueter.

— As-tu des animaux de compagnie ? demandai-je en plaçant la première fiole étiquetée dans le compartiment réfrigérant du conteneur.

Je haussai un sourcil devant le sourire presque maléfique qui s'étira sur ses lèvres, laissant entrevoir le bout de ses crocs.

— Oui, mais ils sont du genre effrayant que personne de sensé n'envisagerait même de simplement caresser, dit-il avec autodérision.

— Comme quoi ? Tu as un réservoir de piranhas ?

Il rit et secoua la tête.

— Mes animaux de compagnie mesurent plusieurs mètres de long, ont cinq têtes remplies de dents acérées et le type de poison qui tuera même la personne la plus résistante en quelques minutes. Ils peuvent aussi voler et vous poignarder avec le redoutable dard au bout de leur queue.

— Ils sont charmants, dis-je en frissonnant, ce qui le fit rire encore plus.

— Les Faernychs ne sont pas amicaux. Ils sont élevés et dressés spécialement pour garder les forêts entourant nos Quadrants. Ils se lient à leur Directeur, ce qui les empêche généralement de nous attaquer personnellement. Mais il ne faut jamais le prendre pour acquis. Cependant, leur dressage les empêchera à coup sûr de nous asperger d'acide.

— Je n'aime pas tes animaux de compagnie, dis-je en commençant à scanner l'Onei, qui semblait toujours heureux de rester dans les bras d'Amreth.

Je ne pouvais pas lui en vouloir.

— Ce n'est pas grave. Ils ne sont pas vraiment du genre sociable, alors ils ne s'attendront pas à ce que tu les câlines, ajouta-t-il sur un ton taquin. De toute façon, ils ne quittent jamais la forêt.

J'inclinai la tête sur le côté et lui lançai un regard inquisiteur.

— Alors, qu'est-ce qui t'a donné envie de devenir Directeur ?

— On attend souvent du premier-né d'un Directeur qu'il endosse ce rôle une fois adulte, dit-il en haussant les épaules.

Je le dévisageai avec curiosité.

— Tu l'as donc fait par devoir ?

Il secoua la tête.

— C'est attendu, mais pas exigé. Après tout, le poste doit être mérité. Tout d'abord, tu dois posséder les traits de Guerrier, ce qui nous permet d'invoquer notre Lumiak. Contrairement à la croyance populaire, tous les Obosiens ne peuvent pas invoquer la foudre. Ou plutôt, la majorité ne peut invoquer que le type d'étincelle faible suffisante pour donner du plaisir à son partenaire pendant les préliminaires, mais pas assez pour être utilisée de manière offensive ou défensive.

— Ce qui signifie que certains de tes semblables qui auraient pu vouloir devenir Directeur sont éliminés par défaut ? demandai-je.

Il hocha la tête.

— C'est essentiel pour le rôle. Même si on pouvait trouver des alternatives au Lumiak pour contrôler les détenus qui se comportent mal ou les bêtes sauvages qui errent dans les forêts environnantes, on en a quand même besoin pour le réseau électrique. Nous générons l'énergie qui alimente chaque Quadrant de nos Secteurs. Construire une centrale électrique ou toute autre source d'énergie serait non seulement coûteux, mais aussi inefficace.

Je cessai d'utiliser le scanner pour le regarder avec admiration.

— Alors tu es littéralement une batterie ambulante ? Cette histoire d'expulser l'énergie excédentaire ce matin n'était pas juste une exagération excessivement dramatique. Tu étais sérieux ?!

Il rit et hocha la tête.

— Si ton laboratoire déployable était à court d'énergie en raison d'une longue période sans soleil suffisant pour recharger les batteries, je pourrais les maximiser pour toi en moins de dix minutes.

Je sifflai entre mes dents en terminant le scan.

— Je connais quelques personnes qui seraient ravies de t'avoir dans les parages. Les factures d'électricité peuvent être exorbitantes sur certaines planètes.

— Je n'en doute pas. Elles le seraient aussi sur Molvi, autrement. Pour tout te dire, je n'étais pas sûr de vouloir être Directeur au départ.

— Ah bon ? Qu'est-ce qui a changé ?

— Je ne dirais pas que quelque chose a changé, mais plutôt que les choses se sont clarifiées pour moi en vieillissant. J'ai toujours hésité entre devenir Directeur ou Juge. Tu sais comment les humains encouragent leurs enfants à devenir avocats, médecins ou ingénieurs ?

— Oui, absolument.

— Pour nous, c'est un juge, un défenseur de la loi, ou prendre la direction de l'entreprise familiale.

— Pas un Directeur ? demandai-je, étonnée, avant de lui faire signe de relâcher l'Onei.

L'adorable créature, pas plus grosse qu'un chat domestique, regarda Amreth avec une expression presque offensée d'avoir été ainsi larguée. Vu à quel point elle s'était empressée de s'enfuir auparavant, je m'étais attendue à ce qu'elle ne s'attarde pas plus que nécessaire. Mais elle ne s'enfuit pas. Après nous avoir observés un moment, elle s'éloigna de quelques mètres pour aller manger d'autres fraises à proximité.

— Il n'y a plus de Secteurs à attribuer, dit Amreth alors que je m'accroupissais près des buissons pour prélever des échantillons de sol. Alors à moins que ta famille n'en possède un, ou que tu épouses quelqu'un qui en possède un, tes perspectives de devenir Directeur sont pratiquement nulles.

— Oh mon Dieu ! Y a-t-il tellement de prisonniers que la planète entière a été utilisée comme Quadrants ?! demandai-je, abasourdie.

Il sourit et secoua la tête.

— Non. Seul un tiers de la planète est actuellement utilisé pour les incarcérations. La moitié est encore une nature sauvage intacte, et le reste est occupé par la ville et les zones résidentielles. Il n'y a actuellement pas besoin d'espace supplémentaire. Si ce jour devait arriver, la concurrence pour obtenir ces nouvelles parcelles sera féroce.

— Je suis surprise que ton peuple ne les ait pas simplement développés malgré tout, dis-je pensivement. Sur Terre, tout bien immobilier disponible pour le développement sera exploité au maximum. La cupidité est une chose puissante.

— C'est vrai, concéda-t-il en me tendant un autre récipient pour que je puisse y placer d'autres échantillons de la flore environnante. Mais ce genre de choses a tendance à conduire à la corruption et aux abus judiciaires. Si tu as des installations vides, tu voudras les remplir pour éviter de faire un déficit. En retour, cela peut pousser les autorités à arrêter des gens sous des prétextes fallacieux et les juges à prononcer des peines plus longues et plus sévères que nécessaire. Cela fera également en sorte que les Secteurs existants n'auront plus assez de détenus pour rendre leur fonctionnement actuel raisonnablement viable.

— Ce serait préjudiciable à ta famille ? demandai-je.

Il secoua la tête.

— Nous sommes une maison noble. Notre richesse remonte à plusieurs siècles, avec de nombreuses entreprises très prospères et lucratives. La matière première dont nous avons besoin pour certaines de nos usines est récoltée dans mon Secteur. Mais je paie mes détenus aux taux du marché pour tout ce qu'ils choisissent de récolter. Par conséquent, financièrement, cela ne ferait aucune différence pour nous d'acheter de nos prisonniers ou d'une autre entreprise.

Je souris.

— Tu n'as pas idée à quel point j'apprécie que vous rémunériez équitablement les prisonniers au lieu de les utiliser comme main-d'œuvre esclave. Pendant longtemps, c'est ainsi que les humains ont traité leurs détenus dans les prisons privées.

Il me rendit mon sourire.

— Les Obosiens ne sont pas parfaits, mais en ce qui concerne le système pénal, je crois sincèrement que nous faisons beaucoup de choses correctement. J'ai suffisamment de cousins, sans parler de mon propre frère, qui sont de la race des Guerriers et qui auraient pu devenir Directeurs à ma place. Comme je ne me suis jamais intéressé à la gestion d'entreprise, reprendre l'une de nos usines ne m'attirait pas.

— Je pense que tu aurais fait un juge formidable. Pourquoi as-tu choisi l'autre option ?

Il me lança un regard espiègle.

— Parce que je suis un masochiste ?

Je m'ébrouai et me dirigeai vers une autre touffe de plantes et d'arbres pour prélever d'autres échantillons, pendant qu'il tenait le récipient pour moi.

— Je vois ça. Mais sérieusement, pourquoi ?

— Parce que je ne pouvais pas rester enfermé dans une salle d'audience à juger les autres, dit-il avec sérieux. J'ai besoin d'être actif. J'ai besoin du grand air. Pour devenir Directeur, nous suivons une formation extrêmement intense que beaucoup abandonnent. En termes de difficulté, c'est comparable à vos commandos. Mais il faut y ajouter le combat aérien avec et sans armes. Je suis devenu accro malgré les difficultés de l'entraînement.

— Et cela a certainement porté ses fruits, dis-je d'un ton taquin en jetant à son corps un regard très significatif et admiratif.

Il rit et inclina la tête en guise de remerciement.

— Cependant, au-delà de cela, j'avais besoin de sentir que je faisais une différence dans la vie des gens. En tant que Juge, on les condamne et on passe à autre chose. En tant que Directeur, on peut essayer de les aider à se remettre sur le chemin de la rédemption. Chaque personne que l'on aide à s'améliorer, à trouver sa voie et à mener une vie juste et productive est la plus grande victoire dont on puisse rêver.

Mon cœur se réchauffa pour lui en entendant la passion avec laquelle il en parlait. Cela me donna un autre aperçu du mâle vraiment bon enfoui sous son extérieur sévère et intimidant d'Obosien.

— Ça arrive souvent que vous puissiez racheter vos détenus ? demandai-je d'une voix douce.

Il plissa les lèvres et ses épaules s'affaissèrent imperceptiblement.

— Malheureusement, pas aussi souvent que je le voudrais. Nous avons un taux de réussite respectable avec les détenus du Q1. Mais cela diminue presque de façon exponentielle plus les Quadrants sont sombres. Pourtant, il y a eu des rédemptions dans le Q4 dans le passé. Je m'efforce de continuer à augmenter ce ratio au fil du temps. Mais qu'en est-il de toi ? Qu'est-ce qui t'a donné envie de devenir un Médecin Interstellaire ?

Je souris et fis un signe de la tête pour que nous retournions à la navette afin d'apporter les échantillons que nous avions recueillis.

— Comme toi, c'est une histoire de famille. Mes deux parents sont chirurgiens plasticiens. Ils étaient extrêmement heureux quand je leur ai dit que j'allais suivre leurs traces en entrant dans le domaine médical. Mais j'ai vite détruit leurs illusions en annonçant que je ne me lancerais pas dans la chirurgie plastique. Ils sont toujours fiers de moi, mais contrariés par plusieurs de mes choix, dis-je avec un soupçon d'autodérision.

— Comme quoi ? demanda-t-il avec une curiosité sincère.

— Au fil des ans, j'ai reçu des offres assez flatteuses pour occuper des postes prestigieux dans le domaine médical. Mais ces rôles relèvent davantage des relations publiques, de la politique et de l'administration, où l'on se contente de tenir des conférences, de se mêler à l'élite prétentieuse et de perdre le contact avec la magie de la guérison. Comme toi, je veux faire une différence tangible dans la vie des gens. Ces rôles prestigieux ou la clinique encore plus chic de mes parents ne me convenaient pas.

Amreth ouvrit la porte de la navette et me fit signe d'entrer avant de me suivre.

— La chirurgie plastique n'est pas seulement liée à des

modifications esthétiques, rétorqua-t-il doucement. Pour de nombreux patients, la chirurgie reconstructive était la seule chose qui leur a permis de retrouver une vie normale après un accident ou une blessure grave, sans parler de ceux qui sont nés avec de sérieuses malformations congénitales.

Je hochai la tête.

— C'est tout à fait vrai. En fait, j'y ai sérieusement réfléchi au début. Mes parents ont même proposé d'ajouter ce service à leur clinique. Mais l'envie d'aventure est devenue irrésistible. Je voulais partir à l'étranger et relever le genre de défis que je n'aurais jamais pu rencontrer dans le cadre contrôlé d'une clinique locale. Les mondes et les peuples que j'ai visités et découverts m'ont changée d'une manière que je ne pourrais jamais exprimer avec des mots. À tous les égards qui comptent, ces expériences ont fait de moi une meilleure personne.

— Je comprends ce que tu veux dire, dit-il pensivement. Travailler en étroite proximité avec mes détenus m'a également ouvert les yeux et élargi mes horizons. À moins d'interagir directement et sur une longue période avec eux, on oublie qu'ils sont d'abord des personnes, et des criminels ensuite. Cela m'a obligé à en apprendre davantage sur leurs différentes cultures et circonstances. Aussi strict que je puisse être dans le maintien de la loi, être Directeur m'a rappelé que les gens ne naissent pas criminels. La société et les circonstances sont généralement à blâmer. J'aime le fait de pouvoir essayer de réparer les dommages qui les ont amenés à cet endroit à l'origine.

— Tout comme je peux essayer de réparer le mal causé à mes patients, que ce soit intentionnellement ou par accident – surtout quand c'est dû à la négligence d'un idiot, dis-je, une pointe de colère se glissant dans ma voix alors que je repensais aux circonstances qui avaient entraîné la tragédie qui frappait les Kreelars. J'aimerais juste pouvoir dire à mes parents que tout va bien et que je rentrerai à la maison le plus tôt possible.

— Ils le savent déjà, dit Amreth d'un ton hésitant.

Abasourdie, je faillis laisser tomber le conteneur que j'étais sur le point de poser sur le comptoir de la soute de la navette que nous avions transformé en laboratoire de fortune.

— QUOI ?!

Il poussa un soupir et sembla choisir ses mots avec soin avant de répondre.

— Tu te souviens que j'ai dit que Maeve m'avait aidé à te retrouver ici ?

— Oui, dis-je, l'irritation dans ma voix indiquant clairement que je ne voyais pas le rapport avec la question que je venais de poser.

— Elle m'a demandé de lui envoyer un message dès que j'aurais une confirmation visuelle de ta présence, expliqua-t-il. Au début, cela aurait suffi pour que les Gardiens de la paix – et peut-être même les Défenseurs – arrivent en trombe si tu avais été en danger ou en détresse. Alors avant d'être capturé, j'ai envoyé à Maeve l'enregistrement de vous trois sortant du laboratoire pendant que j'étais encore en repérage.

— D'accord, dis-je, la tension se dissipant de mon dos. C'est logique. Mais cela ne confirme pas qu'elle l'a reçue ou qu'elle l'a transmise à mes parents. Après tout, tu as dit toi-même que nous sommes dans la Zone Morte, et que les communications avec le reste de la galaxie sont au mieux un pari avant que le signal ne voyage assez loin pour être capté par l'un des relais.

— Cela aurait été vrai si je n'avais pas trouvé la réponse de Maeve en revenant au vaisseau ce matin, rétorqua-t-il.

— Quoi ?! Pourquoi ne me l'as-tu pas dit plus tôt ? Que dit-elle ? demandai-je, me sentant quelque peu offensée.

— Elle dit qu'ils ont reçu mes deux messages.

— Tes deux messages ?! m'exclamai-je avant qu'il ne puisse continuer, l'interrompant.

Il hocha la tête.

— Le message initial était celui dont je t'ai parlé. Mais le soir même, quand Aku m'a permis d'aller chercher mes effets personnels, j'ai envoyé un deuxième message pour informer Maeve que nous allions bien, que nous étions en sécurité et que nous restions volontairement pour aider à guérir leur peuple. Sans cela, ils auraient envoyé quelqu'un pour enquêter et les choses auraient pu mal tourner. Si ce n'étaient pas les Défenseurs eux-mêmes, je peux te garantir que ma famille serait venue me chercher.

— En effet, dis-je, encore abasourdie par toute cette histoire.

— Quand je suis allé chercher la navette ce matin, j'ai trouvé un autre message dans lequel Maeve confirmait que vos trois familles et les Défenseurs avaient été informés de la situation, continua Amreth. Ils n'interviendront pas, mais resteront en attente. En vérité, je pense qu'ils sont soit en orbite, soit tout près d'ici.

Je fronçai les sourcils.

— Pourquoi ? Qu'est-ce qui te fait dire ça ?

— Ses réponses sont trop rapides, répondit-il d'un ton neutre. Sans relais à proximité, il faut en moyenne deux jours avant que le signal soit capté.

— Mais pourquoi tu ne m'as rien dit plus tôt ? Que se passe-t-il ? Je n'aime pas les secrets, surtout dans les circonstances actuelles, dis-je en le dévisageant avec malaise.

Je détestais les puissants rappels à mon crétin d'ex-fiancé. Il avait gardé tant de choses secrètes pour pouvoir profiter de moi que j'avais maintenant des problèmes de confiance.

Amreth passa une main nerveuse dans ses longs cheveux blanc argenté, un sourcillement plissant son front couvert d'écailles sombres.

— Je suis coincé dans une position étrange, dit-il, l'air frustré. Je crois qu'ils veulent que je sois très discret.

— Discret ? répétai-je, perplexe. À quel sujet ?

— C'est difficile à expliquer. Il s'agit simplement de divers signaux subtils incorporés dans la conversation et les messages. J'ai eu la nette impression dès le début que j'étais en quelque sorte recruté en tant qu'agent libre pour cette mission spécifique afin qu'ils puissent maintenir un déni plausible si quelque chose tournait mal. Et je crois qu'il se passe quelque chose de bien plus important pour lequel ils doivent s'assurer que personne ne sait que nous sommes ici.

— Tu penses qu'il se trame un coup fourré ? demandai-je avec une pointe d'inquiétude.

Amreth hocha la tête avec une expression sombre.

— Oui, je le crois. Je réfléchis peut-être trop, mais il y avait un seul mot déplacé à la fin de son message. Il disait simplement « Kalmia », comme on écrirait son nom en guise de signature.

J'eus un mouvement de recul.

— Kalmia ? Comme dans cette énorme affaire de corruption qui a fait de nombreuses victimes ?!

Il hocha de nouveau la tête.

— Je n'en suis pas certain. Mais comme toi, c'est la première chose qui m'est venue à l'esprit.

Je secouai la tête en signe de désaccord.

— Cela n'a pas de sens. Les fruits qui tuent actuellement les Kreelars ont poussé naturellement au cours de la dernière décennie. Les analyses informatiques de la propagation le confirment. Aucun assassin n'est venu ici pour les planter. Ce sont les animaux qui les ont fait apparaître à tous ces endroits, rétorquai-je.

— Je ne crois pas que cela ait un rapport avec les fraises, dit Amreth d'un air songeur. Je suis d'accord avec ton raisonnement sur le fait que les fraises se propagent naturellement. Mais pour moi, Kalmia ne fait pas référence à la situation actuelle où une espèce entière se dirige lentement vers l'extinction sur plusieurs décennies. Cela impliquerait plutôt que quelqu'un envoie un groupe d'assassins pour anéantir rapidement toute la population des Kreelars.

— Mais pourquoi ?! m'exclamai-je, refusant de croire que

quelqu'un puisse faire quelque chose d'aussi insensé, d'aussi monstrueux et d'aussi immoral.

— Pour que cette histoire ne soit jamais révélée, répondit Amreth avec une conviction qui me glaça le sang. Aku a mentionné que des individus puissants provoqueraient un dénouement terrible pour son peuple s'ils rendaient cela public dès le début au lieu de vous enlever.

Je hochai la tête.

— Oui, il m'a dit la même chose quand je l'ai interpellé à ce sujet. Mais qui cela pourrait-il bien être ?

— Dans le message que j'ai envoyé à Maeve, je lui ai demandé d'enquêter plus en profondeur sur les antécédents et l'identité de l'équipe d'Élias à l'époque. Il devrait y avoir un registre de tous les membres de son personnel. Peut-être qu'en examinant le parcours de chacun d'entre eux, nous pourrions trouver un lien.

— S'ils envisagent vraiment d'envoyer des assassins, nous devons avertir les autres, dis-je d'une voix tendue.

À ma grande surprise, il secoua la tête avec véhémence.

— Pas les autres, dit-il avec force. Je suis d'accord pour que nous informions Aku. Cependant, ce n'est pour l'instant que pure spéculation de ma part. Et si je me trompais ? Il n'y a pas lieu de paniquer tant que nous n'avons pas de raisons plus solides de croire qu'il s'agit d'une menace réelle. Franchement, j'ai hésité à te le dire.

— Pourquoi ? demandai-je, ma voix trahissant la douleur que je ressentais. Je sais que nous venons de nous rencontrer, mais je te ferais absolument confiance pour n'importe quoi.

— Ce n'est pas que je n'ai pas confiance en toi, ma Ciara. Je ne veux juste pas te faire peur avec un tas de spéculations infondées, dit Amreth avec une sincérité qui apaisa un peu le sentiment irrationnel de rejet que je ressentais. Tu as déjà tellement de responsabilités que cela semble irresponsable pour moi d'en ajouter encore.

— J'apprécie que tu essaies de me protéger, dis-je douce-ment. Mais l'honnêteté est vraiment importante pour moi. Je préfère avoir une vérité désagréable que je peux essayer de gérer plutôt que de vivre dans une ignorance béate jusqu'à ce que la réalité me frappe enfin en pleine figure. Je ne peux pas me préparer à un coup dont je ne soupçonnais même pas l'imminence.

— Je m'excuse, ma conjointe, dit-il avec un air coupable. Je promets d'être plus transparent à l'avenir. Ça me perturbe juste qu'Aku prétende que je punirai les responsables. J'aimerais qu'il me révèle davantage que ces répliques énigmatiques qui suscitent plus de questions que de réponses.

— Il ne peut pas, dis-je d'un ton compatissant. Ces trucs de Prophète et d'Oracle sont assez compliqués. Tous les jeux impliquant le Destin sont délicats. Si l'un d'eux te dit qu'il ne peut pas entrer dans les détails, tu dois juste faire avec et l'accepter.

Il fronça les sourcils et scruta mon visage avec une curiosité non dissimulée.

— Comment le sais-tu ?

— La Terre fait partie de l'Alliance Galactique, tu te souviens ? Nous entendons beaucoup parler des Oracles et des Prophètes. S'ils te disent trop de choses sur ce qu'ils ont entrevu de ton avenir, cela peut influencer tes choix dans le mauvais sens. Ils prêtent tous serment de dire toujours la vérité, mais aussi de ne jamais essayer de dicter le chemin à suivre, surtout lorsqu'il s'agit des Oracles, car elles voient des possibilités, pas des certitudes immuables comme les Prophètes. Le libre arbitre est essentiel.

— Mais cela ne resterait-il pas mon libre arbitre d'agir ou non s'ils me disaient clairement ce qui allait se passer ? objecta Amreth. Si tu me dis qu'une personne va se noyer à un moment et à un endroit précis, je peux choisir de l'ignorer, d'aller là-bas pour essayer de la sauver, d'envoyer quelqu'un à ma place, ou d'essayer d'avertir cette personne de ne pas s'approcher de l'eau à ce moment crucial.

— En effet, mais ce serait le genre de chose que le Prophète ou l'Oracle te dirait, rétorquai-je. Les options que tu as énumérées sont les types de voies qu'une Oracle peut voir. Ce qu'elle ne te dira pas, c'est que si tu y vas toi-même, tu sauveras effectivement cette personne, mais tu te noieras dans le processus. Elle ne mentionnera pas que si tu l'ignores, une autre personne tentera de sauver la victime et provoquera un énorme désastre qui fera une centaine de victimes supplémentaires. Elle ne dira pas non plus qu'envoyer quelqu'un d'autre là-bas lui permettra de découvrir qu'ils étaient des âmes sœurs, ou qu'avertir cette personne de ne pas aller dans l'eau à ce moment précis lui permettra d'aller ailleurs où elle conclura un accord commercial qui apportera la prospérité à tout un peuple en grande difficulté.

— Mais pourquoi ne mentionneraient-ils pas ces deux voies aux résultats positifs ? Je pourrais alors choisir celle qui me semble la plus bénéfique. J'exercerais toujours mon libre arbitre, argua Amreth.

Je souris.

— Pas vraiment. Parce qu'à ce stade, tu choisis simplement entre les deux options les plus appropriées moralement. Mais chaque voie a son propre ensemble d'effets domino. Ta noyade en tentant de la sauver déclenchera la création d'une série de nouvelles lois et mesures de sécurité dans cette région qui permettront de sauver d'innombrables autres vies par la suite. Ton sacrifice en valait donc la peine. Plus tu joues avec les fils du destin, plus de vies finissent par être affectées, que ce soit positivement ou négativement.

— C'est pourquoi les amis des Kreelars ont refusé de s'impliquer davantage. Les voies potentielles qu'ils ont entrevues avaient trop d'effets négatifs en cascade, répondit-il pensivement.

Je hochai la tête.

— Crois-moi, je déteste qu'on me dise d'attendre et de voir. Mais je comprends. Ça me réchauffe le cœur de savoir que d'une manière ou d'une autre, tu vas traduire en justice les fils de pute qui ont causé toute cette douleur.

— Je te le promets, dit-il avec une férocité terriblement sexy.

Je souris, réduisis la distance qui nous séparait et passai mes bras autour de sa taille. Il me rendit mon étreinte, sa queue s'enroulant autour de moi tandis qu'une tendre émotion s'installait sur ses beaux traits.

— Merci d'avoir partagé tout cela avec moi, dis-je avec une sincère gratitude. Je suis si heureuse que tu sois là. Tu me fais me sentir en sécurité et soutenue, comme si tout était possible, et que peu importe l'obstacle qui se dresse sur notre route, nous vaincrons. Merci d'être venu à mon secours.

— Toujours, ma Ciara. Toujours, dit Amreth d'un ton solennel.

Je souris et levai mon visage pour recevoir son baiser. Oui, c'était mon âme sœur.

CHAPITRE 14
AMRETH

Au cours des trois jours suivants, ma conjointe et moi établîmes une routine confortable. J'adorais l'accompagner dans ce que j'avais commencé à appeler nos excursions. Je l'aidais de toutes les manières possibles, même si j'aurais aimé pouvoir en faire plus. Son intelligence, ses compétences et son éthique de travail ne cessaient de m'émerveiller. Je ne prétendais pas comprendre la moitié des choses qu'elle faisait, mais j'étais heureux de pouvoir accélérer le processus en capturant les animaux dont elle avait besoin pour faire des tests, en prélevant certains des échantillons requis et en l'accompagnant partout où elle le souhaitait.

Par-dessus tout, j'adorais être avec elle.

J'étais en train de tomber follement amoureux de ma femme. C'était idiot à quel point mon esprit cherchait constamment des moyens de la faire sourire. Curieusement, j'avais cette envie irrationnelle de l'embêter de temps en temps. Pas au point qu'elle se mette réellement en colère contre moi, mais juste assez pour qu'elle ait ce regard qui criait qu'elle voulait me botter le cul. Il y avait quelque chose de terriblement sexy là-dedans.

Aujourd'hui, nous avions terminé nos derniers tests dans la

région et nous nous apprêtions à retourner à Bryst. Ciara fit une dernière tournée pour vérifier l'état des patients du village avant que nous ne fassions nos adieux à Vala.

— Merci pour tout ce que tu as fait pour ma tribu, dit Vala, la voix pleine de gratitude. Je tiens particulièrement à te remercier pour ce que tu as fait pour la famille de Muti. Je doute qu'il se serait jamais remis de la perte de sa conjointe. Il l'aime depuis l'enfance. Nous nous étions tous résignés au fait qu'elle allait mourir.

Une émotion puissante traversa le visage de ma femme alors qu'elle souriait à la cheffe du village. La fierté m'envahit en observant Ciara.

— Elle se bat toujours et n'est pas encore complètement sortie d'affaire, prévint doucement Ciara. Mais les choses s'annoncent positives maintenant. Bien que je ne puisse rien promettre, tant que les guérisseurs continueront à administrer les traitements, j'ai bon espoir qu'elle et les autres s'en sortiront.

— N'aie crainte, Ciara. Tes instructions seront scrupuleusement suivies. Avant ton arrivée, l'horizon n'était que ténèbres. Maintenant, le soleil se lève à nouveau. C'est avec tristesse que nous te voyons partir. Sache que tu auras toujours une demeure au sein de la tribu de Jaln, dit Vala.

Ma conjointe cligna des paupières à plusieurs reprises pour endiguer les larmes qui lui piquaient les yeux.

— Merci, répondit-elle d'une voix légèrement tremblante. Mais vous ne vous débarrasserez pas si facilement de moi. Nous reviendrons dans une semaine pour vérifier l'état des patients et voir comment tout le monde se porte. En attendant, n'hésitez pas à nous appeler par radio si quelque chose vous semble anormal. Rien n'est trop insignifiant. Nous ne pouvons pas prendre de risques.

— Tu as ma parole. Bonne route, ma sœur.

Ce dernier mot bouleversa ma conjointe. À mon grand étonnement, les deux femelles échangèrent une étreinte. Après s'être mutuellement relâchées, Vala me fit également un adieu chaleureux, mais un lien indéniable s'était formé entre elle et ma Ciara. Le village tout entier chanta pour nous alors que nous remontions à bord de la navette. Je n'avais jamais vécu quelque chose comme ça auparavant.

— Maintenant, je comprends ce que tu veux dire par vouloir faire une différence dans la vie des gens, dis-je doucement en pilotant la navette pour retourner à Bryst.

Elle sourit, son visage affichant toujours les émotions fortes que ce départ avait suscitées en elle.

— Ils ne sont pas toujours aussi expressifs, répondit-elle avec un regard nostalgique. Une forme d'applaudissements, d'acclamations ou l'offre de cadeaux sont assez courantes selon la situation. Les chants sont beaucoup plus rares. Mais encore une fois, mon rôle dure rarement jusqu'à ce que la maladie soit chose du passé. Normalement, je ne reste que le temps de trouver le remède ou le traitement. Ensuite, je passe à une autre mission, et les infirmières ou les médecins généralistes restent sur place pour administrer le traitement. Ce sont donc souvent eux qui sont célébrés.

Je fronçai les sourcils.

— Cela semble un peu injuste.

Elle s'ébroua et secoua la tête.

— Trouver le remède n'est que la pointe de l'iceberg. Ceux qui passent des jours, des semaines et des mois à soigner les patients ont le travail le plus difficile. Il n'est pas facile d'être témoin de tant de souffrance tout en essayant de donner aux malades et à leurs proches l'espoir et la force de continuer à se battre. C'est déchirant à chaque fois qu'il faut débrancher ceux qui n'ont pas survécu. Et on se demande sans cesse s'il y avait quelque chose que l'on aurait pu faire mieux, plus tôt ou différemment pour les sauver.

Je plissai les lèvres et hochai lentement la tête, n'ayant pas vu les choses sous cet angle.

— Je vois ce que tu veux dire.

— À chaque étape du processus, tout le monde est important et essentiel. Donc non, je ne reproche pas aux infirmières et aux médecins de recevoir la plupart des éloges à la fin. Ils les méritent pleinement. Savoir que mon travail a contribué à ce succès est la plus grande récompense que je pouvais espérer. J'ai aidé à sauver ces vies.

— Tu l'as assurément fait, ma conjointe, dis-je avec fierté.

Nous atterrîmes à Bryst peu de temps après. Une fois de plus, nous fûmes accueillis chaleureusement, presque comme des héros. C'était idiot, mais je réalisai que nos actions à Jaln avaient eu un impact positif sur eux, comme si nous étions des membres de leur tribu venant en aide à l'un de leurs voisins. Après tout, Aku s'était porté garant de nous et de nos intentions.

— D'autres membres de notre peuple partiront en pèlerinage la semaine prochaine, déclara Aku alors que nous finissions d'apporter au laboratoire déployable les derniers échantillons que Ciara et moi avions recueillis plus tôt dans la journée. Nous partirons à l'aube pour dégager les principaux chemins menant au temple. Un nombre croissant de créatures enragées ont été aperçues errant plus près de notre village et de nos terrains de chasse.

— Je serais ravi de vous aider, proposai-je aussitôt en posant le conteneur sur le comptoir. Mes drones peuvent nous aider à les localiser, et il sera beaucoup plus rapide de les atteindre et de se débarrasser des corps avec ma navette.

— Merci. Nous sommes reconnaissants de ton offre, dit chaleureusement Aku.

Il n'avait pas besoin de préciser qu'il avait espéré que je le fasse. C'était logique. Seuls, il leur aurait fallu des semaines pour explorer leurs vastes forêts, et de nombreuses bêtes auraient probablement réussi à se faufiler entre leurs mailles alors qu'elles continuaient à errer.

— D'ailleurs, pendant que vous serez là-bas, vous devriez

marquer l'emplacement des buissons de fraises et même commencer à les déraciner, intervint Ernst en ouvrant l'une des caisses que nous avions apportées. Je crois savoir que la tribu de Jaln a déjà commencé à exterminer les fraises de leur région.

— Nous avions prévu de le faire après l'abattage, dit Aku.

Ciara secoua la tête.

— Je pense que vous devriez vous débarrasser des fraises d'abord ou en même temps. Le type qui pousse ici est ce que nous appelons les fraises à jour neutre, ce qui signifie qu'elles fructifient continuellement du printemps à l'automne. J'avais espéré que vous auriez celles qui ne portent des fruits qu'une ou deux fois par saison.

— Bien sûr que non. Cela aurait été trop facile, dit Aku, la voix lourde de sarcasme.

— Tuer toutes les bêtes enragées ne fera qu'en laisser un tas d'autres en liberté tant que les fraises continueront d'être mangées. Par conséquent, tant que ton peuple n'aura pas décidé ce qu'il veut faire de ces fruits et quelle sera la meilleure méthode de confinement à l'avenir, je suggère que vous les arrachiez complètement et que nous vous aidions à ajuster le pH du sol pour qu'il soit plus difficile pour elles de repousser. Ce que nous avons trouvé jusqu'à présent n'est pas une solution permanente, mais cela réduira considérablement la probabilité que d'autres créatures soient atteintes de la rage et, par extension, rendent vos gens malades.

— Nous pouvons nous occuper des deux pendant la chasse de demain. Les drones peuvent suivre à la fois les animaux et les champs de fraises. Si vous les arrachez au fur et à mesure, nous pourrons les brûler dans l'incinérateur de la navette, suggérai-je.

— Excellente idée, approuva Aku. Je vais rassembler quelques personnes supplémentaires pour s'occuper des fruits pendant que nous chasserons.

Cette nuit-là, être de retour dans notre première demeure me sembla étrange. C'était presque comme être de retour à la maison. Naturellement, j'ignorai la chambre d'amis pour partager celle de Ciara, qui avait également un lit plus grand, mieux adapté à ma grande taille – même si nous ne dormîmes pas beaucoup.

Je continuais d'avoir honte de constamment me gaver de ses émotions. Je ne pouvais pas m'en empêcher. Au cours des quelques jours passés au village de Jaln, la tribu avait commencé à plaisanter sur mon étrange habitude de lancer une quantité folle d'éclairs au loin chaque matin. Au début, ils avaient craint que quelque chose ou quelqu'un m'ait mis en colère, ce qui me poussait à évacuer ma fureur de cette façon. Puis leur inquiétude avait rapidement fait place à l'amusement. Lorsque j'avais demandé à ma conjointe si elle avait mouchardé sur la cause de mon comportement, elle avait juré son innocence. À en juger par son aura, elle disait la vérité.

Alors comment ont-ils deviné ? En supposant qu'ils l'aient fait...

L'idée qu'ils l'aient compris à cause du tapage que nous faisions était mortifiante. Néanmoins, il leur aurait été difficile de faire le lien. Je choisis donc de me convaincre qu'ils en ignoraient la raison et qu'ils étaient simplement amusés par un comportement qu'ils jugeaient excentrique.

Ce matin-là, Aku et seize Kreelars me rejoignirent à bord de la navette. Le retour aurait été un peu à l'étroit si nous avions prévu de rentrer avec les carcasses des créatures. Au final, nous avions convenu de les brûler sur place pour éviter de ramener inutilement quoi que ce soit qui pourrait être nocif pour les gens.

Je lâchai cinq drones, les envoyant en éclaireurs dans les zones voisines du chemin que les pèlerins allaient emprunter. En un rien de temps, nous repérâmes les deux premières bêtes sauvages qu'ils appelaient des Murthis. De toutes les créatures infectées, cette espèce représentait la plus grande menace. Mesurant au moins trois mètres de long et deux mètres de haut, cette bête possédait les larges épaules et le corps élancé d'un prédateur. Ciara affirmait qu'elle ressemblait à la progéniture d'un lion géant et d'un dinosaure. Je dus chercher ce dernier terme pour savoir ce qu'elle voulait dire.

Le Murthis avait un pelage court et verdâtre sur le ventre, et des écailles vertes le long de son cou, de sa poitrine et de son dos épais. Des écailles encore plus grandes recouvraient ses jambes et ses pattes de félin, ainsi que sa queue de reptile, qui arborait une série d'épines osseuses acérées sur le dessus. La tête était indéniablement reptilienne, de forme triangulaire, avec une large bouche remplie de dents acérées et une longue langue fourchue. Une énorme paire de cornes – également recouvertes d'épines sur le bord supérieur – jaillissait du front et se recourbait de chaque côté de son visage.

Malgré sa taille et son poids énormes, le Muftis pouvait courir à des vitesses folles. Sa mâchoire était assez forte pour trancher la chair et les os d'un seul coup puissant. Heureusement, ces créatures se déplaçaient généralement en petits groupes d'une quinzaine d'individus. La plupart des mâles ne restaient avec les femelles et les petits qu'ils avaient engendrés que jusqu'à ce que ceux-ci soient assez âgés pour commencer à chasser aux côtés de leur mère, ce qui prenait normalement environ six mois. Les mâles partaient ensuite de nouveau seuls, tout en restant dans le territoire qu'ils partageaient avec jusqu'à dix autres mâles.

Juste comme j'espérais que nous n'aurions pas à abattre les mères et leurs petits, des drones repérèrent un groupe étrangement nombreux, au moins deux à trois fois plus important que la normale. Un rapide survol avec le drone indiqua qu'il s'agissait de femelles avec leurs petits. Elles semblaient nerveuses, les mères formant un cercle autour de leurs petits.

— Les femelles unissent leurs forces pour protéger leurs petits des mâles enragés, dit Aku. S'il te plaît, dis-moi qu'aucun d'entre eux n'est infecté.

— Les scanners ne montrent aucune infection parmi ces femelles ou leurs petits, dis-je avec soulagement.

— Parfait. Occupons-nous des mâles malades, dit Aku.

Je posai la navette dans une petite clairière, à un demi-kilomètre de la bête enragée la plus proche. Comme la première fois qu'ils m'avaient capturé, les Kreelars n'étaient pas armés jusqu'aux dents. On aurait pu croire qu'ils se promenaient simplement dans les bois. Ils portaient tous ces pantalons bouffants avec un pagne décoratif sur le dessus. Pieds et torse nus, ils avaient une ceinture d'armes et des brassards, avec parfois des sangles de poitrine.

Alors que ma ceinture d'armes comprenait une lame, pas tout à fait une épée, mais plus longue qu'un poignard, et un blaster, les Kreelars n'avaient qu'une sarbacane à peine plus épaisse qu'une paille, un poignard et une petite pochette contenant les fléchettes qu'ils tiraient sur leurs cibles.

— Quoi ? demanda Aku quand il me surprit à les observer alors que nous sortions de la navette.

— Je me disais juste que vos armes sont bien minimales pour affronter des bêtes aussi imposantes, dis-je prudemment.

À l'unisson, les Kreelars s'ébrouèrent et soufflèrent, me regardant comme si j'avais dit quelque chose de ridicule.

— Observe et apprends, étranger, dit une femelle sur un ton taquin.

Avec la même vitesse ahurissante qu'ils avaient déployée pour me poursuivre, les Kreelars se mirent à courir dans la direction où mon scanner indiquait que se trouvaient deux mâles enragés. Ils se séparèrent en deux groupes, l'un grimpant aux arbres de gauche, l'autre à ceux de droite. Aku continua à courir sur le sol, droit devant. J'activai mon bouclier furtif et m'envolai à la poursuite de leur chef.

Regarder les membres de sa tribu se balancer d'arbre en arbre me coupa le souffle. Maintenant que je n'essayais plus de leur échapper, je pouvais admirer la prouesse physique que cela impliquait. Ils sautaient facilement de six à huit mètres jusqu'à l'arbre suivant, attrapant une branche d'une main et utilisant leur élan pour se propulser vers l'arbre suivant. Cela me rappelait le mouvement hypnotique d'un pendule, leurs corps se balançant d'un côté à l'autre alors qu'ils se rattrapaient avec la main gauche, sautaient jusqu'à l'arbre suivant, saisissaient une branche avec leur main droite et sautaient à nouveau dans une boucle infinie.

Le mouvement de tous ces Kreelars se déplaçant à des vitesses comparables et dans une synchronisation presque parfaite donnait à l'ensemble l'apparence d'une chorégraphie mortelle. Agissant comme un appât, Aku filait sur le sol vers leur cible. Dès que la bête le remarqua, elle chargea dans un rugissement à glacer le sang. Je luttai contre l'envie instinctive de plonger et de mettre le chef des Kreelars à l'abri du danger.

L'assurance téméraire avec laquelle il continuait de foncer vers une bête sauvage au moins quatre fois plus massive que lui me sidéra. Le voir simplement dégainer sa sarbacane me parut encore plus inconscient. Mais son aura ne dénotait aucune peur, juste de la concentration et de la détermination. Il vira soudainement vers un arbre alors que la bête se rapprochait de lui. À la dernière minute, Aku sauta à une hauteur impossible au-dessus du Murthis. Celui-ci se cabra sur ses pattes arrière pour tenter d'éviscérer le Kreelar avec ses griffes redoutables, mais il rata complètement sa cible. Avant qu'il ne puisse se remettre à quatre pattes, au moins trois ou quatre fléchettes tirées par les membres de la tribu qui se pressaient dans les arbres atteignirent le ventre de leur cible.

Mais mon regard restait fixé sur Aku. Avec une grâce et une dextérité phénoménales, il se donna un élan d'un coup de pied sur le tronc d'un arbre voisin, attrapa une branche avec sa queue, s'en servit pour pivoter autour afin de revenir vers la créature et lui lança une fléchette dans la nuque. Sa queue relâcha la branche, la traction permettant à Aku d'atterrir à une courte distance de la créature. Je restai bouche bée en voyant le Murthis tituber sous l'effet de la drogue dont étaient enduites les fléchettes. Il s'effondra juste au moment où Aku s'avançait vers lui.

Saisissant la créature qui se débattait par les énormes cornes qui encadraient sa tête, Aku lui brisa le cou d'un seul mouvement puissant. Et en un instant, tout était fini. Le respect que je ressentais pour son peuple se multiplia par mille. L'admiration pour leurs compétences n'en était qu'une infime partie. C'étaient la manière miséricordieuse et efficace dont ils avaient éliminé l'animal qui m'impressionnait vraiment. J'aimais aussi le fait qu'en tant que chef, il ne restait pas confortablement assis à la maison en leur laissant faire le sale boulot. Il descendait dans les tranchées et assumait le rôle le plus dangereux.

Malgré mon bouclier furtif, Aku leva la tête pour regarder l'endroit exact où je me trouvais avec une expression suffisante sur le visage. Cela me perturbait toujours qu'ils puissent me voir aussi clairement. Je détestais me sentir si vulnérable, ce qui était ironique étant donné que mon peuple utilisait ce même pouvoir pour traquer nos prisonniers.

Je hochai la tête en signe de concession avant de chercher du regard la femelle qui s'était moquée de moi en me disant d'observer et d'apprendre. Elle était accroupie sur une épaisse branche à quelques mètres à ma droite. Elle me fit un clin d'œil avec un sourire espiègle qui me fit rire.

Aku émit un seul son aigu et tous se dirigèrent simultanément vers la prochaine bête, à l'exception de deux des Kreelars qui s'approchèrent de l'animal qu'ils venaient de tuer. Ils prirent tous deux quelques instants pour asperger la carcasse d'un liquide. Je présumai que cela allait repousser tout charognard qui voudrait en prendre une bouchée jusqu'à ce qu'ils puissent revenir et en disposer. Je marquai l'endroit sur mon brassard avant de rattraper le reste de la tribu. J'arrivai juste à temps pour les voir abattre rapidement leur seconde proie.

Une fois de plus, je réalisai à quel point ils seraient une armée mortelle sur un champ de bataille. Ce n'était pas seulement leur vitesse et leur efficacité, mais aussi la façon incroyablement silencieuse dont ils volaient littéralement à travers les arbres. L'OPU devait conclure une alliance avec les Kreelars, primitifs ou non, et entretenir cette relation pour l'avenir.

La prochaine cible se trouvant à une distance significative, j'atterris près d'Aku, le reste de sa tribu descendant également des arbres.

— Impressionnant, dis-je en désactivant mon bouclier furtif. Mais pourquoi n'as-tu pas utilisé ton pouvoir de perturbation de l'esprit au lieu de te précipiter directement sur une bête enragée ?

— C'est précisément parce qu'elles sont enragées, dit Aku en souriant. L'esprit d'un animal déchaîné est déjà trop confus pour que nos pouvoirs fonctionnent. Ta capacité d'apaisement pourrait en fait les ralentir, car elle rend la cible un peu hébétée.

— Je serais heureux de le faire, proposai-je aussitôt. Bien que tu ne sembles pas en avoir besoin.

Il afficha un sourire suffisant qui me fit secouer la tête. À cet instant, je réalisai qu'il allait me manquer une fois que nous aurions quitté cette planète. Dans d'autres circonstances, je pensais que lui et moi aurions pu devenir des amis proches.

— Nous allons enlever les fraises de cette zone avant de passer à la prochaine bête, dit Aku d'un air pensif en jetant un coup d'œil autour de nous.

— Je vais aller chercher une plateforme aéroplane pour que nous puissions ramener les carcasses à l'incinérateur de la navette ainsi que les caisses pour y mettre les buissons, répondis-je.

— Merci, mon ami, dit Aku.

Une fois de plus, je fus stupéfait de l'efficacité avec laquelle chacun d'eux travaillait, leur force physique et leur endurance rivalisant facilement avec celles de certains des Guerriers les mieux entraînés que je connaissais. À plus d'une occasion, je me demandai s'ils n'avaient pas une sorte d'esprit de ruche. Rien de spécifique ne justifiait cette hypothèse. C'était juste une combinaison de choses dans la façon dont ils avaient besoin de peu de communication alors qu'ils travaillaient collectivement vers un objectif commun.

Ils formèrent une ligne et avancèrent en arrachant les buissons de fraises, tiges et racines. Quelques-uns de leurs camarades les suivaient en tenant les caisses dans lesquelles ils jetaient les plantes, tout en observant le sol à la recherche de signes indiquant que quelque chose avait été laissé derrière. À mesure qu'ils les remplissaient, j'attrapais certaines des caisses, les ramenant à la navette, puis les vidant dans l'incinérateur.

Pour l'instant, les Kreelars et l'équipe de ma conjointe avaient convenu de ne pas jouer avec le pH du sol avant de mieux comprendre comment il pouvait affecter la faune environnante. Même si leurs premiers tests indiquaient qu'il serait sans danger d'utiliser quelques sulfates d'aluminium pour abaisser le pH et le rendre moins propice aux fraises qui prospéraient sur des sols plus acides, il n'y avait pas d'urgence. Le nettoyage actuel allait nous donner un répit suffisamment long pour que des tests plus approfondis puissent d'abord être effectués.

Tout le monde remonta à bord de la navette et nous nous dirigeâmes vers un autre secteur. Ils abattirent quatre autres Murthis ainsi qu'une poignée de créatures enragées moins dangereuses mais qui menaçaient tout de même la faune locale.

Nous avancions à un rythme phénoménal, ce qui laissait penser que nous pourrions nettoyer toute la zone d'ici la fin de la journée suivante. En début d'après-midi, nous retournâmes au village pour déjeuner et pour que les Kreelars puissent se réapprovisionner en fléchettes. Cette fois-ci, au lieu de manger dans la salle de réunion à côté du laboratoire déployable dans la cour intérieure, nos hôtes nous invitèrent à les rejoindre dans leur salle de rassemblement.

C'était une pratique courante pour eux de manger ensemble,

même si tout le monde ne le faisait pas en même temps. Bien que la salle puisse accueillir toute la tribu, ils venaient généralement en petits groupes, comme les plus jeunes avec leurs parents ou leurs tuteurs, les agriculteurs et les artisans en un groupe séparé, puis les chasseurs, mais pas nécessairement dans cet ordre. Cela n'empêchait pas les membres des différents groupes d'arriver à des moments variables ou de se mélanger aux autres. En tout cas, les Kreelars semblaient très informels, avec un fort sentiment de communauté.

Ils n'avaient pas de monnaie officielle. Tout était basé sur le troc, des biens contre des biens ou des services, que ce soit au sein de la tribu ou avec leurs voisins. Le fait qu'ils nous aient invités à partager leur repas en disait long sur la façon dont ils nous acceptaient désormais comme des amis et non plus comme de simples intrus. Nous espérions que cela allait nous donner l'occasion de mieux comprendre leur société, qu'ils nous cachaient jalousement.

Je ne pouvais pas leur reprocher de ne nous montrer que le strict minimum nécessaire à l'accomplissement de notre tâche ici. Moins nous en savions sur eux, moins ils exposaient des vulnérabilités potentielles qui pourraient être exploitées plus tard.

De nombreuses tables étaient dressées dans le coin arrière du bâtiment, avec d'immenses fenêtres donnant sur la grand-place. Un buffet avait été installé sur une longue table. C'était l'une des premières fois que je voyais leur utilisation de l'électricité avec de larges plateaux qui permettaient de garder au frais certaines salades et légumes, et des brûleurs qui maintenaient au chaud les plats cuisinés.

Alors que les chasseurs qui nous avaient accompagnés se dispersaient autour de différentes tables, Aku et Enré s'installèrent avec ma conjointe, ses collègues et moi à notre propre table. Nous dégustâmes le repas tout en discutant de choses et d'autres. La majeure partie de la conversation fut consacrée à nos hôtes qui s'enquéraient de nos vies dans d'autres mondes. Je ne manquai pas de remarquer comment ils détournaient habilement tous nos efforts pour les amener à s'ouvrir davantage sur leur propre peuple.

Dans d'autres circonstances, cela aurait pu être perçu comme de la méfiance, voire comme une offense. Mais il n'était pas le chef de toute son espèce. Je soupçonnais fortement que les autres Kalds et lui avaient convenu d'éviter de trop se confier, car cela aurait pu potentiellement avoir un impact sur eux tous. Comme seule une poignée d'entre eux avait rencontré l'un d'entre nous, ils n'avaient aucune raison de nous faire confiance, malgré l'amitié naissante que nous avions avec Aku.

Au moins, ses questions étaient anodines. Il n'essayait pas de fouiner dans quoi que ce soit qui aurait pu compromettre notre propre sécurité nationale. C'était le genre de bavardage amical que l'on aurait eu avec une nouvelle connaissance à propos de nos familles, de nos loisirs et de ce qui nous avait conduits à nos carrières respectives.

Alors que nous nous apprêtions à repartir, mon com se mit à sonner. Intrigué, je jetai un coup d'œil à son interface, pensant qu'il s'agissait d'une simple notification de mes drones de reconnaissance ayant détecté d'autres bêtes sauvages. À ma grande surprise, il s'agissait d'un nouveau message.

« *Vous avez de la compagnie.* »

— Nom de Tharmok, qu'est-ce que... ? me demandai-je à voix basse.

Une série de coordonnées et une fréquence suivaient cette unique phrase. L'identité de l'expéditeur était inconnue. Techniquement, je n'aurais pas dû recevoir ce type de message direct ici. Il n'utilisait pas une fréquence radio analogique de base, mais une fréquence numérique qui nécessitait une connectivité.

— Qu'est-ce qui ne va pas ? demanda Ciara, son visage affichant la même curiosité que celui des autres.

Je leur communiquai le contenu du message, puis redirigeai

l'un de mes drones les plus proches de ces coordonnées pour voir ce qui se passait.

— De la compagnie ? répéta Aku, le visage et la voix durcis. D'autres vaisseaux étrangers sont venus ?

— Je suppose que c'est ce que cela signifie, dis-je prudemment tout en affichant l'écran holographique de mon brassard pour montrer les images transmises par mes drones. Donne-moi une minute.

Au début, il n'afficha rien, même lorsque je réglais le scanner sur le rayon le plus large. Je recalibrai l'appareil pour scanner sur la fréquence fournie dans le message. En quelques secondes, il détecta un vaisseau camouflé à une courte distance. Mon cœur se serra lorsque le zoom révéla un vaisseau nazhral.

— Merde ! Ça ne présage rien de bon, dit Ernst.

— Qui sont-ils ? demanda Aku, avec une lueur de suspicion et un sentiment de trahison dans ses yeux brun jaunâtre. Que font-ils ici ?

— D'après le vaisseau, ils appartiennent à une espèce qui a plutôt mauvaise réputation en matière de contrebande et de piraterie, expliquai-je prudemment. Mais je n'ai aucune idée de qui ils sont ni pourquoi ils sont venus ici. Nous allons tous le découvrir ensemble. Si nous avions de mauvaises intentions, je ne partagerais pas cela avec toi en temps réel.

Aku semblait gêné d'avoir laissé entendre que nous avions pu les trahir. Il me lança un regard désolé, et je souris, indiquant que je n'étais pas offensé. Dans les circonstances, il avait toutes les raisons de se méfier des étrangers.

Le drone suivit discrètement le vaisseau. Heureusement, je les avais tous mis en mode furtif pour éviter de perturber la faune pendant l'exploration du territoire. Comme il ne possédait pas les systèmes anti-détection avancés d'un drone de niveau militaire, je redoutais que notre cible ne le détecte. Cependant, comme les intrus n'avaient aucune raison de nous soupçonner, ils poursuivirent paisiblement leur route, ne surveillant apparemment pas les menaces potentielles.

À notre grand étonnement, leur vaisseau se dirigea droit vers le Temple de Svast. Aku proféra une série de jurons dans sa langue. Enré montra les dents, la même fureur se lisant sur son visage. Même si ce n'était pas ma planète ni mon sanctuaire sacré, je me sentis personnellement bafoué en les regardant atterrir dans une grande clairière près du chemin qui menait à l'entrée.

— Dieu merci, il n'y a pas de pèlerins en ce moment, songea Ciara à voix haute. Je n'ose pas imaginer à quel point les choses auraient pu mal tourner autrement.

— Cela semble incroyablement opportun, répliqua Aku, la même colère visible sur son visage. Pas plus tard qu'hier, plus de quatre cents des nôtres étaient là. Demain, des centaines d'autres arriveront dans la matinée. Comment savaient-ils qu'ils devaient venir aujourd'hui pour passer inaperçus ?

C'était une excellente question qui en suscita bien d'autres. Toutes allaient probablement donner le type de réponses que je redoutais. Mais deux passagers débarquant du vaisseau provoquèrent une autre onde de choc parmi nous. Malgré le modèle du vaisseau, ce ne furent pas une paire de Nazhrals qui en sortirent, mais un humain et un Raithéen.

— C'est quoi ce bordel ?! s'exclama Ciara.

Bien que sidéré, j'ordonnai immédiatement au drone de capturer leurs images pour tenter une reconnaissance faciale. Malheureusement, comme je n'avais pas accès au réseau, j'allais devoir transférer les données à mon contact plus tard pour essayer de les identifier.

Les deux intrus parcoururent la courte distance qui les séparait de l'eau, près de l'entrée du temple. L'humain resta sur la rive tandis que le Raithéen se jetait à l'eau. Il pataugea dans la partie peu profonde, s'arrêtant parfois quelques secondes avant de repartir. Puis il plongea dans la partie la plus profonde, disparaissant complètement tandis que son compagnon observait en silence.

— Que font-ils ? demanda Aku. Qui sont-ils ? Et sont-ils une menace ?

Fronçant les sourcils, je secouai la tête, incapable de trouver une explication satisfaisante.

— Je ne sais pas trop. Ils sont arrivés dans un vaisseau qui n'appartient à aucune de leurs espèces. Mais ils ont pu l'acheter d'occasion pour un prix raisonnable. Ils ne semblent rien faire d'autre que de laisser le Raithéen se baigner. C'est de l'eau salée, n'est-ce pas ?

Aku hocha la tête.

— Comme tu peux le voir, les Raithéens sont une espèce amphibie. Ils ont besoin de se tremper dans l'eau salée à intervalles réguliers. Cela pourrait être l'explication, dis-je, bien que mon ton indiquât clairement que ma propre théorie ne me convainquait pas du tout.

— D'accord, dit Aku, sa voix encore empreinte de suspicion. Mais pourquoi notre temple ? Il y a plein d'eau partout ailleurs. Certaines des zones qu'ils ont survolées en route vers Svast avaient de grandes rives dégagées qui auraient été beaucoup plus pratiques pour atterrir. Cela semble trop délibéré.

— Oh mon Dieu ! s'exclama soudain Ciara. C'est Kalmia ! Ils sont venus nous tuer tous !

CHAPITRE 15

CIARA

Un puissant sentiment d'effroi m'envahit alors même que je prononçais ces paroles. Mes compagnons haletèrent, le choc et la confusion se disputant sur leurs visages alors qu'ils me dévisageaient, médusés.

— Quoi ?! s'exclama Aku. Nous tuer tous, comment ? C'est quoi ça, Kalmia ?

Je m'humectai nerveusement les lèvres tout en passant mes doigts dans mes cheveux, l'esprit en ébullition tandis que j'observais les intrus. Les Raithéens étaient souvent appelés Krakens sur Terre. Le haut de leur corps était similaire à celui des humains, avec un torse, deux bras et une tête, mais avec d'épais tentacules à la place des cheveux. Et le bas de leur corps était composé de huit tentacules comme une pieuvre, mais seule la moitié d'entre elles étaient munies de ventouses.

— Les Raithéens – le mâle que vous voyez avec l'humain – partagent des similitudes avec certaines créatures de la Terre appelées calmars et pieuvres. Ils sont reconnaissables aux tentacules qui forment la moitié inférieure de leur corps au lieu de jambes, expliquai-je. En général, c'est une espèce pacifique, mais ils possèdent également des capacités extrêmement létales.

— Comme quoi ? insista Aku.

— Ils peuvent produire des excroissances semblables à des perles que nous appelons concrétions calcaires, poursuivis-je. Elles ont généralement la forme de petits cailloux ou de pierres. Elles peuvent être lisses ou rugueuses, mais chez les Raithéens, elles ressemblent généralement à des roches rouges.

Aku se raidit, son visage prenant une expression effrayée qui me glaça jusqu'aux os. Il n'était pas du genre à montrer ouvertement sa peur.

— Il ne devrait pas y avoir de roches rouges dans la rivière, chuchota-t-il avec un regard horrifié.

— Exactement ! J'ignore pourquoi je le sais, mais...

— Mon amie nous a prévenus que cela pourrait arriver, répondit Aku d'un ton brusque, m'interrompant. Que font exactement ces roches ? Sont-elles dangereuses ?

Cette remarque me déconcerta. J'aurais voulu demander ce que son amie avait dit d'autre à ce sujet, mais j'aurais le temps de le faire plus tard.

— Les mollusques comme les calmars produisent généralement des perles ou ces concrétions comme un moyen de défense naturel contre les irritants, les parasites ou les blessures. Si un objet étranger se loge dans leur corps et qu'ils ne peuvent pas l'expulser, ils l'enrobent d'une sorte de nacre pour l'empêcher de les endommager davantage. Chez les Raithéens, c'est un peu différent car ils forment une couche fibreuse et non cristallisée, contrairement à la nacre.

— D'accord, dit Aku avec hésitation, attendant de voir où je voulais en venir.

— Les perles faites de nacre sont extrêmement difficiles à détruire, tandis que les perles fibreuses s'effritent assez facilement sous la pression ou sous l'exposition prolongée à quelque chose qui pourrait les diluer, comme l'eau, expliquai-je.

Ses yeux s'écarquillèrent de compréhension.

— Normalement, les concrétions calcaires ne sont pas une

menace puisqu'elles ne contiennent généralement qu'un éclat de bois ou d'autres irritants similaires qui se sont incrustés à l'intérieur de leur corps. Mais lors d'une guerre sanglante impliquant les Raithéens, nous avons découvert qu'ils pouvaient utiliser cette capacité de manière mortelle pour éliminer un grand nombre de personnes. Ils possèdent un venin naturel qui peut infliger une terrible maladie comparable à ce que nous appelons le paludisme sur Terre.

— Une maladie mortelle ? demanda Aku.

J'hésitai.

— Ça peut l'être si elle n'est pas diagnostiquée et traitée rapidement. Les Raithéens produisent des fléchettes très fines de la taille d'une aiguille qu'ils peuvent tirer à l'aide des ventouses situées sur leurs tentacules. Ils les tirent normalement à distance de la même manière que vous le faites avec vos sarbacanes, ce qui leur permet d'infecter leurs cibles.

— D'accord, mais quel est le rapport avec les roches rouges ? demanda Aku, l'air un peu agacé et impatient.

Je lui fis signe de patienter pendant que j'essayais de résumer le concept de manière encore plus succincte.

— Le problème, c'est que pendant cette guerre, les Raithéens ont délibérément mangé des plantes toxiques qui leur ont permis de sécréter un acide virulent qu'ils ont mélangé à leur venin avant d'en enduire leurs fléchettes. De la même manière qu'ils enveloppent d'une membrane fibreuse un fragment ou autre irritant dans leur corps, ils peuvent en envelopper leurs fléchettes mortelles. Et elles deviennent comme des bombes à retardement, dis-je.

— Le Raithéen sort de l'eau, dit soudain Amreth, nous interrompant.

Il avait nagé sur une distance considérable depuis l'endroit où il était entré. Cela m'inquiéta encore plus. Avait-il éparpillé un tas de pierres sur le lit de la rivière ?

— Ton drone doit scanner l'eau pour détecter la présence de ces rochers, dis-je d'une voix tendue.

— J'ai besoin des paramètres pour cela, répondit Amreth. Je peux configurer celui-ci pour l'instant, mais j'ai un deuxième drone en route. Le premier doit rester avec le vaisseau au cas où ils se déplaceraient.

Je hochai la tête et commençai rapidement à saisir quelques paramètres, en espérant qu'ils suffiraient. Sinon, nous allions devoir attendre qu'ils partent pour que le deuxième drone arrive et se rapproche suffisamment de l'eau pour que la caméra détecte leur présence potentielle.

Alors qu'il émergeait de l'eau, le Raithéen tordit six de ses huit tentacules en groupes de trois, formant une paire de jambes de fortune qui lui permirent de marcher d'une manière bipède étrange et bancale. C'était une pratique courante chez eux car ils pouvaient goûter avec les ventouses de leurs tentacules et ne tenaient pas vraiment à lécher le sol. Certes, ils pouvaient bloquer les récepteurs gustatifs, mais des miettes restaient toujours collées lorsqu'ils glissaient sur une surface.

À notre grande surprise, dès qu'il eut rejoint l'humain, les deux mâles remontèrent à bord de leur vaisseau et s'envolèrent. Au même moment, le brassard d'Amreth émit un bip, confirmant que le drone avait bien détecté des pierres de Puricis dans l'eau.

— Nous devons partir immédiatement et les arrêter, dit Aku en se levant d'un bond et en se dirigeant vers la sortie, suivi de près par Enré.

— Attends, dit Amreth d'un ton autoritaire. Nous ne pouvons pas les poursuivre dans la navette. Si les choses s'enveniment, leur vaisseau nous anéantira. Et les pierres ? Combien de temps avant qu'elles n'empoisonnent l'eau ?

— Il faudra un certain temps pour que la coquille fibreuse se dissolve, dis-je pensivement. Tout dépend de l'épaisseur qu'il leur a donnée. S'ils savaient que le temple serait vide aujourd'-hui, mais que les gens allaient venir demain, alors il l'aura rendu suffisamment épaisse pour durer au moins vingt-quatre heures.

— Ce qui nous laisse tout le temps de les poursuivre, insista Aku.

— Oui, mais seulement si mes hypothèses sont correctes, l'avertis-je. Vous pouvez les poursuivre pendant que Mehreen, Ernst et moi allons chercher les pierres du temple. Nous avons juste besoin d'un moment pour rassembler du matériel et des combinaisons de protection.

— Si tu veux venir avec moi, nous devons utiliser la navette pour nous rendre au vaisseau, intervint Amreth alors qu'Aku ouvrait la bouche pour s'opposer à ce retard supplémentaire. Il serait absurde de monopoliser les deux vaisseaux en laissant ces pierres plus longtemps que nécessaire dans votre sanctuaire sacré. Le drone les suit actuellement. Ils ne s'échapperont pas. Faisons les choses correctement.

Les dents serrées, Aku hocha sèchement la tête.

— Pendant que vous vous préparez, je vais demander à Sora d'envoyer un message à Vala et aux autres Kalds pour les avertir de se tenir à l'écart de tout cours d'eau connecté à celui du temple.

— C'est une excellente idée, dis-je avec un sourire reconnaissant.

Nous nous précipitâmes vers le laboratoire déployable et attrapâmes tout ce dont nous avions besoin. Alors que nous sautions dans la navette, un million de pensées se bousculaient dans mon esprit. Dès que nous nous installâmes sur le siège passager et qu'Amreth nous fit décoller, je partageai les théories qui germaient dans mon cerveau.

— Je crois avoir enfin compris, dis-je pensivement. Le Puricis – la bombe de pierre rouge que fabriquent les Raithéens – servirait effectivement à répéter Kalmia. Quiconque entre en contact avec elle ne fait pas que tomber malade. L'acide les liquéfie également de l'intérieur. Une fois que le processus est terminé, la personne est complètement méconnaissable et s'est transformée en une bouillie sanglante.

— Tous les pèlerins seraient donc exterminés ? demanda Aku avec colère.

— Ce serait pire que ça, dis-je d'un ton désolé. Le Puricis devient très contagieux une fois que les symptômes apparaissent. La mort est atroce mais rapide. La bactérie se transmet par simple contact, mais surtout par la sueur du patient. Cela dure environ vingt-quatre heures. Mais dès que la fièvre tombe, le patient meurt dans l'heure.

— C'est quoi cette Kalmia dont tu ne cesses de parler ? demanda Aku, l'air désemparé.

— C'était un massacre entre deux cartels rivaux, expliqua Amreth. L'un des cartels a empoisonné la source d'eau de la forteresse de leurs ennemis. Tout le monde a été exterminé. Ce qui me trouble, c'est que si les assassins ciblent maintenant vos temples, c'est qu'ils savent que c'est la saison pendant laquelle la majorité de votre peuple va entrer dans cette eau. Qui pourrait détenir ce genre d'informations sur vos coutumes ?

— Personne ne le devrait, dit Aku avec une frustration impuissante. Même nos amis en savent très peu sur nous. Ils ne fouinent pas, tout comme nous ne fouinons pas dans leurs affaires. Il est donc clair que des étrangers nous espionnent. Ce qui m'amène à vos propres amis. Qui vous a prévenu à propos des assassins ?

— La même amie qui m'a dit de venir ici pour secourir ma conjointe, répondit Amreth de manière factuelle.

— Tu lui fais confiance ? insista Aku.

— Oui. Sans ce message, demain ou dans quelques jours, nous nous serions réveillés au milieu d'une tragédie irréversible, dit Amreth. La question est de savoir pourquoi ? Qui vous déteste au point de vouloir vous éliminer alors que vous voulez simplement vivre en paix ?

— La réponse est évidemment les gens puissants dont nos

amis nous ont dit qu'ils s'en prendraient à nous avec une fureur dévastatrice si nous rendions l'affaire publique, répondit Aku.

— Par le sang de Tharmok ! s'exclama soudain Amreth, les yeux écarquillés. N'as-tu pas dit qu'Élias affirmait que la créature à l'origine de SS12 s'était décomposée trop rapidement pour qu'ils aient quelque chose à montrer ? Qu'elle s'était presque liquéfiée ?

Je restai bouche bée.

— Oui. C'est l'explication qu'il a donnée quand les gens l'ont interrogé à ce sujet. Cela ne peut pas être une coïncidence. Il a utilisé le Puricis comme référence pour tout justifier. Mais pourquoi irait-il aussi loin à cause de cet incident initial ? Cela n'a pas de sens.

— Quelle qu'en soit la raison, ils veulent clairement éliminer les Kreelars et effacer toute trace de leur existence, dit Amreth d'un ton dur, ses yeux blanc argenté brillant d'une détermination inébranlable. Allons attraper ces crapules. Ils parleront.

Les cinq minutes de vol jusqu'au vaisseau d'Amreth me parurent une éternité. Dès que nous atterrîmes, Aku se précipita hors de la navette. Je comprenais son impatience. Son peuple avait déjà trop souffert, et cette nouvelle menace pouvait être le coup de grâce.

— Fais attention et reviens-moi en un seul morceau, tu m'entends ? dis-je à Amreth alors que nous nous tenions près de la rampe de la navette.

— Je te le promets, ma conjointe. Toi aussi, sois prudente là-bas. Je ne t'ai pas trouvée pour te perdre déjà, répondit-il.

— Pas question. Tu es coincé avec moi, dis-je en souriant malgré l'appréhension qui me tordait les entrailles.

Nous échangeâmes un baiser bien trop bref, mais nous ne pouvions pas nous attarder davantage. Aku aurait probablement piqué une crise de toute façon, à juste titre d'ailleurs.

Dès qu'Amreth sortit, je retournai m'asseoir et Mehreen pilota la navette hors du hangar jusqu'au temple. À peine une minute après notre départ, le vaisseau d'Amreth décolla. Je refoulai les images terribles qui voulaient s'insinuer dans mon esprit sur toutes les façons dont les choses pouvaient mal tourner. Me rappeler qu'Amreth était un Guerrier d'élite et un Directeur sur Molvi m'aida à apaiser une partie de mes craintes.

Je tenais vraiment à lui. La perspective d'une vie sans lui était insupportable.

Mais alors que nous approchions du temple, je me recentrai sur la tâche à accomplir. Nous enfilâmes rapidement nos combinaisons de protection. Au grand dam d'Enré, elles n'étaient pas adaptées à lui ni aux deux autres Kreelars qui nous avaient accompagnés, en grande partie à cause de leurs queues.

Heureusement, les autres scans de la zone ne révélèrent la présence d'aucune autre personne, caméra ou drone que ces assassins en puissance auraient pu laisser derrière eux. Cela témoignait soit d'un excès d'arrogance, soit d'un haut degré d'insouciance. Quelle qu'en soit la raison, cela nous convenait parfaitement.

Alors que nous pataugions dans l'eau, une vague de colère m'envahit. C'était une façon si lâche et sournoise d'éliminer des gens qui n'avaient absolument rien fait d'autre qu'essayer de vivre leur vie en paix. Si nous n'avions pas vu le Raithéen entrer dans l'eau, les probabilités que quelqu'un découvre ce qui s'était passé auraient été minces, voire nulles.

En raison de leur taille relativement petite, il aurait été pratiquement impossible de détecter les pierres de Puricis sans être au courant de leur présence. Et même là, nous dûmes utiliser nos scanners car nous ne cessions de passer outre certaines d'entre elles puisqu'elles se fondaient trop bien dans le lit de la rivière. Nous ramassâmes vingt-deux pierres et les plaçâmes dans un conteneur de matières biologiques dangereuses.

— À quel point est-ce grave ? demanda Enré, la voix tendue pendant que je scellais le conteneur.

— Pour l'eau ? demandai-je.

Il hocha la tête, le dos raide.

Je lui adressai un sourire rassurant.

— Ernst prélève des échantillons d'eau pour une analyse plus approfondie au laboratoire, mais tous nos premiers scans montrent que c'est sans danger. Les pierres elles-mêmes ont un revêtement assez épais. Je suis sûre qu'il n'y a pas eu de fuite. Nous avons tout récupéré assez tôt, et il n'y a pas de courant fort qui aurait pu les emporter. L'eau est également relativement froide. Cela ralentit la dégradation de la coque fibreuse. Si l'eau avait été chaude, cela aurait été plus problématique. Tout devrait bien se passer.

— Merci, dit Enré, la voix chargée d'émotion. Notre peuple ne peut pas supporter une autre tragédie de grande ampleur.

Ses compagnons acquiescèrent, l'air sombre.

— Et nous allons faire tout ce qui est en notre pouvoir pour que cela n'arrive pas, dis-je de manière rassurante. Rentrons au village pour tester ces trucs et les détruire.

CHAPITRE 16
AMRETH

Nous prîmes le vaisseau en chasse en mode furtif. À en juger par leur trajectoire, ils semblaient avoir une destination bien précise en tête. J'entrai quelques instructions dans mon tableau de navigation afin que l'intelligence artificielle calcule leur trajectoire potentielle.

Assis dans le siège du copilote, Aku marmonna soudain une série d'injures dans sa langue. Je le regardai d'un air interrogateur.

— La trajectoire que ton appareil affiche pointe directement vers Lenph, dit Aku avec colère. C'est un temple similaire à Svast mais situé dans un autre territoire. Nous sommes sur le point de traverser la frontière.

— Est-ce illégal ? demandai-je prudemment. Y a-t-il des conflits entre vos territoires ?

Il secoua la tête.

— Les Kreelars sont un peuple pacifique. Nous ne serions qu'un si la terre n'était pas si vaste et les distances si grandes. Nous sommes tous une famille élargie. Mais il serait irréaliste que chaque tribu se rende au même temple. Le voyage serait trop long.

— Combien de temples de ce type avez-vous ? demandai-je à Aku.

— Trois au total. Mais les deux autres territoires, Lenph et Durgh, n'ont pas été touchés par la maladie. Seules les tribus qui font leurs dévotions au Temple de Svast ont été affectées. La maladie ne s'est pas propagée au-delà de notre territoire.

Je hochai la tête d'un air sombre.

— Les fraises n'ont pas encore franchi vos frontières. Assurons-nous qu'elles ne le fassent jamais.

J'augmentai notre vitesse pour nous rapprocher de notre proie. Je voulais pouvoir les intercepter avant que le Raithéen ne commence à répandre ses pierres empoisonnées dans la rivière. Les dieux seuls savaient quels dégâts avaient déjà été causés au Temple de Svast.

Un coup d'œil à l'image en superposition de la caméra du drone me montra la zone dans laquelle le vaisseau ennemi volait, ainsi que le contour fantomatique du vaisseau lui-même. De notre position actuelle, nous ne pouvions pas voir à travers son camouflage.

Je tapai quelques instructions pour que, dès que nous serions à cinq cents mètres d'eux, le pilote automatique s'enclenche pour nous maintenir à une distance constante. Le but était de se faufiler jusqu'à eux dès qu'ils abaisseraient leur rampe. À en juger par leurs actions précédentes au Temple de Svast, ils étaient assez insouciants et trop confiants quant au fait que personne n'était sur leur piste.

— Que fais-tu ? demanda Aku quand je commençai à taper un message sur un autre écran.

— J'envoie des images des deux intrus à mon amie, répondis-je. Nous disposons d'une technologie de reconnaissance faciale qui pourrait aider à les identifier et, espérons-le, à localiser leurs complices éventuels ou même leur employeur. Nous devons trouver la source avant qu'ils ne tentent de frapper à nouveau.

— Bien. Ils doivent répondre de leurs crimes, grogna Aku. Nous voulons savoir...

Une demande de communication interrompit ses paroles, nous surprenant tous les deux.

— Mais qu'est-ce que… ?! chuchotai-je.

Une réponse aussi rapide était inattendue, et encore plus une demande de communication directe. Il n'y avait ni relais ni satellites à proximité. Du moins, en théorie…

— Qu'y a-t-il ? demanda Aku.

— Une demande de communication de mon amie. Je vais l'accepter, répondis-je.

Il hocha la tête, sa tension presque palpable.

Un million de pensées fusèrent dans mon esprit lorsque le visage de Maeve apparut sur mon écran dès que j'acceptai la communication. Elle avait dit qu'elle serait partie en mission. Et pourtant, elle était là, suffisamment proche pour avoir une vidcom en direct dans une zone où cela n'aurait pas dû être possible.

— Maeve, dis-je en guise de salutation. Voici Aku, le chef de la tribu qui nous accueille. Aku, voici Maeve, mon amie.

— C'est un plaisir de te rencontrer, Kald Aku, répondit Maeve.

— De même, répondit Aku sans s'engager, d'une voix polie mais froide.

— Je ne veux pas être brusque ou impolie, mais je ne peux pas maintenir cette connexion trop longtemps, poursuivit Maeve. Nous analysons les données que tu as envoyées, Amreth. Quelle est la situation ?

— Nous nous rapprochons d'eux. Nous avons l'intention de les affronter dès qu'ils auront atterri. Nous pensons qu'ils se dirigent vers un autre temple, répondis-je avant de jeter un coup d'œil à la superposition de l'image de la caméra du drone. En fait, je peux le voir au loin. Ils sont presque arrivés. Nous devons nous dépêcher.

— Chassez-les de Kestria, mais ne les poursuivez pas, ordonna Maeve.

— QUOI ?! Absolument pas ! siffla Aku. Nous allons attraper ces meurtriers, et ils répondront de leurs actes devant mon peuple.

— Ils doivent être traduits en justice ! argua Maeve. La loi...

— *Dramsta* emporte tes lois ! Ici, c'est Kestria ! cria Aku, ses muscles se gonflant de colère. Vous, les étrangers, vous avez causé la mort d'innombrables membres de mon peuple, et maintenant vous osez vouloir dicter la façon dont les coupables seront traités ?!

Maeve leva les mains en un geste apaisant.

— Nous n'essayons pas de dicter quoi que ce soit ni d'imposer notre volonté à ton peuple. Malgré les événements tragiques qui ont eu lieu, sois assuré que nous respectons votre souveraineté. Cependant, nous avons besoin de preuves irréfutables contre les personnes qui ont ordonné ces crimes et financé cette attaque afin qu'elles puissent être traduites en justice. Vous ne pouvez pas les tuer.

— Pourquoi ne le ferions-nous pas ? s'insurgea Aku d'une voix laissant toujours percevoir sa colère. Leurs dépouilles seront une preuve suffisante. Contrairement à eux, nous n'utiliserons pas de poisons qui liquéfieront leurs corps au point de les rendre méconnaissables.

— Elle a raison, Aku. Sans eux vivants et forcés de témoigner, il sera plus difficile de prouver leur culpabilité, dis-je d'un ton apaisant. Le fait que nous ayons leurs corps ne signifie pas qu'ils soient venus sur votre planète avec de mauvaises intentions, ni même qu'ils soient venus intentionnellement. Cela pourrait être un piège pour nuire à quelqu'un avec qui nous sommes en conflit.

— Vous avez vos appareils d'enregistrement, répliqua Aku.

— En effet, concédai-je. Cependant, ces vidéos peuvent être trafiquées, modifiées pour montrer ce que nous voulons qu'elles montrent. De nombreux tribunaux ne leur accorderont pas beaucoup de poids lorsqu'il s'agira de rendre un jugement.

— Ils atterrissent ! dit Aku, son attention se reportant sur l'affichage superposé à l'écran montrant notre proie qui amorçait sa descente. Plus vite !

Contrairement au Temple de Svast, il n'était pas nécessaire de marcher sur un sentier étroit jusqu'à la rivière qui menait à l'entrée. Une grande clairière encadrait chaque rive du large cours d'eau, qui menait à la formation rocheuse dans laquelle le temple avait été creusé. Quelques arbres, placés à intervalles réguliers, ornaient les bords de la rive, leurs longues branches formant presque une arche au-dessus de la rivière.

— Je suis désolé, Maeve. Nous devons partir, dis-je sur un ton d'excuse.

— S'il te plaît, Amreth ! Ne les tue pas ! Ils sont essentiels à cette affaire ! supplia Maeve.

— Noté. Au revoir, répondis-je en restant évasif.

Elle pinça les lèvres en signe de résignation et me fit un signe de tête rigide. Je mis fin à la communication et filai vers le temple. Je me maudis intérieurement de ne pas avoir davantage accéléré plus tôt. Malgré la longue distance parcourue, j'avais bêtement pensé que nous aurions un peu plus de temps et j'avais donc modéré notre vitesse pour réduire les risques d'être découverts.

À ma grande surprise, bien que leur vaisseau se soit posé, ils n'abaissèrent pas immédiatement la rampe. En fait, rien ne sembla se passer pendant les cinq minutes qu'il nous fallut pour les rattraper à grande vitesse. Je ralentis le vaisseau et atterris à deux cents mètres d'eux. Malgré tout, ils restèrent à l'intérieur sans montrer aucun signe de vouloir sortir.

Un autre message entrant me fit presque bondir hors de ma peau. Sang de Tharmok ! Quand étais-je devenu si nerveux ? À ma grande surprise, il s'agissait d'un signal analogique de Ciara.

Mon soulagement initial fit rapidement place à l'inquiétude que quelque chose ait pu mal tourner.

— Ciara ? dis-je en guise de salutation dès que la communication fut établie. Tout va bien ?

— Oui. Nous avons tout réglé au temple, répondit-elle. Si vous trouvez d'autres pierres, ne les touchez pas. Envoyez-nous simplement les coordonnées et nous viendrons nous en occuper.

— Ils sont allés dans un autre temple. Mais pour une raison quelconque, ils ne sont pas sortis de leur vaisseau. Nos systèmes n'indiquent pas qu'ils nous ont détectés, mais je commence à me poser des questions, répondis-je, contrarié de ne pas pouvoir voir son visage.

— Je ne suis pas surprise, répondit immédiatement Ciara avec assurance, me prenant au dépourvu. Les Raithéens ont besoin de temps pour créer d'autres pierres de ce type. Compte tenu de la quantité que nous avons récupérée dans la rivière, et selon ses compétences, il lui faudrait environ une heure pour créer une quantité similaire avec une épaisseur comparable de coquille fibreuse. Cela signifie au moins quinze à vingt minutes de plus.

Un soulagement m'envahit.

— C'est une excellente nouvelle.

— Le Temple de Svast est-il en sécurité ? intervint Aku.

— Jusqu'à présent, nous avons toutes les raisons de croire qu'il n'a subi aucun dommage. Les premiers tests indiquent que l'eau est sûre, mais nous allons continuer à effectuer des analyses plus approfondies, répondit Ciara.

— Parfait. Nous allons essayer de les empêcher de mettre quoi que ce soit dans l'eau. Je t'enverrai un message une fois que tout sera réglé ici, répondis-je.

— Bien compris. Soyez prudents, dit Ciara.

Dès que la communication s'acheva, je me tournai vers Aku.

— Nous ne pouvons pas les tuer, mon ami, dis-je d'un ton doux.

Son visage se durcit immédiatement. Je pouvais supporter sa colère, mais le sentiment de trahison qui se lisait dans ses yeux me blessa profondément.

— Je ne vais pas les laisser s'échapper en espérant qu'un étranger les attrape et les fasse répondre de leurs crimes, grogna-t-il. Toi plus que quiconque, en tant que Directeur de la principale prison de ton alliance, tu devrais comprendre que les lois locales doivent être appliquées lorsqu'un crime a été commis contre le peuple.

— Je le sais, mon ami. Crois-moi, je le sais. Mais ces deux mâles ne sont que des sous-fifres dans l'ordre des choses, dis-je d'un ton raisonnable. Si tu choisis de les torturer ou de les tuer, quels que soient mes sentiments personnels à ce sujet, je ne peux pas m'y opposer. C'est ta planète et donc tes règles.

— Exactement. Et nos règles dictent qu'ils doivent comparaître devant les Kalds pour affronter notre courroux, répliqua Aku.

Je soupirai, mon esprit cherchant frénétiquement un argument susceptible de le convaincre. C'était une situation étrange dans laquelle je me trouvais. En tant que Directeur, et même pendant mon service obligatoire en tant que Gardien de la paix dans le cadre de ma formation, je n'avais jamais eu à jongler avec ce type de conflit diplomatique. Comme je n'avais eu que des interactions avec les planètes membres de l'OPU, nous avions un ensemble de lois qui s'appliquaient à tous et qui tenaient également compte de leurs lois planétaires individuelles.

— Tu as un pouvoir incroyable en ce moment. Les morts ne parlent pas. Grâce à eux, nous pouvons rassembler suffisamment de preuves pour remonter jusqu'aux instigateurs. S'ils ont fait ça à ton peuple, il y a de fortes probabilités qu'ils aient fait la même chose, voire pire, à d'autres. Les personnes puissantes auxquelles ton ami a fait allusion doivent être arrêtées. Ces deux-là pourraient nous aider à y parvenir.

Il me dévisagea longuement sans dire un mot. Pendant un

bref instant, j'espérai avoir réussi à le convaincre, mais son visage se durcit à nouveau.

— Ils parleront, répondit-il.

J'ouvris la bouche pour argumenter à nouveau, mais le regard qu'il me lança me dit clairement de laisser tomber. Après avoir poussé un autre soupir, je me levai. Le soupçon qui s'alluma instantanément dans ses yeux me piqua à nouveau. Même si je comprenais sa colère, je détestais la façon dont cette situation avait suffi à ébranler sévèrement l'amitié et la confiance que nous avions progressivement établies depuis notre arrivée.

— Je vais placer des charges à Impulsion Électromagnétique sur leur vaisseau, répondis-je à sa question tacite. Ce sont des dispositifs qui libèrent une puissante décharge électrique pouvant détruire leur moteur et leurs systèmes de navigation, expliquai-je. S'ils tentent de fuir, je peux les activer à distance et m'assurer qu'ils ne puissent pas s'échapper.

Aku se détendit aussitôt, ses soupçons laissant place à un mélange d'approbation et de gratitude. Il ne faisait aucun doute dans mon esprit qu'il avait l'intention de les réduire en bouillie. Franchement, à sa place, j'aurais voulu faire de même. J'espérais seulement pouvoir le convaincre de ne pas le faire si et quand nous en arriverions là.

La principale question pour moi était de savoir qui et combien de vaisseaux se cachaient à proximité en orbite. Je ne pouvais pas dire avec certitude que Maeve était parmi eux. En fait, je soupçonnais qu'elle avait été honnête en affirmant être en mission ailleurs. Mais la clarté de notre vidcom impliquait que l'OPU avait probablement introduit en douce un satellite, un relais ou l'un de ces vaisseaux de communication qui agissent comme un satellite. Je penchai fortement pour cette dernière hypothèse, car elle éviterait les soupçons puisque ces vaisseaux étaient camouflés pour paraître anodins s'ils étaient détectés.

Je ne connaissais leur existence qu'en raison de mon habilitation de sécurité élevée en tant que Directeur, car de tels vaisseaux avaient déjà été utilisés lors de raids pour appréhender certains des détenus qui avaient atterri dans mon Secteur.

L'OPU ne pouvait pas avoir une petite flotte là-haut. Même s'ils avaient réussi à le faire sans être détectés, une fois qu'ils se seraient désoccultés pour attraper les assassins – en supposant qu'ils parviennent à nous échapper – cela créerait un problème différent au sein du système judiciaire, particulièrement s'ils faisaient une descente dans la Zone Morte sans mandat. Un ou deux vaisseaux étaient beaucoup plus probables. Mais cela signifiait aussi que les assassins auraient plus de facilité à s'échapper. Les IEMs allaient s'assurer qu'ils ne le fassent pas.

Je récupérai les dispositifs d'IEM de l'armurerie ainsi qu'une paire de blasters, dont j'offris un exemplaire à Aku. Il leva le nez dessus avant de me jeter un regard comme si j'avais fait quelque chose d'offensant. Hochant la tête en signe de concession, je remis l'arme à sa place et lui tendis un brassard.

— Il est doté d'un bouclier d'énergie que tu actives comme ceci, dis-je en le démontrant en activant celui de mon propre brassard.

— Ce ne sera pas nécessaire, dit Aku.

Cette fois, je le fusillai du regard avec agacement.

— Si les choses tournent mal avec ces deux mâles, ils te tireront dessus. Les tirs de blaster sont terribles et te tueront. Si tu ne veux pas utiliser de blaster, pas de problème, car ils nécessitent un certain entraînement. Mais il n'y a aucune raison que tu n'utilises pas de bouclier. Il n'est pas question que je retourne dans ton village sans que tu sois capable de marcher seul.

— Attention, Obosien. On dirait que tu te soucies de moi, répliqua-t-il sur un ton narquois. Mais je vais bien aller. Ne perdons pas de temps. D'après les estimations de ta conjointe, ils ne vont pas tarder à sortir.

— Au moins, utilise la fonction de bouclier furtif personnel du brassard, insistai-je avec exaspération, anticipant qu'il allait encore refuser.

À mon grand étonnement, il plissa les lèvres avant de hocher la tête.

— La fonction d'invisibilité pourrait être utile. Je veux bien.

La mâchoire me tomba. Je refermai la bouche avec un bruit audible lorsqu'il haussa un sourcil moqueur. Après lui avoir montré comment l'activer et la désactiver, nous discutâmes rapidement de notre stratégie, puis nous sortîmes du vaisseau.

Je vérifiai à nouveau que son bouclier furtif soit correctement activé avant de sortir du rayon de camouflage autour de notre vaisseau. Son expression était presque bestiale. Malgré les nombreux jours passés parmi son peuple, Aku avait réussi à nous tenir en grande partie dans l'ignorance à leur sujet. Je ne savais pas comment ils choisissaient leur *Kald*. Cependant, je soupçonnais que cela impliquait non seulement le leadership et la diplomatie, mais aussi le fait d'être l'alpha suprême. Et à cet instant, son visage exprimait clairement qu'un prédateur sauvage et impitoyable rôdait en lui.

Je lui fis signe de rester en retrait pendant que je m'approchais rapidement du vaisseau. Le cœur battant, je me faufilai à l'arrière, m'accroupissant le plus bas possible pour placer la charge IEM le plus près possible du moteur, mais aussi à un angle qui serait difficile à remarquer visuellement à moins que quelqu'un n'attire délibérément l'attention dessus.

J'étais sur le point de faire le tour de l'autre côté pour placer le deuxième aimant lorsque le bruit sourd de la rampe qui s'abaissait me fit sursauter. Ma tête se tourna brusquement vers Aku. À travers son bouclier furtif, il m'apparaissait comme une silhouette fantomatique. Mais cela ne cachait rien de l'expression sauvage qui s'empara de ses traits alors qu'il prenait une position défensive, prêt à bondir. Je lui fis signe de ne pas bouger tout de suite. Ses yeux se tournèrent vers moi pendant une brève seconde avant de se recentrer sur les deux mâles qui sortaient du vaisseau nazhral.

Aku retira sa sarbacane de sa ceinture pendant que je m'approchais furtivement de lui. Mes yeux s'écarquillèrent lorsqu'il déploya une série de griffes redoutables dont je ne soupçonnais pas l'existence. Même pendant la chasse contre les Murthis, il ne les avait pas extrudées autant. Je savais que les Kreelars pouvaicnt sortir un pcu lcurs griffcs, cc qu'ils faisaient régulièrement pour pouvoir grimper plus facilement aux arbres. Mais là, c'était autre chose. Un frisson glacial me parcourut l'échine en réalisant que cela pouvait être un autre signe qu'il ne les laisserait pas en vie.

— Cette planète est vraiment magnifique, dit le Raithéen en descendant la rampe de cette étrange manière que son peuple avait l'habitude d'utiliser lorsqu'il tordait ses tentacules pour en faire des jambes de fortune. C'est vraiment dommage de l'empoisonner, elle et son peuple. Il n'y a aucun plaisir à tuer des innocents.

— Et alors ? dit l'homme avec un mélange d'agacement et de mépris. Ne fais pas ta putain de mauviette. Ce ne sont que des singes qui parlent. Nous n'avons même pas besoin de nous salir les mains pour nous débarrasser d'eux. C'est la pile de crédits la plus facile que j'aurai gagnée depuis longtemps.

— Ce n'est pas une question de crédits, grommela le Raithéen en s'arrêtant quelques pas après être descendu de la rampe. Certaines choses sont plus importantes que ça.

— Rien n'est plus important que ça, espèce de connard. Depuis quand es-tu devenu si sentimental ?

Il haussa les épaules.

— Je ne suis pas sentimental. Je ne vais pas en perdre le sommeil. C'est juste que je ne prends aucun plaisir à détruire quelqu'un qui ne m'a pas fait de tort. Il n'y a aucun honneur à empoisonner des gens qui ne dérangent personne.

— Putain, épargne-moi ton numéro de voyou repentant. Va juste chier ta merde pour qu'on puisse foutre le camp d'ici. Il y a quelques belles salopes sur la station spatiale Galathéa qui vont chevaucher ma bite avec tous ces crédits que nous gagnons. Alors, va faire caca !

— Je ne défèque pas dans l'eau. La création des Puricis prend du temps, et ils doivent tenir quarante-huit heures avant de se désagréger, dit le Raithéen avec un regard de mépris pour son compagnon. Leur peuple est toujours en route pour venir ici.

— Je me fous complètement de tout ça. Contente-toi de le faire !

— Tu t'en soucieras quand tu ne recevras pas tes crédits à cause d'un travail bâclé, stupide humain ! Si le poison se libère trop tôt, la flore, la faune et les poissons à proximité seront tous morts lorsque leur peuple arrivera. Ils sauront que quelque chose s'est passé. Que penses-tu que Marilia nous fera une fois que les Défenseurs seront alertés ?

Mon cœur bondit en entendant ce nom. Faisait-il référence à Marilia Hesper, la PDG de Typhoon Pharma, le plus grand conglomérat pharmaceutique intergalactique ? Ce nom était trop unique pour être une coïncidence.

L'humain marmonna quelque chose d'inaudible, la menace le convainquant apparemment de battre en retraite.

— J'ai presque terminé, finit par dire le Raithéen à contre-cœur. Donne-moi encore cinq minutes.

— Je ne pense pas ! siffla Aku en abaissant son bouclier furtif.

Je gémis intérieurement qu'il ait dévoilé notre présence si tôt. Le Raithéen aurait pu faire quelques révélations supplémentaires qui nous auraient aidés à appréhender toutes les personnes impliquées dans ce merdier.

Les deux assassins hoquetèrent en pivotant brusquement sur leur droite pour nous faire face. L'humain tendit instinctivement la main vers son blaster tandis que le Raithéen levait les deux tentacules restants qu'il n'avait pas enroulés dans ses jambes de fortune. Avant qu'aucun d'eux ne puisse faire feu, Aku tira une fléchette sur l'humain avec sa sarbacane. Elle atteignit le cou de l'homme. La main gauche de l'humain se précipita vers le point où elle était entrée alors qu'il tentait d'ouvrir le feu. Le tir dévia largement, et l'homme recula en titubant, la force du paralytique agissant sur lui à une vitesse folle.

Sans lui accorder la moindre attention alors qu'il s'effondrait, ses yeux devenant vitreux, je bondis en avant tout en activant mon bouclier d'énergie pour parer la volée de fléchettes empoisonnées que le Raithéen lançait vers Aku depuis les ventouses de ses tentacules. Elles s'écrasèrent contre mon bouclier, le faisant scintiller. Mes mains me picotèrent tandis que j'invoquais mon Lumiak avant de le déchaîner sur le Raithéen. Il esquiva sur la gauche en roulant sur lui-même, avant de se remettre sur ses tentacules désormais dépliés.

Cette fois, il leva quatre tentacules pour tirer une deuxième rafale de fléchettes tout en glissant de manière erratique vers la rampe pour se rendre plus difficile à atteindre. Mais je lui coupai la route, volant dans sa direction tout en lui envoyant d'autres éclairs de Lumiak. Aku était déjà en mouvement. Il courut vers le Raithéen, sautant à une hauteur impossible pour éviter les projectiles.

Le Raithéen activa son propre bouclier d'énergie, bloquant mes éclairs, mais s'exposant au dard d'Aku. Il poussa un cri de colère en sentant sa piqûre lorsque le dard s'enfonça dans sa hanche. Réalisant qu'il n'allait jamais pouvoir retourner sur son vaisseau et qu'il avait peu d'espoir de nous affronter tous les deux seul, il se précipita vers la rivière. Il garda son bouclier levé devant lui tout en glissant à reculons à une vitesse stupéfiante et en nous tirant ses propres fléchettes.

Je sentis l'énergie psionique émaner d'Aku une demi-seconde avant que le Raithéen ne chancelle. Il cligna des yeux plusieurs fois et secoua la tête comme quelqu'un qui essaie de se remettre d'une gifle magistrale. Je volai vers lui, sans être gêné, alors qu'il concentrait ses attaques sur mon compagnon, qui n'utilisait toujours pas de bouclier. C'était une tentative insensée car le Kreelar se déplaçait beaucoup trop vite, sautant et bondissant hors de danger à une vitesse vertigineuse tout en tirant avec sa sarbacane presque comme une arme automatique.

Beaucoup de fléchettes d'Aku atteignirent leur cible, si ce n'étaient toutes. Et pourtant, le Raithéen ne fut pas instantanément engourdi ou paralysé comme l'humain l'avait été. Je compris alors qu'il enduisait probablement chaque fléchette de sa membrane fibreuse avant que le venin ne puisse avoir un impact négatif sur lui.

Mais peut-il vraiment les neutraliser aussi vite ?

C'était une question pour plus tard. Malgré le fait qu'Aku perturbait psychiquement son esprit, le Raithéen réussit à ramper jusqu'au bord de la rive. Je fonçai, espérant l'attraper avant qu'il ne se jette à l'eau, ce qui allait rendre extrêmement difficile de le maîtriser. À ma grande surprise, Aku sauta sur un arbre au bord de l'eau, juste au-dessus de notre proie. Il se balança autour de la branche, lança sa queue comme un lasso, et s'accrocha à l'un des tentacules du Raithéen au moment où celui-ci plongeait dans l'eau.

Comme un gymnaste qui tourne autour d'une barre horizontale, Aku fit une rotation en direction de la clairière, entraînant le Raithéen avec lui. Il le projeta violemment au sol. Assommé, il tenta de se relever sur ses tentacules et de lever son bouclier pour parer nos attaques, mais il ne fut pas assez rapide. Mon Lumiak le frappa en plein thorax. Son corps se raidit et il s'effondra sur le sol, secoué de spasmes. Luttant contre l'envie de le frapper une fois de plus avec encore plus d'intensité, je sortis mon blaster à la place et lui tirai dessus avec le réglage de paralysie le plus élevé. Son corps s'agita une fois de plus avant de s'affaisser.

Aku atterrit sur ses pieds et courut sur la courte distance qui le séparait de sa proie déchue. La lueur meurtrière dans ses yeux me fit frissonner à nouveau.

— Il est inconscient pour l'instant, dis-je préventivement en m'accroupissant à côté du Raithéen. Cela durera environ dix minutes. Je vais mettre un collier de contrôle sur lui et sur l'humain. Cela les empêchera de tenter de s'échapper ou de nous attaquer. Dans son cas, cela l'empêchera également de produire ses fléchettes empoisonnées.

Aku ne répondit pas. Il resta là, debout, à m'observer, les griffes complètement déployées, les doigts se contractant comme s'il luttait contre l'envie de réduire en lambeaux le mâle inconscient. J'ôtai le collier de ma ceinture et le passai rapidement autour du cou du Raithéen avant de le configurer pour son espèce. Il allait envoyer des signaux neuronaux distinctifs inhibant certaines fonctions.

Je me dirigeai vers l'humain qui était encore très conscient et lucide, simplement paralysé. Il pouvait toujours parler et penser rationnellement, mais ses membres étaient trop lourds pour bouger. Même ses paroles étaient légèrement embrouillées lorsqu'il se mit à me couvrir d'insultes alors que je fermais le collier autour de son cou.

— Ramenons-les à l'intérieur de leur vaisseau, dis-je, troublé par l'intensité glaciale – pour ne pas dire sadique – avec laquelle Aku fixait toujours le mâle inconscient.

Je pris l'humain dans mes bras et le transportai en haut de la rampe. J'éprouvai des sentiments partagés en voyant Aku saisir le Raithéen par le poignet de son bras droit et le traîner derrière lui comme un poids mort. Selon les normes galactiques, cela aurait été considéré comme un mauvais traitement abusif et illégal d'un prisonnier. Je mourais d'envie de lui demander de le porter avec plus de compassion, mais je me tus. Cette légère rudesse valait mieux qu'une exécution sommaire.

Nous les emmenâmes sur le pont et les fîmes asseoir sur les chaises près des postes scientifiques et tactiques. Après les avoir enchaînés à leurs sièges, je me tournai vers le tableau de navigation et tentai d'appeler Maeve. À ma grande surprise, elle répondit à nouveau presque instantanément. Tout doute que j'avais encore sur le fait qu'ils aient un vaisseau de communication ou un satellite temporaire en orbite s'évanouit.

— Sont-ils en vie ? demanda-t-elle immédiatement.

— Pour l'instant, répondit Aku d'une voix glaciale.

Maeve pinça les lèvres mais ne protesta pas.

— Donne-moi accès à leur ordinateur. Je vais te montrer comment faire, dit-elle.

Je suivis ses instructions simples, et en quelques secondes, tout le tableau de navigation s'illumina.

— Merci, dit Maeve, la voix tendue, en jetant un coup d'œil à mon compagnon qui dominait toujours les prisonniers.

Elle reporta son attention sur moi, ses yeux parlant d'eux-mêmes.

— Je compte sur toi, Amreth.

Je hochai la tête, comprenant sa demande tacite. C'était un défi de taille, mais que j'espérais relever.

— Le Raithéen a mentionné quelque chose à propos d'une certaine Marilia. Je pense qu'il s'agit peut-être de Marilia Hesper. Tu devrais peut-être te renseigner sur elle.

Le sourire énigmatique qu'elle m'adressa, mêlé d'un soupçon de triomphe dans ses yeux brun foncé, laissait entendre qu'elle était déjà sur sa piste.

— Noté, répondit-elle de manière évasive. Maeve, terminé.

Bien qu'elle mît fin à la communication, je savais que la meilleure pirate informatique des Défenseurs était en train de fouiller toutes les données du vaisseau, y compris leurs historiques de communication. Tout ce qui pouvait être recueilli n'allait pas lui échapper.

Dès que j'eus rejoint Aku près des prisonniers, il tourna son attention vers l'humain, qui était conscient et furieux. À en juger par l'immobilité générale de son corps, le paralytique l'affectait toujours.

— Qui vous a envoyés ? demanda Aku, qui avait apparemment attendu que j'aie fini avant de commencer l'interrogatoire.

— Je veux un avocat, dit l'humain avec arrogance.

— Tu es sur Kestria, espèce de *smarva* ! Ici, tu n'as pas d'avocat. C'est mon monde, et tu vas suivre mes règles.

— Je me fiche de tes règles, saloperie de singe. Je ne parlerai pas sans avocat, cracha-t-il en relevant le menton avec défi.

L'imbécile ne semblait pas réaliser à quel point sa situation était précaire. Il croyait bêtement que ma présence lui offrait une sorte de protection. Sur n'importe quel autre monde, cela aurait été vrai, mais pas ici.

Aku pencha la tête sur le côté et un sourire menaçant étira ses lèvres.

— Tu sais, nous avons récupéré les petits cailloux que ton ami a fait tomber dans les eaux sacrées du Temple de Svast tout à l'heure, dit-il d'une voix mielleuse. Puisque nous, les Kreelars, croyons qu'il faut traiter les autres comme ils nous traitent, j'ai plutôt envie de te donner un bain avec eux. Notre amie Ciara a mentionné quelque chose quant au fait que l'eau chaude accélère l'expérience. Dis-moi, humain, que préfères-tu ? Un bain chaud ou une conversation amicale ?

À chaque mot, l'humain pâlit un peu plus. Il avait la peau hâlée de quelqu'un habitué à travailler à l'extérieur. Il semblait avoir entre quarante et quarante-cinq ans, avec des cheveux noirs gras lui tombant aux épaules, une barbe de deux jours, des yeux bleus perçants et un nez tordu qui indiquait qu'il avait été cassé au moins une ou deux fois. Grand et dégingandé, il paraissait être le genre de type qui essaie immédiatement de résoudre les problèmes à coups de blaster, mais qui fuit le combat au corps à corps.

— La torture est illégale, siffla-t-il, essayant de paraître brave malgré la peur qui s'infiltra dans sa voix alors qu'il tournait son attention vers moi. Dis-lui !

— Je n'ai rien à lui dire, répondis-je nonchalamment en haussant les épaules. Tu l'as entendu. C'est sa planète. Par conséquent, nous observons ses règles.

— Mais tu es un Obosien ! Tu as juré de faire respecter les lois ! s'exclama l'homme, de plus en plus paniqué.

— Exactement. Et son peuple établit les lois locales. Je m'y conformerai. Si les Kreelars autorisent la torture, je ne peux rien y faire.

— C'est du bluff ! cria-t-il, s'accrochant au déni. Cette planète est membre de l'OPU. Nous faisons du commerce avec les Sangoths !

— Cette planète n'est pas membre de l'OPU, rectifiai-je. Les Sangoths ont un accord limité avec eux, mais il ne s'étend à aucune autre espèce ici. C'est la Zone Morte. L'Organisation des Planètes Unies n'a aucune juridiction sur ce territoire, pas plus que les Défenseurs ou les Gardiens de la Paix. Donc, à moins que tu ne veuilles voir tes tripes se transformer en bouillie, je te suggère de commencer à parler. Parce que je t'assure qu'Aku se fera un plaisir de te donner un avant-goût de ce que tu réservais à son peuple.

Cette fois, il prit enfin conscience de la gravité de la situation. Il s'humecta nerveusement les lèvres, cherchant une réponse. Il jeta un coup d'œil à son compagnon, ligoté à côté de lui, mais le trouva toujours inconscient. Le Raithéen allait se réveiller d'une minute à l'autre, mais il n'allait lui être d'aucune aide.

— Je ne sais rien, dit enfin l'humain. Je ne suis qu'un homme de main. C'était juste l'un de mes nombreux contrats. Mon travail consistait à le transporter pour qu'il puisse répandre sa merde dans trois temples et dans les puits si nécessaire.

— Pourquoi ? grogna Aku. Pourquoi nous faire ça ?

L'humain haussa les épaules, son mouvement à peine perceptible en raison de la paralysie persistante.

— C'est sacrément évident. Ils nous ont dit d'exterminer les singes et les scientifiques.

Une fureur aveuglante m'envahit, non seulement à cause du manque de respect continu envers les Kreelars, mais aussi de l'insensibilité avec laquelle il exprimait son intention de tuer une espèce entière ainsi que ma conjointe et ses collègues.

— Tu ferais bien de surveiller ton langage, humain, sifflai-je. Tu n'es pas en position de parler avec condescendance à des gens qui sont bien meilleurs que tu ne le seras jamais. Maintenant, réponds à cette fichue question. Pourquoi as-tu été envoyé pour les tuer ?

— Je ne sais pas, et je m'en fous. Ils offraient une belle somme d'argent, et je voulais juste être payé. Pourquoi, et qui est blessé dans le processus n'est pas mon putain de problème, répondit l'homme de manière belliqueuse.

— Tu mens ! gronda Aku entre ses dents.

Il avait raison. Un rapide coup d'œil à l'aura de l'homme confirma sa duplicité, et aussi autre chose. La trahison me vint à l'esprit.

Qu'est-ce qu'il mijote ?

Une puissante vague d'énergie psionique me fit sursauter. À peine une seconde plus tard, l'humain hurla et du sang commença à couler de son nez. Les dents serrées et une expression bestiale sur le visage, Aku fixait l'homme avec une haine qui me fit froid dans le dos. Je dus faire appel à toute ma volonté pour ne pas intervenir. Je ne croyais pas à la torture. Mais en tant qu'espèce avancée, j'avais bénéficié de nombreux avantages technologiques qui aidaient à faire parler les récalcitrants. Je voulais croire que mon compagnon n'irait pas jusqu'à me forcer à intercéder en faveur du prisonnier.

Même si je croyais au respect des lois de son peuple, je ne pouvais pas rester les bras croisés et regarder un meurtre être commis, même si la victime le méritait.

La vague d'énergie psionique s'arrêta aussi brusquement qu'elle avait commencé. La tête de l'homme retomba sur sa poitrine, ses cris se transformant en gémissements de douleur alors qu'il respirait bruyamment.

— Parle ou je te ferai regretter de ne pas être mort, dit Aku d'une voix menaçante. Ton peuple a apporté la mort et la souffrance au mien avec une maladie qui a failli nous anéantir. Et maintenant, tu nous menaces d'extermination. Tu vas me dire pourquoi.

— Je ne sais rien ! Je le jure ! supplia l'homme.

Aku n'insista pas et lui administra simplement une autre généreuse dose de coups psioniques. Mon estomac se noua, chaque fibre de mon être me hurlant de l'arrêter. Ce n'était pas la bonne façon de procéder. Cela me troublait d'autant plus que, bien que sa voix criât sa sincérité quant au fait qu'il ne savait rien, l'aura de l'humain continuait à révéler qu'il était malhonnête sur quelque chose.

Lorsque le sang commença à couler de l'oreille de l'homme, je posai une main sur l'épaule d'Aku d'une manière apaisante. Je ne dis pas un mot. Il me jeta un coup d'œil de biais et nos regards se croisèrent un instant. Il voulait clairement me dire vertement de ne pas m'en mêler. À ma grande surprise – et à mon grand soulagement – il céda et arrêta son attaque.

L'homme toussa et pleura, toute sa bravade arrogante précédente s'étant envolée.

— Il ne sait rien, dit soudain le Raithéen, nous surprenant tous les deux.

Sa tête était toujours inclinée, ce qui nous donnait l'impression qu'il était encore inconscient. Les tentacules plus courts et plus étroits qui pendaient de sa tête et qui faisaient office de cheveux cachaient son visage, renforçant l'illusion qu'il était toujours évanoui. Il releva la tête, la membrane nictitante de ses doubles paupières clignant tandis qu'il nous regardait avec une expression légèrement groggy.

— Bruce n'est qu'un pion. Il est trop stupide pour que les gens lui confient quoi que ce soit au-delà des détails de ses tâches, dit le Raithéen d'une voix lasse.

— Mais *toi*, tu sais ce qui se passe, rétorquai-je.

— Je sais en partie ce qui se passe, mais pas tout, corrigea-t-il avant de porter son attention sur Aku. Je ne sais rien de la maladie que les scientifiques tentent de guérir. Mais la survie de ton peuple est devenue une trop grande menace maintenant que vous avez trouvé un moyen de voyager hors de votre monde. Notre employeur ne peut pas risquer que vous les exposiez.

— Tais-toi, Nylar ! siffla Bruce.

— Non, *toi* tais-toi, stupide humain, répondit Nylar en lui lançant un regard dégoûté. Nous ne serons pas secourus. Mais tu es trop bête pour le voir.

— Tu n'en sais rien ! répliqua Bruce.

— Regarde l'écran, dit Nylar en montrant du menton l'écran superposé au-dessus du tableau de navigation. L'intelligence artificielle transfère actuellement toutes nos données. Ils ont quelqu'un d'assez compétent pour prendre le contrôle de notre vaisseau à distance. À présent, ils ont déjà vu et traité notre appel de secours d'urgence préprogrammé. On est foutus. Alors, autant être honnêtes.

— Nous avons en effet pris le contrôle de l'ordinateur de votre vaisseau, confirmai-je en plissant les yeux avec suspicion. Mais pourquoi es-tu subitement si coopératif ?

— Parce que soit nous mourons ici aujourd'hui, soit nous avons un accident sur le chemin du retour, soit nous rencontrons un destin tout aussi terrible sur Molvi. Quoi qu'il en soit, on est foutus. Typhoon Pharma ne voudra pas qu'on parle. Alors je préfère le faire maintenant pour avoir une possibilité de protection accrue de la part des Défenseurs. Il est certain qu'ils ont des gens dans le coin. Autrement, il vous aurait été impossible de nous détecter aussi rapidement et de pirater nos vaisseaux dans une Zone Morte comme vous le faites actuellement.

Je hochai la tête en signe de concession, le cœur battant à tout rompre en entendant cette confirmation de l'implication de Typhoon Pharma. Que son aura ne montre également aucune duperie me réjouit encore plus.

— Je savais que je n'aurais pas dû jouer avec un monde aussi beau, et surtout pas avec des lieux de culte, ajouta Nylar avec autodérision.

— Et pourtant, tu l'as fait, dit durement Aku. Pourquoi ?

— Je le devais. C'est mon travail. Pour ton information, je ne connais pas tous les secrets, mais seulement que si ce qui s'est passé ici est révélé, cela soulèvera trop de questions qui amèneront les gens à examiner de trop près Typhoon Pharma, répondit nonchalamment le Raithéen. Le problème est principalement lié à Noah Montel, le fils qu'a eu la PDG d'une précédente relation.

— Noah ! Je connais ce nom, s'exclama Aku. C'était le nom de l'humain que Sora avait mordu.

Nylar s'ébroua.

— Évidemment. Ce salaud n'arrête pas d'avoir des ennuis. J'ai passé la majeure partie de ma carrière à étouffer ses conneries. Après la dernière grande tragédie qu'il a causée, je pensais qu'il était fini. Mais Élias Jacobs a accepté de l'intégrer à son équipe alors que personne d'autre ne voulait le prendre.

— Pourquoi Jacobs a-t-il fait ça ? demandai-je. Et pourquoi personne d'autre n'a voulu de Noah ?

— Pour des raisons évidentes, répondit Nylar de manière factuelle. Jacobs n'arrivait pas à obtenir de nouveaux financements pour ses recherches. Noah veut jouer au médecin de mission, mais il ne peut pas suivre les règles et se lasse vite. Dans ce cas précis, le projet ne s'avérait pas assez lucratif.

Je fronçai les sourcils, ma confusion se reflétant sur le visage d'Aku.

— Qu'entends-tu par pas assez lucratif ? demandai-je.

— La recherche sur les Sangoths a toujours été un énorme pari auquel personne ne croyait vraiment. Mais ce n'était qu'une façade. Typhoon a toujours soupçonné que cela ne marcherait pas. Mais cela leur a donné une excuse légale pour être sur Kestria, malgré la Directive Première. Ce n'est pas pour rien que Typhoon essaie de s'impliquer dans des projets sur des planètes primitives. Cela leur permet de toujours garder une longueur d'avance sur les autres en matière de découvertes majeures. Ils envoient des gens comme Noah en éclaireurs pour explorer les zones interdites de la planète à la recherche de nouveaux médicaments, de plantes ou de ressources à exploiter.

— Mais pourquoi attaquer mon peuple ? demanda Aku. Votre Typhoon ne passe sûrement pas son temps à exterminer la population locale de chaque planète qu'elle essaie d'exploiter.

— Nous ne le faisons pas, mais votre cas était unique en ce que les frasques de Noah ont rendu ton peuple malade, expliqua Nylar. De nombreuses plaintes avaient été déposées contre lui au fil des ans pour des infractions et violations antérieures des protocoles de sécurité et médicaux. Si Jacobs avait signalé ce qui s'était passé, Noah aurait perdu sa licence. Outre le fait que sa mère était toujours trop protectrice à son égard, elle ne pouvait pas se passer de l'agent efficace qu'était Noah pour exploiter les mondes primitifs.

— Je comprends. Mais tout cela s'est passé il y a plus de dix ans. Nos recherches actuelles indiquent que la source de la nouvelle maladie est causée par une espèce envahissante de fraises, rétorquai-je. Si cela venait à être révélé, Jacobs pourrait faire valoir qu'il n'y a aucune preuve que son équipe les ait introduites sur Kestria. Diverses personnes viennent travailler avec les Sangoths sous autorisation stricte. L'une d'entre elles pourrait être responsable.

— Ce qui aurait été le cas sans le SS12, répliqua Nylar. Cela a tout changé, pour le meilleur et pour le pire.

— Comment ça ? demanda Aku.

— Sans le sérum, tout le monde serait simplement parti une fois que votre peuple aurait été guéri. Mais le sérum a soulevé beaucoup de questions sur sa source. Les missions de travail avec les Sangoths étaient également un problème. Tôt ou tard, l'un des travailleurs saisonniers aurait fini par découvrir les Kreelars, ce qui aurait révélé cet incident. Mais les années ont passé et rien ne s'est produit, alors nous avons pensé que tout allait bien. Et puis les messages ont commencé.

— Quels messages ? demandai-je.

— Nos exigences pour qu'Élias répare ce que son équipe nous a fait, répondit Aku à sa place.

— Sauf qu'Élias n'est plus le chercheur faible et presque fauché qu'il était à l'époque, dit Nylar. SS12 l'a rendu incroyablement riche et influent. Si Typhoon a pu le faire taire à l'époque, ils n'ont plus autant d'emprise sur lui. Il a commencé à envoyer des messages à Marilia, la PDG de Typhoon, en disant qu'ils auraient dû avouer l'incident depuis longtemps. Naturellement, elle n'était pas d'accord. Elle m'a chargé de lui faire comprendre qu'il devait garder le silence sur cette affaire et la laisser s'en occuper.

— Tu veux dire que Jacobs n'est impliqué dans aucun de ces complots d'assassinat ? insistai-je.

Il hocha la tête.

— Jacobs est un connard odieux, mais il n'a jamais voulu garder le secret sur quoi que ce soit. Marilia l'a forcé à le faire pour protéger ses propres intérêts.

— Alors, qu'alliez-vous faire d'autre que d'empoisonner nos temples ? demanda Aku.

— Rien, répondit Nylar. Nous allions laisser mon Puricis faire son travail. Dans une semaine, nous devions revenir pour une deuxième dose si nécessaire.

— Mais pourquoi ? Nous avons envoyé ces messages il y a plusieurs mois, insista Aku. L'attaque de votre vaisseau a eu lieu il y a plus de deux semaines. Pourquoi venir maintenant ?

— Parce que nous avons reçu la confirmation que vous aviez des scientifiques ici pour vous soigner. J'ai immédiatement soupçonné que c'était un piège et je l'ai dit à Marilia. Mais elle a insisté pour que nous venions et que nous éliminions tout le monde.

— Qu'est-ce qui vous a fait penser que c'était un piège ? demandai-je, intrigué.

— Parce que les Défenseurs ne laissent jamais rien fuiter à moins qu'ils ne veuillent que cette information soit connue. Et à chaque fois, c'est un piège pour les idiots et les crédules, dit Nylar avec une expression abattue.

Et c'était vrai. Je me souvenais trop bien comment ils m'avaient « encouragé » à divulguer des informations similaires sur des raids de pirates impliquant la Corporation Lévendoc après que Gaelec eut purgé sa peine sur Molvi.

— Et pourtant, tu es venu, lança Aku.

Le Raithéen s'ébroua et sourit avec résignation.

— Comme Élias, je n'avais pas vraiment le choix. Je travaille pour Marilia depuis bien trop longtemps. Une fois que l'on est trop profondément impliqué, il n'y a pas de retour en arrière possible jusqu'à ce que l'on soit libéré, ce qui arrive rarement, ou que la mort nous emporte.

— Tu es résigné à cette mort maintenant que tu as été capturé, mais tu ne l'aurais pas risquée pour éviter d'anéantir une espèce entière qui, de ton propre aveu, est innocente ? grogna Aku.

À ma grande surprise, Nylar ne répondit pas tout de suite et prit un moment pour réfléchir à sa réponse.

— À vrai dire, vous n'étiez pas des personnes pour moi... pas vraiment. Vous étiez simplement des cibles... une tâche à accomplir. Je n'aime pas faire de mal à quelqu'un qui ne m'a pas fait de tort, mais cela ne m'a jamais empêché de le faire, si c'était mon travail. La compassion et l'empathie n'ont pas leur place dans mon métier. Sachez simplement que ce n'était pas personnel, répondit-il de manière factuelle.

Loin de l'apaiser, les paroles du Raithéen irritèrent encore plus Aku, qui montra les dents.

Nylar releva le menton avec défi.

— Tu voulais la vérité, tu l'as eue. Je n'ai jamais prétendu que ce serait joli.

— Je devrais te tuer, répondit Aku, d'une voix dangereusement douce et basse. Je devrais t'amener au peuple pour qu'il vous donne à tous les deux une mort lente et atroce. Mais même cela serait trop gentil.

Mon cœur bondit d'espoir en entendant ses paroles, surtout lorsqu'il se tourna pour me regarder.

— J'ai entendu dire que Molvi est un endroit terrible où servir, dit Aku.

Je souris.

— Ça l'est assurément.

— Tout dépend du Quadrant dans lequel on sert, dit Nylar d'un air nonchalant. Je suis déjà allé sur Molvi et j'en suis sorti indemne, comme vous pouvez le voir.

— Vous n'avez jamais purgé de peine dans le terrain de jeu de Dakon, rétorquai-je d'un ton glacial. Personne n'y survit à sa peine. Et je peux vous assurer que c'est exactement là que vous finirez tous les deux pour vos crimes.

Le Raithéen eut la décence de paraître désemparé en entendant ces mots. Je doutais qu'il pense pouvoir survivre à une seconde peine sur Molvi, mais il ne s'attendait probablement pas à ce que cela se passe dans le pire Secteur de toute la planète. Dakon n'avait pas divisé son Secteur en Quadrants. Tous les détenus partageaient le même espace. Par conséquent, il n'acceptait que les criminels les plus cruels, les plus impitoyables et les plus irrécupérables. Peu de gens y survivaient plus de quelques semaines, certains même pas plus de quelques jours.

— Cela semble être une punition appropriée, dit Aku. Puisses-tu penser à nous chaque jour de ton séjour là-bas.

Le bip d'une communication entrante nous fit tous tourner la tête vers le tableau de navigation. Alors que j'allais l'accepter, mon instinct me dit ce qui s'était passé. Sans surprise, Maeve apparut à nouveau à l'écran.

— Laisse-moi deviner, tu as tout entendu ? demandai-je.

Elle sourit de manière évasive avant de tourner son regard vers mon compagnon.

— Avec ta permission, Aku, nous pouvons prendre le relais à partir de maintenant. J'ai le contrôle total du vaisseau. Comme tu préférerais probablement qu'aucun autre étranger n'envahisse ton espace, je peux sortir ce vaisseau de ta planète à distance et placer ces prisonniers sous notre garde pour qu'ils soient jugés.

Il la dévisagea en silence pendant un moment avant de me lancer un regard interrogateur. Cela me frappa durement, mais de la manière la plus merveilleuse qui soit. La confiance qu'il me témoignait signifiait beaucoup pour moi. Une fois de plus, ma poitrine se serra à l'idée que nous allions bientôt nous séparer et ne plus jamais nous revoir. J'aurais pu nous voir nouer une amitié aussi étroite que celle que j'avais avec Kronos.

— Je lui confierais ma vie et je garantis sans hésitation qu'elle veillera à ce qu'ils ne fuient pas la justice, répondis-je fermement.

Il hocha la tête puis fixa à nouveau Maeve.

— Dans ce cas, ils sont à vous.

— Merci, Aku. Sur mon honneur, je promets que nous traduirons en justice tous ceux qui ont été impliqués dans la tragédie qui a frappé ton peuple. Sache que ta coopération aujourd'hui nous aidera à sauver d'innombrables autres vies et à venger encore plus de personnes lésées par Typhoon, dit Maeve avec ferveur. Avec ta permission, nous te contacterons à l'avenir pour te tenir au courant des développements.

— Je t'en serais reconnaissant, dit Aku à contrecœur.

Maeve se tourna vers moi, la lueur de gratitude mêlée à une étincelle de triomphe indéniable me fit presque sourire. Elle n'avait pas besoin de parler pour que je sache qu'elle me félicitait pour une mission accomplie. À cet instant, je compris que mes soupçons initiaux selon lesquels j'avais été recruté en tant qu'agent libre étaient fondés. Les Défenseurs avaient toujours espéré que les choses aboutiraient à ce résultat. Mon instinct me disait en outre qu'ils avaient toujours soupçonné Typhoon Pharma, mais qu'ils manquaient simplement de preuves ou de motifs suffisants pour obtenir les mandats nécessaires à une enquête en bonne et due forme.

— Merci de ton aide dans cette affaire. Fais-nous savoir si tu as besoin de quoi que ce soit pour aider les Kreelars à résoudre la situation. Avec cette arrestation, l'OPU est désormais officiellement en mesure de s'impliquer et de fournir tout le soutien nécessaire.

— C'est très gentil, répondis-je poliment, parfaitement conscient de la tension qu'avaient provoquée ses paroles chez Aku. Nous discuterons de la question avec les scientifiques et les Kalds des Kreelars afin qu'ils puissent décider s'ils souhaitent une aide extérieure supplémentaire.

Elle sourit à nouveau et hocha la tête en signe d'acquiescement. Cette fois, je réalisai qu'elle n'attendait pas seulement une telle réponse de ma part, mais qu'elle l'avait également fait de manière taquine pour me rappeler que j'avais, selon elle, de meilleures compétences diplomatiques que je ne le pensais.

Je lui rendis son sourire.

— Sache que j'ai placé un détonateur IEM près de leur moteur. Je peux l'enlever en partant.

Elle s'ébroua et secoua la tête.

— Merci de m'avoir prévenue, mais ne t'inquiète pas. Nous nous en occuperons une fois que nous aurons récupéré le vaisseau.

Nous échangeâmes nos derniers adieux.

— Rentrons à la maison, dis-je à Aku lorsque la communication se coupa.

Le doux sourire qu'il m'adressa me toucha profondément.

— Ouvre la voie, mon frère.

Ignorant la voix suppliante de Bruce, nous sortîmes du vaisseau sous le regard résigné du Raithéen. Au moment où nous

nous installâmes à nouveau à l'intérieur de mon vaisseau, Maeve était déjà en train de faire décoller le vaisseau nazhral à distance. Il prit son envol quelques secondes avant nous.

— Les autres Kalds seront-ils en colère que tu aies libéré les assassins ? demandai-je prudemment alors que nous rentrions chez nous.

— Au début, certains le seront. Mais tous se rallieront à ma décision, dit Aku avec assurance. Personne d'autre ne doit subir ce qui nous est arrivé. Et surtout, le chef doit répondre des actes qu'il a poussé les autres à commettre. Il serait inadmissible de laisser ces deux assassins porter seuls l'entière responsabilité, pour être remplacés plus tard par d'autres, dirigés par la même main malveillante. Je veux que Marilia et Noah voient leur monde s'effondrer de la même manière que nous avons vu le nôtre mourir lentement pendant des années.

— Et nous veillerons à ce qu'ils le fassent, promis-je.

— Je sais que tu le feras.

Nous terminâmes le voyage dans une atmosphère amicale au cours de laquelle il me désigna quelques points de repère de son monde, en y intégrant quelques éléments du folklore qui y était lié. Alors que nous approchions du village, il indiqua un grand espace ouvert où je pouvais faire atterrir le vaisseau.

— C'est un peu loin pour toi. Je pourrais te déposer un peu plus près par-là, dis-je en désignant un autre espace suffisamment grand pour atterrir.

Il secoua la tête.

— Ce n'est pas beaucoup plus loin à pied. Et tu peux laisser ton vaisseau là-bas. Tu n'as pas besoin de le laisser ailleurs et de revenir en volant.

Je fronçai les sourcils.

— Tu es sûr ?

Il hocha la tête.

— Merci pour ce que tu as fait aujourd'hui. Sans ton avertissement, nous n'aurions jamais su, et nous serions tous morts.

Nos amis nous ont dit que tu traduirais nos ennemis en justice. Mais tu as dépassé tous les espoirs que nous avions mis en toi. Sache que vous avez tous les quatre mérité votre place parmi mon peuple.

— Tu nous honores, Aku, dis-je, la gorge serrée, tout en souriant avec gratitude.

Je ne savais pas encore grand-chose de leur société et de leur peuple, mais j'en savais assez pour réaliser qu'il ne s'agissait pas simplement d'un geste de politesse, mais d'un cadeau rare.

— Rentrons à la maison, mon frère.

CHAPITRE 17
CIARA

Des cris enthousiastes à l'extérieur me firent sortir en trombe du laboratoire. Avant même que la porte ne soit complètement ouverte, je levai la tête pour scruter le ciel. Dès que je vis le vaisseau d'Amreth s'approcher, un cri d'excitation m'échappa. Je courus comme une folle hors de la cour, à travers la grand-place du village, et franchis les portes sous le regard amusé de tous.

Techniquement, je n'avais pas le droit de quitter la cour intérieure sans escorte. Mais quelque chose avait indéniablement changé plus tôt, après notre retour du temple. Ce changement avait déjà commencé à se produire progressivement, de manière beaucoup plus subtile. Mais aujourd'hui, la tragédie que nous avions contribué à prévenir avait tout chamboulé.

Même si je soupçonnais que les Kreelars des autres villages allaient continuer à nous regarder avec suspicion et méfiance, les membres de la tribu de Bryst nous acceptaient désormais pleinement.

Amreth posa son vaisseau dans une clairière à au moins trois cents mètres du village. Même si je prenais soin de rester en forme, je fus essoufflée lorsque j'atteignis le vaisseau, craignant constamment qu'il ne redécolle après avoir déposé Aku pour aller le garer sur la falaise où il le gardait normalement.

À ma grande surprise, mais aussi à ma grande joie, je trouvai les deux mâles marchant côte à côte vers le village. Son visage s'illumina quand il me vit et il battit des ailes, volant à peine à quelques centimètres du sol pour réduire la distance qui nous séparait. Je me jetai dans ses bras, et il m'attrapa. J'écrasai ses lèvres dans un baiser quelque peu brutal dans lequel je déversai à la fois mon bonheur et mon soulagement de le revoir.

Toujours en volant près du sol, il nous fit tournoyer avant de se poser à nouveau. Je rompis le baiser, enfouis mon visage dans son cou et inhalai profondément son odeur. Un sentiment de paix et d'être chez moi m'envahit. Il m'enveloppa de ses ailes, me serrant contre lui alors que nous restions silencieusement enlacés.

Après quelques secondes ou d'innombrables minutes – je n'aurais pas vraiment su dire, et je m'en fichais – Amreth ouvrit ses ailes et me libéra. Je reculai d'un pas et l'examinai immédiatement de la tête aux pieds à la recherche de signes de blessure.

Il rit.

— Je vais bien, ma conjointe. Nous allons bien tous les deux.

Je continuai à tapoter sa poitrine et ses bras avant d'étirer mon cou pour regarder Aku, un soupçon de culpabilité se dessinant sur mon visage. Je jetai un coup d'œil par-dessus mon épaule et le vis debout à une distance respectueuse pour nous accorder un peu d'intimité. Il nous observait avec un air d'amusement presque paternel, ce qui était étrange étant donné que j'étais plus âgée que lui.

— Tu vas bien ? lui demandai-je tout en restant appuyée contre Amreth. Quelqu'un est blessé ?

Il secoua la tête en s'approchant de nous.

— Ni l'un ni l'autre de nous n'est blessé, et nous avons pu arrêter les assassins avant qu'ils ne contaminent le temple.

— Où sont-ils ? demandai-je en regardant derrière lui en

direction du vaisseau, comme si je pouvais voir à travers sa coque jusqu'au cachot.

— Les Défenseurs les détiennent, répondit Amreth.

— Quoi ? Comment ? m'écriai-je.

— Je t'expliquerai tout une fois que nous aurons rejoint les autres, dit Amreth d'un ton apaisant.

La langue me brûlait d'envie de le bombarder de questions. Je ne voulais pas attendre, mais il n'était pas logique non plus qu'il raconte deux fois la même histoire. Il était évident que Mehreen et Ernst, ainsi que tout le village, voudraient savoir ce qui s'était passé.

Nous finîmes par nous séparer. Aku regroupa sa tribu dans leur salle de rassemblement tandis que nous quatre, étrangers sur leur planète, allâmes dans le laboratoire déployable. Au début, cela nous piqua un peu de ne pas être inclus, compte tenu de notre contribution significative dans l'affaire. Mais Enré et les deux autres Kreelars qui nous avaient escortés jusqu'au Temple de Svast avaient déjà informé tout le monde de ce que nous y avions fait. Cette deuxième mise à jour porterait davantage sur la façon dont leur chef avait géré les assassins et sur les mesures qu'ils allaient probablement prendre à l'avenir en tant que peuple. À leur place, je n'aurais pas voulu non plus que des étrangers écoutent aux portes, quelle que soit l'amitié qui nous liait.

Dès que nous nous installâmes dans la salle de réunion du laboratoire, Amreth nous fit un récit détaillé des événements. Nous étions tous assis là, sidérés par toutes ces révélations, en particulier concernant l'implication de Marilia. Et pourtant, je n'aurais pas dû être aussi choquée. Ce n'était un secret pour personne que les multinationales agissaient souvent de manière très discutable lorsqu'il s'agissait d'augmenter leurs bénéfices ou de rester le leader dans leur domaine. C'était particulièrement vrai dans l'industrie pharmaceutique. Celui qui déposait le premier brevet pouvait gagner des milliards de crédits. Si la découverte permettait un traitement trans-espèces, le potentiel monétaire explosait de manière exponentielle.

SS12 avait rendu Élias Jacobs et Typhoon Pharma obscènement riches. Et cette richesse était sur le point d'être siphonnée, du moins pour Typhoon, à la fois sous forme de dommages-intérêts punitifs et pour financer les efforts qui allaient être nécessaires pour rendre justice aux Kreelars.

Avec les planètes primitives soumises à la Directive Première, les choses étaient toujours beaucoup plus compliquées, car on ne pouvait pas simplement leur verser une grosse somme en guise de compensation ou leur fournir de la technologie. Mais c'était un défi que des personnes plus qualifiées que moi dans ce domaine allaient devoir relever.

— Ouf ! Les choses vont sérieusement se gâter pour Typhoon, pensa Mehreen à voix haute. C'est une corporation tellement énorme, avec des laboratoires et des équipes de recherche un peu partout dans notre secteur de la galaxie. Enquêter sur eux va être une entreprise insensée. Cela pourrait prendre des années !

Amreth hocha la tête d'un air sombre.

— C'est tout-à-fait possible. Mais cela ne signifie pas que les conséquences ne se feront pas sentir plus tôt. Les Défenseurs s'attaqueront aux cas les plus faciles pour obtenir rapidement une condamnation et pouvoir accéder plus aisément à tout afin de pouvoir porter plus tard d'autres accusations pour des crimes antérieurs. Cela me met en colère que certains d'entre eux ne puissent pas être inculpés en raison du délai de prescription. Néanmoins, j'ai le sentiment qu'il y aura suffisamment de crimes pour qu'ils ne goûtent plus jamais à la liberté.

— Ils auraient dû avouer plutôt que d'essayer de couvrir Noah, dit Ernst. Je peux comprendre qu'une mère veuille protéger son enfant, mais il a toujours causé trop d'ennuis. En même temps, je ne sais pas si c'était par amour maternel ou simplement par cupidité. Après tout, il ne devait pas être facile

REGINE ABEL

de trouver quelqu'un ayant les qualifications médicales nécessaires et prêt à faire ce genre de travail louche.

— Dans tous les cas, ils sont foutus, dis-je en haussant les épaules. Mais qu'arrivera-t-il à Élias ?

Amreth plissa les lèvres en réfléchissant à la question.

— Ça dépend de plusieurs choses. Évidemment, il y aura des répercussions pour avoir caché ce qui s'est passé ici. Cette négligence a privé les Kreelars des contrôles réguliers dont ils auraient bénéficié au cours des années suivantes, ce qui aurait empêché cette tragédie de durer près de dix ans. Reste à savoir à quel point il a été contraint de garder le silence. D'après la déclaration du Raithéen, Marilia a sérieusement menacé Jacobs. Si un crime est commis sous la contrainte, il pourrait être disculpé.

— Mais je pensais que cela ne s'appliquait pas si cela entraînait la mort d'autrui ? objecta Ernst.

— Jusqu'à présent, les preuves n'indiquent pas que les actions de Jacobs aient entraîné des décès directs, dit Amreth. Il n'était pas présent et n'était pas responsable de ce que Noah a fait. Il a rapidement soigné les Kreelars dès qu'il s'est rendu compte qu'ils étaient infectés. Son crime était de ne pas l'avoir signalé à l'Ordre médical galactique. Mais c'était sous la contrainte, alors qu'ils avaient peu de raisons de penser que la maladie allait revenir. Et en fait, la cause était une source complètement différente qu'il n'aurait pas pu soupçonner, et dont il n'avait aucune idée de l'existence jusqu'à ce que les amis des Kreelars les aident à lui envoyer un message.

— Et il a immédiatement fait son rapport à Typhoon, demandant qu'ils rendent l'affaire publique, complétai-je pour lui. Il pourrait s'en tirer, ou du moins ne recevoir qu'une petite tape sur les doigts. L'avenir nous le dira. Néanmoins, la chute de Typhoon est la meilleure punition possible. Espérons que cela enverra un message dissuasif aux autres sociétés et conglomérats qui utilisent ce type de tactiques immorales pour s'enrichir.

— Bien dit, répliqua Mehreen.

296

— Mais il se fait tard, dis-je enfin. J'aurais bien besoin d'une douche, d'un bon repas, et d'un peu de détente.

— Oh, je suis sûre que tu vas te reposer, dit Mehreen en remuant les sourcils.

Je la fusillai du regard tandis que les deux autres ricanaient.

— En fait, tu vas vraiment te détendre, dit Amreth avec un air espiègle. Je crois que quelqu'un a mérité une journée au spa sur mon vaisseau, qui se trouve justement garé à une courte distance de marche.

— Oh oui ! m'exclamai-je, ce qui fit rire mes compagnons à nouveau.

Nous souhaitâmes bonne nuit à nos amis, et je ne protestai pas quand Amreth me prit dans ses bras et m'emmena en volant jusqu'au vaisseau. Là encore, il resta suffisamment près du sol pour que je n'aie pas le vertige, malgré ma peur idiote des hauteurs.

C'était la première fois que je visitais vraiment le vaisseau. Non seulement il était à la pointe de la technologie, mais il me sembla aussi qu'il se situait résolument dans le haut de gamme en matière de luxe. Même si nous parlions souvent de ce à quoi allait ressembler notre avenir une fois que tout ceci serait résolu, nous n'abordions jamais vraiment de choses matérielles telles que les finances.

Je n'étais pas riche, mais je vivais très confortablement et me situais dans la moitié supérieure de la classe moyenne. Outre la fortune générationnelle héritée de mes parents, mon métier d'épidémiologiste me rapportait un revenu enviable. Mais il était clair qu'Amreth appartenait à une tranche bien supérieure. Après tout, il était un Seigneur.

Je trouvais vraiment étrange de penser qu'une fois mariés, j'allais officiellement devenir Lady Ciara. Cela me donnait envie de ricaner d'une manière très peu distinguée. Compte tenu de la façon dont je trouvais la plupart des gens pompeux lors d'événements tels que le symposium où j'avais été enlevée, un tel titre était un peu gaspillé sur quelqu'un comme moi. J'étais juste reconnaissante qu'Amreth ne semble pas être guindé ou pointilleux sur la hiérarchie et le respect de son rang. Cela aurait été un véritable problème.

Cependant, je me délectais des couleurs et de la décoration du grand vaisseau. Je soupçonnais que cela reflétait sa propre esthétique à la maison. Pour une raison quelconque, je m'étais attendue à beaucoup de couleurs sombres, allant de différentes nuances de gris à des rouges profonds, en passant par des bruns foncés. Au lieu de cela, l'intérieur était principalement blanc avec du beige clair et des touches occasionnelles d'obsidienne. Il y avait quelque chose de très zen et paisible à tout cela.

— J'aime cette palette de couleurs, dis-je alors qu'il me conduisait à l'arrière du vaisseau où se trouvaient quatre chambres, dont deux avec leur propre salle d'hygiène et les deux autres partageant une salle commune.

— Je suis ravi de l'entendre, dit Amreth avec un sourire. Ma maison partage une palette de couleurs similaire. J'adore la sensation d'espace et de détente qu'elle procure. Nous avons beaucoup de grandes fenêtres, avec d'immenses terrasses sur les trois étages de la maison. J'ai hâte que tu la voies. Évidemment, tu seras libre d'y apporter toutes les modifications que tu souhaites pour la rendre plus attrayante à tes yeux.

— À en juger par ce que je vois jusqu'à présent, je doute que cela soit nécessaire, dis-je en toute sincérité. Mais j'ai vraiment hâte de la voir.

— Eh bien, voici un premier aperçu, dit-il en ouvrant une porte sur ce qui se révéla être une chambre impressionnante.

Je restai bouche bée à la vue de l'immense lit, qui occupait au moins un tiers de l'espace. Il semblait presque assez large pour permettre à Amreth de s'y allonger avec les ailes déployées. La literie et les oreillers aux tons naturels ajoutaient une note chaleureuse avec une jolie touche de couleur. Je regardai à peine le confortable canapé en bois sombre avec ses coussins beiges moelleux en face d'un écran géant. À ma grande surprise, il n'y avait ni table de déjeuner ni bureau dans la pièce. Mais ce furent les grandes peintures abstraites qui ornaient les murs qui retinrent mon attention.

Je n'avais jamais été du genre à pouvoir citer des artistes célèbres ou à investir dans des œuvres d'art de collection outrageusement chères. Mais j'avais une véritable appréciation pour le travail de ceux qui pouvaient transmettre un sentiment ou susciter une émotion avec leur création, qu'il s'agisse d'un simple dessin, d'une sculpture ou d'une chanson. Je n'aurais pas pu le mettre en mots et je ne pensais pas que ce soit nécessaire non plus. Pour moi, cela consistait simplement à s'ouvrir aux émotions qu'ils éveillaient en nous. Et ces œuvres résonnèrent en moi.

— Oui, je pense vraiment que je vais adorer ta maison telle qu'elle est, dis-je rêveusement en admirant les œuvres d'art.

Il sourit, embrassa ma tempe, puis me prit par la main pour me conduire dans une pièce attenante.

Mes yeux faillirent sortir de leur orbite lorsque j'entrai dans la salle d'hygiène. Il ne plaisantait pas en disant qu'il avait un véritable spa. La pièce était plus grande que la plupart des cabines des vaisseaux de croisière classiques. L'immense baignoire encastrée attira immédiatement mon attention. Amreth n'avait pas exagéré en se vantant de sa taille. Je poussai un cri de joie et applaudis pendant qu'il riait.

Je remarquai ensuite la douche encore plus immense qui occupait presque tout un mur. En plus des pommes de douche suspendues au plafond, une série de jets pour le corps bordait le mur. À en juger par leur nombre et leurs angles, ils avaient été spécialement conçus pour s'adapter à la large envergure des ailes d'un Obosien. Pas étonnant que mon homme ait été si malheureux sans son confort matériel. Dans le coin, de longues bandes ressemblant à des bouches d'aération verticales sur le mur, et une autre carrée au plafond, semblaient servir de séchoir.

En face de la douche, un long comptoir avec un double lavabo se trouvait devant un miroir qui montait jusqu'au plafond. À l'autre extrémité de la douche, séparée par un mur d'intimité, une cuvette de toilette était posée sur une petite plateforme qui la surélevait. Compte tenu du grand espace entre la toilette et le mur du fond, je compris que la distance et l'élévation étaient destinées à accueillir ses ailes et sa queue.

— C'est une réplique presque parfaite de la salle d'hygiène attenante à la chambre principale de ma maison, dit Amreth avant d'approcher une pierre lumineuse placée à côté d'un motif tourbillonnant sur le mur près de l'entrée. Et ici, tu trouveras des serviettes propres et d'autres articles de toilette nécessaires. Il suffit de passer la main devant la pierre.

Je restai bouche bée en voyant le motif tourbillonnant se transformer en un liquide épais, le motif se défaisant pour révéler les étagères à l'intérieur.

— C'est super cool, dis-je, impressionnée.

Il me sourit d'un air suffisant.

— C'est la norme pour les portes sur les Vargos, et par extension sur Molvi. Si jamais tu as besoin d'ouvrir une porte, il suffit de passer ta paume devant la pierre. Pour la verrouiller, passe plutôt le dos de ta main devant.

— Noté, dis-je, excitée à l'idée de toutes les autres merveilles que j'allais découvrir sur son monde.

— Bien. Maintenant, déshabille-toi. Il est temps pour toi d'être mouillée, dit Amreth d'une voix suggestive qui fit instantanément friser mes orteils.

Je gloussai et obtempérai pendant qu'il allait remplir la baignoire d'eau.

— Je reviens tout de suite, dit-il d'un ton mystérieux, piquant ma curiosité.

Mon regard s'attarda sur lui alors qu'il sortait de la pièce, admirant son dos musclé et la façon dont sa longue queue se balançait doucement derrière lui. Le souvenir des manières coquines dont il s'en servait me fit instantanément palpiter à tous les bons endroits. Bouillonnant d'impatience, je finis de me déshabiller et pliai soigneusement mes vêtements sur le comptoir. Je m'approchai de la baignoire, qui se remplissait à une vitesse impressionnante, et y plongeai le bout de mes orteils pour tester la température. Un sourire s'étira sur mes lèvres en trouvant la chaleur parfaite. Je descendis les deux marches menant à la baignoire et m'installai dans l'eau avec un gémissement voluptueux.

Le doux bruissement de la porte qui s'ouvrait derrière moi réclama mon attention. Mes yeux s'écarquillèrent en voyant Amreth suivi d'un plateau aéroplane avec deux flûtes remplies d'une boisson pétillante qui ressemblait à du champagne, et deux assiettes chargées de tranches de fruits exotiques dans l'une et de chocolats gastronomiques de luxe dans l'autre.

— Oh, mon Dieu ! Où as-tu trouvé ça ? m'exclamai-je en me redressant dans la baignoire alors qu'il s'approchait et plaçait le plateau aéroplane à la hauteur parfaite devant moi.

— Je les ai apportés avec moi dans l'intention que nous les dégustions lors de notre première soirée romantique après t'avoir libérée, dit Amreth d'un air suffisant en commençant à se déshabiller. En fait, il y avait l'équivalent de fraises trempées dans du chocolat au menu. Mais vu les circonstances, j'ai pensé que nous en avions assez vu pour le moment et je les ai laissées de côté.

Je m'ébrouai, à la fois amusée et touchée par sa prévenance.

— Bon sang, tu es si mignon !

— Normalement, je prendrais ombrage d'être décrit comme tel, mais cette fois, je vais le permettre, dit-il d'un ton taquin. Je ne t'ai pas vraiment libérée, mais nous avons tout de même une raison de célébrer.

— En effet, acquiesçai-je tout en dévorant mon homme des yeux. Et ce, à plus d'un titre.

À ma grande surprise, il ne me rejoignit pas dans la baignoire, mais s'assit de côté sur le rebord surélevé, ses pieds restant au sol. Amreth saisit les deux flûtes et m'en tendit une. Je la pris, le cœur battant, tandis qu'il me fixait droit dans les yeux avec une profondeur d'affection qui me bouleversa.

— À toi, ma Ciara, la plus grande bénédiction que les dieux auraient pu m'accorder. Je me suis toujours demandé à quoi ressemblerait mon âme sœur. J'espérais qu'elle serait gentille, intelligente, drôle, affectueuse et, bien sûr, respectueuse des lois, ajouta-t-il avec un clin d'œil espiègle, me faisant rire.

Il redevint sérieux et caressa doucement ma joue avec ses jointures.

— Mais tu as surpassé tout cela. Tu es intrépide, courageuse, compatissante et altruiste. Jour après jour, je te vois te dévouer corps et âme pour sauver ce peuple avec empathie et respect. Pas une seule fois tu n'as envisagé que réussir dans cette entreprise pourrait t'apporter louanges et acclamations. Tu ne te soucies que de leur bien-être. Et cela transparaît. Tu ne peux pas ne serait-ce qu'imaginer à quel point je suis fier de te considérer comme mienne.

Ma gorge se serra et de stupides larmes essayèrent de me piquer les yeux pour se joindre à la fête. Je ne pensais pas faire quelque chose de spécial à part ce qui était nécessaire et juste. Mais sa réponse me toucha profondément.

— J'aime que tu n'aies pas peur de dire ce que tu penses, de rester ferme dans tes convictions et de foncer vers ce que tu veux. Et par-dessus tout, j'aime le bonheur que je ressens simplement en étant à tes côtés. La simple pensée de voir ton visage et d'entendre ta voix me fait sourire. Je suis en train de tomber amoureux de toi, Ciara. J'ai hâte que nous commencions notre vie ensemble.

— Et moi aussi, j'ai hâte de commencer notre vie ensemble. Toi aussi, tu as excédé mes rêves les plus fous. Je pourrais te renvoyer toutes les qualités que tu as énumérées à mon sujet. Ma plus grande crainte était que tu sois trop rigide. Mais tu es extrêmement humble, ouvert d'esprit et disposé à voir les choses du point de vue de quelqu'un d'autre. Tu es protecteur sans être contrôlant, tu as des principes mais tu n'es pas moralisateur, tu es discipliné tout en étant enjoué, et surtout, tu donnes les meilleurs câlins du monde. Ces étreintes ailées sont juste hors catégorie, ajoutai-je en le taquinant.

Il s'ébroua et secoua la tête.

— J'adore le fait que tu n'aies pas hésité à venir me sauver. J'adore la façon dont tu t'es rapidement adapté à la nouvelle situation et n'as pas hésité à faire ce qu'il fallait, même au détriment de ta propre carrière sur Molvi. Tu es aussi altruiste que tu affirmes que je le suis. Et tout le monde le voit ici. Je suis encore plus fière de toi que tu ne l'es de moi.

— Je doute que ce soit possible, dit-il, en essayant de paraître grognon pour cacher à quel point mes paroles l'avaient ému.

— Crois-moi, ça l'est. Tu possèdes tellement de pouvoir que tu pourrais facilement en abuser, et pourtant tu cherches toujours l'option pacifique qui évitera l'effusion de sang. Tu me fais me sentir en sécurité, respectée et valorisée. Je suis en train de tomber amoureuse de toi, queue, ailes, cornes et tout.

— Mes piercings aussi ? demanda-t-il.

Je m'esclaffai, tandis qu'il gloussait affectueusement.

— Oui, tes piercings aussi. Surtout ceux-là, ajoutai-je en jetant un regard significatif à son entrejambe.

— Tant mieux ! Car d'ici à ce que nous rentrions chez nous, je soupçonne que le Conclave m'accordera davantage d'algarium en récompense de ma contribution à la résolution de cette crise. Commence à réfléchir à l'endroit où tu veux que j'ajoute ces piercings.

Je restai bouche bée, tandis qu'il riait d'un air suffisant.

Le Conclave était la plus haute autorité juridique sur Vargos, la planète natale des Obosiens. L'algarium était le métal rare qu'ils utilisaient pour leurs piercings, qui devaient tous être gagnés par des actes ou des réalisations remarquables. J'allais devoir me renseigner sur ce qui lui avait valu tous ceux qui ornaient actuellement son corps.

— À l'avenir, dit Amreth sans attendre ma réponse.

— À l'avenir, répétai-je en trinquant.

Nous bûmes. Il s'agissait en fait d'un rosé fruité, bien qu'il puisse très bien s'agir d'une version obosienne du champagne, mais cela m'était égal. Je n'avais jamais été une grande buveuse. Mais c'était délicieux.

À ma grande surprise, Amreth ne se servit pas dans les deux assiettes de douceurs, mais se déplaça derrière moi et s'accroupit au bord de la baignoire, pour me faire un bon massage des épaules. Un ronronnement sonore jaillit de ma gorge.

— Mange, ma conjointe, et profite qu'on prenne soin de toi, dit Amreth.

— Tu ne manges pas ? demandai-je en tendant la main vers l'un des chocolats.

— Non. Je laisse de la place pour le succulent festin dont j'ai l'intention de me régaler un peu plus tard, répondit-il d'un ton suggestif qui ne laissait aucun doute sur sa pensée.

Une agréable flamme s'alluma au creux de mon estomac alors que je me laissais aller au massage et savourais quelques gourmandises supplémentaires. Il utilisa son *bakaan* à un niveau très bas pour me détendre encore plus. D'une voix autoritaire, il activa le système audio qui se mit à jouer une musique apaisante obosienne.

Je vidai mon verre, grignotai quelques fruits et chocolats supplémentaires, puis écartai le plateau tandis qu'Amreth relâchait mes épaules pour contourner le bain. Mon cœur bondit lorsqu'il entra dans l'immense baignoire, qui offrait encore suffisamment de place pour qu'au moins un autre adulte puisse nous rejoindre confortablement. Cependant, Amreth s'assit en face de moi à l'autre bout de la baignoire au lieu de se blottir contre moi. Ce ne fut qu'à cet instant que je réalisai qu'il était sur le point de me masser les pieds et les jambes. Un autre ronronnement sonore s'éleva de ma gorge. Je m'adossai contre la baignoire, l'arrière de ma tête reposant sur le bord surélevé pendant que mon homme me dorlotait.

Ses caresses étaient magiques. Il me fallut un moment pour réaliser que les petits picotements étaient dus à l'utilisation de minuscules quantités de son Lumiak pendant qu'il me massait. Je me demandai furtivement si ce n'était pas une manœuvre risquée, car l'eau est un excellent conducteur d'électricité. Mais à quarante-six ans, j'avais confiance en lui pour savoir désormais ce qu'il pouvait faire ou non avec ses pouvoirs.

Quand il eut terminé, j'étais totalement alanguie, mon corps tout entier avait l'impression de flotter sur un nuage. Amreth sortit de la baignoire puis activa les jets à bulles. L'eau chaude commença immédiatement à bouillonner tout autour de moi, me procurant un autre massage complet du corps qui me fit fondre.

Mon conjoint gloussa d'un air suffisant en se penchant pour m'embrasser. Je lui rendis son baiser, espérant qu'il allait venir se blottir contre moi dans la baignoire. Mais il se redressa et se dirigea vers la douche. Me sentant un peu abandonnée, je le regardai d'un air groggy commencer à se laver. C'était un spectacle impressionnant de voir tous ces jets d'eau se projeter sur lui et surtout sur ses ailes.

Il ressemblait à un dieu païen alors qu'il les écartait largement. J'en avais l'eau à la bouche en le regardant lever les bras pour commencer à se laver les cheveux. Cela exposait chaque centimètre de son corps délectable à mes yeux avides. La lumière ambiante se reflétait juste comme il fallait sur ses piercings, attirant encore plus mon attention sur eux. Je déglutis péniblement, me souvenant de la sensation qu'ils procuraient sur ma langue, ainsi que des petites écailles et des pointes douces le long de ses membres.

Il se retourna pour faire face aux jets d'eau qui arrosaient l'avant de ses ailes. Mon regard glissa sur les muscles puissants de son dos qui ondulaient sous sa peau brun grisâtre. Il descendit le long de sa colonne vertébrale qui se courbait en une longue queue. Bien qu'un peu épaisse à la base, sa queue ne cachait pas ses fesses délicieusement rondes. Mes doigts me démangèrent d'envie de les agripper à deux mains. Mais je voulais aussi mordre fermement chaque fesse.

Il leva le visage vers l'eau qui pleuvait des pommes de douche. Au bout d'un moment, il arrêta l'eau, puis se retourna pour me faire face à nouveau. Les yeux fermés, il posa ses paumes contre les portes vitrées, la tête légèrement inclinée. Ce ne fut qu'alors que j'entendis un sifflement très subtil, que je supposai provenir du séchoir. Quelques secondes plus tard, je remarquai effectivement le mouvement de ses longs cheveux blanc argenté, indiquant que le vent soufflait dessus.

Je réalisai que j'étais sortie de la baignoire lorsque je commençai à marcher vers la douche. Les yeux d'Amreth s'ouvrirent brusquement juste avant que j'atteigne la douche. Ses iris blanc argenté, qui avaient été presque entièrement engloutis par la sclérotique noire qui les entourait, se dilatèrent soudainement pour retrouver leur taille normale alors qu'il me fixait du regard. Il se redressa et retira ses mains des portes vitrées. Je les ouvris et entrai à l'intérieur, le courant d'air tiède du séchoir me caressant doucement.

Sans un mot, je réduisis la distance entre nous et posai mes paumes sur son torse. Je levai mon visage pour recevoir son baiser, qu'il m'offrit généreusement. Nos langues se mêlèrent, envoyant un éclair de désir à travers tout mon corps. La sienne était plus étroite que celle d'un humain, avec une texture légèrement plus rugueuse qui intensifiait chaque sensation, surtout dans les endroits coquins. Même le piercing au milieu de sa langue ajoutait à l'expérience.

Il entoura ma nuque de sa main droite, tandis que la gauche glissait le long de mon dos en une douce caresse avant de se poser sur mes fesses. Je rompis immédiatement le baiser, ne lui permettant pas de prendre le contrôle du moment. Il était naturel-

lement dominant dans la chambre. Alors que je n'avais généralement aucune objection à céder sur ce point, à cet instant précis,
je voulais assouvir ma soif de lui selon mes propres termes.

Il n'essaya pas de me retenir lorsque je commençai à l'embrasser le long de sa mâchoire et de la courbe de son cou. J'adorais la texture douce de sa peau, qui était légèrement plus ferme
que celle d'un humain. Les écailles en forme de chevrons sur ses
épaules me chatouillèrent les paumes lorsque je les caressai.

Ma bouche s'aventura plus bas jusqu'à son mamelon gauche.
J'étais devenue assez accro à sucer le petit piercing en forme de
barre qu'il avait là. De voir quel plaisir j'en tirais me faisait
toujours me sentir coupable de ne pas avoir de piercings à moi
pour qu'il puisse jouer avec. Je ne pensais toujours pas que j'en
aurais un jour, mais j'étais moins catégoriquement opposée à
l'idée maintenant que je m'étais familiarisée avec les siens. Le
fait qu'il n'en ait plus jamais reparlé ni même essayé de m'in-
citer à en avoir y était pour beaucoup. J'adorais qu'il respecte
vraiment mon autonomie corporelle et qu'il m'aime telle que
j'étais.

Le grondement sourd de son gémissement d'approbation
résonna directement dans mon clitoris. Il n'y avait rien de plus
excitant que l'homme que l'on aimait se montrant si incroyablement sensible et réactif à notre toucher. Amreth ne semblait
jamais en avoir assez de moi, tout comme je ne me lassais jamais
de lui. Je continuai à lécher son mamelon pendant un moment,
suçant le petit bourgeon tout en pinçant l'autre avec ma main
gauche.

Je repris mon périple vers le bas, m'arrêtant pour accorder un
peu d'attention à l'autre piercing dans son nombril. Sentir ses
muscles abdominaux se contracter sous mes paumes attisa
davantage la flamme grandissante dans mon ventre. Je les frottai
de mes mains, avant de suivre chaque sillon ciselé avec ma
langue.

Amreth poussa un sifflement lorsque ma main droite se

faufila entre ses cuisses pour s'enrouler audacieusement autour de son membre. Merde ! Je n'allais jamais me lasser de la sensation surnaturelle de son membre dans ma main. Ses *xinnix* – les petites pointes qui bordaient les côtés de son membre – les deux ensembles d'écailles sur le haut et les nombreux piercings disséminés sur toute la longueur et à la tête procuraient une multitude de sensations qui me faisaient palpiter d'anticipation. Tout ce qu'il faisait à ma paume alors que je commençais à le caresser se multipliait par mille en moi.

Je m'accroupis devant lui, me délectant de la perfection qu'il était. Penchée en avant, je commençai immédiatement à titiller la fente de sa tête avec ma langue avant de dessiner des cercles autour du gland. De l'autre main, je caressai et serrai ses testicules, me délectant de leur texture inhabituellement lisse. Les doigts d'Amreth se glissèrent dans mes cheveux, les saisissant suffisamment légèrement pour ne pas entraver mes mouvements. Un son étranglé s'échappa de lui lorsque je léchai plusieurs fois son membre avant de le prendre dans ma bouche.

Dire qu'il était énorme ne lui rendait pas justice. Curieusement, c'était moi qui me sentais frustrée de ne pas pouvoir le prendre plus profondément dans ma bouche. J'aurais vraiment aimé pouvoir le sucer correctement. Mais je compensai en le caressant en contrepoint du mouvement de ma bouche. Le son profond et grondant de ses gémissements dans mes oreilles me fit mouiller en quelques secondes. Mes seins étaient lourds et mes mamelons souffraient d'un besoin d'attention.

Malgré son incroyable maîtrise de soi, Amreth commença à se balancer doucement en réponse à mes caresses. La première fois qu'il l'avait fait, j'avais craint qu'il ne détruise mes amygdales une fois que la passion l'aurait envahi. Heureusement, même lorsque le plaisir le submergeait, il n'oubliait jamais de veiller à ma sécurité. Pour une raison complètement irrationnelle, cela me poussait à vouloir le faire perdre encore plus la tête, comme si je ressentais un besoin masochiste de repousser ses limites.

J'adorais son goût, légèrement épicé comme le gingembre sucré. Malheureusement, il m'empêchait trop souvent de le savourer pleinement. C'était une envie étrange que j'avais développée spécialement pour lui, car je n'avais jamais été très portée sur le fait d'avaler. Et pourtant, j'aimais tout avec lui et je n'en avais jamais assez. Amreth avait juste un problème avec le fait d'atteindre l'orgasme en premier. Il était obsédé par le fait de s'assurer que je jouisse au moins deux fois avant de pouvoir jouir lui-même.

Comme s'il avait lu dans mes pensées, Amreth commença à me tirer doucement les cheveux pour m'éloigner de lui. À en juger par les spasmes de ses muscles abdominaux et le léger tremblement de ses jambes, il était sur le point de chavirer. Refusant de me laisser voler mon prix, je resserrai mon étreinte autour de la base de son membre et accélérai le mouvement de ma tête qui se balançait devant lui. Lorsqu'il tenta de tirer un peu plus fort, je recourus à la tactique éhontée que j'avais découverte et qui allait le faire craquer en quelques secondes.

Je frottai mes dents contre les pointes sensibles de son *xinnix*. Pour lui, elles étaient comme des points G externes. Comme prévu, son corps se contracta et sa main serra douloureusement mes cheveux alors qu'il poussait un cri. Bien que je l'aie délibérément provoqué, je faillis m'étouffer avec la première giclée puissante qui jaillit dans ma bouche. J'avalai, me préparant à en recevoir davantage, mais le misérable mâle se retira brusquement, serrant trop fort mes cheveux pour que je puisse essayer de m'accrocher.

Il siffla et referma sa main autour de la base de son membre, juste en dessous de la mienne qui tentait toujours de le caresser. Amreth serra fermement, endiguant le flot de sa semence. Je me léchai les lèvres de manière lascive, une lueur espiègle dans les yeux mêlée à un soupçon de désapprobation parce qu'il ne m'avait pas laissée faire ce que je voulais de lui.

Mais alors qu'il continuait de trembler légèrement sous l'effet de la félicité, il me regarda avec une expression presque sauvage qui exprimait clairement que j'avais été une vilaine fille et qu'il allait me punir pour cela. La pulsation entre mes cuisses s'intensifia alors que je me préparais à sa riposte.

Et elle ne se fit pas attendre.

— Tu aimes les coups bas ? dit-il en grognant. C'est un jeu auquel nous pouvons jouer tous les deux.

Une vague incroyablement puissante de son *bakaan* s'abattit sur moi. Je poussai un cri, mon dos se cambrant alors qu'un orgasme violent m'emportait. Deux bras puissants me soulevèrent juste avant que je ne m'effondre sur le sol carrelé.

Accrochée à ses épaules, mon corps tremblant, j'essayai de reprendre mes esprits alors que le feu coulait dans mes veines et que mon clitoris palpitait presque douloureusement. Le torse d'Amreth contre le mien vibra d'un gloussement suffisant. Il embrassa la tache blanche sur mon front — ma couronne, comme il l'appelait — puis fit courir ses lèvres le long de ma tempe jusqu'à mon oreille droite.

— Et si on passait à un autre jeu ? chuchota-t-il d'un ton presque malicieux.

Toujours trop hébétée, j'essayai de lui demander ce qu'il voulait dire. Mais il caressa mon derrière, sa main glissant entre mes cuisses par derrière et se courbant pour atteindre mon clitoris. Le seul son qui sortit de moi fut un autre cri d'extase lorsqu'il zappa mon petit bouton engorgé d'un éclair de Lumiak. Mes yeux roulèrent vers l'arrière de ma tête alors que j'étais une fois de plus emportée.

Vague après vague de jouissance m'envahirent alors qu'Amreth continuait à me faire planer avec un mélange de son *bakaan* et d'utilisations stratégiques de ses éclairs dans mes zones erogenes entre deux caresses. Il me fallut beaucoup trop de temps pour réaliser que sa queue s'était jointe à la partie, plongeant en moi frénétiquement, tandis que mon conjoint couvrait mon visage et mon cou de baisers passionnés.

Un troisième orgasme m'emporta, se construisant cette fois progressivement au lieu de la manière sauvage dont Amreth avait déclenché les deux précédents. Je m'accrochais à lui comme si ma vie en dépendait, en voulant toujours plus et en craignant pourtant de me briser en mille morceaux. Mon cerveau peinait à assimiler les douces paroles qu'il me murmurait, mon esprit étant trop embrumé par un plaisir incommensurable. Les gémissements sans fin qui jaillissaient de moi et le rugissement de mon sang dans mes oreilles rendaient encore plus difficile d'entendre ce qu'il disait.

Et pourtant, lorsqu'il retira sa queue de moi pour la remplacer par son membre épais, ses mots percèrent le brouillard lubrique qui obscurcissait mes pensées.

— Encore une fois, mon amour. Sur ma queue. Ensemble.

Comme à chaque fois que nous nous accouplions, il me remplit au maximum, sa circonférence non négligeable m'étirant jusqu'à ce qui semblait être mes limites. Et pourtant, je n'en avais jamais assez. Chaque coup de reins m'arrachait un gémissement étranglé après l'autre. Entre les pointes de son *xinnix* et les piercings qui ornaient son membre, mes parois intérieures étaient soumises à un assaut sensuel indescriptible qui me faisait chanter des arias. Le piercing en forme de barbillon sur son gland et les écailles sur la partie supérieure de son membre frottaient systématiquement mon point G avec une précision mortelle, tant en entrant qu'en sortant, me rendant folle de plaisir.

Le monde autour de moi cessa d'exister, mon univers entier se réduisant à la sensation de son corps en moi et autour de moi. Un brasier me consumait de l'intérieur, chaque terminaison nerveuse enflammée par un tourbillon de sensations.

Amreth commença à me pénétrer de plus en plus fort et de

plus en plus vite, sa respiration devenant haletante et sortant par à-coups courts et bruyants dans mon oreille alors qu'il se rapprochait du précipice. Avant longtemps, il me pilonnait, agrippant mon postérieur à deux mains, ses griffes partiellement sorties s'enfonçant dans mes fesses. Son membre me démolissait alors que mon orgasme ultime se précipitait vers moi avec la fureur débridée d'un tsunami.

Ma colonne vertébrale se raidit et une lumière aveuglante explosa devant mes yeux alors que je m'effondrais une fois de plus. Mes parois intérieures se resserrèrent sur le membre d'Amreth, intensifiant la sensation de ses pointes, de ses écailles et de ses piercings en moi. Il joignit sa voix à la mienne, ses mains sur mes fesses resserrant leur étreinte presque douloureusement. Je fus surprise que ses griffes ne transpercent pas ma peau.

Sa semence jaillit en moi, baignant mes entrailles meurtries d'un flot brûlant alors qu'il continuait à entrer et sortir de moi. Il écrasa mes lèvres d'un baiser vorace, avalant mes gémissements d'extase. Il l'interrompit et j'enfouis mon visage dans son cou, anéantie et sans force. Je le sentis vaguement reculer en titubant, puis s'appuyer contre le mur, probablement pour tenter de se ressaisir. Comment il parvenait à ne pas me lâcher défiait toute logique. J'en étais simplement reconnaissante.

De l'eau pleuvant sur nous me fit sortir de ma transe. Je me sentais trop sonnée pour bouger, mais je n'en avais pas besoin. Avec une tendresse et un soin infinis qui me bouleversèrent, Amreth nous lava tous les deux en me gardant dans ses bras. Il m'embrassa et me chuchota des mots d'amour pendant que le séchoir soufflait de l'air chaud sur nous.

Il me porta ensuite dans sa chambre et me coucha délicatement sur le grand matelas avant de me rejoindre. Amreth me plaça sur lui, sa queue et ses bras m'enlaçant, et ses ailes massives nous recouvrant.

Je m'endormis dans les bras de mon conjoint, me sentant en sécurité, aimée... chez moi.

CHAPITRE 18
CIARA

D ans la semaine qui suivit la capture des deux assassins, de nombreuses discussions diplomatiques dominèrent la plupart de nos interactions avec les Kreelars. Maintenant que le secret était dévoilé, l'OPU et les Défenseurs firent officiellement l'offre que Maeve avait mentionnée à Aku et Amreth. Ils voulaient fournir du personnel et des ressources technologiques pour aider à trouver un remède ou un traitement et éradiquer l'invasion des fraises.

Alors qu'auparavant j'aurais automatiquement encouragé une espèce primitive dans leur situation à accepter cette aide, le peu de temps passé ici parmi eux m'avait vraiment aidée à mieux comprendre leur réticence. Ces gens souffraient d'un véritable traumatisme dû à leurs interactions avec les étrangers. La tentative de génocide n'avait fait que décupler leur désarroi.

De plus, je n'étais pas assez naïve pour croire que l'offre était purement altruiste. Oui, l'OPU et les Défenseurs voulaient rendre justice aux Kreelars, mais ils cherchaient aussi à s'attirer leurs faveurs, jetant ainsi les bases d'une alliance future.

Bien que mes collègues, Amreth et moi-même eussions pleinement gagné leur confiance, les Kreelars n'étaient pas aussi disposés à l'accorder aux autres. Cependant, même avec le laboratoire déployable et Amreth qui s'occupait de la plupart des repérages, nous étions trop peu nombreux pour l'ampleur de la tâche à accomplir. Une équipe complète, notamment pour les analyses, les simulations et la préparation des traitements, pouvait considérablement accélérer nos progrès. Plus important encore, l'accès à une technologie de pointe qui faisait défaut au laboratoire déployable et la connectivité à la base de données infinie du Conseil médical galactique pouvaient faire une énorme différence.

Initialement, les Kalds refusèrent d'autoriser l'arrivée de nouveaux étrangers sur leur planète, mais ils consentirent à ce qu'un satellite relais soit placé en orbite de façon permanente afin de nous fournir la connectivité dont nous avions besoin. Ils acceptèrent également qu'une équipe reste en orbite à bord d'un vaisseau scientifique pour nous soulager d'une grande partie de la charge de travail.

À la fin de la semaine suivante, nous avions mis au point un sérum qui recouvrait les prions d'une substance empêchant leur absorption. Ce n'était pas un antidote, mais un traitement pour ceux qui étaient déjà infectés. Nous continuions à encourager fortement la vaccination, mais nous étions convaincus que ce médicament allait fonctionner.

Le plus grand débat pour eux en tant que peuple était de décider ce qu'ils voulaient faire des fraises. Les nouveaux pouvoirs que ces mutations introduisaient faisaient désormais partie intégrante de leur peuple. Nos recherches indiquaient en fait que cette mutation avait toujours été destinée à se produire dans le cadre de l'évolution naturelle de leur espèce. Les prions n'avaient fait que précipiter son déclenchement.

La question était de savoir s'il fallait éradiquer le déclencheur et permettre à leur peuple d'essayer de revenir à son évolution normale dans la mesure du possible, ou prendre maintenant le contrôle de ces changements et activer la mutation selon leurs propres termes. La réalité était que, même s'ils parvenaient à se débarrasser de toutes les fraises, ce pouvoir psionique existait déjà parmi leur peuple. Certains enfants allaient naître avec, une autre partie allaient soudainement la développer, tandis qu'il allait rester latent chez d'autres. Cela allait créer une classe différente de personnes au sein de leur population, ce qui pouvait causer une fracture ou un déséquilibre de pouvoir susceptible de faire dérailler tout leur avenir.

S'ils l'adoptaient, ils allaient pouvoir cultiver eux-mêmes les fraises dans un environnement contrôlé et l'administrer délibérément en petites quantités à leur peuple avant la puberté. Combiné avec le remède que nous avions mis au point, ils allaient pouvoir garantir une mutation sans danger pour tous.

Quel que soit leur choix, il fallait tout de même éradiquer les fruits sauvages. Et cela relança les discussions sur la possibilité d'autoriser des étrangers à venir sur leur planète. Nous étions déjà là depuis un mois. La crise principale étant désormais écartée et toutes les personnes infectées stabilisées et mutant en toute sécurité, nous ne pouvions plus justifier de retenir Amreth ici, loin de ses fonctions.

En vérité, il aurait pu partir dans les deux jours suivant l'arrestation des assassins. Mais nous avions besoin de lui pour jouer au chauffeur avec sa navette. Si Amreth avait laissé sa navette et était rentré chez lui avec son vaisseau, Mehreen, Ernst et moi aurions été trop accaparés par le travail scientifique pour jouer les taxis. Quoi qu'il en soit, il ne voulait pas me laisser derrière lui, ce qui me rendait secrètement heureuse.

Finalement, en grande partie grâce à mon conjoint, les Kalds finirent par accepter que cinq petites équipes sélectionnées par Amreth viennent éliminer toutes les fraises, ainsi que traquer, traiter ou abattre tout animal infecté. Chaque équipe accepta d'être supervisée par quelques Kreelars qui leur étaient assignés. Comme il allait falloir plusieurs semaines pour accomplir la tâche, des logements leur furent fournis dans les cours intérieures du village auquel ils furent jumelés.

Après encore plus de débats, les Kreelars décidèrent que ce serait à chaque individu – et non à leur tribu ou aux Kalds – de choisir de déclencher ou non sa mutation. Nous aménageâmes une serre spéciale dans chacun des trois temples où leurs Adhias – qui servaient de chefs spirituels – allaient superviser la croissance et la gestion des fraises. À partir de l'âge de dix ans, si la mutation ne s'était pas produite d'elle-même, un Kreelar pourrait décider de consommer ou non les fruits, qui lui seraient donnés par un Adhia.

Je passai ma dernière semaine sur Kestria à dispenser une formation supplémentaire aux Kreelars sur la création de leurs propres tests de détection, le traitement des patients infectés et la supervision des cas de personnes consommant délibérément les fraises. Mehreen et Ernst acceptèrent de rester jusqu'à ce que tout soit terminé, ce qui allait probablement prendre encore au moins trois mois.

Néanmoins, je me portai volontaire pour participer aux visites de contrôle qui auraient lieu tous les six mois pendant les deux premières années, puis une fois par an pendant les trois suivantes, avec une dernière visite la dixième année. Grâce au satellite relais, ils disposaient désormais d'un moyen direct de nous contacter pour obtenir de l'aide si quelque chose tournait mal entre les visites de contrôle. Naturellement, Amreth allait m'accompagner lors de ces visites. Il le faisait moins pour me protéger que pour passer du temps avec son nouveau copain. Si je n'aimais pas autant Aku et Vala, j'aurais presque été jalouse.

Le jour de notre départ m'anéantit. J'étais toujours un peu émue en quittant une mission, mais là, c'était encore plus fort. Vala, les guérisseurs et les Adhias avec qui j'avais travaillé vinrent nous dire au revoir. Voir Muti et ses deux enfants me bouleversa.

Tout le village s'était rassemblé sur la grand-place. À ma

grande surprise, ils formèrent un cercle parfait autour d'Amreth et moi, en plusieurs anneaux concentriques. Chaque personne tenait la main de son voisin et entrelaçait sa queue avec celle de la personne devant elle, dans le plus petit cercle. Comme les cercles intérieurs comptaient moins de personnes, une personne sur deux avait sa queue entrelacée avec deux personnes. Vala, Aku, Enré et deux Adhias entourèrent Amreth et moi alors que nous nous tenions face à face.

Je tenais les deux mains de mon conjoint. Alors que sa queue était entrelacée avec celle d'Aku, Enré et l'un des Adhias enroulèrent leur propre queue autour de chacun des mollets d'Amreth, tandis que Vala et l'autre Adhia firent de même avec moi. Chaque personne du village était entièrement connectée, mains et queue, formant un cercle ininterrompu.

D'une seule voix, les Kreelars se mirent à chanter une mélodie envoûtante qui me donna la chair de poule. De temps en temps, les Adhias prononçaient des mots dans leur langue pendant que la foule continuait à chanter. Je ne savais pas ce qu'ils disaient, mais ce n'était pas nécessaire. Aku avait dit qu'ils voulaient nous accorder la bénédiction du voyageur. Mais au plus profond de moi, je sentais que c'était bien plus que cela, qu'ils nous intronisaient officiellement dans leur tribu.

Amreth avait décrit une scène quelque peu similaire au temple lorsqu'il s'y était rendu pour la première fois afin de rechercher des animaux infectés. Le fait qu'ils nous impliquent dans un rituel qui leur était manifestement sacré m'émut profondément.

Lorsque le chant se termina, les participants relâchèrent leurs mains et leurs queues, mais restèrent plus ou moins en un cercle autour de nous. Muti et sa progéniture s'approchèrent. Ma gorge se serra lorsqu'il me tendit un tissu magnifiquement brodé et plié, qui s'avéra être une couverture ornée de divers symboles, dont l'emblème de la tribu de Jaln.

— Ma bien-aimée et moi l'avons faite pour toi. Elle voulait

être là, mais elle est encore convalescente, dit Muti d'une voix tendue par l'émotion. J'ai tissé la couverture et ma Ranae l'a brodée avec les symboles de la vie, de l'amour et du bonheur, car c'est ce que tu nous as rendu. Chaque fois que tu l'envelopperas autour de toi, sache que ce sont nos bras et nos cœurs qui t'étreindront.

— Merci à vous deux, dis-je, la gorge presque trop serrée pour parler. Vous aider est une grande bénédiction en soi. Je chérirai ce cadeau.

Il posa sa main sur son torse et inclina la tête. À ma grande surprise, chacun de ses enfants saisit à tour de rôle ma main droite et pressa son front contre le dos de ma main. Simultanément, ils enroulèrent leur queue autour de mon mollet. Ce fut bref, et ils me lâchèrent presque aussitôt avant de reculer d'un pas et de me regarder avec un sourire radieux sur leurs adorables petits visages.

Je leur rendis leur sourire, le cœur débordant de joie. La famille se retira lorsque Vala et Aku s'avancèrent. Ils tenaient chacun un de ces colliers de perles ornés que portait leur peuple, bien qu'il ne s'agisse pas vraiment de perles. Elles ressemblaient à des pierres sculptées avec des cristaux ou des pierres précieuses emprisonnés à l'intérieur. Je ne pouvais pas vraiment les comparer à des géodes, car leur extérieur rivalisait avec le galet le plus poli, et le cristal ou la pierre précieuse à l'intérieur était beaucoup trop clair, lisse et irisé.

Les colliers semblaient également beaucoup plus élaborés et luxueux que ceux dont les membres de la tribu s'ornaient habituellement au quotidien.

— Ceci est un *ondishae*, dit Vala en tenant le collier devant moi, tandis qu'Aku faisait de même avec le sien devant Amreth. C'est à la fois un symbole d'identité important et un lien communautaire. Chaque Kreelar en reçoit un le jour où il est sevré de sa mère ou de sa nourrice, vers l'âge de sept ou huit ans. Dans les années qui suivent, à mesure qu'ils tissent des liens étroits avec les autres et se font une place au sein de la tribu, leur *ondishae* grandit.

— Grandit ? répétai-je avec curiosité.

— Il se compose de deux parties. L'*ondi*, expliqua Aku en retirant la partie centrale du collier, qui s'avéra être une chaîne unique avec un chapelet de sept pierres plus grosses. Et le *shae*, ajouta-t-il en montrant l'autre partie, beaucoup plus grande, qui comportait quatre chaînes, chacune ornée d'innombrables petites pierres sculptées. La première pierre de l'*ondi* représente la tribu à laquelle on appartient ou dans laquelle on est né, tandis que les suivantes indiquent les autres tribus qui nous réclament en tant que parent ou ami.

Je pressai une paume contre ma poitrine alors que sa signification pénétrait profondément dans mon esprit. Sept pierres précieuses... Sept tribus nous réclamaient.

— Les *shaes* sont des gages d'amitié de la part de personnes dont on a gagné la loyauté, le respect ou l'affection par de nobles actions, poursuivit Vala. Ils ne sont pas donnés à la légère, car toute la famille doit être d'accord avant qu'ils ne puissent être offerts, ce qui représente en moyenne entre quatre et huit personnes qui doivent toutes convenir que c'est justifié. Vos *shaes* comptent chacun cent vingt-sept pierres.

— Nous sommes sans voix, dit Amreth, sa voix remplie de la même émotion qui m'envahissait.

— Aucun mot n'est nécessaire, dit Aku sur un ton légèrement moqueur. On ne porte pas son *ondishae* tous les jours. Comme il est plus lourd, le *shae* est généralement exposé dans nos foyers à un endroit d'honneur. Mais il est courant de porter l'*ondi* en collier, enroulé autour de nos brassards ou intégré à nos ceintures.

Il leva ostensiblement son avant-bras. Alors seulement je remarquai qu'il avait en effet bien attaché son *ondi* à son brassard. J'avais simplement pensé qu'il l'avait orné de pierres précieuses.

— Ceci est un présent de tous les Kalds et de leurs tribus pour ce que vous avez fait pour nous. Vous êtes des Kreelars, sinon par le sang, du moins de cœur. Vous serez toujours les bienvenus ici, dit Vala d'une voix solennelle.

Je lui murmurai un remerciement alors qu'elle passait le collier autour de mon cou. Bien qu'il ne fût ni inconfortable ni douloureux, il était indéniablement lourd, ce qui expliquait pourquoi personne ne le portait au quotidien, à supposer qu'ils reçoivent autant de gages. Je compris alors qu'il agissait comme un bracelet à breloques, mais où les bonnes actions pouvaient potentiellement en gagner une nouvelle.

À ma grande surprise, Aku plaça le *shae* autour du cou d'Amreth, mais noua l'*ondi* autour de son poignet. Vala réclama mon attention en m'attirant dans ses bras. Elle m'étreignit d'une manière presque maternelle, même si elle me paraissait potentiellement plus jeune de quelques années. Je lui rendis le geste avec la même affection.

Elle me lâcha, m'embrassa sur le front, puis recula d'un pas.

— Que les lumières divines brillent toujours sur toi de la même manière que tu as chassé les ténèbres qui nous étouffaient. Jusqu'à ce que nous nous revoyions, ma sœur, que tes jours avec ton conjoint soient remplis de tout le bonheur que tu mérites, et plus encore.

— Jusqu'à ce que nous nous revoyions, puissent toutes les ténèbres rester à distance, et que toi et ton peuple receviez toutes les bénédictions possibles, dis-je.

Alors que nous nous apprêtions à partir, Aku sortit une sarbacane de sa ceinture d'armes ainsi qu'une pochette. Une fois de plus, je fus stupéfait par mon manque d'observation. Tout comme j'avais manqué son *ondi* sur son brassard, je n'avais pas remarqué qu'il était équipé d'une deuxième sarbacane et d'une pochette à fléchettes supplémentaire. Il tendit les deux à Amreth, qui les prit en haussant un sourcil, l'air interrogateur.

— Tu ne peux pas te considérer comme un chasseur talentueux tant que tu ne peux pas vaincre ta proie en utilisant uniquement ta sarbacane et tes attributs physiques naturels, à l'exclusion des pouvoirs psioniques, dit Aku d'un ton provocateur.

Amreth s'ébroua en acceptant son cadeau.

— Est-ce un défi ?

— Oui, confirma Aku avec un sourire presque malicieux. Lors de ta prochaine visite, nous verrons comment tu t'en sors contre un Murthis.

— Défi accepté, dit Amreth avec un air suffisant mêlé d'un soupçon d'arrogance. N'oublie pas d'inviter beaucoup d'autres tribus à se joindre au festin ce soir-là. Je rapporterai suffisamment de viande avec cette petite sarbacane pour en nourrir au moins cinq.

Nous éclatâmes tous de rire tandis que je secouais la tête affectueusement en direction d'Amreth. Les deux mâles redevinrent sérieux, puis Aku posa sa main sur l'épaule de mon conjoint.

— Bonne route, mon frère. Jusqu'à notre prochaine rencontre, puissent le soleil et les étoiles toujours éclairer le chemin que tu empruntes, dit Aku.

Après quelques autres adieux et accolades amicales avec Mehreen et Ernst, nous partîmes pour une nouvelle aventure – la plus grande et la plus importante pour moi – ma nouvelle vie avec mon âme sœur.

Dès que nous quittâmes la planète, ma priorité fut d'appeler mes parents. Les voir pleurer tous les deux, surtout mon père toujours stoïque, me bouleversa. Comme Amreth l'avait mentionné, ils savaient déjà que j'allais bien. Mais il y avait quand même une énorme différence entre se faire dire quelque chose et le voir de ses propres yeux. Ils ne furent pas très heureux d'apprendre que je n'allais pas rentrer à la maison, mais que j'allais directement à Molvi. Aussi impressionnés qu'ils aient été par mon conjoint, comme la plupart des gens, ils avaient une image épouvantable de la planète prison. Dans leur esprit, c'était un monde calciné, infesté de créatures démoniaques, d'eaux putrides et d'air rempli de vapeurs toxiques sulfuriques.

Ce ne fut que lorsque Amreth leur envoya des images de sa demeure et du paysage environnant qu'ils se radoucirent un peu. Ils boudèrent quand même parce que je ne revenais pas sur Terre. Cela me fit d'ailleurs me sentir coupable. À leur place, j'aurais probablement aussi voulu serrer mon bébé dans mes bras pour me rassurer qu'elle allait bien. En même temps, j'avais participé à d'innombrables missions et je m'étais absentée de la Terre pendant deux ou trois années consécutives, ne parlant à mes parents qu'une fois par semaine par vidcom. Mais la promesse de les faire venir à Molvi ou à Vargos pour notre mariage dans quelques mois les apaisa un peu plus.

Le voyage de deux jours vers Molvi se transforma en une mini lune de miel, Amreth se mettant en quatre pour me choyer de toutes les manières possibles. Évidemment, nous fîmes preuve de créativité avec chaque pièce et chaque surface du vaisseau. Mais cela ne m'empêcha pas de consacrer quelques minutes à prendre des nouvelles de Mehreen et Ernst.

L'OPU et les Défenseurs gardèrent un silence inquiétant. Cela n'aurait pas dû me surprendre, étant donné que ce type d'affaire majeure nécessitait une enquête de grande envergure et qu'ils devaient agir avec beaucoup de prudence. Ils ne voulaient pas que le coupable s'en tire grâce à un détail technique parce qu'ils avaient bâclé les choses en se précipitant trop. Je ne doutais pas que Marilia savait maintenant que quelque chose n'allait pas avec ses assassins. Elle allait probablement essayer d'éliminer autant de preuves incriminantes que possible, même si je soupçonnais qu'elle l'avait fait au fil des ans en prévision d'un tel dénouement.

Je voulais la voir faire face à la justice pour toute la douleur et la souffrance qu'elle avait provoquées, permises ou perpétuées. Mais par-dessus tout, je voulais qu'Aku et les Kreelars soient vengés. Aku avait placé une confiance énorme en nous. Son expérience avec les étrangers avait été plus que négative. Si l'OPU et les Défenseurs ne leur rendaient pas justice comme promis, les dommages causés à la relation naissante que nous étions en train de bâtir avec eux seraient irréparables. Je ne pouvais qu'espérer que des nouvelles ou des conséquences ne tarderaient pas à se manifester.

Notre arrivée sur Molvi me coupa le souffle. Malgré les superbes photos qu'Amreth avait partagées avec mes parents et les récits qu'il m'avait faits de la beauté de la planète prison, je n'avais pas pu me débarrasser de la peur persistante que ce soit un endroit horrible et déprimant. Mais mon conjoint n'avait pas exagéré lorsqu'il avait comparé le paysage de Molvi à la beauté sauvage et indomptée de la planète d'origine des Kreelars.

La maison d'Amreth – notre maison – faillit me faire sortir les yeux de la tête. Là encore, il m'avait montré des images, mais la réalité dépassait tout ce que j'aurais pu imaginer. Sa taille me laissa sans voix. Apparemment, comme c'était le cas pour le manoir – pour ne pas dire le château – de chaque Seigneur de l'Enfer, sa maison était creusée directement à l'intérieur du sommet de la montagne. Elle comportait trois étages avec de vastes terrasses à chaque niveau, suffisamment larges pour accueillir au moins deux cents personnes. Une piscine olympique occupait la majeure partie de la terrasse du niveau inférieur. Une cascade naturelle s'y déversait. Une cour intérieure permettait d'avoir davantage de fenêtres du sol au plafond dans les parties centrales de la maison, ce qui évitait de se sentir claustrophobe.

Comme son vaisseau, la maison était principalement blanche avec quelques touches de beige clair et de brun foncé ou de noir. De nombreuses plantes et fleurs odorantes lui donnaient la touche de couleur nécessaire pour la rendre chaleureuse plutôt que clinique. Des jardins et une flore encore plus spectaculaires tapissaient le sol au pied de la falaise escarpée en contrebas des terrasses.

— C'est magnifique, dis-je, accoudée à la balustrade de la terrasse principale, en contemplant le jardin en contrebas et la forêt luxuriante qui s'étendait à l'infini. On dirait l'endroit idéal pour un pique-nique.

À ma grande surprise, Amreth éclata de rire en me regardant comme si j'avais perdu la tête.

— Un pique-nique pour les plantes, oui. Certainement pas pour nous, dit-il amusé. Toutes les plantes là-bas, y compris l'herbe, te tueront. Certaines prendront leur temps pour le faire, te gardant en vie dans la pire agonie alors qu'elles te dévoreront lentement, d'autres te tueront instantanément, leurs spores faisant éclater tes veines et tes capillaires comme de l'eau gelée dans un tuyau, et puis il y a celles qui t'étoufferont avant de te manger, ou te cracheront l'acide le plus virulent qui soit pour te liquéfier, y compris tes os, et absorberont les nutriments par leurs racines.

— Bordel de merde ! m'exclamai-je, horrifiée. Pourquoi gardes-tu une merde pareille ?

— Parce que cela fait partie des systèmes de défense et de dissuasion visant à empêcher les prisonniers de s'échapper, répondit Amreth de manière factuelle. Pour ta gouverne, les prisonniers sont informés à l'avance de toutes les défenses létales mises en place autour de leurs Quadrants et dans tout le Secteur. S'ils décident de tenter leur chance quand même, c'est leur problème.

Un frisson me parcourut alors que j'examinais le jardin coloré, à l'aspect presque paisible, en contrebas.

— Pourquoi le rendre si incroyablement joli et accueillant si ces choses détraquées sont sur le point de se déchaîner sur nous ? Pourquoi ne pas plutôt y faire pousser des vignes noueuses avec des épines de la taille de poignards, des champignons géants avec des couleurs fluo qui crient « je vais vous défoncer au point de vous rendre méconnaissable » ?

Amreth rit à nouveau et m'adressa un sourire indulgent.

— Parce que je dois regarder ces plantes tous les jours quand je me détends sur mes terrasses. Je préfère de loin apprécier une jolie vue à un spectacle désolant.

Je pinçai les lèvres, toujours perturbée par tout cela.

— D'accord, je suppose. Mais maintenant, la question est de savoir combien de fois as-tu « apprécié » le spectacle de l'un de tes détenus se faisant massacrer par les plantes ?

Il rit encore un peu, apparemment amusé par mon expression dramatique.

— Du calme, mon amour. Cela ne s'est jamais produit. C'est la dernière défense... enfin, à part la falaise, qui est impossible à escalader. Personne n'a jamais survécu en tentant de traverser la forêt. Il y a beaucoup de choses désagréables qui y errent, y compris une rivière avec des créatures encore plus redoutables. N'aie pas peur, ma conjointe. Cette maison est sûre, et tu ne seras pas soumise aux choses moins savoureuses qui se produisent parfois dans les Quadrants.

— D'accord, dis-je, loin d'être convaincue.

Il sourit.

— Ne sois pas si troublée, ma Ciara. Tu ne trouveras pas ces plantes mortelles dans le reste de Molvi. Elles ont été conçues par bio-ingénierie spécialement pour nos Quadrants et sont strictement confinées à l'intérieur de ceux-ci. Mais viens, il est temps que tu rencontres nos Nundars. Ils nous ont préparé un véritable festin et sont impatients de te rencontrer.

Mon pouls s'accéléra aussitôt et la tension me raidit la colonne vertébrale. Aussi curieuse que je fusse de rencontrer les insaisissables familiers dont Amreth parlait avec tant d'affection, je ne pouvais m'empêcher de craindre qu'ils ne réagissent pas bien à ma présence. Ils choisissaient soigneusement la maison qu'ils allaient rejoindre, car ils étaient extrêmement sensibles aux émotions des gens. Et s'ils n'aimaient pas les miennes ? Et si mon aura était tellement insupportable pour eux qu'ils allaient envisager de quitter Amreth plutôt que d'être soumis à ma simple présence ?

Arrête, femme ! Tu es l'âme sœur d'Amreth. Ils vont forcément t'aimer !

Cela m'apaisa légèrement, mais sentant ma nervosité, mon conjoint me réconforta davantage avec son *bakaan*. Je lui adressai un sourire penaud de gratitude.

— Ne t'inquiète pas. Ils t'aiment déjà. Je peux sentir leur excitation. Normalement, ils se cachent et attendent quelques jours avant de se présenter officiellement pour laisser le temps au partenaire de s'adapter à son nouveau foyer. Mais ils sont impatients de te rencontrer. Ton aura les a attirés dès que tu es sortie du vaisseau.

Mon estomac se noua, mais je laissai Amreth me conduire par la main à l'intérieur de la demeure. Les immenses portes-fenêtres en verre du sol au plafond s'ouvrirent devant nous pour révéler un grand salon formel. Une fois de plus, il dégageait une atmosphère très zen, mais suffisamment luxueuse pour que je me demande si un décorateur d'intérieur professionnel avait réalisé une telle merveille.

Cependant, ce furent les deux douzaines d'êtres étranges qui nous accueillirent à l'intérieur qui retinrent toute mon attention. Ils étaient bipèdes, avec un très long cou zébré surmonté d'une tête en forme de cône. Leurs visages n'étaient pas tout à fait plats, mais ils avaient un nez en forme de bosse presque comme un museau au-dessus d'une paire de lèvres très fines. Une longue moustache semblable à de la fourrure, d'une couleur beige plus pâle que leur peau, encadrait leurs larges bouches. Leurs pieds ressemblaient à des sabots en forme d'étoile, et une queue épaisse traînait loin derrière eux. Ils portaient de longues tuniques brodées qui me rappelaient les tenues médiévales.

Ils m'observèrent avec de grands yeux curieux, débordant de gentillesse.

— Bienvenue à la maison, Maître. *Salutations, Maîtresse*, dit une voix dans ma tête alors que tous les Nundars pressaient leur main droite contre leur poitrine.

Ce ne fut qu'à ce moment-là que je réalisai qu'ils n'avaient que deux doigts extrêmement longs dans chaque main, terminés par des griffes fourchues à deux pointes. Mais mon attention resta fixée sur leurs paroles.

Même en sachant que j'avais entendu cette salutation, ce n'avaient pas été des mots ou une voix réelle, comme lorsqu'un télépathe communiquait mentalement avec nous. Cela ressemblait davantage à un transfert de pensées que j'avais simplement compris. Amreth avait mentionné en passant qu'ils avaient une forme d'esprit de ruche. Ils n'utilisaient pas de noms individuels et il fallait toujours s'adresser à eux en tant qu'unité. J'ignorais lequel d'entre eux avait parlé au nom des autres.

Une partie de moi estimait que j'aurais dû être un peu effrayée par ces êtres étranges. Et pourtant, je me surpris instinctivement à sourire et à me sentir à l'aise. Le fait qu'ils soient des êtres spirituels rayonnait de mille feux. Ils dégageaient une aura de paix et de gentillesse dans laquelle on avait envie de s'envelopper.

— Merci, dit affectueusement Amreth. Ciara, je te présente mes Nundars.

— Enchantée de faire votre connaissance, dis-je chaleureusement.

— *Les Nundars ont préparé un festin. Des recettes de la Terre partagées par les Nundars de Lady Malaya. Nous servons quand vous êtes prêts.*

Cela me retourna. Je n'avais pas encore rencontré Malaya, l'épouse du Seigneur Kronos, le meilleur ami d'Amreth. Mais le fait que nos Nundars se soient donné la peine d'apprendre des recettes humaines pour me faire sentir la bienvenue me toucha au plus profond de mon être.

Amreth bomba le torse, la fierté et la gratitude rayonnant de lui en réponse à ses Nundars.

— Merci, mes amis. C'est très attentionné. Nous mangerons une fois que j'aurai fini de faire visiter sa nouvelle demeure à ma conjointe, dit Amreth.

Ils s'inclinèrent tous ensemble avant de se disperser. À ma grande surprise, une poignée d'entre eux passèrent devant nous et sortirent de la maison par les grandes portes-fenêtres, tandis que les autres se dirigeaient dans la direction opposée, plus profondément à l'intérieur. Je compris alors que le premier groupe allait probablement récupérer nos effets personnels à bord du vaisseau.

— Ils sont incroyables ! murmurai-je, la voix émerveillée.

— Ils le sont, et ils pensent la même chose de toi. J'ai hâte que nous soyons liés pour que tu puisses voir leurs auras comme moi. Elles scintillent de couleurs encore plus belles pour toi qu'elles ne le font jamais pour moi. Mes sentiments sont blessés, dit-il en faisant la moue.

J'éclatai de rire.

— Ne sois pas jaloux de mon charme irrésistible ! Mais bon, ne te décourage pas. Reste assez longtemps avec moi et il se pourrait que ça déteigne sur toi ! Tu seras alors aussi adorable que moi !

Il s'ébroua.

— Si c'est ce qu'il faut, attends-toi à ce que je me frotte souvent à toi à l'avenir, dit-il d'une voix pleine de promesses.

Je ris et le laissai me faire visiter le manoir que j'allais désormais appeler chez moi.

L e mois suivant, ma vie sur Molvi se révéla être un véritable tourbillon. Entre renforcer ma relation avec Amreth, me familiariser avec ma nouvelle planète d'accueil et réorganiser ma carrière, le temps passa très vite. Mais ma voisine et nouvelle meilleure amie Malaya fut une véritable bénédiction. Ayant vécu tout ce processus de relocalisation, elle avait toutes les astuces et les conseils pour rendre les choses aussi faciles que possible.

Dire qu'elle était un ange ne lui rendait pas justice. Malaya était drôle, vive d'esprit et toujours prête à aider. J'avais même dû la réprimander pour l'obliger à se reposer avec son énorme ventre alors qu'elle approchait de l'accouchement de son premier enfant. La voir vivre cette grossesse apaisa également beaucoup de mes inquiétudes concernant mes futurs bébés avec Amreth. Les femmes se plaignaient souvent que leur fœtus leur donnait des coups dans la vessie et les reins comme si elles avaient volé leur argent de poche, mais les bébés Obosiens étaient des protecteurs naturels.

D'après ce que j'avais compris, ils pouvaient ressentir tout inconfort qu'ils causaient à leur mère et se contrôlaient instantanément pour ne pas l'affecter négativement. Certes, ils étaient énormes, mais pas au point d'être handicapants.

En tant que journaliste officielle du Conclave et des Défenseurs, Malaya avait eu l'honneur d'écrire le scoop fracassant sur les arrestations en masse de Marilia Hesper, de son fils Noah Montel et d'innombrables autres associés. La chute de Typhoon Pharma provoqua une onde de choc dans l'industrie. Le géant pharmaceutique fut placé sous tutelle pendant que la justice suivait son cours. Naturellement, Amreth et moi accordâmes à Malaya une longue interview dans laquelle nous décrivîmes en détail les épreuves et la dévastation que les Kreelars avaient endurées.

La réputation d'Élias Jacobs fut durement malmenée lorsqu'il fut emporté par le tsunami judiciaire. Cependant, il se préparait à ce jour depuis des années. Quelques heures après la publication des premières mises en examen, son armée d'avocats déposait déjà des requêtes en irrecevabilité, accompagnées d'une quantité impressionnante de documents justificatifs et de précédents détaillés expliquant pourquoi il devait être exonéré de toute responsabilité en raison de la coercition et de la contrainte auxquelles Marilia l'avait soumis pendant des années. Et puis le délai de prescription entra également en jeu.

Le rusé avait eu la présence d'esprit de rédiger des communications dans lesquelles il exprimait son besoin de rendre l'affaire publique, qui furent systématiquement rejetées par des menaces peu subtiles. Je doutais que ces demandes aient été motivées par une véritable angoisse morale. Il cherchait simplement à couvrir ses arrières.

Au final, il s'en tira avec une sévère réprimande et une amende substantielle, ce qui n'était vraiment rien compte tenu de la fortune que SS12 lui avait rapportée. Même si une partie de moi aurait souhaité qu'il subisse des conséquences plus sévères, je ne pouvais pas vraiment contester le résultat. Après tout, il ne pouvait pas être tenu pour responsable de cette tragédie. Il n'avait jamais encouragé ni cautionné les frasques sexuelles de Noah, qui avaient provoqué le premier incident. Noah avait introduit les fraises en douce, sans que Jacobs le sache ou y consente. Et il n'avait aucun motif raisonnable pour justifier une fouille des effets personnels de son équipe ou pour suivre leurs déplacements.

Cela aurait pu arriver à n'importe quel autre chef d'équipe de recherche avec un membre d'équipe véreux.

L'ensemble du processus allait prendre au moins deux ans avant que toutes les mises en examen et tous les procès ne soient terminés. Mais au moins, Marilia, son fils et ses plus proches acolytes étaient assurés de faire un séjour à Molvi. Je fus surpris qu'Amreth espère qu'ils ne finiraient pas dans le Quadrant de Dakon. Je me serais attendue à ce qu'il leur souhaite le pire. Mais ils allaient mourir trop vite là-bas. Dans un Secteur comme le sien ou celui de Kronos, ils allaient souffrir pendant des années avant de mourir.

Cela faisait-il de moi un monstre si je leur souhaitais aussi une douleur prolongée ?

Tout ce qui comptait, c'était qu'Aku et les Kreelars soient plus que satisfaits du résultat, surtout après confirmation que l'enquête avait révélé davantage de méfaits envers d'autres espèces primitives. En fait, l'OPU installa le laboratoire le plus dément qui soit sur Molvi. Ils me recrutèrent pour effectuer des recherches avancées dans divers domaines concernant les espèces primitives. La plupart d'entre elles concernaient précisément les planètes affectées par les actions mercenaires de Typhoon Pharma. Heureusement, aucune de celles découvertes jusqu'à présent n'avait subi quelque chose d'aussi tragique que les Kreelars. Cependant, l'un des cas les plus dégoûtants que nous avions découvert concernait leur division de produits de beauté. Ils avaient trafiqué la nourriture d'une espèce de reptiles sauvages afin de modifier leur peau et leurs écailles. Une fois la mue terminée, les employés de l'entreprise pharmaceutique s'empressaient de récupérer la peau pour la transformer en crèmes de rajeunissement à des prix exorbitants.

Ces manipulations avaient eu des conséquences néfastes sur les animaux, rendant leur mue extrêmement douloureuse et réduisant leur espérance de vie. Elles avaient également rendu ces reptiles impropres à la consommation par les espèces primitives qui les chassaient et pour lesquelles ils constituaient une source alimentaire majeure.

Même si je détestais que de telles choses se produisent, j'étais aux anges car c'était le genre de projets sur lesquels j'avais toujours rêvé de travailler. De plus, cela rendait Amreth plus qu'heureux de savoir que j'avais une carrière gratifiante ici même, sur Molvi. Même s'il avait essayé de rester détendu lorsque nous avions discuté de notre avenir ensemble, j'avais vu au fond de ses yeux la crainte qu'il ne parvienne pas à faire de Molvi un endroit suffisamment agréable pour que je m'y installe définitivement.

Comme il l'avait prédit, le Conclave lui octroya trois cents grammes d'algarium pour sa contribution au sauvetage des Kreelars. En réalité, il n'aurait dû en recevoir que la moitié, l'autre m'étant destinée. Mais comme nous n'étions pas encore officiellement mariés, ils ne pouvaient pas m'en donner, car c'était réservé aux Obosiens, ce qui s'appliquait par extension à leurs épouses et à leur progéniture. Je fus tout de même touchée qu'ils aient inclus ma part dans la sienne afin qu'il puisse me la donner une fois que notre mariage serait célébré dans quelques mois.

Cette fichue cérémonie ne cessait d'être reportée en raison de tout ce qui se passait, sans parler du fait que ses parents et les miens étaient devenus fous à l'idée d'organiser le plus grand et le plus extravagant des mariages combinant les rituels humains et obosiens. Amreth et moi aurions tout à fait pu nous contenter d'un mariage à la mairie. Mais nous étions heureux de laisser nos parents s'amuser avec cette folie, à condition qu'ils en assument la responsabilité, ce qu'ils firent avec enthousiasme.

Ce soir, deux semaines après avoir été honorés par le Conclave, je revins à la maison et posai ma navette personnelle sur la plateforme d'atterrissage à l'extrémité de la terrasse principale. Je descendis la rampe et trouvai Amreth qui m'attendait à l'entrée avec une expression mystérieuse. Le fait qu'il portait encore son plastron mit tous mes sens en alerte. À cette heure-ci, à moins qu'un incident ne le rappelle dans l'un de ses Quadrants, mon conjoint aimait se pavaner torse nu, de la même manière que nous, femmes humaines, nous débarrassions de notre soutien-gorge dès que nous rentrions du travail ou des courses.

— Que se passe-t-il ? demandai-je avant de tendre le cou pour regarder par-dessus son épaule et voir si nous avions un invité impromptu.

Je ne voyais pas qui cela pouvait être car il m'aurait normalement prévenue à l'avance, même s'il ne s'agissait que de Kronos et Malaya. Il était d'ailleurs suffisamment à l'aise avec eux deux pour ne pas porter de haut ni de plastron en leur présence. À plus d'un titre, ils étaient comme des frères et sœurs pour nous.

— J'ai une surprise pour toi, dit-il avec la même expression impénétrable.

— Une bonne surprise, j'espère ? demandai-je, curieuse mais aussi un peu inquiète.

— Je veux le croire, répondit-il, son regard rivé au mien.

Je réduisis la distance entre nous. Le fait qu'il m'attire immédiatement dans ses bras, son expression s'adoucissant d'une tendresse frôlant l'adoration, soulagea instantanément une partie de ma tension. Il se pencha et m'embrassa passionnément, ce qui fit friser mes orteils et vaciller mes genoux. À peine cinq mois s'étaient écoulés depuis notre première rencontre après sa tentative de sauvetage, mais cela avait suffi pour que je tombe follement amoureuse de mon incube. Je m'étais attendue à ce que la passion initiale qui avait brûlé si violemment entre nous les premières fois où nous nous étions accouplés allait finir par se transformer en quelque chose de tendre et de confortable avec le temps. Mais elle ne faisait que croître, comme si un million de vies ne suffiraient jamais à assouvir la faim et la fièvre qui nous consumaient.

Il me lâcha, prit ma main et m'attira vers la grande table près de la piscine. Alors seulement, je remarquai deux grands verres, une bouteille de vin mousseux mise à refroidir et une boîte de taille moyenne entre les deux.

— Qu'est-ce que c'est ? demandai-je, intriguée. Qu'est-ce qu'on célèbre ?

— J'ai enfin décidé comment utiliser l'algarium, mais j'ai besoin de ton accord pour aller de l'avant, dit-il, une pointe de nervosité s'infiltrant dans sa voix.

— Mon consentement ? répétai-je, déconcertée. Comme tu l'as si bien dit toi-même, ton corps t'appartient et tu en fais ce que tu veux. Tu n'as pas besoin de ma permission pour percer la partie de ton corps que tu souhaites. Et tu es suffisamment informé sur le sujet pour ne pas faire un choix qui pourrait être préjudiciable à ta santé ou à ton bien-être à long terme.

— Tu as raison, dit-il prudemment. Mais cette fois, cela concerne aussi ton corps.

Je me raidis et mon visage se ferma immédiatement alors qu'un frisson glacial me parcourait. Pas même cinq minutes auparavant, je songeais à quel point j'étais follement amoureuse de ce mâle. Se pouvait-il qu'il ait si peu de respect pour mes limites qu'il essaie de me culpabiliser afin que je consente à avoir des piercings après que j'aie clairement exprimé que c'était hors de question pour moi ? Pensait-il qu'en ayant déjà fait fabriquer les bijoux, je n'aurais pas le cœur de refuser ?

— Ce n'est pas ce que tu penses, ajouta-t-il rapidement en voyant ma réaction physique. Tu as clairement indiqué que tu ne voulais pas de piercings, et je respecte cela. Ce que j'ai en tête ne nécessitera aucune modification corporelle de ta part.

— D'accooord, dis-je prudemment, la tension se vidant de

mes épaules alors que je jetais un coup d'œil à la boîte. Alors qu'est-ce que c'est ?

Amreth tendit la main vers la table. À mon grand agacement, au lieu de prendre la boîte pour en révéler le contenu, il saisit la bouteille, prit tout son temps pour l'ouvrir, puis remplit les verres. Je le fusillai du regard, mais il continua à afficher un sourire narquois, un défi dans les yeux.

Défi accepté !

On pouvait jouer à deux. Alors qu'il était occupé à remplir le deuxième verre, j'essayai de m'emparer rapidement de la boîte. Au moment où mes doigts effleuraient la surface, la queue d'Amreth s'enroula autour de mon poignet et tira ma main en arrière.

— Hé ! m'exclamai-je avec indignation.

— Vilaine fille ! grommela-t-il. Interdiction de toucher.

— Tu as dit que c'était un cadeau pour moi, arguai-je avant de tendre ma main libre pour le saisir à nouveau.

Le misérable lâcha mon poignet et enroula sa queue autour de moi à la vitesse de l'éclair, plaquant mes bras contre mes flancs et me ligotant comme une putain de saucisse.

— Qu'est-ce que... ?

Il gloussa et me fixa avec une odieuse expression suffisante, tandis que ses yeux pétillaient d'espièglerie.

— Un objet ne devient un cadeau qu'après avoir été donné, dit Amreth d'un ton légèrement réprobateur. Cette boîte ne t'a pas été offerte. En fait, ce qu'elle contient n'est pas pour toi.

Interloquée, je cessai de lutter contre sa queue qui me ligotait et le dévisageai avec surprise et confusion.

— Ce n'est pas pour moi ? demandai-je, me reprochant intérieurement de répéter l'évidence.

Il secoua la tête d'un air moqueur.

— Non. Celui-ci est le cadeau que tu me fais, si tu acceptes le mien en premier.

Cette fois, je le fixai sans voix, mon esprit ne sachant pas ce qui se passait. À ma grande surprise, au lieu de devenir encore plus arrogant et espiègle, Amreth sembla soudain un peu nerveux, presque timide, tandis qu'il déroulait sa queue qui me contraignait.

— Au cours des derniers mois depuis notre rencontre, je suis tombé éperdument amoureux de toi, ma Ciara, dit-il d'un ton presque solennel. Puisque Kayog nous a déclarés être des âmes sœurs, il a été établi dès le départ que toi et moi allions nous marier. Nos parents ne ménagent certainement pas leurs efforts à cet égard.

La pointe de dérision avec laquelle il prononça cette dernière phrase me fit rire, puis je hochai la tête en signe d'accord. Mais je me sentis encore plus confuse quant à la tournure que prenait la conversation. Sans sa phrase initiale réitérant son amour pour moi, j'aurais été sur le point d'hyperventiler à l'idée qu'il se préparait à me quitter.

— J'ai l'impression que rien de tout cela n'a jamais été géré de manière normale et appropriée. Tout a été fait à l'envers. Mais je veux faire les choses correctement. Tu mérites que cela soit bien fait, dit-il, faisant palpiter mon cœur.

Je retins mon souffle lorsqu'Amreth recula d'un pas avant de se mettre à genoux. Les yeux exorbités, je le regardai sortir une petite boîte de sa poche et la tenir devant moi. Des larmes me piquèrent les yeux lorsqu'il ouvrit le couvercle pour révéler la plus magnifique des bagues de fiançailles. On aurait dit qu'ils avaient tissé de l'algarium dans les types de torsades que je faisais parfois dans mes cheveux. Au centre, les torsades créaient un délicat réceptacle qui contenait une magnifique pierre de Kreelar, assortie à la couleur de mes yeux, et gravée du symbole de l'éternité.

— Je veux que nous ne fassions qu'un, maintenant et pour toujours, corps et âme, parce que nous nous sommes choisis et que nous nous aimons. Je veux que tu te lies à moi et que ces bagues soient la représentation physique de l'engagement que nous prenons l'un envers l'autre, conformément à ta culture et à la mienne. Veux-tu de moi, Ciara ?

La digue céda.

Les larmes ruisselèrent sur mes joues tandis que je pleurais et riais en bafouillant mon consentement. Ma main tremblait alors qu'il plaçait la bague à mon doigt. Le mélange le plus étrange d'amusement face à ma réaction ridicule et de joie face à mon acceptation jouait sur les traits magnifiques de mon conjoint. Lorsqu'il finit par me tendre la boîte posée sur la table pour que je puisse mettre l'autre bague à son doigt, elle faillit m'échapper un nombre incalculable de fois sous l'effet de l'émotion, le faisant éclater de rire.

Finalement, j'y parvins puis me jetai dans ses bras. C'était idiot de ma part d'avoir une telle réaction à ce qui n'était techniquement qu'une simple formalité, mais cela avait vraiment rendu tout parfait. La prévenance avec laquelle il avait trouvé un moyen pour que je participe à un aspect important de sa culture tout en respectant mes limites signifiait tout pour moi. Qu'il le fasse de cette manière, en montrant clairement qu'il ne me prenait pas pour acquise simplement parce que tout le monde nous voyait comme une évidence, me fit me sentir aimée et valorisée.

Il réclama mes lèvres dans un baiser possessif qui enflamma instantanément mon sang. Je tendis la main vers les agrafes de son plastron, impatiente d'avoir un accès sans entrave à la perfection qu'il était. À ma grande surprise, Amreth attrapa mes poignets, m'arrêtant. Il rompit le baiser et croisa mon regard alors que je le fixais, confuse.

— Je veux me lier à toi. Es-tu d'accord ? demanda-t-il, ses yeux oscillant entre les miens.

Mon cœur bondit. Je m'humectai nerveusement les lèvres, l'excitation et une pointe de peur faisant frémir mon estomac. Les Obosiens ne pouvaient se lier qu'une seule fois dans leur vie, unissant leur âme pour l'éternité à leur partenaire choisi. Même la mort de leur conjoint ne permettait pas au survivant de former un nouveau lien avec quelqu'un d'autre. Ils se mariaient vraiment pour la vie. Par conséquent, pour lui, me demander de me lier à lui n'était pas un engagement pris à la légère. Il voulait vraiment que nous soyons ensemble aussi longtemps que nous respirerions.

Le lien en lui-même ne m'effrayait pas. J'étais plus que prête. Mais ils le faisaient généralement en vol. Ma nature froussarde risquait fort de gâcher le moment en me faisant me pisser dessus ou en me faisant vomir de peur à cause de la hauteur. D'après la description que Malaya m'avait faite de son vol d'union avec Kronos, cela faisait honte même aux montagnes russes les plus folles et les plus vertigineuses qui soient. Bien qu'elle soit restée évasive sur les détails, cela impliquait des jeux coquins. Le lien causait également pas mal de douleur aux humains, tout en nous modifiant légèrement, non seulement pour renforcer notre système immunitaire, mais aussi pour nous donner la capacité de voir les âmes, bien que pas dans la même mesure qu'un Obosien pur-sang.

Mais il en faudrait bien plus que ça pour m'empêcher de m'unir à l'amour de ma vie. Au diable ma peur des hauteurs. Je n'allais pas la laisser gâcher la meilleure chose qui me soit jamais arrivée.

— Oui, Amreth, je consens. Je veux passer le reste de ma vie avec toi, dis-je d'une voix légèrement tremblante.

— Mon amour, murmura-t-il en reprenant mes lèvres avec une ferveur qui me bouleversa.

Il me souleva et j'enroulai instinctivement mes jambes autour de sa taille, me concentrant sur la sensation de son corps contre le mien et m'efforçant de réprimer les premiers signes de crainte qui tentaient de s'installer dans mon cœur. À ma grande surprise, Amreth ne s'envola pas d'un seul battement d'ailes puissant, comme à son habitude. Au lieu de cela, il se mit à marcher nonchalamment vers la maison sans rompre le baiser. Lorsque les portes géantes s'ouvrirent dans un léger bruissement, je me reculai pour le regarder d'un air interrogateur.

Il sourit tendrement.

— Il n'est pas nécessaire de voler. Ton confort et ton bien-être sont tout ce qui compte. Les Obosiens sans ailes peuvent aussi se lier tout en restant sur la terre ferme.

Ma poitrine se serra d'amour pour mon conjoint et de culpabilité de le priver de l'expérience complète du lien.

— Tu es si merveilleux avec moi. Je suis désolée de te priver de...

— Tu ne me prives de rien, m'interrompit-il sévèrement en se dirigeant vers notre chambre. Je peux voler n'importe quand, n'importe quel jour. Le lien ne consiste pas à filer à travers le ciel, mais à réunir deux âmes. Je me fiche complètement de l'endroit ou de la manière dont nous le faisons. Je veux juste que mon âme ne fasse qu'un avec la tienne.

— Tu es tellement parfait. Je ne sais pas ce que j'ai fait pour te mériter, murmurai-je, la voix remplie d'émotion.

Il s'ébroua.

— Tu ne diras pas ça la prochaine fois que je t'embêterai juste pour le plaisir.

Je gloussai en hochant la tête alors qu'il me portait à l'intérieur de notre chambre. Il pouvait être une véritable plaie, me donnant à la fois envie de l'étrangler et de l'embrasser. Mais toutes ces pensées s'envolèrent de mon esprit lorsqu'il me déposa devant notre lit. Comment était-il possible que quelqu'un me fasse me sentir si aimée d'un seul regard ?

Nous ne parlâmes pas, nos mains se chargeant de tout le dialogue tandis que nous nous débarrassions mutuellement de nos vêtements entre de doux baisers et des caresses. À cet instant, il n'y avait rien de la luxure débridée qui nous animait habituellement. C'était de l'amour pur et de la tendresse infinie. Il me souleva avec précaution et m'allongea sur le lit avant de me rejoindre. Pendant l'éternité qui suivit, il vénéra chaque centimètre de mon corps, ses mains et sa langue sur moi me menant lentement à un doux orgasme, contrairement à ceux qui me ravageaient et me laissaient complètement anéantie. Celui-ci me fit planer, enveloppée dans un nuage de félicité et de bien-être total.

Je compris qu'il me préparait à la morsure qui allait sceller notre lien. Avant que je ne redescende complètement, il s'installa sur moi et commença à s'enfoncer doucement en moi. Je ne me lasserais jamais de la sensation de son membre massif qui m'étirait et me remplissait à bloc. Ses écailles, ses *xinnix* et ses piercings contre mes parois intérieures et mon point G me firent rapidement atteindre à nouveau mon paroxysme. Il m'embrassa, nos langues se mêlant tandis qu'il accélérait progressivement le mouvement de ses hanches.

Il interrompit le baiser et leva la tête pour me regarder. Un seul coup d'œil à l'expression de son visage transforma mon gémissement voluptueux en un halètement étranglé. Ses iris blanc argenté s'étaient tellement rétrécis qu'ils avaient presque disparu dans la mer noire de sa sclérotique. Ses crocs nus semblaient plus longs, plus acérés, leurs pointes scintillant d'une goutte de ce que je soupçonnais être son essence de liaison. Mais c'était la façon bestiale dont il me regardait, comme une bête sauvage sur le point de dévorer sa proie, qui fit faire des pirouettes à mon estomac.

Avant que je ne puisse faire ou dire quoi que ce soit, Amreth se déplaça à la vitesse vertigineuse d'un serpent en train de frapper et enfonça ses crocs dans mon cou. Une intense sensation de brûlure explosa au point de ponction. J'ouvris la bouche pour crier de douleur, mais un cri d'extase en sortit à la place lorsqu'il me bombarda immédiatement d'une puissante vague de son *bakaan*, me procurant un orgasme instantané et puissant.

Simultanément, quelque chose sembla se briser en lui, et il déchaîna sa passion sur moi. Ses crocs remplissant encore mes veines de son essence, mon conjoint me baisa sauvagement, chaque mouvement de son membre massif envoyant des éclairs de feu brûlants à travers tout mon corps alors qu'une vague insensée de plaisir après l'autre s'abattait sur moi, alimentée à la fois par son corps qui me démolissait et son aura qui faisait frénétiquement bouillir mon sang. Ce tourbillon de félicité sans fin étouffa la sensation brûlante de son essence acide qui me rongeait de l'intérieur.

Mon cerveau savait que cela aurait dû me faire me tordre de douleur. Et pourtant, c'étaient des gémissements d'extase sans fin qui jaillissaient de moi alors que j'enfonçais mes ongles dans le dos puissant de mon conjoint. Un plaisir presque trop intense pour être supporté s'édifiait progressivement en moi alors que je soulevais mon bassin pour le rencontrer, coup après coup, tandis qu'il me pilonnait. Au moment où je réalisai enfin qu'il avait retiré ses crocs de moi, je remarquai également que les sensations intenses qui m'envahissaient ne m'appartenaient pas exclusivement.

Je ressentais désormais aussi le plaisir d'Amreth comme s'il était le mien.

Un orgasme violent me submergea. Une demi-seconde plus tard, il rejeta la tête en arrière, rugissant de plaisir, me remplissant de la chaleur brûlante de sa semence. Une lumière aveuglante explosa devant mes yeux, et les échos de l'orgasme d'Amreth résonnèrent en moi avec une telle force que je craignis que mon esprit ne se fracture. Cela créa une boucle sans fin où son plaisir nourrissait le mien et le mien alimentait le sien, jusqu'à ce qu'il n'y ait plus de début ni de fin entre nous, juste un crescendo infini d'extase.

Nous ne formions plus qu'un seul corps, une seule âme.

Il s'effondra sur moi, son corps tremblant du même spasme de béatitude que le mien. À ma grande surprise, il se retourna sur le côté, face à moi, au lieu de se mettre sur le dos avant de m'attirer sur lui, comme il le faisait normalement. Me sentant dépouillée et privée de la chaleur douillette de son étreinte, j'ouvris les yeux, encore groggy, pour le regarder, mais je réalisai que la même lumière éblouissante m'aveuglait toujours.

Je clignai des paupières plusieurs fois, confuse quant à ce qui clochait. Puis la lumière commença à scintiller de manière circulaire dans un motif irisé des plus étonnants, tandis que le visage d'Amreth commençait à émerger de l'éclat lumineux. Ma mâchoire tomba dans une soudaine compréhension alors que l'éblouissement s'estompait pour former un halo envoûtant autour de la tête de mon conjoint.

— Oh, mon Dieu ! Je la vois, murmurai-je, émerveillée.

Amreth me sourit avec une tendresse et une joie infinies.

— Oui, ma conjointe. Tu peux maintenant voir mon âme d'une manière qu'aucun autre être vivant ne peut ni ne pourra jamais le faire. Je t'aime. Ma lumière, tout ce que je suis, tout ce que je serai jamais est à toi, Ciara.

— Tout comme je suis à toi. Tu es mon cœur, mon amour, l'autre moitié de mon âme, maintenant et pour toujours.

Il s'allongea enfin sur le dos, m'attirant dans ses bras et refermant ses ailes autour de nous. En sécurité et protégée dans les bras de mon bien-aimé, nos cœurs et nos âmes entrelacés, j'étais chez moi.

FIN

SAGUL

ONEI

MURTHIS

FAERNYCH

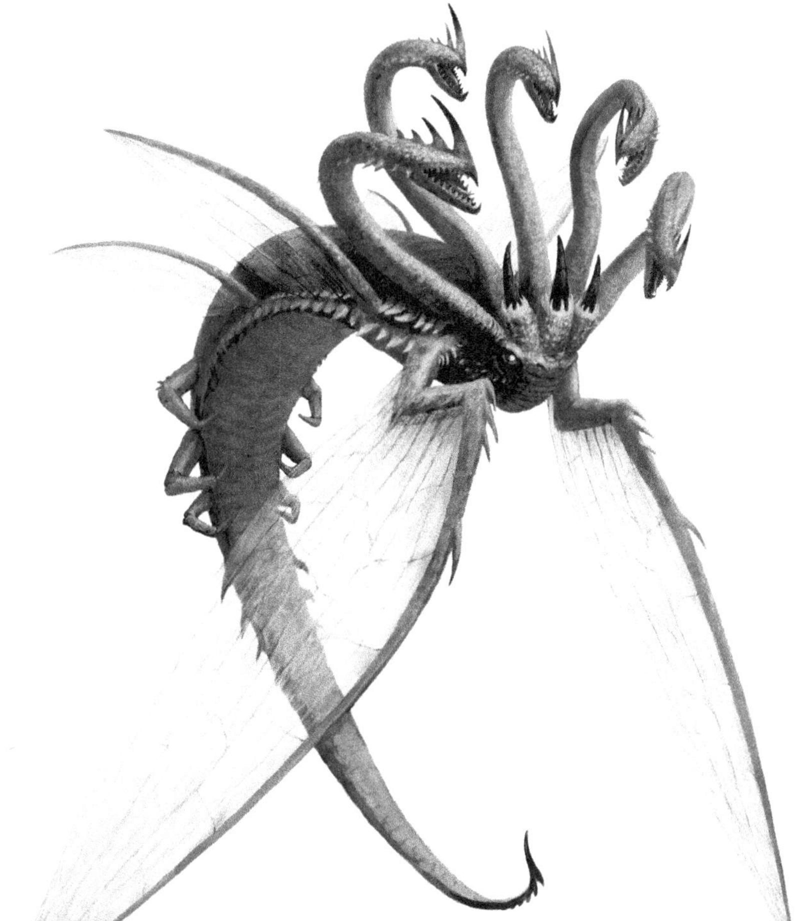

KRONOS & MALAYA

Reaper

Wrath

Xénon

Névrik

Rogue

LA BRUME

Le Mistwalker

Le Cauchemar

AGENCE PRIME

J'ai Épousé Un Homme-Lézard

J'ai Épousé Un Naga

J'ai Épousé Un Homme-Oiseau

J'ai Épousé Un Minotaure

J'ai Épousé Wonjin

J'ai Épousé Un Triton

J'ai Épousé Un Dragon

J'ai Épousé Une Bête

J'ai Épousé Krogal

J'ai Épousé Une Dryade

J'ai Épousé Un Incube

J'ai Épousé Un Phalène

J'ai Épousé Un Homme-Chat

J'ai Épousé Amreth

VALOS OF SONHADRA

La Cité de Glace

Prison de Glace

CONTES OBSCURS

La Malédiction de Barbe Bleue

Le Bossu

LE ROYAUME DES OMBRES

Destinée au Spectre

Destinée à la Faucheuse

AUTRES

Un Alien Pour Noël

Coeur de Pierre

Résurgence Alien

Un Homme d'Acier

À PROPOS DE RÉGINE

USA Today bestselling author Régine Abel est friande de romance futuriste, paranormale et fantaisiste. Ses livres contiennent toujours un peu de magie, des éléments inusités et un couple passionné. Elle aime inventer des héros aliens sexy et des héroïnes intelligentes et fortes qui évoluent dans des mondes fantastiques à travers une histoire remplie d'action, de rebondissements et de mystère.

Avant de se vouer à l'écriture à temps plein, Régine s'était livrée à ses autres passions : la musique et les jeux vidéo ! Après avoir œuvré pendant une décennie en tant qu'ingénieure de son en doublage de films et lors de concerts, Régine est devenue game designer puis directeur créatif en jeux vidéo, une carrière qui l'a menée de son pays de résidence, le Canada, aux États-Unis puis dans divers pays d'Europe et d'Asie.

Facebook
https://www.facebook.com/regine.abel.author/

Site Web
https://regineabel.com

Regine's Rebels Reader Group
https://www.facebook.com/groups/ReginesRebels/

Newsletter
http://smarturl.it/RA_Newsletter

Goodreads
http://smarturl.it/RA_Goodreads

Bookbub
https://www.bookbub.com/profile/regine-abel

Amazon
http://smarturl.it/AuthorAMS

www.ingramcontent.com/pod-product-compliance
Lightning Source LLC
Chambersburg PA
CBHW060927030726
47503CB00003B/503